바람의 노래

바람의 노래

박 경 숙 장편소설

문이당

*참고 도서

웨인 패터슨, 정대화 옮김, 『하와이 한인 이민 1세』

로버타 장·웨인 패터슨, 이주영 옮김, 『하와이의 한인들』

한영우, 『다시 찾는 우리 역사 3』

그 외 기타

작가의 말

어린 시절 고향을 떠난 후 나의 삶은 평생을 떠도는 듯하다. 고국을 떠나던 날, 연로한 어머니는 공항에서 눈물을 흘리셨다. 서울 유학을 한답시고 너무 어릴 때 부모 품을 떠난 것도 서운한데, 이제는 미국까지 가느냐며 가슴 아파하셨다. 그때는 곧 돌아갈 수 있을 것이라 생각했지만 이토록 많은 세월이 흐르도록 나는 돌아갈 수 없었다.

타국 땅에서 부유浮游의 삶을 사는 동안 아직도 부모님의 흔적을 고스란히 묻힌 채 서 있던 낡은 고향 집은 세대가 바뀌고, 나는 이제 그곳에서도 이방인이 되었다.

사우스캘리포니아의 북쪽 도시에서 남쪽 끝 도시까지를 옮겨 가며 살아온 지난 20여 년 동안, 나는 주변에서 흔들리는 불안한 기운을 잡아 자꾸만 글을 썼다. 타국 땅에서 글을 쓰는 일은 불안한 그 기운을 더욱더 가중시켰지만, 그것은 또 삶의 에너지가 되기도 했다. 그러고 보면 불안이 곧 힘이라는 어느 노작가의 말은 맞는 것 같았다.

내 삶에서 흔들리던 기운을 차츰 타인의 삶에 투영하다 100여 년 전 나처럼 떠나왔던 사람들에게 마음이 닿았다. 초기 이민사의 자료들을 들고 샌디에이고 라호야 시티 스타벅스와 시립 도서관을 전전했다. 그들의 애환과 갈등은 지금의 나와 똑같았고, 나는 마치 그 시절에 살고 있는 듯 서러웠다.

자료를 섭렵하면 그것이 발효되어 나와 합일된 어떤 힘이 저절로 소설을 만들 것이라 생각했다. 그러나 풀려 나오지 않는 실마리로 끙끙대며 노트북을 들고 매일 출근하다시피 했던 버뱅크 시티 스타벅스. 나는 어느새 또 다른 도시로 옮겨 살고 있었다. 로스쿨을 준비하던 청년, 비즈니스 이슈로 서류를 펼치고 앉았던 여인, 시험공부를 하던 대학생들, 악기를 늘어놓고 헤드폰을 낀 채 작곡을 하던 남자……. 영어로 일하는 백인들 사이에 앉아 나는 한국말로 이 소설의 초고를 썼다. 새삼 나의 삶이 온통 하얀 벌판에 떨어진 작은 검불처럼 외로웠다.

초고를 들고 나만의 작업 공간을 찾아 고국의 작가 창작실을 여러 해 돌아다녔다. 원주의 토지문화관, 이천의 부악문원, 담양의 글을 낳는 집……. 그 또한 이국에서처럼 외롭기는 마찬가지였다. 고국의 삶을 잃어버린 나는 또 다른 공간에 홀로 떨어진 작은 검불만 같았다.

무덥던 8월, 토지문화관 매지사 방에서 이 소설의 마지막 퇴고를 했다. 건조한 캘리포니아 기후에 익숙한 내 몸이 끈끈한 고국의 더위를 못 견뎌 했지만 원고를 붙들고 있는 동안은 행복했다.

잉태에서 출산까지 적잖은 시간이 걸렸던 이 소설을 이제 세상에 내보낸다. 미진하고 아쉬운 점이 많지만, 우선은 누군가 읽고 기억해 줘야 그다음 이야기를 이어 쓸 힘을 얻을 것 같은 예감이다.

내 안의 가득함을 비우면 또 다른 무엇이 나를 찾아오리라는 믿음으로…….

2015년 봄
어바인 시티에서 박경숙

차례

떠돌이 기질을 너에게 주마

　정오에 도착하기로 한 배는 오후 2시가 넘어서야 항구에 닻을 내렸다. 8월의 태양이 세상을 삼킬 듯 작열했다. 이갑진은 팔에 걸쳤던 양복 윗도리를 펼쳐 소매에 팔을 꿰었다. 땀에 젖은 팔 위로 모슬린 양복의 촉감이 까칠하게 스쳐 갔다. 그는 자신의 심장 박동이 조금씩 빨라지고 있는 걸 느꼈다. 양복 소매 끝에 무심히 있던 그의 오른손이 슬그머니 가슴에 얹어졌다. 툭, 툭, 뛰는 가슴 고동이 손바닥에 고스란히 전해져 왔다. 그는 그 섬의 낯선 항구에 서서 새삼 자신의 심장이 뛰기 시작한 기원을 더듬었다.

　갑신정변이 일어나던 밤, 어미의 산통은 극에 달했다고 했다. 그 시각쯤 아비는 우정국 개국 축하연의 보초를 서고 있었다.
　아비는 하급 군인이었다. 신식 별기군에 속하지도 못한 옛 군영의 가난한 일원이었던 아비는, 그 밤 우정국 어두운 뜰에서 개화군의 푸른 칼날에 옆구리를 베였다. 아비의 눈꺼풀은 단말마의 고통으로 푸르르 떨며 허옇게 뒤집어지고, 갈비뼈가 드러난 옆구리에서는 피가 쏟아졌다.

어미는 초산의 고통에 비명을 지르며 홑이불 위에 붉은 피를 흘려 놓았다. 갑진이 세상에 나오기 위해 몸을 웅크리고 어미의 자궁 속을 도는 동안, 아비는 끊어지지 않는 숨을 헐떡이면서 어서 죽기만을 소망했다.

열여덟 어미의 꽃빛 자궁이 찢어질 듯 팽창하다 그가 머리를 산도로 내밀던 순간, 피를 너무 쏟은 아비의 얼굴은 검은 밤기운 속에 시퍼렇게 굳어져 갔다. 아비는 희미한 달빛 아래서 마지막 숨을 들이쉬며 여린 미소를 띠었다. 아침에 집을 나설 때 산기가 있던 어린 아내의 부른 배를 떠올렸다. 만삭이 가까워져 오자 점점 더 검게 넓은 원을 그리던 풍성한 유두가 그의 눈앞에 와 있었다. 그는 안간힘을 다해 숨을 들이마시며 아내의 젖꼭지를 빨았다. 찝찔한 액체가 입술로 스며들었다. 그의 가슴이 충만해져 왔다. 까무룩 정신을 잃어 가는 눈에서 눈물이 흘러내렸다.

아비의 뜨거운 눈물이 그 입술 끝에 맺힐 때, 갑진은 산파의 매질에 첫울음을 터뜨렸다. 아비와 갑진은 똑같은 시각에 울었다. 그의 탯줄이 잘릴 때 어미는 혼절했고 아비는 죽었다. 아비가 우정국 후미진 곳에서 피범벅이 되어 굳어 갈 때, 갓 태어난 갑진의 몸은 어미의 태반에서 흘러내린 피로 흥건한 채 버둥거렸다.

갑진은 이마에 손차양을 만들며 뱃전을 바라보았다. 그는 나지막이 긴 숨을 머금었다. 하필 이 순간에 자신이 태어나던 날이 떠올라서였다. 가난한 홀어미는 삯바느질을 하며 수도 없이 그 얘기를 했다.

"아비는 정말 인물 좋고 착한 사람이었다. 어쩌면 너 하나를 낳기 위해 이 세상에 왔다 갔는지도 모른다. 임오군란이 일어나던 해 열여섯 살이었던 어미는, 배고파 날뛰는 군란 대열에 끼지도 못한 채 뒷골목에서 벌벌 떠는 겁쟁이 구식 군인을 만나 부부의 연을 맺었다. 밀린 월급 땜에 배를 주려도 자기보다 월등한 대우를 받던 신식 별기군을 시샘하지 못했던 아비는, 그저 무서워 어미의 치마폭으로 뛰어들었다. 군란 뒤에도 벼슬아치들이 떼어먹고 남은, 겨가 잔뜩 섞인 쌀자루를 받아 들고도 말 한마디 할 줄 모르던 아비는, 그저 어미의 몸에 씨앗을 뿌리며 행복해했었다. 그래서 네가 생겨났고, 언젠가 너는 아비 피의 값을 해야 할 것이다."

그렇게 웅얼대던 어미의 얼굴에 조금씩 주름이 생기는 동안 갑진의 어깨는 다부져 갔다. 어미는 젖먹이 갑진을 데리고 한양을 떠나 아비의 고향인 제물포로 갔다. 아비를 꼭 닮은 갑진의 얼굴을 증거로 아비의 본가에 몸을 붙인 어미는 더 고달프고 가난해졌다. 바느질감을 자주 갖고 오던 옆집 새댁은 예수쟁이였다. 바느질에 넋을 뺀 듯 훵한 어미의 눈을 바라보며 새댁은 무슨 소린가를 자꾸만 지껄였다.

"예수의 피가 우리를 구원했대요."

"지랄! 그럼 우리 갑진 애비 피도 우릴 구원했겠네."

"피라고 다 똑같은가요?"

"뭐 시뻘건 피가 다를까. 우리 서방 피가 우정국 뒤뜰에 한강을 이뤘다더만."

"그게 언제 적 얘기라고……. 그날 죽은 사람이 갑진 아버님뿐이겠어요? 개화파·수구파 피가 다 뒤섞였겠지요."

"그런데도 세상은 그렇고 그러네. 아직도 말이야. 괜한 사람들 목숨만 잃었어."

어미는 방구석에 음전하게 앉은 어린 갑진을 건너다보며 한숨을 쉬었다.

"달라지지 않았다고 말할 수도 없지요. 조선 땅에 왜놈들 숫자가 점점 늘고 있으니……."

새댁이 매초롬한 얼굴을 하자 어미는 한 번 더 깊은 숨을 내쉬었다.

"누구 세상이 되든 밥이나 배불리 먹었으면……. 우리 갑진이도 신식 공부를 좀 시킬 수 있었으면……."

어미의 무심한 푸념에 새댁이 갑자기 눈을 동그랗게 뜨며 무릎걸음으로 바짝 다가앉았다.

"교회에 가면 갑진이 공부도 시켜 줄 거구면요."

바느질감에 박혀 있던 어미의 눈이 깜짝 놀란 듯 위로 치켜떠졌다.

"신식 공부? 우리 갑진이한테?"

"그럼요. 존스 목사님한테 부탁하면 미국에도 보내 줄 수 있다던데요."

새댁의 목청이 높아지자 어미가 바느질감을 탁 놓아 버렸다.

"그래? 하긴 양반네만 책을 읽던 시대는 지났다고 들었어. 내 속에서 나온 자식도 공부를 할 수 있단 말이지?"

새댁은 대답 대신 고개를 까닥까닥 두어 번 끄덕이고, 어미의 눈은 꿈을 꾸듯 흐려졌다.

자신이 어디서 흘러왔는지 알 수 없었다. 젖가슴이 볼록해지면서 저잣거리 술청을 서성였다. 먹여 주는 곳이 있으면 무엇이든 했다. 잠을 재워 준다면 누구든 따라갔다. 임오년 군란이 일어나던 밤, 벌벌 떨며 뒷골목으로 기어든 갑진 아비는 그녀를 품고 놓아주지 않았다. 어미는 아비를 통해 한자리에서 잠을 자고, 한 남자 품에만 안기는 걸 배웠다. 그가 죽자 이따금 도로 떠돌고 싶은 충동이 일었지만, 어린 아들은 부력이 가득 실린 그녀의 몸을 가라앉혔다. 그래도 스물다섯 살 그녀는 바늘 끝에 손가락을 찔릴 때마다 서럽게 울었다. 부푼 듯 허공으로 떠오르려는 몸과 가슴에 쌓였던 몸서리가 검지 끝에 맺힌 피 한 방울에 우수수 쏟아졌다.

어미의 눈에 눈물이 맺혔다. 어미는 눈물이 그렁그렁한 눈을 들어 갑진을 바라보며 하얗게 웃었다. 일곱 살 갑진은 어미의 웃음이 그저 눈에 부셨다.

갑진은 항구의 햇빛이 눈부셔 이마에 손차양을 하고도 눈을 가늘게 떴다. 뱃전에서 항구로 대어 놓은 나무 계단을 내려오는 여자들의 검은 치마폭이 바닷바람에 흔들렸다. 햇빛이 어룽대는 그 검은색도 눈에 부셨다. 바람결에 이리저리 쏠리는 검은 치마폭 위로 여인들의 아랫도리 윤곽이 둥그렇게 드러났다. 갑진의 가슴이 쿵쿵 뛰었다.

그는 얼굴도 모르는 아비를 닮은 순정 같은 건 자신에게 없다고 생각했다. 하와이에 도착하던 해, 농장 캠프에 같이 살던 스페인 소녀를 처음 품었다. 오하우 섬 북쪽에 있는 모쿨레이아(Mokuleia)의 와이알루아(Waialua) 농장에서였다. 그녀는 갈빛 종아리와 암팡진 가슴을 갖고 있었다. 치맛말기로 가슴을 꼭 조여 매는 조선 여인들의 모습에 익숙한 갑진은, 두 팔이 드러난 자루 같은 옷을 입은 스페인 소녀의 가슴이 거친 옷감 사이로 도드라지는 걸 보고 깜짝 놀랐다. 소녀는 갑진과 눈이 마주치자 긴 속눈썹을 깜박이며 미소를 머금었다.

제물포항을 떠난 배가 일본 나가사키를 거쳐 오하우 섬에 도착하기까지, 지루했던 한 달여간의 여독과 그 지독한 뱃멀미……. 뱃전에서 바다를 바라볼 때면 파도처럼 가슴으로 밀려들던 불안감이 섬을 딛고 선 지 여러 달이 지나도 갑진의 가슴에 남아 있었다. 그가 떠나던 날 항구에 서서 우두커니 뱃전을 바라보던 어미가 죽어 무덤에 잡초가 무성해진 꿈을 꾸는 날엔, 동트는 사탕수수밭 고랑에 앉아 후드득 눈물을 뿌렸다. 거친 사탕수수 잎사귀에 손과 팔을 베이고 피를 흘리며 숙소로 돌아오는 저녁이면, 소녀는 통나무 오두막 기둥에 기대선 채 우두커니 그를 바라보았다.

같은 오두막 사람들이 깊은 잠에 빠진 무렵, 갑진은 슬그머니 일어나 잠자리를 빠져나왔다. 오두막 뒤 숲에는 달이 떠 있었고 싱그러운 밤바람이 불었다. 소녀는 너무나 달콤하고 신비해 사탕수수 잎사귀에 긁힌 그의 상처까지 아물게 해 주는 것 같았다. 바다 가운데 떠 있는 듯한 불안감도 소녀의 몸속에선 사라져 버렸다.

갑진의 피부빛이 소녀의 갈색 피부를 닮아 가는 동안, 그는 날카로운 사탕수수 잎에 베이지 않는 법과 감독의 회초리를 피하는 법을 익혀 갔다. 조선인 노동자들은 사탕수수를 베어 내기도 했지만, 거친 땅을 개간하는 일이 더 많았다. 버려진 땅에서 돌무더기를 치우고 잡초를 뽑아냈다. 땅을 갈아 밭을 만들고, 도랑을 파 그 밭에 물을 댔다. 새벽 4시 반이면 귀청이 찢어질 듯 울어 대는 기상나팔 소리에 잠을 깨고, 6시 반부터 오후 4시 반까지 하루 열 시간 노동을 했다. 그렇게 한 달을 일해 겨우 16달러를 받았다. 회초리를 들고 노동자들 사이를 오가는 감독들의 월급이 월등 많다는 걸 알게 됐을 때 갑진은 슬슬 부아가 끓어올랐다.

감독의 회초리가 여러 차례 그의 등을 훑고 지나간 날 밤이었다. 소녀를 품는 갑진의 손길은 거칠었다. 그는 소녀의 가는 허리를 부러뜨릴 듯 꽉 끌어안았다. 적막한 어둠 속에 신음을 참던 소녀는 힘에 겨운 듯 그만 갑진을 밀쳐 냈다. 숨을 헉헉대는 갑진을 물끄러미 바라보고 있던 소녀가 갑자기 한 손을 내밀었다. 알아듣지 못할 소리를 중얼대며 갑진의 눈을 응시하는 소녀의 둥근 눈이 달빛 아래 싸늘한 빛을 발했다. 갑진은 그것이 뭔가 달라는 표시인 걸 눈치챘지만 멍하니 그녀를 보기만 했다. 소녀는 갑진 목에 걸린 놋쇠 번호표를 잡고 흔들었다. 그것은 이 농장에 갑진이 존재한다는 표시였다. 그 번호표로 그는 아침 점호를 하고 한 달이 채워지면 월급을 받았다. 번호표를 보여 주고 농장 안 상점에서 먹을 것을 사고 옷을 샀다.

소녀가 다시 번호표를 흔들었다.

돈을 달라는 건가?

갑진은 지난 두 달간 소녀를 품은 것이 몇 번인지 정확히 기억하지 못했다. 그동안 한 번도 소녀의 그런 모습을 본 적 없던 그는 달빛이 스쳐 가는 소녀의 얼굴을 그저 바라보기만 했다. 소녀가 번호표를 또 잡아당겼다. 적잖은 그 힘에 갑진의 목이 소녀 얼굴 가까이로 딸려 갔다. 어둠 속 소녀의 눈에 달빛이 가득했다. 그렁그렁 소녀의 눈이 빛을 냈다. 갑진은 번호표를 그러쥔 소녀의 손을 잡았다. 서늘한 밤 인데도 그녀의 손은 뜨겁고 끈끈했다. 갑진은 소녀의 손을 쥔 채 알 았다는 표시로 가만히 고개를 끄덕여 보였다. 소녀의 손이 스르르 갑 진의 손아귀를 빠져나갔다. 그녀가 벌떡 일어섰다. 그 바람에 풀숲이 바스락 소리를 냈다. 갑진의 얼굴로 익숙한 비린내가 풍겨 왔다. 소 녀의 낡은 치마가 그의 코앞에 있었다. 몸을 홱 돌려 어둠 속으로 사 라지는 소녀의 뒷모습에서 알 수 없는 처연함이 풍겨 왔다.

이튿날 소녀의 가족은 다른 농장으로 떠났다. 갑진이 사탕수수밭 에서 일하고 있는 동안 그들은 짐마차에 얼마 되지 않는 세간을 싣 고 갔다고 했다. 독신자 숙소엔 온갖 이야기가 떠돌았다. 소녀와 잠 을 잔 건 갑진만이 아니었다. 소녀는 게으른 아버지를 대신해 가족 을 부양했다고 했다. 그 사실을 농장주가 알게 돼 쫓겨났다고도 했 고, 스페인 노동자들만 있는 농장으로 가기 위해 떠났다고도 했다. 갑진은 어둠 속에 빛나던 소녀의 눈을 떠올렸다. 그 눈에 고였던 건 눈물처럼 보이던 달빛이 아니라 정말 눈물이었다는 걸 그때야 알았다. 갑진 목의 번호표를 잡아당겼던 건 돈을 달라는 표시가 아니라, 떠나고 싶지 않은 자신의 맘을 그렇게 표현했다는 것도…….

갑진의 마음엔 불과 물이 함께 소용돌이쳤다. 그녀가 다른 조선인 독신자들과도 잠자리를 했다는 것, 그러나 유독 갑진에게만은 돈을 받지 않았다는 것……. 분노와 슬픔이 함께 끓었다. 그리고 그는 소녀를 다시는 만날 수 없었다.

갑진은 소녀를 떠올리며, 그 속에 어미가 함께 있다는 걸 알았다. 그가 제물포를 떠나려 할 즈음 어미는 예수 주님을 외치는 열렬 신자가 되어 있었다. 일곱 살 때부터 어미를 따라 제물포 감리교회에 다녔던 갑진은 예수의 존재가 마음에 와 닿지 않았다. 더러 갑진 또래의 아이들은 존스 목사 밑에서 영어를 배웠다. 그들은 신학문에 눈이 떠 갔지만, 갑진은 언문을 겨우 깨쳤을 뿐이었다. 그는 공부가 싫었다. 대신 힘이 억세어져 제물포 항구의 날품팔이꾼으로 자리 잡았다.

유난히 가뭄이 심하던 그해, 입에 풀칠하기도 어렵다는 말들이 쏟아져 나왔다. 어미의 바느질감도 줄고, 항구에는 고향을 떠난 사람들이 몰려들었다. 품팔이꾼들은 많아졌지만, 하역 작업은 늘지 않았다. 항구에선 서로 일을 맡으려는 아귀다툼이 벌어졌다. 어릴 때 어미를 따라와 제물포에서 잔뼈가 굵은 갑진은 토박이나 다름없었지만, 가족을 거느린 장년의 뜨내기 품팔이꾼들을 이길 수 없었다. 일감을 빼앗기는 날이 많았다. 풀이 죽어 집에 돌아오면 어미는 삯바느질 대신 바느질에서 남은 조각 천으로 상보를 꿰매고 있었다.

"참 먹고살기 힘들구나. 아무도 바느질감을 가져오지 않아."

한숨처럼 말을 흘리는 어미의 목소리는 마흔이 안 된 나이에도 노파처럼 갈라져 나왔다.

"대처로 돈 벌러 갈 사람들을 모집한다는구나. 거긴 사철 춥지도 않고 나무엔 맛있는 과일이 주렁주렁 매달린 곳이란다. 몸만 건강하면 여기서 날품으로 버는 돈의 몇 배나 준다던데……."

마치 남의 이야기를 하듯 구시렁대는 어미는 실밥을 입에 문 채 우물거렸다.

"뱃삯도 미리 빌려준다네. 거기 가서 벌어서 갚으면 된다고……. 나라님이 수민원이란 곳을 설치하고, 우리 조선 백성들이 대처에 나가 돈도 벌고 문물도 익혀 오기를 원한다더라. 교회에서 벌써 지원한 사람들이 많다더만."

"그래서 나보고 거기 가란 말이유?"

툇마루에 앉아 어미를 등지고 있던 갑진은 골이 난 표정으로 홱 돌아보았다. 내쏘는 아들의 목청에도 어미는 못 들은 척 바늘땀을 꿰며 계속 웅얼거렸다.

"공부를 파고들 맘이 있다면 존스 목사님이 신식 학교에 보내 준다고 했지만 너는 그런 것도 아니고…… 날품팔이를 할 바에야 돈 많이 주는 곳에 가는 게 나을 듯도 싶고……."

갑진은 어미의 내리깐 눈에 햇살이 오종종 모여드는 걸 보았다. 어미의 눈가에 어느새 주름이 모여 있었다. 갑진도 항구에 나붙은 그런 공고를 보았다. 일거리를 못 잡은 사람들이 공고 앞에 모여 웅성거렸지만, 감히 먼 나라로 떠나려고 마음먹지 못하는 것 같았다. 갑진은 그 곁을 무심히 지나쳐 왔을 뿐이다.

"참으로 뒤숭숭한 세상이다. 저잣거리엔 갈수록 왜놈들이 활개 치고, 곳곳에 의병이 출몰한다고도 하지 않니. 너는 나라를 위해 의병에 지원할 사람도 못 되고……. 그저 목에 풀칠이나 하려면 대처에 나가 돈이라도 벌어 오렴. 어미도 늙어서는 네 덕에 걱정 없이 살아 보게."

어미는 바늘땀에 내리깔았던 얼굴을 들어 슬그머니 갑진을 바라보았다.

그날 밤 어미는 오래전 얘기를 털어놓았다. 어린 나이부터 저잣거리 주막을 떠돌았던 얘기, 끼니와 군복도 제대로 받지 못하던 구식 군대의 하급 군인이었던 아비가 임오군란의 와중에 주막거리 뒷골목에서 벌벌 떨던 순간들을 전설처럼 들려주었다.

"너에겐 아비의 우유부단함과 내 떠돌이 기질이 함께 있다. 나는 네 아비를 만나 떠돌이 생활을 청산했다. 하지만 그것도 잠시였다. 개화파도 수구파도 아니던, 제 밥그릇을 위해 목청 한 번 높여 보지 못했던 네 아비는 그냥 양반님들 싸움질에 피를 흘리며 죽고 말았다. 네 아비가 목숨 잃은 값도 없이 정변은 삼일천하로 끝나고 세상은 아직까지도 우왕좌왕하지 않니. 그렇다고 나라 힘이 세어진 것도 아니고, 자꾸 험한 꼴만 이어졌다. 왕비님이 꼭 네 아비처럼 칼에 난자를 당해 죽고 말았으니……. 왕비님은 네 아비보다 더 재수가 없지. 그 귀하신 몸이 불에 타 뼈도 제대로 못 추렸다니까. 그래도 네 아비는 내가 시신이라도 거두었다. 너를 낳고 뼈가 무너져 내리는 듯했지만, 다음 날 너를 먹일 젖이 불기도 전에 성문 밖에 내다 놓은 시신들 중에 얼굴이 퍼렇게 변한 네 아비를 찾아냈다. 그래도 성문 밖 야산에 네 아비 무덤을 쓰고, 네가 있었기 땜에 내 떠돌이 병은 그 후론 도지지 않았어. 아니, 한 번쯤 도질 뻔도 했단다. 내가 이 제물포로 옮겨 오고 나서 말이야. 네가 웬만큼 자랐을 때 그냥 너를 네 큰아비 댁에 두고 도망쳐 버릴까도 했지. 그때 나를 구한 건……."

어미는 어둠에 누워 잠시 말을 끊었다. 갑진은 가물가물 잠 속으로 빠지려다 고개를 돌려 어미를 보았다. 감고 있을 거라 생각했던 어미의 눈에 빛이 훤했다. 찢어진 장지문 사이로 초가을 바람이 오소소 불어오고 달빛이 스며들었다.

"그때 나를 구한 건, 바로 예수였다."

나지막했으나 어미의 목소리는 또랑또랑했다. 갑진은 도로 감기려던 눈을 번쩍 떴다. 어미가 어둠 속을 더듬어 갑진의 손을 찾아 쥐었다.

"나는 네가 나보다는 차라리 겁쟁이 네 아비를 닮는 게 낫다고 생각했다. 그런데 그냥 품팔이꾼으로 커 버린 너를 보며 너는 네 아비만도 못한 사람이 될 것 같은 걱정이 들었다. 아비는 그래도 얼마 안 되는 나라의 녹을 받았는데, 너는 왜놈들 짐이나, 아니면 거기에 빌붙어 사는 장사꾼들 짐이나 부려 주며 바닷가를 싸돌아다니고……. 가라! 가서 큰 세상을 보고 돌아와 너도 잘살고 어미도 건사하렴. 그

동안 꾹꾹 눌러 왔던 어미의 떠돌이 기질을 이제 너에게 주마."

갑진은 어두운 천장을 향해 눈만 껌벅였다. 그는 아무 데로도 떠나고 싶지 않았다. 어쩌면 아무 생각 없이 살아왔다고 하는 게 옳을지도 몰랐다. 어미는 바느질품을 팔며 늙어 가고, 자신은 천 조각과 실밥이 어질러진 좁은 방과 해 질 녘이면 붉게 물드는 서해 바다, 그 사이를 오갔을 뿐이다.

떠돌이 기질이란 무엇일까?

그는 어미가 낮게 코 고는 소리를 들으며 잠을 이루지 못했다. 종아리에 털이 숭숭 돋아나면서, 아비의 친척들은 어쩌면 그리도 아비의 잘난 얼굴을 닮았느냐고 했다. 더러는 아비를 닮아 말이 없고 음전하다고도 했다. 그러나 그 아비를 닮아 참 어정쩡한 아이로 자라고 말았다는 사람들도 있었다. 어미를 따라 어릴 때부터 다닌 교회에선 같은 또래의 여자아이들이 여인으로 자라났다. 그들이 갑진 곁을 스쳐 갈 때면 가슴을 아득하게 하는 냄새가 풍겨 왔다. 그의 온몸 살갗이 땀구멍을 모으며 일어서는 기분, 하지만 그런 감정은 해 지는 붉은 바다를 보며 그가 느끼던 어떤 아스라함만은 못했다. 그는 석양의 바다에 홀로 서 있을 때가 많았다. 하역 작업이 모두 끝난 항구엔 인적이 끊어지고, 선착장의 배들만 붉은 바다를 배경으로 잔잔한 파도에 흔들렸다. 그런 순간이면 그의 마음은 그저 하얗게 비워졌다.

입을 벌리고 푸푸 숨을 내쉬는 어미의 기척을 느끼며, 갑진은 눈을 감았다. 어미의 숨소리는 언제나 갑진을 먼 곳으로 데려갔다. 그

러나 아득하고 편안한 잠 속으로 빠져들게 하던 어미의 숨이 오늘
은 그를 잠들지 못하게 했다. 그는 이제 어미의 숨만으로는 꿈속 여
행을 할 수 없으리라는 걸 알았다. 정녕 어미는 떠돌이 기질을 그에
게 전해 주고 만 것일까. 어쩌면 그 떠돌이 기질은 그의 피 안에 이
미 숨어 있었는지도 몰랐다. 해 지는 바닷가에 하염없이 서 있을 때
면 가슴을 채우던 평안……. 그는 진즉부터 자신이 떠돌고 있었음을
알았다.

바다는 햇빛 속에 하얗게 넘실댔다. 갑진은 희푸른 바닷빛 속에
오래전 떠난 캠프의 스페인 소녀와 지금쯤 흙이 되었을 어미의 모
습이 함께 넘실대는 걸 보았다. 소녀의 눈이 달빛을 가득 담고 빛
나던 밤, 어미의 눈이 장지문을 뚫고 들어오던 달빛에 그렁거리던
밤……. 지금은 소녀도 어미도 없었다. 소녀는 그렇게 떠난 후 다시
만날 수 없었고, 어미는 3년 전 가을에 세상을 떠났다고 했다. 갑진
이 소녀의 떠남을 슬퍼하지 않았던 건, 그가 정착해야 할 곳은 이 아
열대의 섬이 아니라 어미가 사는 조선 땅이어야 한다고 생각했기 때
문이다.

기혼자가 되면 농장주로부터 그들 가족만 머물 수 있는 뒷마당 딸
린 통나무집이 주어졌다. 그래도 갑진은 혼인을 마다한 채 노총각으
로 서른을 넘겼다. 그가 사는 곳은 늘 대여섯 명이 함께 기거하는 독
신자 오두막이었다.

조선인 노동자들이 농장 안에서 자리를 잡자, 스페인 노동자들은
소녀의 가족처럼 떠나갔다. 조선인 노동자들은 때로 일본인 노동자

들의 파업을 분쇄하는 데 동원되었다. 조선인들의 일본에 대한 적개심은 농장주에게 유용하게 작용했다. 그래도 조선인 노동자들이 배운 몇 마디 영어로는 농장주나 감독과 대화를 나눌 수 없었다. 필요할 때면 통역을 불렀지만, 조선 선교사 밑에서 배운 통역들의 영어도 완전하지 않아 때로 오역이 되는 경우도 많았다. 선교사에게서 정말 영어를 잘 배운 젊은이들은 하와이로 오지 않고 본토로 들어가 공부하고 있었다. 세월이 가도 넘을 수 없는 벽은 언어였다. 갑진도 몇 마디 말은 할 줄 알게 되었지만, 그것으로 그의 생활을 바꿀 수 있는 일은 일어나지 않았다.

이 섬에 도착해 십수 년이 흐르는 동안 갑진처럼 홀로 살아온 남자들은 짝도 없이 늙어 갔다. 남자들은 원주민 여자가 아닌 조선 여자들을 원했다. 더러는 뱃삯을 들여 고향 땅에 가 여자를 데려오는 일도 있었다. 하지만 농장에서 고생하며 모은 돈을 그렇게 써 버릴 일이 아니었다. 가족을 두고 떠나왔던 한 남자는 10년이 지나서야 아내를 불러들이기도 했다. 조선인 아내를 원하는 독신 남자들은 가장 잘 나온 자신의 사진을 조선 땅으로 보내 신붓감을 구하기 시작했다. 그들을 이곳으로 떠나오게 했던 곳이 교회였던 만큼 처녀들은 교회를 통해 왔다. 하나둘 그렇게 혼인을 해 가는 주변 남자들을 보며, 갑진은 이미 땅에 묻혔다는 어미를 생각했다. 어쩌면 자신은 조금 더 일찍 돌아갔어야 했다고 후회했다. 하지만 그간 힘들여 모은 돈은 돌아갈 뱃삯이 전부였다. 어떻게 어미를 호강시켜 줄 수 있었단 말인가. 그 밤, 어미가 돌아오고 싶을 때는 언제든 돌아오라고 말했다면 그는 벌써 돌아갔을지도 몰랐다. 어미는 병이 깊었다는데도 1년에 한두 번 주고받는 편지에 그런 말을 쓰지 않았다. 어미가 갑진이 돌아오길 바라지 않았는지도 모른다는 생각이 든 건, 어미의 세 번째 기일이 지나고 나서였다. 그는 어렴풋이 자신의 떠돌이 기질을 준다고 말하던 어미 목소리를 떠올렸다. 깊은 밤의 고요 속에 나직이 흘러나온 그 목소리가 날이 선 듯했었다는 걸.

어미는 마지막 편지에서, 어쩌면 자신은 갑진 하나를 낳기 위해 세상에 왔는지 모른다고 했다. 갑진은 언젠가 어미가 했던 말을 떠올렸다. 정변의 밤에 파리 목숨처럼 사라진 아비도 갑진 하나를 세상에 만들어 두기 위해 태어났는지 모른다고 했던 말을. 그는 어미의 편지를 무심히 읽었다. 그리고 두 달 후 어미가 온 마음 다해 섬기던 제물포 감리교회는 갑진에게 어미의 사망 소식을 전해 왔다.

세상이 온통 하얗게 바래는 것 같은 멍한 기운 속에, 그는 돌아갈 곳이 없다는 걸 알았다. 그가 떠나올 때 외세에 우왕좌왕하던 나라의 주권은 일본에 넘어가 버렸다고 했다. 임금님은 일본인 총독 아래 갇힌 채 살고, 그의 나라 조선은 이 세상에 없었다. 조국도 어미도 없다면 어디로 돌아가랴. 갑진은 망망대해에 홀로 떠 있는 듯한 서러움에 검푸른 잎이 무성한 오두막 뒤 숲에서 울었다.

그가 눈물을 흘리며 들어선 숲은 오래전 열아홉 살의 그가 스페인 소녀와 몸을 섞던 곳이었다. 그는 소녀가 떠날 때 붙잡지 못한 것을 처음으로 후회했다. 갑진에게 떠나라고 말하던 어미의 눈에 달빛이 고였듯, 갑진을 떠나던 소녀의 눈에도 달빛이 가득했던 그 밤……

갑진은 자신이 소녀와 어미를 혼동하고 있다는 걸 그제야 알았다. 그러나 이제 그에겐 소녀도 어미도 없었다. 갑진의 울음소리가 숲을 울렸지만, 바람에 흔들리는 검푸른 아열대 나무 잎사귀들이 그의 울음소리를 다 빨아들인 듯 밤은 괴괴하기만 했다.

그가 긴 슬픔의 터널을 빠져나와 맨 처음 한 일은, 와이알루아 농장을 떠난 것이었다. 조선인들이 좀 더 많이 모여 사는 와히아와 (Wahiawa) 가까이 있는 에와(Ewa) 농장으로 일자리를 옮겼다. 그리고 와히아와 거리에서 재봉사로 일하는 조선인을 찾아갔다. 양복 한 벌을 맞춘 그는 새 옷을 찾아 입던 날, 이발을 하고 사진관으로 갔다. 갑진의 모습은 서양 문물에 젖은 잘생긴 남자로 인화지에 박혀 나왔다. 사진은 갑진의 인적 사항이 적힌 서류에 붙어 하와이 한인 감리교회를 통해 배에 실리고, 그는 한 여자의 사진을 받았다. 눈매가 좀 매초롬해 보였지만 깎은 듯 갸름한 얼굴선과 오뚝한 콧날, 얄프리한 입술이 단정한 여자였다.

그녀가 맘에 든다고 통고했을 때 그녀는 생각지 못한 제안을 해왔다. 자신에겐 꼭 데려가야 할 동무가 있으니 같이 가게 해 달라는 것이었다. 동무의 뱃삯을 내주면, 하와이에 도착해 그 동무가 일을 해 갚겠다고 했다. 그는 생각 끝에 그 동무라는 사람의 뱃삯을 내주기로 했다. 돈을 변통해 두 사람 몫의 뱃삯을 고국으로 보내며, 그는 진즉에 어미의 뱃삯을 보내지 못했던 걸 후회했다. 그러나 다음 순간 어미는 이 낯선 섬으로 올 맘이 없었다는 걸 깨달았다. 그리고 갑진이 돌아오길 바라지 않았다는 것도.

퇴기의 딸

　선착장에 내려선 수향은 온몸으로 확 끼쳐 오는 더운 기운에 흡-
숨을 머금었다. 그것은 세상에 태어나 처음 느껴 보는 열기였다. 하
늘로 뻗어 오른 키 큰 나무 끝엔 기다란 줄기에서 살처럼 날카롭게
뻗쳐 나간 검푸른 잎사귀들이 바람에 너울대고 있었다. 나무둥치의
표면은 꺼칠하고 누런 것이 마치 죽은 듯 보였는데도, 잎은 그 빛이
싱싱하기만 했다. 그런 나무들이 천지였다. 햇빛에 달구어진 선착장
은 수향의 가죽신 바닥을 녹여 버릴 것처럼 뜨거웠다. 사방엔 낯선
풍경과 낯선 사람들뿐이었다. 수향은 가슴이 덜컥 내려앉았다. 그만
따가운 햇볕 아래 주저앉아 목 놓아 울고 싶은 맘뿐이었다.
　"아씨! 아씨!"
　월례가 옷 보퉁이 두 개를 품에 안고 겁먹은 표정으로 수향을 불
렀다. 수향은 자신의 보퉁이를 월례 품에서 빼앗듯 낚아채며 냉정한

표정을 지었다.

"월례야! 겁먹지 마. 어차피 우리는 낯선 땅에 온 거잖아."

"공연히 온다고 했나 봅니다. 저 시커먼 얼굴들 좀 봐요. 저 사람들이 조선 남자들이란 말인가요? 아씨가 어떻게 저런 사람들과 혼인을 합니까?"

겁먹은 표정에도 맹랑하게 흘러나오는 월례의 목소리에 수향의 가슴은 또 한 번 내려앉았다. 자신이 이곳에 혼인을 하기 위해 왔다는 사실이 그제야 실감 났다. 그녀는 그만 눈을 감아 버렸다. 환한 빛과 열기가 어룽어룽 그녀의 눈꺼풀을 스쳐 갔다. 그녀는 이제 돌이킬 수 없다는 걸 알고 있었다. 어떻게든 이 땅에서 이갑진이란 남자를 만나 살아갈 수밖에 없다는 것을……

"호들갑 떨지 말고 사진에서 본 그 남자나 어서 찾아봐라. 네 뱃삯까지 내줬으니 나는 영락없이 그 사람의 볼모 아니냐. 내가 싫다면 네가 대신 그 남자한테 시집가련?"

수향은 짐짓 상전다운 위엄으로 말했지만, 이곳에서도 월례에게 상전 노릇을 할 수 있을지 자신이 없었다. 언젠가부터 반상의 차별이 없어졌다고 한탄하던 어미는 때로 돈 많은 중인 계급 객주의 술상머리에 앉아 술을 따르던 치욕을 말하기도 했다.

가난과 타고난 미모가 생의 이력인 어미는 권번에서 자랐다. 어미는 수향에게 자신의 기녀 생활에 대해 많은 것을 말하지 않았다. 다만 자신은 비록 기녀였어도 고고했노라는 말만 되풀이했다. 단 한 사람 가난한 선비를 사랑했는데, 그 사이에서 수향이 태어났다고 했다. 수향은 어느 날 사라졌다는 아비의 얼굴을 기억하지 못했다.

한양 북촌의 기녀였던 어미는 그런 날을 예감이나 해 온 듯, 모아 두었던 패물을 챙겨 경상도 땅으로 떠났다. 아비가 사라지고 나서부터 북촌을 떠나던 날 사이로 얼마큼의 세월이 흘렀는지 수향은 알지 못했다. 어미의 비단 치마꼬리를 잡고 먼 길을 가던 장면이 그저 아물아물 생각났다. 그때 수향 곁에 함께 있던 월례의 모습까지도……. 그 애는 수향이 태어나던 즈음 북촌 집 대문 밖에 버려졌던 업둥이라고 했다. 월례는 수향을 키우던 유모의 젖을 나눠 먹으며 자랐다. 어미는 수향에게 대갓집 아씨의 언행을 가르쳤지만, 월례에겐 하녀의 언행을 가르쳤다. 어미는 그 두 가지를 한 몸에 갖고 있던 사람이었다.

수향은 어미의 미모를 닮지 못했다. 넓은 이마와 날카로운 눈매, 곧은 콧날이 영락없이 떠나간 아비의 것이라 했다. 그러나 늘 소매통이 좁은 낡은 무명 저고리와 버선목이 드러나는 짧은 치마에 행주치마를 두르고 있던 월례에겐 타고난 미모가 있었다. 초롱초롱한 눈이 웃음을 지을 때면 누구라도 빨려들 만큼 예뻤다. 초경을 치른 뒤 조금씩 허리선이 짙어지는 월례를 보며 수향의 어미는 혀를 찼다.

"쯧쯧! 필경 어느 기생 년의 딸인 것이야. 어찌 저리 어린 것이 몸 전체에서 농염함을 풍긴단 말인고. 내가 애 낳은 것을 알고, 어느 기녀가 제 아이를 집 앞에 버리고 간 것이야. 젖이라도 얻어먹을 수 있으려니 하고……."

어미는 곰방대를 놋재떨이에 떨며 마당에서 빨래를 너는 월례를 혼곤한 눈빛으로 바라보았다. 어미는 경상도 땅으로 온 후 땅마지기를 사들여 마름에게 농사를 짓게 하고, 기녀의 삶을 청산한 것 같았지만 젊어서 피우던 담배를 끊지 못했다. 또 늘 화려한 차림새는 누가 보아도 그녀의 전력을 짐작게 했다. 어미가 마흔을 넘기 전까지는 심심찮게 인근의 늙수그레한 양반님들이 찾아와 술판을 벌이고 갔다. 어미는 제 버릇을 고치지 못하고 그들을 맞을 때마다 질펀하게 가무를 즐기며 취해 들었다. 술상을 차려 방으로 들이던 월례는 허리를 휘며 춤을 추는 늙은 기녀의 자태를 넋 잃고 바라보곤 했다.

때론 중인 갓을 쓴 늙은이들이 찾아왔다. 어미는 턱을 치켜세우며 눈살을 찌푸렸지만 그들의 두둑한 전대에 다시 술상을 차렸다. 적은 땅에서 나는 곡물을 소작인과 나눠 먹자니 평생 사치를 해 온 어미는 늘 갈증이 났다. 어미의 방에서 밤새 노랫소리가 들려오는 밤이면, 수향은 수틀을 던져 놓고 꼿꼿하게 앉아 밤을 지새웠다. 방 안에 일렁이는 촛불 심지를 바라보며 하염없이 앉아 있곤 했다. 수향이 던져 버린 수틀을 집어 들고 몇 땀인가 수를 놓던 월례가 꼬박꼬박 졸 때면 어미의 방도 고요해졌다. 수향은 늙은이가 자고 가는 것인지, 이미 가 버린 것인지 알지 못했다.

수향은 어미의 그런 행위가 적어도 몇 년은 계속되었다는 걸 기억했다. 수향이 감히 어미에게 대들 나이가 되기 전까지 경상도 땅 세 칸짜리 초가엔 가끔 그런 밤이 지나갔다. 어느 아침 수향의 가느다란 눈이 화살처럼 날카로워지고, 얇은 입술이 바들바들 떨리던 이후, 어미는 소작인이 농사지어 온 곡물로 가난한 삶을 몇 년 계속했다. 윤기 없는 무명옷에 흰머리가 돋기 시작한 머리를 쪽 찌고 앉아 곰방대를 하염없이 빨아들였다.

수향은 키가 자라고 언문책들을 수없이 읽었다. 월례는 행주치마를 묶은 허리가 더 잘록해지고 가슴께가 도톰해졌다. 마당 가운데 햇빛이 그득하던 봄날이었다. 웬 늙은이가 빼꼼히 열린 대문을 조심스레 들어섰다. 때가 꼬질꼬질한 두루마기를 보니 어지간히 길을 헤매고 다닌 듯했다. 봄 햇살이 따스한 마당으로 장지문을 열어 놓고 앉았던 수향은, 혹 얼굴도 모르는 제 아비가 찾아온 게 아닌가 싶어 열린 문으로 고개를 내밀었다. 그러나 늙은이는 수향이 상상했던 아비라고 하기엔 너무 늙어 있었다.

"뉘신지요?"

어미가 곰방대를 놋쇠 재떨이 위에 내려놓는 소리가 났다. 빨래를 널던 월례가 햇빛에 눈이 부신 듯 얼굴을 찡그리며 돌아보았다. 겨우내 입었던 어미의 낡은 비단 치마가 널린 마당가 빨랫줄에서 문이 뚝뚝 떨어졌다. 늙은이는 한동안 마당 가운데에 아무 말 없이 서 있었다. 어미를 바라보고 있다고도 할 수 없는 눈빛은 먼 허공을 향한 듯했다.

"퇴기를 찾아오셨다면 잘못 짚으셨습니다. 그런 짓 끊은 지 오래 됐습니다."

어미의 서울 말씨는 경상도 땅에 오래 살아왔어도 깍듯했다.

"그런 것이 아니라······."

늙은이는 우물우물 입을 뗐다. 어미와 월례가 똑같이 의아한 표정을 지었다. 안심하는 듯도 하고 섭섭한 듯도 한 얼굴이었다. 수향은 아직 어미의 가슴에 노류장화의 기질이 남아 있음을 알았다. 그리고 시중들던 월례도 알게 모르게 그것을 즐겨 왔다는 걸…….

"그럼 무슨 일로 오셨습니까. 아무리 세상이 달라졌다곤 하지만 이곳은 아녀자들만 사는 집입니다. 어서 용건을 말씀하시고 돌아가 시지요."

어미는 툇마루에 앉은 채 허리를 꼿꼿이 세웠다.

"예수를 믿으시라고 왔심더."

우물거리며 흘러나오던 첫마디와는 달리 늙은이의 말투가 분명해 졌다.

예수?

수향은 낯설지 않은 그 이름을 무심결에 되뇌었다. 주변에 예수쟁 이들이 늘고 있다는 말을 들은 것도 같았다.

"예수를 믿으면요? 세상이 달라지고 사람의 이력이 달라진답니 까?"

비꼼이 가득한 어미의 목소리가 당당히 흘러나왔다.

"하모요. 모든 것이 새롭게 된답니더."

"새롭게?"

늙은이의 말을 받아치는 어미의 목소리는 표독스러울 만큼 날카 로웠다.

"교회에 나오시면 무엇이 새로워지는지 알게 되실 겁니더. 아직 어린 따님도 있으신데 신학문도 배우게 할 수 있심더."

"이 아인 제 딸이 아니고 집안일을 하는 아이입니다."

흘깃 월례를 보는 어미의 목소리가 지나치게 냉정하게 들린다고 생각한 것과 월례가 풀 죽은 표정을 지은 것은 동시였다.

"천한 신분의 사람들도 믿을 수 있는 게 예수입니더. 반상의 차별도 없지만 남녀의 차별도 없심더."

"어찌 그리 고얀 것이 있단 말입니까? 아무런 차별도 없다니…….때로 세상은 적당한 차별이 필요한 법입니다. 상것들이 있어야 양반님들이 있을 수 있듯이. 안 그렇습니까?"

어미는 제 이력을 감추지 못하고 늙은이를 향해 농염한 웃음을 지었다. 늙은이는 말하는 내내 허공을 향했던 눈을 내려 어미의 웃음을 바라보았다. 한순간 늙은이의 눈빛이 흐려지는 것 같았다. 수향은 늙은이가 어미의 요사한 웃음에 빠져들고 있다고 생각했다. 늙은이의 눈에 가득 고인 햇살이 반짝거렸다. 그의 짚신 위로 뚝, 눈물 한 방울이 떨어져 내렸다.

"예수님은 당신을 불쌍히 여기심더."

나지막한 늙은이의 목소리가 단호하게 울리자 어미가 벌떡 일어섰다.

"그만 나가시지요. 나는 모르는 사람의 동정 같은 건 받고 싶지도 않습니다. 왜 내 집에서 눈물을 흘리십니까?"

"제 안의 예수가 눈물을 흘리는 것입니더."

늙은이는 젖은 눈길을 들어 어미를 일별하고는 천천히 몸을 돌려 대문을 나갔다.

늙은이의 발길이 지나간 마당에 하얀 햇빛이 물기처럼 내렸다. 빨랫줄에 널린 어미의 비단 치마에서 똑똑 떨어져 내리던 물기가 뚝 끊어지고, 늙은이가 사라진 대문을 뚫어져라 월례가 바라봤다.

어미는 잠시 뭔가에 홀린 듯 툇마루에 서 있더니 휙 몸을 돌려 방으로 들어가 버렸다. 빨래 함지박을 담장 귀퉁이에 세워 놓은 월례가 행주치마에 손을 툭툭 털며 수향에게 다가왔다. 그녀는 수향의 방 앞 툇마루 끝에 엉덩이를 걸치고 앉았다.

"빨래터에서 저런 늙은이가 동네를 돌아다닌다는 말을 들은 적이 있어요."

"너는 참 모르는 것이 없구나."

툭 내뱉는 수향의 눈빛 한 귀퉁이에 부러움이 어렸다.

"옆 동네에 겨우내 저 늙은이가 돌아다니더란 말을 들었는데, 이제 우리 집까지 왔네요."

"저 늙은이는 뭘 먹고 산다던? 보아하니 살림이 넉넉한 집 노인네도 아닌 것 같은데……. 저리 무작정 돌아다녀서야 어찌 밥이나 먹겠니. 그 예수란 사람이 밥도 준다던?"

수향의 쌀쌀한 말투에도 월례의 얼굴엔 웃음이 하얗게 번졌다.

"누가 알아요? 밥도 줄지……. 신학문도 가르쳐 준다는데 그 교회란 곳에 가 보고 싶긴 해요. 아씨는 안 그래요?"

"언문 떼고 진서도 좀 읽으면 됐지, 남정네들도 있다는 그곳에 뭐하러 가누?"

"반상의 차이도 없다잖아요."

수향은 월례의 얼굴에 번지던 웃음이 쓸쓸히 가라앉는 걸 보았다. 그녀의 가슴도 왜 그런지 서늘해 왔다.

"반상의 차이도 없다고……. 그래, 하긴 나는 양반도 아니면서 상놈 신분도 아니구나. 하지만 누가 아니? 월례 너는 진짜 양반 부모를 가졌었는지……."

수향이 혼잣말처럼 중얼거리자 월례가 갑자기 낮은 웃음소리를 냈다.

"참 아씨도! 제가 양반 핏줄이면 왜 내다 버렸겠어요. 마님 말씀이 저는 아마도 기생 딸년이라잖아요. 기생집 앞에 버려진 것만 봐도 그렇다고요."

"그렇담 너랑 나랑은 같은 신세인지도 모르잖니. 나는 안 버려졌을 뿐이지. 누가 아니? 한창 뒤숭숭하던 세상에서 우리가 태어나던 즈음 멸문을 당하던 집안도 많았다더구나. 넌 그런 양반님 딸인지도 몰라."

수향이 정색을 하고 말했지만 월례의 얼굴엔 그늘이 어렸다.

"그만두세요. 마님이 들으시면 언짢아하시겠어요."

"뭐가 언짢단 말이니?"

"아씨 수발이나 드는 제가 양반님 핏줄일지 모른다면 말이죠."

"무슨 소리! 난 너를 내 하녀로 생각해 본 적 없어. 한평생 같이 살 동무로 생각했지. 너는 나처럼 언문도 쓰고, 진서도 알고, 수는 나보다 더 솜씨가 좋고……. 나보다 잘하는 것도 많지 않니. 내가 못하는 널뛰기며 달음박질도 잘하고, 밥 짓기며 빨래며……."

조잘조잘 말을 늘어놓는 수향을 보며 월례가 쿡 웃음을 머금었다.

"아씨는 그런 허드렛일을 할 필요가 없어서 못하는 거지요. 수놓는 건 싫어하니까 제가 더 솜씨가 느는 거고요."

"나보다 나은 것이 또 있어. 넌 나보다 훨씬 예뻐!"

수향이 장지문 사이로 고개를 내밀어 월례의 얼굴을 빤히 들여다보았다. 툇마루에 걸쳐 있던 햇살이 수향의 넓은 이마에 물살처럼 내려앉았다.

그해 겨우내 수향의 어미는 해수병에 시달렸다. 밤새 기침으로 잠을 설쳤으면서도, 아침이면 곰방대를 찾아 들던 어미는 살고 싶은 맘을 거둔 것 같았다. 뭐라 형용키 어려운, 어미의 달콤한 살내가 늘 떠돌던 방은 퀴퀴한 냄새를 풍겼다. 그 반대로 수향과 월례가 기거하는 방에선 어미의 살내보다 더 달콤한 냄새가 흘러나왔다. 어미의 몸이 썩어 가는 동안 수향과 월례는 무르익어 갔다.

보릿고개를 넘기고 나서, 겉보리 몇 말을 들고 왔던 마름이 어미의 병색 짙은 얼굴을 보더니 의원을 불렀다. 중인 갓을 쓰고, 구깃거리는 두루마기를 입은 자그만 몸집의 의원은 어딘가 낯이 익었다. 침통을 들고 어미의 방문턱을 넘을 때에야 수향은 그가 작년 봄 찾아왔던 그 예수쟁이 늙은이란 걸 알았다. 어미는 그 1년 새 곱던 얼굴이 거무스름해지고, 피골이 상접했는데도 늙은이는 그때나 지금이나 별로 달라 보이지 않았다.

늙은이가 작고 옴팡한 눈을 내리깔고 어미의 야윈 손목을 잡았다. 어미가 감았던 눈을 슬며시 떴다. 늙은이를 올려다보는 어미의 입술이 천천히 삐뚜름해졌다. 늙은이를 알아보고 미소 짓는 것 같았다. 진맥을 끝낸 늙은이가 침을 꽂으려고 어미의 앞섶을 헤치자 앙상한 가슴팍이 드러났다. 늙은이는 혈 자리를 찾느라 어미의 살갗을 더듬었다.

침을 뺀 어미가 잠이 드는 걸 보고 나서야 늙은이는 방을 나왔다. 그는 마름 곁에 우두커니 선 수향을 흘깃 바라보더니 뒷짐을 지고 섰다.

"하루 이틀의 병이 아닙니더. 겉으론 기침병이지만 사실은 속병이라……. 내 지난봄 이 집에 들렀던 것 같은데……."

늙은이가 막 부엌에서 나오는 월례를 바라보며 기억을 더듬는 듯했다.

"맞아요. 작년 봄에 오셨어요. 우리더러 예수를 믿으라고……."

월례의 말에 늙은이가 고개를 끄덕였다.

"1년이나 지났네. 아까운 시간이 흘리갔이. 어머니가 기동을 하실 때 교회에 오셨어야 했는데……."

그는 월례가 딸이 아니라고 차갑게 말하던 어미의 목소리쯤은 잊은 것 같았다. 수향은 젖은 눈을 들어 늙은이를 바라보았다.

"예수를 믿으면 우리 어머니가 쾌차하실 수 있는지요? 뭐든 해 주신다는 그 사람을 믿으면……."

늙은이가 두어 걸음쯤 거리에서 선 채 수향을 물끄러미 보았다.

"나도 잘 모릅니더. 하지만 마음의 위안을 얻을 수는 있심더."

위안…….

수향은 입속으로 그 말을 되뇌었다.

그렇담 어미는 쾌차하지 못할 것이란 말인가.

수향은 늙은이의 말끝을 헤아리고 섰다가 이마에 내리쬐는 햇볕이 성가셔 얼굴을 찌푸리고는 늙은이를 외면하며 고개를 숙였다.

"그럼 살펴 가시지요. 왕진료는 여기 마름 어른이 곡식으로 계산해 주실 것입니다."

싸늘하게 말을 흘린 수향은 돌아서 제 방으로 들어가 버렸다. 방에 들어선 수향은 그 자리에 풀썩 주저앉았다. 어미가 없는 삶을 한 번도 상상해 보지 않은 그녀였다. 앞날이 막막하기만 했다.

늙은이는 옆 마을 약방의 송 의원이었다. 그가 지어 준 탕약을 달여 먹고, 이따금 침도 맞으며 기운을 차리던 어미는 송 의원이 찾아올 때면 기생 시절처럼 화사한 웃음을 머금기도 했다. 그새 몸은 까맣게 마르고, 풍성하던 어미의 가슴은 쪼그라들었다. 두 볼이 움푹 패고, 광대뼈가 불거졌지만 어미의 눈빛만은 점점 형형해졌다. 하지만 어미가 어쩌다 웃을 때면 그 얼굴 위로 꽃이 피어나는 것 같았다. 투명하고 하얀 꽃……. 어쩌면 그것은 지상에 없는 꽃인지도 몰랐다. 수향은 어미가 그처럼 아름답게 웃을 수 있다는 걸 전에는 알지 못했다.

몇 번인가 그런 웃음을 짓던 어미는 그해 여름 기어이 세상을 떠나고 말았다. 쪼그라진 어미의 시신이 염해지는 걸 보고 있던 수향은 어미의 그 웃음이 이승을 떠날 채비였다는 걸 알았다.

어미의 장사를 지내고 나서 동네 주변이 흉흉해졌다. 바깥소식은 빨래터나 장거리에 다녀오는 월례를 통해 듣는 것이 전부이던 수향은 담장 밖이 수런거리는 소리에 대문을 나섰다. 붉은 해가 산언덕에 걸린 저녁 무렵, 좁은 고샅길에도 붉은 기운이 내려앉아 있었다. 사람들은 고샅 가운데 모여 술렁거렸다. 장에 나간 월례가 거기 있나 싶어 고개를 빼던 수향은 남모르는 여인과 눈길이 마주쳤다. 여인의 흰 치마저고리가 노을 기운에 불그레했다. 검게 찌든 여인의 얼굴은 뜻 모를 싸늘함이 가득했다. 수향이 괜스레 가슴이 섬뜩해져 그만 돌아서려는데 누군가 외치듯 말했다.

"저게 바로 며칠 전 죽은 그 퇴기 딸 아니가?"

수향은 멈칫 걸음을 멈췄다. 마치 가슴을 세차게 얻어맞은 듯했다. 갑자기 숨이 탁 막혀 왔다. 그녀는 저고리 앞섶을 거머쥐었다. 수향은 자신이 동네 사람들에게 그다지 얼굴을 보인 적이 없다는 걸 깨달았다. 무슨 양반 댁 규수도 아니면서, 어쩌나 맘을 나가도 장옷을 머리에 쓰고 다녔다. 어미의 장례를 치르면서도 마찬가지였다.

"제 어미 인물만은 못하네."

대문을 들어선 수향은 희미하게 다시 울려오는 담장 밖 목소리에 그러쥐었던 앞섶을 놓고 천천히 툇마루에 가 앉았다. 노을이 붉게 고여 가는 마당 가운데를 쏘아보는 수향의 눈빛이 점점 날카로워졌다. 사람들의 수런거림을 헤치고 달려오는 발소리가 토담 가를 스쳤다. 대문 안으로 급히 들어선 월례가 마당 가운데에 꽂힌 수향의 섬뜩한 눈길을 느꼈는지 그 자리에 멈춰 섰다.

"너는 왜 이리 늦게 오는 거냐? 아무도 없는 집에 나를 혼자 두고서⋯⋯."

노기를 띠고 흘러나오던 수향의 목소리는 말끝을 채 마무리 못하고 허물어졌다.

"아씨! 지금 큰일 났어요"

"무슨 일이 났단 말이냐? 내 어머니가 죽은 일보다 더 큰 일이 났단 말이냐?"

그제야 눈길을 든 수향은 월례의 눈에 그렁그렁한 눈물을 보았다.

"나라가 없어진대요!"

"뭐?"

"이제 우리 조선은 일본에 속한 나라가 되었대요. 장거리 사람들이 다들 분하다고 야단들이에요."

수향은 눈물을 흘리는 월례의 눈을 뚫어져라 바라보았다.

저 아이는 그게 그렇게 슬픈 것일까.

수향은 가슴이 먹먹해 왔다. 어쩌면 어미를 잃은 일보다 나라를 잃은 일이 더 슬픈 일이었다. 하지만 그 순간 수향의 가슴을 아프게 하는 건 '퇴기의 딸'이란 말이었다. 날카로운 바늘이 박힌 듯 가슴께가 따가웠다. 수향은 갑자기 앞섶을 부여잡고 통곡하기 시작했다.

아무도 모르는 곳

햇빛 아래 서 있던 수향은 자신이 그 열기 속에 필경 증발하고 말리라 생각했다. 바다에서 바람이 불어올 때마다 낯선 땅에 아득하게 줄지어 선 야자수 잎사귀들이 너풀너풀 춤을 췄다.

"김수향 씨 되십니까?"

햇빛에 하얗게 바래 버린 수향의 시야에 누군가가 들어섰다. 한순간 빛이 차단된 그녀의 눈앞은 그저 먹먹하게 어두워졌다. 둥근 그림자는 차츰 그녀의 눈 안에서 형태가 잡혀 갔다. 기름하고 거무스름한 얼굴 가운데 우뚝 선 콧날이, 멀리 보이는 이 낯선 섬의 산세를 닮은 것 같았다. 아담한 수향의 키를 넘어 바닷바람을 맞는 그의 눈이 가느스름 뜨여 있었다. 기름을 발라 뒤로 넘긴 머리칼 한 올이 흘러나와 그의 이마에 푸드덕 날렸다. 바람이 머무는 그의 이마는 뱃전처럼 시원했다. 수향은 가만히 고개를 끄덕였다.

"이갑진입니다. 다행히 금방 알아볼 수 있네요. 사진과 별반 다르지 않아서⋯⋯."

그의 목소리가 해풍 사이로 수향의 귀를 스쳤다. 수향은 마치 자신과 상관없는 사람을 만나고 있는 듯, 한 발짝 거리에 보퉁이를 끼고 선 월례를 손짓으로 불렀다.

"여기 이 사람이 제 동무 월례입니다. 뱃삯을 내주신⋯⋯."

월례가 목을 움츠리고 수향 곁에 바싹 붙어 섰다. 그녀는 겁에 잔뜩 질린 동그란 눈으로 갑진을 흘긋 바라보다 고개를 숙였다. 순간 갑진은 월례의 눈에 해풍이 스쳐 가는 것을 보았다. 반짝 햇빛을 안고 흔들리는 그 무엇을⋯⋯. 그것은 캠프의 스페인 소녀를 연상시키는 눈이었다. 그는 얼른 헛기침을 하며 태연한 표정을 지었다.

"긴 여행에 피곤하실 텐데 어서 가시지요."

갑진이 앞서 걷기 시작했다. 보퉁이를 가슴에 안은 수향과 월례는 손을 꼭 잡고 갑진의 뒤를 따랐다. 양복 차림에 단발을 한 남정네가 그다지 낯설지 않은 건, 이제 조선 땅에서도 그런 사람들을 많이 볼 수 있던 때문이었다.

어미가 죽고 나라가 없어졌다. 수향은 그때를 생각하면 지금도 어두운 바다에 홀로 떠 있는 듯 막막한 심정이 되었다. 세 칸밖에 안 되는 집이었지만, 한밤중 월례와 둘이서 지키노라면 두려움이 몰려들었다. 수향은 누군가 담장 밑을 지나는 기척만 들려도 가슴이 덜컥 내려앉았다.

나라가 없어졌다는데도 그 가을 곡식이 여물고, 타작을 한 마름은 여느 해보다 훨씬 적은 곡식을 가져왔다. 딴엔 농사가 잘되지 않았다고 변명했지만, 그해 여름은 벼가 잘 자랄 만큼 땡볕과 소나기가 알맞게 왔고, 가을볕도 풍부했다. 수향은 햇볕에 까맣게 탄 마름의 늙은 얼굴을 바라보며 아무 말도 할 수 없었다. 전보다 양이 줄긴 했어도, 월례와 함께 끼니를 걱정해야 할 만큼 터무니없이 적은 양은 아니었다. 가을 햇살 아래 긴 숨을 뿜어내는 수향을 슬그머니 바라보던 마름은 곡식 자루를 내려놓고 헛기침을 하며 돌아갔다.

그해 겨우내 수향은, 이따금 빨래를 한다며 얼음이 언 개천에도 다녀오고, 장에도 가는 월례를 기다리며 마음을 졸였다. 월례가 다시 돌아오지 않을지도 모른다는 생각을 하면 두려움이 몰려들었다. 짧은 해는 일찍 져 버리고, 어두컴컴한 집 안에서 촛불이 흔들리는 걸 바라보다 보면 왈칵 울음이 치밀기도 했다.

봄이 가까워도 바람은 스산하기만 하던 날, 어둠이 짙어졌는데도 장에 나간 월례가 돌아오는 기척이 없었다 수향은 이번엔 정말 월례가 떠나간 모양이라 생각했다. 집 안에서 글을 읽고 수를 놓는 것 외엔 아무것도 할 줄 모르는 자신보다 월례는 세상에 나가 무슨 일이라도 할 수 있을 것 같았다. 그렇다고 고귀한 집 아가씨로 취급받는 것도 아닌 자신의 처지가 한탄스러웠다. 기억도 나지 않는 아비는 지금쯤 살아 있기나 할까. 지난 세월 수많은 벼슬아치들이 죽고, 더러는 나라 밖으로 피신을 했다고도 했다. 아비는 그 와중에 죽었을지도 몰랐다. 어쩌면 어미는 그것을 알고 있었는지도 모른다. 어미의 병세가 급격히 악화되기 전, 늘 침울했던 표정이 떠올랐다.

좁은 마당에 어둠이 가득 고이고, 멀리 산자락에서 부엉이 울음이 들려왔다. 해 질 무렵부터 툇마루에 나와 앉았던 수향은 찬 바람에 어깨를 떨며 일어섰다. 대문 밖을 지나는 발소리에 귀를 쫑긋거리기에도 지쳐 있었다.

"필경 월례가 떠나고 만 것이야. 이제 와서 무슨 아씨와 시녀의 관계라고……."

툇마루를 일어서는 수향의 풀 먹인 무명 치마가 사그락 소리를 냈다. 그 소리가 마치 그녀의 가슴이 무너져 내리는 소리 같았다.

아, 어머니! 전 어떻게 살아요?

마음 깊은 곳에서 쏟아지는 외마디에 그녀는 그만 차가운 툇마루에 도로 주저앉고 말았다. 수향의 울음이 막 터져 나오려 할 때 빗장을 질러 놓은 대문을 누군가 두드렸다. 검은 하늘엔 별빛이 짙어지고 보름이 가까운 둥근 달이 환하게 떠올라 있었다.

"아씨! 저예요! 어서 문 좀……."

월례의 목소리였다. 수향이 부리나케 빗장을 열자 어둠 속에서도 흐트러진 모습이 역력한 월례가 마당으로 뛰어들었다. 고개를 푹 수그린 채 대문을 닫고 빗장을 지르는 월례에게서 한 번도 맡아 보지 못한 냄새가 풍겨 왔다. 문을 열어 달라던 급한 목소리와 달리 온몸이 무거운 듯 천천히 마루로 올라서는 월례는 빈손이었다. 보릿고개를 넘기느라 내다 팔 곡식도 없어, 월례는 수향 어미의 은비녀를 들고 장에 나갔다. 비린 것이라도 찬거리를 마련해 오겠다던 그녀는 수향을 마당에 버려둔 채 혼자 방으로 들어가 버렸다. 어두운 마당에 서서 월례의 뒷모습을 바라보던 수향은 마음이 더 고적해 왔다. 방 안에서 희미한 신음 소리가 들려왔다. 월례가 온 힘을 다해 울음을 참는 소리였다. 수향은 얼른 방으로 뛰어들었다.

"무슨 일이 있었던 게냐?"

냉정한 목소리로 물었지만 수향은 내심 그냥 월례를 부둥켜안고 같이 울고만 싶었다.

"아씨! 아씨!"

방구석에 기대앉아 제 무릎에 고개를 묻은 월례의 울부짖음이 수향의 귓가로 아득하게 날아왔다. 해가 지기 전 밝혀 놓은 촛불 아래 월례의 버선목 검은 얼룩이 선명했다. 수향은 가슴이 덜컥 내려앉았다. 웅크려 앉은 월례의 어깨에 두 손을 얹는데 흙가루가 푸스스 떨어져 내렸다.

"월례야! 너 혹시?"

수향은 머리칼이 흐트러진 월례의 이맛전을 바라보며 목소리를 높였다. 천천히 고개 들던 월례의 눈물 젖은 얼굴이 수향의 품으로 쓰러졌다. 월례의 전신에서 정신을 혼미하게 하는 이상한 냄새가 풍겨 왔다. 수향은 자신도 모르게 월례의 치마를 걷어 올렸다. 월례의 고쟁이에도 피가 묻어 있었다.

"너……."

수향은 기생 어미로부터 때로 남녀의 합궁 이론을 들었다. 한번 허물어지면 돌이킬 수 없는 것, 고이 닫혔던 생살이 찢어져 피가 흐르고, 더불어 마음의 생살도 찢어져 다시는 회복되지 않는 것…….

46

그녀는 막연히 월례가 다시는 돌이킬 수 없는 지경에 이르렀음을 알았다.

이제 이 아이는 나를 떠나게 되는 건가?

수향은 자신이 혼자가 될 것이 먼저 걱정됐다. 월례가 수향의 품에서 고개를 들었다. 눈물로 번들거리는 월례의 둥근 눈에 촛불이 흔들렸다.

"아씨! 저는 돌아가신 마님께 끝까지 아씨를 지켜 드리겠다는 약속을 했어요."

수향은 그 말이 자신을 떠나지 않겠다는 약속인 줄 알아듣고 가만히 안도의 숨을 내쉬었다.

"내가 너 없이 어찌 살리. 네가 무슨 일을 당했든 상관없다."

나지막이 흘러나오는 수향의 목소리에 월례가 고개를 숙였다.

"마님의 은비녀를 팔아 간고등어를 샀어요. 그리고 시루떡 한 쪽도 사고……. 장거리에 왜인들도 많고, 신식 옷을 입은 여자들도 보이고, 달라진 세상에 볼 것이 너무 많아 그만 해찰을 했더랬어요. 생전 보지도 못한 서양 물건들도 많았거든요. 아씨가 보시면 깜짝 놀랄 장신구들이랑……. 너무 넋을 놓았나 봐요. 해가 기우는 기미에 부리나케 뛰었어요. 마을 입구로 들어서는데 땅거미가 내려앉아 사방이 어둑했어요. 거기 산기슭 우리 집 마름의 외딴집을 지나고 있는데……."

월례는 더 이상 말을 잇지 못하고 크윽크윽 울음을 삼켰다.

그녀는 낯선 것이 자신의 몸을 온통 들쑤시던 그 충격이 다시 살아났다. 어슴푸레했지만 월례는 사내의 얼굴을 보았다. 턱 밑에 검은 수염이 헝클어지고, 짐승처럼 눈이 빛나던 그는 덩치가 컸다. 월례는 사내의 손아귀에 잡혀 비명을 지를 틈도 없이 숲 속에 내동댕이쳐졌다. 소리를 지르려 했지만 사내의 거친 수염이 턱을 짓누르고 입안엔 미끈거리는 그의 혀가 가득 찼다. 순간 그녀는 공포와 함께 이상한 전율이 온몸을 훑고 가는 걸 느꼈다. 두 다리를 버둥거려 보았지만 벗겨진 아랫도리가 차가운 땅바닥에 가라앉는 듯 사내의 무게를 느꼈다. 반쯤은 이른 봄의 차가운 흙 속으로 잠긴 것 같은 제 몸의 다른 반쪽이 불을 쬔 듯 서서히 달아올랐다. 그러고는 아무것도 할 수 없었다. 표현할 수 없는 고통이 아랫도리를 스쳤지만 그건 잠시였다. 칼로 에는 듯한 아픔 위로 한 번도 느껴 보지 못한 이상한 감각이 켜켜이 쌓여 갔다. 월례는 자신의 얼굴 위로 사정없이 내뿜어지는 사내의 입김이 역겨워 고개를 돌렸을 뿐이다. 고적한 숲 속엔 월례의 몸에 사내의 살이 스치는 소리만 울렸다.

어느새 짙어진 검은 하늘에서 상현달이 노랗게 빛을 냈다. 월례는 두 눈에 달빛을 가득 담은 채 땅바닥에 널브러졌던 두 손을 들어 사내를 가만히 껴안았다. 단지 손등에 닿는 땅의 차가움이 싫다고 생각했다. 사내의 허리는 해묵은 나무둥치처럼 굵었다. 월례는 그제야 그 사내를 기억해 냈다. 이따금 마름을 따라 집에 오던 마름의 동생이었다. 머리가 모자라 마흔이 가깝도록 장가도 못 가고 산다던 그 늙은 총각이었다.

월례는 달빛이 부끄러워 눈을 감았다. 머릿속에서 마님의 웃음이 보였다.

　여인네란 한번 사내를 알게 되면 끝장인 게야. 그래도 기생 년들은 아니지. 그게 시작이라고 봐야 하니까.

　월례는 자신은 이제 시작이라고 생각했다. 기생집 앞에 버려진 자신은 어쩌면 기생의 딸인지도 모르므로, 스스로 기생 팔자라 여겼다. 그렇지 않다면 다시는 살아갈 용기가 나지 않을 것 같았다. 수향 아씨에게로 돌아갈 수도 없었다. 만약 이게 끝이어야 한다면……

　눈을 떴을 때 숲 속은 교교했다. 아주 긴 시간이었던 것 같은데 월례의 이맛전에 떠 있던 달이 그동안 구름 속을 흘러들다 나왔을 뿐이었다. 빠른 걸음으로 숲을 빠져나가는 사내의 발소리가 들렸다. 월례는 사내의 발소리가 안 들릴 때까지 죽은 듯 누워 있었다. 오소소 한기를 느끼며 차가운 땅바닥에서 일어섰을 때 아랫도리로 끈적한 것이 흘러내렸다. 그녀는 한쪽 발목에 걸쳐진 고쟁이를 끌어 올렸다. 허벅지로 흘러내리던 액체가 손에 묻어났다. 월례는 제 손을 달빛에 비춰 보았다. 손 가장자리에 묻어난 얼룩은 달빛 아래 짙고도 투명했다. 월례는 제 손을 고쟁이에 쓱 문질러 닦으며 온몸을 진저리 쳤다.

　비스듬히 돌아앉아 월례의 이야기를 듣는 수향의 흰 치마폭에 방 안 깊숙이 스며든 달빛이 가득했다. 수향은 제 치마폭에 어른대는 월례의 그림자가 떨리는 걸 보았다.

　"그래, 사내의 얼굴은 보지 못했단 말이지?"

나지막한 수향의 물음에 월례가 가만히 고개를 끄덕였다. 월례는 왜 그런지 그 사내가 마름네 동생 같더라는 말이 입 밖으로 나오질 않았다. 어둠 속에서 수향이 숨을 토하듯 허망한 웃음을 웃었다.

"무슨 이런 팔자들이 있더냐? 나는 아비를 모르고…… 너는 아비 어미를 다 모르고…… 이제 네 몸을 가진 사람까지 모르다니……."

멀거니 수향을 보던 월례의 고개가 그만 푹 꺾였다. 달빛이 어릿어릿 그녀의 흐트러진 머리칼을 비췄다. 세워 앉은 제 무릎에 얼굴을 묻고 있던 그녀가 갑자기 얼굴을 번쩍 쳐들었다.

"아씨! 우리 어디 아무도 모르는 곳으로 떠나요!"

비스듬히 앉았던 수향이 월례를 돌아봤다. 달빛이 그녀의 눈 속에 일렁였다.

"떠나다니? 여길 말이냐?"

눈 속의 번득한 기운과 달리 수향의 목소리는 힘없이 흘러나왔다.

"예! 어차피 일가붙이두 없는 곳이잖아요. 그리고 저도 이번 일을 당했는데 언제 소문이 날지도 모르고……."

월례의 목소리가 다급하게 쏟아졌다. 수향은 가만히 한숨을 뱉어냈다.

"그러나 어디로 가야 한단 말이냐. 이 뒤숭숭한 세상에서……. 팔도를 떠돈들 너와 나의 이력을 감출 수 있을까? 남은 것은 어미의 땅 몇 뙈기뿐인데……."

"아씨! 꼭 조선 팔도가 아니면 더 좋잖아요."

"뭐? 조선 팔도가 아닌 곳? 그런 곳이 어디 있어? 더러 있는 집 자손들은 일본으로 유학을 간다고도 하더만, 우리가 뭐 외국 공부를 할 입장이더냐? 거기다 난 그 일본 놈의 땅은 가기도 싫다."

고개를 도리질하는 수향을 보며, 월례가 할 말이 급한 듯 침을 꿀꺽 삼켰다.

"아씨! 나라 밖이 일본 땅만 있는 건 아니잖아요."

"그럼?"

수향이 눈을 크게 떴다.

"큰 나라 섬으로 시집을 가는 처녀들이 있대요."

"뭐? 조선 처녀들이 섬나라로 시집을 간다고? 망측하기도 하구나."

"참 아씨도……. 섬나라 사람이 아니라 거기 사는 조선 남정네에게 시집을 가는 거예요."

"넌 또 그런 얘기는 어디서 들었어?"

"오래전 그 섬나라로 돈 벌러 간 남정네들이 있었대요. 하와이라는 미국 땅이라는데……."

"글쎄, 들어 본 것도 같구나."

수향은 어미가 놋쇠 재떨이에 곰방대를 두들기며 한탄하던 말을 어렴풋이 떠올렸다. 한양을 떠나와서도 이따금 객주 손님을 맞던 어미는 세상을 훤히 꿰고 있었다. 나라에 가뭄이 들어 굶는 사람들이 많다던, 수향과 월례가 예닐곱 살쯤 되었던 때였을까. 경상도 땅에서도 더러 떠나는 젊은이들이 있다고 했던 것 같았다.

"그 섬에 간 남정네들한테 조선 여자들이 시집을 간대요. 거긴 사철 춥지도 않고, 나무엔 과일이 늘 주렁주렁 열려 있대요."

언제 겁탈을 당했냐 싶게 월례의 눈은 꿈을 꾸고 있었다.

"그런데 거긴 어떻게 간단 말이냐? 어떻게……."

수향은 다시 한숨을 훅 내쉬었다.

"대부분 예수쟁이 집 처녀들이라던데요. 섬으로 떠났던 남정네들도 예수쟁이들이라고요."

"예수쟁이? 그럼 우리도 예수쟁이가 돼야 한단 말이냐?"

수향은 어미에게 침을 놓던 늙은이를 떠올렸다. 송 의원이라고 했던가? 월례의 눈에도 그런 생각이 스치는 것 같았다.

봄이 깊어지자 햇살은 곧 여름을 불러들일 것처럼 따가워졌다. 한동안 바깥출입을 하지 않던 월례가 슬금슬금 빨랫거리를 챙겨 냇가를 오갈 즈음, 집 담장 너머로 수군거림이 날아들었다.

"이 집 처자가 남징네를 알았다메?"

"누가? 퇴기 딸? 아니면 그 업둥이라는 처자?"

"알 게 뭐꼬? 동구 밖 이 집 마름 동생이 더듬더듬 지껄였다는데! 이 집 처자를 겁탈했다꼬."

"그 등신이 또 그런 짓은 할 줄 알았네! 참, 기생 딸이 그렇지 뭐. 무신 규방 처녀라꼬……."

마치 수향이 들으라는 듯 큰 소리로 떠들던 남자들은 걷어붙인 잠방이에 괭이를 메고 담장 너머 보이는 논둑으로 멀리 사라지고, 수향은 그보다 더 먼 산자락만 우두커니 내다보았다. 동네 사람들은 수향과 월례를 구별하려 들지 않았다. 여름이 푸른빛으로 번져 가는 동안 수향은 월례와 함께 어디론가 떠날 수밖에 없다는 걸 알았다. 소문은 냇가 아낙들 사이에서 더 기승을 부리고, 햇빛에 까맣게 그은 월례는 점점 풀이 죽어 갔다.

　모내기한 논에서 벼가 시퍼렇게 자라났다. 수향은 이른 아침 월례와 함께 집을 나섰다. 예수를 믿으라고 찾아왔던 송 의원을 만나러 가는 길이었다. 양반 흉내를 내던 장옷도 이젠 거추장스러워 챙기지 않았다. 하얀 소복 차림으로 들길을 걷는 수향과 월례의 모습을 논둑에 물을 대던 동리 사람이 더러 일손을 멈추고 바라보았다. 동구 밖 근처 산자락에 있는 어미의 논에 사람이 어른거렸다. 거리가 멀어 잘 구별되지 않았지만 그것이 마름과 그 동생이란 걸 짐작할 수 있었다. 무심코 산자락에 눈길을 던졌던 월례가 무엇에 놀란 듯 어깨를 움츠리며 수향 곁으로 붙어 섰다. 수향은 왜소한 몸집의 마름 곁에 어정대는 덩치 큰 사내를 아득한 시선으로 바라보았다. 마름을 따라 집에 왔을 때 한두 번 본 듯도 했다. 희끄무레한 아침 안개 속에, 사내는 겨드랑이를 벌려 팔을 어정쩡 내린 채 주먹을 쥐고 있었다. 제 형 뒤를 따라다니는 모양새가 마치 식식대는 것처럼 보였다. 수향은 자신도 모르게 걸음을 멈췄다. 가슴속에서 분노 같은 것이 치밀었다. 월례가 수향의 저고리 소매를 잡아당겼다.

　"아씨! 어서 가요!"

　월례가 겁먹은 목소리를 냈다. 멀리서도 멈춰 선 두 여자를 느꼈는지 마름과 그 동생이 이쪽을 바라보았다. 수향은 자신이 어미처럼 퍼런 서슬을 지니지 못한 게 안타까웠다. 곰방대를 입에 물고 남정네들에게도 곧잘 호통을 치던 어미가 그리웠다. 수향은 천천히 걸음을 떼며 모든 것이 부질없다는 생각이 들었다. 이렇게 드러나 버리고 말 얼굴을 왜 그리 장옷으로 가리고 다녔던지. 세상이 구별 못하는 자신과 월례를 어미는 무엇 때문에 그리 구별하며 키웠는지 모른다……

송 의원의 약방에 도착한 건 햇살이 끓어오르는 한낮쯤이었다. 툇마루에 걸터앉자 문을 열어 놓은 약방 안에서 한약재 냄새가 풍겨왔다.

"하와이 혼인길을 알아봐 달라꼬요?"

그는 수향과 월례를 기억했다. 또 뿌연 살집에 서슬이 퍼렇던 어미와, 목숨을 내려놓으며 귀뚜라미처럼 여위었던 어미도 기억하고 있었다.

"저희 두 처녀가 이곳에서 살아갈 길이 막막합니다. 일가친척도 없고, 세상이 두렵기도 하고……. 어미가 남긴 전답을 빠른 시간에 정리해 떠나고 싶습니다. 저도 어차피 조선 땅에서 제대로 된 배필을 만나기는 그른 것 같습니다. 퇴기의 딸로 글줄이나 읽었으니 무지렁이 농군에게 시집을 갈 수도 없고……. 차라리 제 이력을 아는 사람이 없는 곳으로 가는 게 나을 듯싶습니다."

조곤조곤 흘러나오는 수향의 말에 송 의원이 가만히 고개를 끄덕였다.

"그러면 두 처자가 다 배필을 구한단 말입니꺼?"

"아니, 저는 아닙니다. 저는 혼인할 처지가 못 됩니다. 그저 아씨를 따라가고자 합니다."

수향 곁에 숨듯이 앉아 있던 월례가 갑자기 손사래를 쳤다. 월례를 물끄러미 바라보는 송 의원의 옴팡한 눈에 멈칫 생각이 머무르는 것 같았다.

"혼인도 안 한다면 뱃삯은 어쩌려고 그랍니꺼?"

"그건 차후에 생각하기로 하고 우선 저부터 주선을 해 주시지요."

수향이 생각해 둔 것이 있는 듯 침착하게 말했다. 이 집에 들어설 때부터 부엌문 앞에서 빼꼼히 이쪽을 바라보고 있던 처녀가 양푼에 냉수를 가득 담아 왔다. 수향이 앉은 툇마루에 물그릇을 내려놓는 처녀는 수향과 월례의 또래쯤으로 보였다. 예쁜 구석은 없지만 수수한 얼굴이 햇살 아래 해맑았다.

"내 막내딸입니다. 이 아이도 사진을 찍어 하와이로 보냈지예. 인근에서 혼기에 찬 처자들은 대부분 그렇게 했답니다."

송 의원의 딸이 제 아비를 외면한 채 고개를 돌리고는 입을 비쭉 내밀었다.

통나무 오두막

갑진은 두 여자를 앞서 걸으며 농장 안에 마련해 놓은 통나무집을 생각했다. 신붓감이 동무를 데려온다기에 방을 나누어 놓긴 했지만, 두 여자와 함께 살아갈 일이 걱정됐다. 사진 속에서 단아한 인상을 풍기던 수향은 실지로 보아도 하얀 얼굴이 귀태가 났다. 하지만 매초롬해 보이는 눈빛이 왜 그런지 갑진의 마음을 편치 않게 했다. 수향 뒤에 숨은 듯 서서 고개를 푹 수그린 월례가 눈길을 들었을 때 왜 오래전에 떠난 스페인 소녀를 생각했는지 그는 알 수가 없었다. 동그란 눈 때문인가. 뭔가 자신 안에서 일어서는 혼란 속에 갑진은 곧 월례를 따로 머물게 해야겠다고 생각했다.

도착한 당일에 농장으로 돌아갈 수 없던 그들은 호놀룰루의 여관에 들었다. 일찌감치 농장을 나와 숙박업을 시작한 조선인이 운영하는 여관이었다. 배에서 내린 신부들은 대부분 이 여관에서 신랑과 부부의 연을 맺었다. 여관 주인 남자는 갑진 뒤에 선 두 여자를 의아한 눈빛으로 바라보았다. 갑진은 월례 때문에 방 두 개를 얻었다. 그는 주인 남자가 내민 두 개의 열쇠를 들고 좁은 복도를 걸으며 자신의 뒤를 멈칫멈칫 따라오는 두 여자의 발소리를 들었다. 여기서 첫날밤을 보내야 한다고 말하면 수향이 고분고분 받아들일지 자신이 없었다. 그는 나란히 붙은 방문 앞에 섰다. 첫 번째 방문을 열고 월례에게 열쇠를 건네주었다. 월례가 열쇠를 받아 들며 눈을 동그랗게 떴다. 그는 옆 방문에 열쇠를 꽂으며 흘깃 수향을 바라보았다. 그 순간 그녀는 옷 보퉁이를 품에 꼭 끌어안고 월례를 앞세워 열린 방문 안으로 들어가 버렸다.

혼자 방에 들어온 갑진은 벌렁 침대에 누워 쓴웃음을 지었다. 어차피 자신의 여자라면 그렇게 서두를 일도 아니라 생각했다. 먼저 신부를 맞은 농장의 남자들은 도착한 그날로 여자를 정복하라고 충고했다. 처녀들은 햇볕에 까맣게 타고, 나이 먹은 신랑감을 항구에서 보자마자 도망쳐 버리거나 조선으로 보내 달라고 울어 대기도 했다. 또 농장의 옹색한 오두막에 들어서자마자 서류상의 혼인을 취소하겠다며 나가 버리는 여자들도 있었다. 수향이 항구에서 도망치지 않았으니 이제 농장의 오두막을 보고 기겁하지만 않는다면 혼인은 쉽게 이루어질 것이었다. 갑진은 비싼 돈을 들여 맞춘 양복을 입은 채 누웠다는 게 그제야 생각나 벌떡 일어났다. 결혼식 날 다시 입기 위해 양복을 고이 모셔 두어야 했다. 서둘러 옷을 벗는 그의 몸짓 사이로 불끈한 힘이 치솟았다. 순식간에 아랫도리가 묵지근해 왔다.

속옷 바람이 된 그는 서둘러 창문을 열었다. 어느새 벌겋게 물든 하늘이 보였다. 석양빛에 거무스름하게 보이는 야자수 잎사귀가 붉은 하늘을 배경으로 너울거렸다. 갑진에겐 이제 익숙하기만 한 풍경이었다. 그는 저 하늘 아래서 어느새 10년 넘는 세월을 살았다는 걸 다시 생각했다.

"아씨! 저 하늘 좀 보세요!"

창틀에 턱을 괴고 선 갑진의 귓가로 소리가 날아들었다.

"그래, 저녁노을은 우리 조선 땅에도 있지만 여긴 낯선 풍경이구나."

"아씨! 저 사람과 정말 혼인하실 참이에요?"

옆방에서 듣고 있는 줄도 모르고 맹랑하게 울려오는 소리에 갑진은 가슴이 덜컥 내려앉았다. 수향도 혹 도망치려는 생각을 하고 있는 건가? 누구의 것인지 창틀 밖으로 손을 내밀었다. 하얗고 긴 손이었다.

"여긴 바람도 다르구나. 더운 나라라고 하더니만 그래도 그렇게 덥기만 한 곳은 아니야. 우리 조선 땅 바람과는 뭔가 다르지 않니?"

갑진은 그것이 수향의 손임을 알았다. 마치 바람을 쓰다듬는 듯 그녀의 손이 부드럽게 허공을 스쳤다. 갑진의 몸에 슬그머니 열기가 번졌다.

"아이 참! 아씨! 저 사람과 정말 혼인하실 참이냐고요?"

월례가 답답하다는 듯 목소리를 키웠다. 그러나 수향은 한동안 대답이 없었다. 갑진은 성난 몸에 긴장감까지 겹쳐 온몸이 금방이라도 터질 것만 같았다.

"그럼 어쩌겠니? 네 뱃삯까지 내준 사람인데 약속대로 혼인을 해야겠지. 달리 어쩌겠어?"

"제 뱃삯은 제가 벌어서 갚는다고 했잖아요. 공짜로 내 달라고 한 것도 아니고 빌려 달라고 한 것인데……. 아씨도 여기서 벌어 갚겠다고 하고 그냥 혼인하지 않으면 안 될까요?"

갑진은 사타구니를 움켜쥔 채 얼굴이 벌게졌다.

저 계집아이가?

화가 치밀었지만 그냥 그들의 대화를 더 엿들을 수밖에 없었다. 그래도 성난 몸은 가라앉았다. 그는 자신도 모르게 사타구니를 움켜쥔 손을 움직이기 시작했다.

"왜 그런 소리를 하니? 그 사람이 그리 흉측하던?"

나직한 수향의 목소리 끝에 월례가 까르르 웃음을 머금었다.

"아씨에게 어울리는 선비는 아닌 것 같아서요."

"선비? 내가 선비와 혼인할 팔자더냐? 글줄이나 읽었다고 신분이 바뀔 리 있더냐? 어머니는 나를 잘못 키우신 거야. 이제 이 낯선 땅에서 도망쳐 뭘 하고 산단 말이냐? 월례야! 넌 우리가 빈털터리라는 걸 잊었니?"

빈털터리?

점점 거세어지는 제 손짓에 숨을 몰아쉬면서도 갑진은 귀를 쫑긋 세웠다. 분명 수향은 죽은 어미가 남긴 전답 서너 마지기를 소유하고 있다고 했다. 하와이로 올 때는 그 땅을 팔아 돈을 마련해 올 수 있다고……. 그는 어쩌면 자신이 속았는지 모른다고 생각했다. 하지만 혼자 정점을 향해 타오르는 몸은 통제되지 않았다. 그는 점점 거칠어지는 제 숨소리를 감추려 창틀에서 조금 물러났다.

"그러게요. 마님이 남기신 땅만 고이 팔아 왔어도 혼인 같은 건 안 하셔도 될 텐데요."

"월례야! 이제 여기까지 와서 나를 아씨라고 부를 것 없다. 무일푼이기는 너나 나나 같은 처지 아니냐? 우린 그냥 동무인 거야."

창틀 밑에 주저앉은 갑진의 손아귀에 물큰한 것이 묻어났다. 그는 땀으로 후줄근하게 젖은 등덜미를 벽에 기대며 숨을 몰아쉬었다. 석양빛이 몰려든 방 안이 불그레했다. 붉은 기운이 넘실대는 방으로 갑진의 더운 숨이 훅 뿌려졌다. 그는 게슴츠레 내려앉은 눈꺼풀을 겨우 들어 올리며 생각했다.

무일푼이기는 둘 다 같은 처지라면, 자신이 수향이 아닌 월례를 택해도 그만 아닌가 싶었다. 그는 두 손을 무두질하던 순간, 눈앞에 어른대던 월례의 둥근 눈을 생각했다. 그러나 갑진은 서류상으로 이미 수향과 부부였다.

방 안엔 어둠이 짙어지고 갑진은 땀이 식어 가는 온몸에 한기를 느끼며 진저리를 쳤다. 두 여자는 아직도 창가에 서 있는 모양인지 그녀들의 체취가 바람을 타고 갑진의 코끝으로 날아오는 듯했다.

"아씨! 배가 고파요."

"좀 기다려 보렴. 저이가 우릴 저녁 먹이려고 다시 나올 거야. 여장을 풀고 나오라 하지 않았니."

갑진은 그때서야 정신이 번쩍 들었다. 끈끈한 손을 속옷에 문질러 닦고 서둘러 양복을 입기 시작했다.

여관 식당에는 쌀밥과 김치, 된장국, 상추쌈이 차려졌다. 이미 다른 쌍의 조선인 남녀들이 식사를 하고 있었다. 고개를 푹 수그린 채 눈이 퉁퉁 부어오른 처녀 옆엔 아버지뻘이나 될 듯싶은 늙은 남자가 우걱우걱 상추쌈을 입속에 밀어 넣었다. 얼굴이 발그레 달아오른 다른 처녀는 그날 처음 만난 신랑감에게 뭔가 재재대며 지껄이고, 수향과 월례를 나란히 앉혀 놓고 맞은편에 앉은 갑진을 그들이 이상하게 바라보았다. 갑진은 공연히 헛기침을 했다.

"아씨! 이게 얼마 만에 먹어 보는 조선 밥상입니까. 요코하마에서도 맨날 밍밍한 된장국만 먹고, 배 안에서도 주먹밥에다……."

반찬을 이리저리 옮기며 수향의 시중을 드는 월례를 갑진이 물끄러미 바라보았다. 이곳에선 어떤 조선인도 시녀를 거느리지 못했다. 수향이 월례와 더 이상 주종 관계가 될 수 없다는 건 불을 보듯 뻔한 사실이었다.

"너도 어서 먹으려무나. 고생이야 나만 했니. 너도 같이했지."

막 상추쌈을 목에 넘기던 갑진은 수향의 나지막한 목소리가 왜 그런지 섬뜩했다. 저렇게 차가운 여인을 자신의 아내로 품을 수 있을지 자신이 없었다.

밤이 깊어지자 각방에 든 남녀 사이에서 시끄러운 소리가 났다. 어느 방에선지 여자가 목 놓아 울고 있었다. 또 다른 방에선 악을 쓰는 소리가 났다. 설핏 잠이 들었던 수향은 벌떡 일어나 앉았다.

"안 돼요. 저리 가요! 저리 가!"

겁먹은 여자의 목소리가 바로 옆방에서 들렸다.

"그럼 혼인은 왜 한 거야? 내가 너를 데려오려고 들인 돈이 얼만 데……. 이리 오지 못해?"

고함을 치는 남자 목소리 뒤로 여자가 흐느꼈다. 그리고 여자의 비명 소리……. 수향은 눈을 질끈 감았다. 어쩌면 자신도 오늘 밤 그 런 촌극을 연출했을지도 모를 일이었다. 월례가 따라오지 않았다 면……. 하지만 갑진의 첫인상이 그렇게 몸서리나게 싫은 건 아니었 다. 다만 남자를 모르는 자신이 두려울 뿐이었다. 열린 창문에서 선 선한 바람이 들이쳤다. 수향은 속저고리 바람의 어깨를 움츠리며 무 릎을 세워 앉았다. 그때 어디선가 벌컥 문이 열리는 소리가 났다. 그 리고 누군가가 뛰어나오는 소리…….

"이리 돌아오지 못해!"

컬컬한 남자의 음성이 맞은편 방 앞에서 들려왔다.

"나 조선으로 보내 줘요. 돌아갈 거구먼요."

앳된 목소리의 신부가 겁에 질려 흐느꼈다.

"어딜 돌아가? 그러려면 네가 타고 온 뱃삯 다 내놓고 가!"

"살려 줘요! 제발!"

처녀가 기어이 덜미를 붙잡혀 방으로 끌려 들어가는지 울부짖었 다. 맞은편 방문이 쾅 닫히는 소리가 났다.

"저리 가요! 저리 가!"

여자가 다시 악을 쓰는 소리가 희미하게 들려왔다.

"이년이!"

남자가 여자를 내리치는 소리가 났다. 여자가 더 크게 악을 썼다. 수향은 그만 두 귀를 틀어막고 말았다.

"아아!"

수향의 숨소리가 외마디처럼 흘러나오자 잠에 빠졌던 월례가 놀란 듯 벌떡 일어나 앉았다.

"아씨! 무슨 일이에요?"

방 안 깊이 비쳐 든 달빛에 월례의 동그란 눈이 빛을 냈다.

"너는 이 와중에 잠이 오더냐? 저 소리가 안 들린단 말이냐?"

차갑게 내쏘는 수향의 말을 듣고 나서야 월례는 어디선가 여자가 흐느끼고 있는 걸 알았다.

"방마다 난리들이 난 것 같다. 내가 못 올 곳에 온 것 같구나. 월례야!"

수향이 주르륵 눈물을 흘리며 월례의 무릎에 얼굴을 묻었다. 월례는 여자의 비명 소리가 들리는 곳이 어느 방인지 가늠하다가 그만 부질없다는 생각에 고개를 푹 수그렸다. 수향의 여윈 어깨가 제 무릎에 묻힌 채 들먹이고 있었다. 그렇게 수향의 품에 제 얼굴을 묻고 흐느끼던 밤이 생각났다. 벌써 여러 해가 지나 버린 봄밤이었다. 월례는 그 밤 차가운 흙바닥에 내동댕이쳐진 채 버둥대던 자신을 떠올렸다. 비명도 지르지 못하고 짐승처럼 울던 순간, 그 차가운 숲 기운이 지금도 살갗에 와 닿는 것 같았다. 사내의 퀴퀴한 입내, 엉치뼈가 무너지는 것 같던 고통, 그러나 뭔가 제 몸 안에서 순응하던 묘한 기운. 월례는 이 여관에서 울부짖는 처녀들도 지금 그러하리라는 걸 알았다. 거부하지만 결국 거부할 수 없으리라는 것을.

소란하던 방들이 어느덧 조용해졌다. 그제야 창으로 불어 드는 바람이 사그락 소리를 냈다. 나뭇잎이 마주치는 소리였다. 수향은 창가로 다가갔다. 한밤중의 하늘이 검푸르게 펼쳐지고 창가를 어슷하게 비추는 달이 둥글었다. 하늘 높이로 고개를 쳐든 야자수 잎사귀가 서로 몸을 부딪치며 소리를 냈다. 수향은 마치 그 소리를 잡으려는 듯 창가로 손을 내밀어 주먹을 움켜쥐었다. 몇 번이나 그렇게 주먹을 움켜쥐는 수향을 월례가 물끄러미 바라보았다.

"아씨! 무얼 하고 계세요?"

"그냥, 어머니 생각이 나서 그런다. 저 소리, 어머니 비단 치맛자락이 스치는 소리 같지 않니? 우리 어릴 때 말이다. 경상도 땅으로 이사 오고 나서도 어머니는 한동안 비단 치마를 끌며 다니셨지. 어머니는 우리가 이렇게 먼 땅에 온 걸 아시기나 할까?"

월례를 돌아보는 수향의 눈에 물기가 어렸다.

"저승에서 모를 일이 있으실까요? 다 아시겠지요?"

"우리도 여기서 비단 치마 입을 날이 있을까?"

"무슨 비단 치마는요? 이제는 서양 옷을 입고 살아야지요."

"그래, 그렇구나."

창가에서 돌아서던 수향은 바람 소리 사이로 무슨 소리가 들리는 것 같아 멈칫 섰다. 옆방에 잠든 갑진이 코를 고는 소리였다. 자신도 모르게 창밖으로 귀를 세우던 수향은 그만 얼굴이 붉어졌다.

64

이튿날 아침 갑진은 농장 조선인 통역에게서 빌린 자동차에 동력을 넣었다. 허리를 구부리고 엔진 부분에 달린 손잡이를 돌렸다. 수향과 월례는 어제 이 여관에 들 때처럼 각자의 보퉁이를 가슴에 안은 채 무표정하게 서서 그를 바라보았다. 갑진은 두 여자 앞에서 자동차를 다루며 좀 멋진 모습을 보여 주고 싶다는 생각을 했지만, 그들의 표정을 보자 그만 심드렁해졌다. 아마 지금쯤은 조선 땅에도 이런 자동차들이 심심찮게 돌아다녀 여자들은 전혀 신기한 맘이 없는 것 같았다. 그는 두 여자를 태우고 자신의 일터인 에와 농장으로 향하며 진즉에 운전을 배워 두길 잘했다고 생각했다. 여관에 남은 대부분의 조선인 남녀들은 며칠 더 거기 머무는 것으로 신혼여행을 대신하기도 했다. 하지만 갑진은 두 여자와 여관에 더 머물러야 할 이유가 없었다.

수향은 자동차가 털털대며 달려가는 길옆으로 검푸르게 우거진 키 큰 나무들을 바라보았다. 잎사귀 모양이 섬뜩할 만큼 크고 그 빛깔이 짙었다. 울퉁불퉁한 길 위를 구르는 차바퀴가 한 번씩 요동을 칠 때마다 수향은 속이 뒤틀렸다. 요코하마에서 탔던 배가 호놀룰루에 도착할 때까지 고생했던 뱃멀미와는 또 다른 고통이었다. 수향은 고개를 창가로 내밀고 구역질을 했다. 월례도 얼굴을 찡그린 채 눈을 질끈 감고 있었다. 낯설기만 한 풍광이 차창을 스쳐 갔다. 봉우리는 평평해 보이면서도 산세는 깎은 듯 가파르기만 했다. 검푸른 산을 바라보는 수향의 가슴이 덜컥 내려앉았다. 정말 이국땅에 왔다는 게 실감됐다. 그리고 이제부터는 여기서 살아가야 한다는 것을. 그녀는 스쳐 가는 풍경을 물끄러미 바라보았다.

조선 땅에 다시 돌아갈 수 있을까?

왜 돌아가야 한다고 생각하는지 알 수 없었다. 떠나기로 마음먹었을 때는 결코 돌아오지 않으리라 결심했다. 자신의 신분을 영원히 감출 수 있는 곳, 월례의 상처를 아무도 모르는 곳에 묻혀 살리라고. 그러나 수향은 낯선 산세에 가슴이 울컥거려 왔다. 멀리 보이던 산은 자동차가 달려갈수록 사선으로 더 멀어지고, 길 양옆으로 푸른 들판이 나타났다. 옥수숫대처럼 보이는 푸른 것들이 키가 낮게 오종종 심어진 밭에서 사람들이 움직이고 있었다. 그들은 팔이 드러난 마대 자루 같은 옷을 몸에 걸친 채, 검은 두 팔을 벌레처럼 움직였다. 대부분 모자를 쓰거나 수건을 머리에 두르고 있어 얼굴을 볼 수 없었지만 몸집이 왜소해 보였다.

"저 사람들이 다 조선 사람들입니까?"

수향은 운전대를 잡고 하품을 머금는 갑지에게 물었다.

"속은 괜찮은 건가요? 다 죽은 줄 알았더니……."

"죽기요? 난 여기 살려고 왔는데요. 저들이 다 조선 사람이냐고요?"

"아닙니다. 저 사람들은 아마 필리핀 사람들일 겁니다."

"필리핀?"

"우리보다 살갗이 검은 민족이 있습니다. 여긴 중국 사람, 일본 사람, 조선 사람, 필리핀 사람 또 포르투갈 사람, 푸에르토리코 사람…… 별별 민족이 다 있지요."

"그럼 우리 조선 사람이 제일 많은가요?"

토기吐氣가 가시지 않은 듯 얼굴을 찡그리는 수향을 흘깃 돌아본 갑진이 껄껄 웃음을 머금었다.

"우리 조선 사람 수가 제일 적습니다. 원래 다른 민족에 비해 들어온 수도 적지만, 조선인들은 여기서 일하다 미국 본토로 옮겨 간 사람들이 많거든요."

"본토?"

"예! 본토! 상상할 수도 없이 넓은 땅이지요."

"거기 가면 더 좋은 일이 있답니까?"

"그럼요. 공부할 기회도 많고, 공부를 많이 하면 여기서처럼 노동을 안 하고 더 점잖은 일을 하며 살 수도 있답니다."

수향이 고개를 갸우뚱했다.

"그렇담 이녁은 왜 본토로 옮겨 가지 않았습니까? 거기가 더 좋다면서요."

갑진이 또다시 웃음을 머금었다.

"나야 공부를 시킬 자식이 있는 것도 아니고, 어서 돈을 모아 조선 땅으로 돌아가려 했지요. 그런데 돈 벌어 와 호강시켜 달라던 어머니가 돌아가셨어요. 거기다 이제 조선은 일본 놈의 땅이 되지 않았습니까?"

수향은 끝없이 펼쳐진 푸른 사탕수수밭을 바라보며·눈을 가늘게 떴다.

"그렇담 저는 조선이 아닌 일본에서 온 사람입니다. 제 집조集照

의 국적은 일본이거든요."

"참, 그렇군요."

갑진이 다시 하품을 머금었다.

농장 앞에 자동차가 멎자 얼굴을 찡그린 채 잠이 들었던 월례가 눈을 떴다. 일렬로 늘어선 통나무집 행렬은 마치 헛간처럼 남루했다. 호기심 어린 얼굴로 자동차 근처로 모여든 아이들은 머리를 풀어 헤친 채 얼굴빛이 검었다. 수향은 아이들이 조선인이 아닐 거라고 생각했다.

"아저씨! 다녀오셨어요?"

열 살쯤 돼 보이는 사내아이가 자동차에서 내리는 갑진에게 뜻밖에 조선말을 했다. 그 아이 주변엔 서너 살에서 예닐곱 살로 보이는 아이들이 옹기종기 모여 있었다. 수향은 아이들이 거지꼴을 하고 있다고 생각했다. 단정하게 머리를 땋아 내리거나 저고리를 입은 아이는 하나 없이 대부분 몸을 드러낸 채 머리를 산발하고 있었다. 수향은 다시 한 번 가슴이 내려앉았다. 갑진과 가정을 이루어 자신이 아이를 낳는다면 이 아이들과 같이 커 갈 거라는 생각이 들었다. 그녀는 곁에 서서 잠이 덜 깬 듯 하품을 머금는 월례의 소맷자락을 꽉 움켜쥐었다.

갑진의 오두막은 통나무집 행렬 끝에 있었다. 그 집은 계단을 세 개 올라야 출입문을 열 수 있었다. 바닥은 거친 마루였다. 오두막 안엔 여관에서 잠을 잤던 침대 같은 건 없었다. 나무줄기로 엮은 돗자리가 한쪽에 깔려 있을 뿐이었다. 이부자리가 구석에 개켜져 있었지만 거칠어 보이는 천 속에 무엇이 들었는지 모양새가 이상했다.

"우선은 여기서 셋이 삽시다. 당신 동무 월례 양은 곧 다른 숙소를 알아볼 테니, 우선은 저 칸막이 안에서 자게 하세요."

갑진이 가리키는 칸막이 안은 겨우 한 사람이나 들까 싶은 너비였다. 수향은 오두막을 들어설 때 그곳을 보았지만 월례가 잘 곳이라고는 생각하지 못했다. 수향은 월례를 돌아보았다. 겁먹음과 호기심이 섞인 그녀의 두 눈이 동그랗게 벌어져 있었다.

갑진이 두 여자에게서 돌아서더니 양복을 벗기 시작했다. 소스라쳐 칸막이 뒤로 피한 수향과 월례는 서로 부둥켜안은 채 새 생활에 대한 막막함에 울음이 터질 것만 같았다.

"난 일을 다녀올게요. 어제 하루 쉬고, 오늘도 일이 늦었습니다. 당신하고 살려면 부지런히 벌어야지요."

갑진의 목소리에 칸막이 안에서 나온 두 여자는 소매도 없는 흙투성이 옷을 입은 그를 낯설게 바라보았다. 구릿빛 그의 팔이 근육으로 영글어 있었다.

"우리가 혼인하면 당신도 집에만 있을 게 아니라 농장의 무슨 일을 하든 돈을 벌어야 해요. 남의 빨래를 해 줄 수도 있고, 아이를 봐 줄 수도 있고, 아니면 나처럼 농장에 나가 일을 해도 되고요."

아무렇지도 않게 말을 흘려 놓은 갑진은 종아리가 드러나는 짧은 바지의 넓은 통을 훌렁대며 출입문 앞의 낫을 집어 들었다. 수향은 집을 나서는 그의 뒷모습을 바라보다 그만 주저앉고 말았다.

"조선의 상머슴보다도 못한 차림이구나. 내가 상머슴의 아내가 되려 하다니……."

마름이 농사지어 주는 전답에서 그런대로 먹을 만한 양식이 나왔다. 어미가 떠난 집에는 오가는 사람도 없이 적적했지만, 월례의 상처도 차츰 잊혀 가는 것 같았다. 예수쟁이 송 의원을 찾아가 하와이 혼인을 주선해 달라고 부탁한 뒤부터 수향과 월례는 일요일이면 교회에 나갔다. 그곳에선 남녀노소가 한자리에 앉아 노래를 부르고 기도했다. 서양인 목사가 어눌한 조선말로 설교를 했지만 그 뜻을 알아들을 수는 있었다.

서로 사랑하라, 원수를 사랑하라, 남의 것을 탐내지 마라.

수향은 책에서 읽은 공자 말씀과 다를 바 없다고 생각했다. 왜 조선 사람들은 새삼스레 예수란 인물을 받아들인 걸까. 실로 조선 땅은 모든 것이 혼돈 상태인 듯싶었다.

예수 나를 위해 목숨을 바치셨네.

곧잘 찬송가를 따라 부르는 월례를 수향은 물끄러미 바라보았다.

왜 예수란 인물이 나를 위해 목숨을 바쳤단 말인가. 그가 만백성을 위해 목숨을 바쳤다는데 왜 조선 땅은 남의 나라 손에 넘어가고, 어미는 죽고 월례는 겁탈을 당하고 동리의 흉흉한 소문 속에 멀리 떠날 생각을 하고 있단 말인가.

수향은 아무리 생각해도 이해할 수 없었다. 서류에 사진을 붙여 보내고 나서, 이갑진이란 남자가 수향과 혼인하겠다는 의사를 보내

왔다. 수향은 양복을 입고 자동차 앞에 선 갑진의 사진을 보며, 그저 미지의 세계로 갈 수 있다는 것에 희망을 걸었다.

떠날 날을 서너 달 앞두고 전답을 내놓았다. 제값을 받을 수만 있다면 새 땅에서 뭔가를 시작할 수 있는 돈이 될지도 몰랐다. 그러나 읍내에 나갔던 마름은 청천벽력 같은 소식을 듣고 왔다.

"그 땅은 팔 수가 없다고 합니더."

"왜 팔 수 없단 말입니까. 내 어머니의 땅이잖아요."

의문을 가득 담은 눈으로 꼿꼿이 앉은 수향에게 마름은 객쩍은 미소를 흘렸다.

"연전에 조선 땅이 일본에 합방되고 나서 모든 땅의 소유주는 총독부에 신고하라는 명이 있었다고 합니더."

"그래서요?"

"혹 아씨께서 그걸 알고 계셨는지예?"

"내가 어찌 압니까. 땅을 관리하는 건 마름의 일이 아니던가요?"

짐짓 대갓집 아씨다운 수향의 위엄에 마름은 고개를 돌리며 슬쩍 아니꼽다는 표정을 지었다.

"지도 몰랐심더. 그때 신고하지 않은 땅은 지금 모두 총독부 소유가 되었다고 합니더. 그러니까……."

"뭐라고요? 그럼 우리가 몇 년 동안이나 총독부 땅에서 나는 곡식을 먹고 살았단 말입니까?"

벌컥 화를 내는 수향의 서슬에 마름이 고개를 조아렸다.

"아씨께서 땅을 파시려다 소유주 운운하는 일이 생겼으니 지도 이 땅을 더 갈아먹을 수 있을지 걱정입니더."

기어들어 가는 마름의 목소리에 수향이 한숨을 내쉬었다.

"그렇담 어찌해야 한단 말입니까. 어찌……."

곤란한 처지에 빠진 건 자신도 매한가지라며 두런대는 마름을 돌려보내고 나서, 수향은 약방의 송 의원을 찾아갔다. 막내딸을 하와이로 보낼 날이 임박한 약방집은 분위기가 뒤숭숭했다. 얼핏 한 번 보았던 그 처녀는 방 안에 웅크리고 앉았는지 얼굴도 보이지 않았고, 늙은 송 의원만 툇마루에 앉아 약재를 고르고 있었다.

"글쎄, 그것이 벌써 합방이 되던 그해부터 시작된 일이라고 합니더. 총독부가 토지조사국이란 걸 설치했다고 안 합니꺼. 동양척식주식회사라는 걸 설립해 조선 땅을 먹어 들어가기 시작한 건 벌써 합방 두 해 전의 일이라고 합니더. 그것도 모자라 민유지를 빼앗으려고 토지 조사 사업이란 걸 벌이더니……. 아씨뿐 아니라 많은 민초들이 다 당했심더. 우리 집도 마찬가지라예."

우물우물 말을 뱉는 송 의원의 늙은 얼굴이 햇빛 아래 초라하게 일그러졌다.

"그렇담 저희는 무일푼으로 떠나게 생겼습니다. 이를 어쩌면 좋단 말입니까."

한숨을 내쉬는 수향을 송 의원이 물끄러미 바라보았다. 송 의원은 마치 수향을 꿰뚫어 다른 곳을 보고 있는 듯 시선이 흐려졌다.

"아씨! 다 놓고 가시지예. 어차피 조선 땅에서의 삶을 놓고 떠나기로 한 것 아닙니꺼. 그곳에 가서 새 삶을 시작한다면 무일푼으로 떠난들 두려울 게 무엇이겠심꺼. 아씨를 기다릴 신랑감이 있는데예. 우리 딸아이도 빈 몸으로 보냅니더. 왜 그런지 여기선 영 혼처가 나서질 않심더. 우리가 예수를 믿는 집이라 믿는 집안의 자제만을 찾으려니 더 그런 것 같심더. 하와이에서 신붓감을 기다리는 사람들은 다 믿음을 가진 남자들입니더. 재산에 기대지 말고 믿음에 기대 보이소."

우물거리는 말투에도 힘을 실은 송 의원의 목소리가 먼 곳에서 메아리치듯 수향의 귀에 아스라하게 들렸다.

믿음에 기대라니! 저렇게 무책임한 말도 있단 말인가.

수향은 벌떡 일어섰다.

"할 수 없는 일이지요. 빈 몸으로 떠나는 수밖에요."

돌아서는 수향의 몸짓에 싸늘한 기운이 서렸다.

"아씨! 그렇게 먼 땅으로 떠나는 게 아씨 뜻만은 아닙니더. 하늘의 뜻이지요."

송 의원이 햇빛 아래 하얗게 웃음을 머금었다. 초여름 햇살이 가득한 약방집 마당에서 한약재 냄새 사이로 꽃향기가 날려 왔다. 송의원은 어느새 돌아앉아 툇마루에 널어 놓은 약재를 고르고, 수향은 그의 뒷모습을 멀거니 바라보다 발길을 돌렸다.

장에 다녀온다던 월례는 아직 기척이 없었다. 이제는 사람들이 왁자지껄한 장거리도 수향에겐 낯설지 않았다. 장에 나가 월례도 찾고 구경도 하고 싶어 그 집을 나서려던 수향은 사립문 앞에서 한 남자와 맞닥뜨렸다. 양복 차림에 단발을 한, 키가 크고 한눈에도 배운

티가 나는 남자였다. 수향은 얼른 그를 지나쳐 사립문 밖에 섰다. 길 저만치에서 월례가 푸성귀 보따리를 머리에 이고 걸어오는 게 보였다. 수향의 이마로 햇살이 들이쳤다. 수향은 손을 들어 이마에 차양을 만들었다. 갑자기 월례의 모습이 구불구불 찌그러져 보였다. 다릿심이 빠지고 있는 걸 느낀 순간, 그녀의 무릎이 그만 툭 꺾였다.

"아씨! 아씨!"

월례의 달음박질 소리와 외침이 수향의 귓가를 스쳤다. 하지만 눈앞이 깜깜했다. 그때 누군가 수향을 번쩍 안아 올렸다. 깜깜한 시야에서 시큼한 땀내가 그녀의 코로 날아들었다.

수향이 눈을 떴을 땐 약방 안이었다. 저고리 옷고름이 풀리고 앞섶이 헤쳐진 채 가슴과 손목에는 침이 꽂혀 있었다. 송 의원이 침침한 방 안에서 수향을 내려다보았다.

"혼절을 하셨어요. 마음을 편히 먹어야 하는데……."

뒷목을 괴고 있던 목침에서 겨우 고개를 드니 툇마루에 앉은 월례가 보였다. 그리고 그 옆엔 키 큰 남자가 서 있었다. 순간 수향은 풀어 헤쳐진 가슴이 부끄러워 얼른 저고리 앞섶을 오므렸다. 툇마루 기둥에 기대섰던 남자가 약방 안으로 시선을 던졌다. 무심한 눈빛은 수향을 보고 있는 것 같지도 않았다. 얼른 방으로 들어선 월례의 부추김에 몸을 일으킨 수향은, 총총히 안채로 걸어가는 남자의 뒷모습을 보았다. 이상하게도 가슴이 내려앉았다. 월례가 수향의 눈길이 간 곳을 쫓았다.

"약방 영감님의 아드님이시랍니다. 교회에서 한두 번 뵌 듯도 해요. 땅에 쓰러진 아씨를 여기까지 안아 오셨어요."

월례가 아무렇지도 않게 말했지만 수향은 얼굴을 붉혔다.

오두막 마룻바닥에 깔린 돗자리 아래서 찬기가 올라왔다. 얇은 무명 요 속엔 무엇이 들었는지 몸을 뒤척일 때마다 서걱서걱 소리를 냈다. 어느새 세상모르고 잠이 든 월례는 반듯이 누운 채 꼼짝도 하지 않았다. 농장에서의 첫 밤이었다. 초라하기 이를 데 없는 갑진의 오두막은 그나마 갑진 개인 소유도 아니고 농장주의 것이라 했다.

이런 곳에서 살아야 하다니!

수향의 눈에 물기가 어렸다. 그녀는 다시 몸을 뒤챘다. 자리 밑이 서걱거리는 소리가 서럽기만 했다. 칸막이 너머에서도 비슷한 소리가 들렸다. 갑진이 몸을 뒤채는 소리였다. 그도 잠들지 못하고 있는 것 같았다. 수향은 숨을 죽였다. 항구에서 처음 보았을 때, 햇빛 때문에 찌푸리던 그의 눈매가 생각났다. 그러나 곧 그 눈에 겹쳐진 건 엉뚱하게도 얼핏 한 번 보았을 뿐인 조선 땅 송 약방집 아들의 뒷모습이었다.

운명의 손

갑진과 수향의 결혼식은 농장 안 에와 감리교회에서 치러졌다. 조선에서 준비해 온 흰 명주 한복을 입은 수향은 속이 훤히 비치는 긴 면사포를 머리에서 발끝까지 늘어뜨렸다. 면사포를 고정시킨 정수리에는 종이로 만든 화관을 얹었다. 한상 농장 근처에 피어난 흰 백합을 꺾어 꽃 허리를 하얀 천으로 감은 꽃다발을 들고 목사관 거울 앞에 섰다.

"신부가 꼭 손에 든 백합 다발 같네."

목사 부인이 길게 늘어진 면사포를 수향의 발밑에 펴 주며 말했다. 그러나 거울 속 수향은 곧 울음이 터질 듯한 표정을 지었다. 농장에 도착한 지 엿새째, 오두막의 좁은 칸막이 안에서 월례와 함께 잠을 잔 것도 어젯밤으로 끝이었다. 월례는 오늘부터 이 목사관에 식모로 들어오기로 했다. 수향은 월례가 없는 생활을 상상할 수 없었다. 수향에게 결혼은 태어나 한 번도 떨어져 본 적이 없는 월례를 잃는 일이었다. 밤마다 칸막이 안에서 불편한 밤을 보내던 수향은, 갑진이 점점 더 잠들지 못하고 몸을 뒤척이는 기척을 느꼈다. 그는 새벽이면 무뚝뚝한 표정으로 일터에 가고, 월례는 벌써 농장 안 빨래터를 서성이며 일감을 찾았다. 빨래터에서 돌아온 저녁이면 월례는 오두막 청소도 하고, 농장 안 공동 부엌에서 밥도 지었다. 월례가 바쁘게 움직이는 동안, 수향은 오두막 근처를 서성이며 낯선 하늘만 바라보았다. 자신의 생활이 어떻게 펼쳐질지 막막하기만 했다. 월례가 떠나면 이제 갑진의 옷을 빨고 밥을 짓는 건 수향 자신의 몫이었다. 그러나 어떻게 해야 할지.

그녀는 거울 속에 함초롬한 자신의 모습을 바라보았다. 원삼에 족두리를 써 보는 게 소원이라던 어미는 끝내 혼례 옷 한 번 입어 보지 못하고 살다 떠났다. 어미 대신이라도 원삼을 입고 싶던 수향은 낯선 나라에서 어미가 죽었을 때처럼 온통 하얀 옷을 입고 있었다.

밖에서 곧 예식이 시작될 거라는 기별이 왔다. 수향은 목사 부인의 부축을 받으며 긴 베일 자락을 끌고 교회로 향했다. 모처럼 깨끗한 옷으로 성장한 조선인 남녀들이 교회 앞에 서서 수향을 바라보았다. 교회당 높은 첨탑에서 종이 울리고 있었다. 뜰에서 서성이던 사람들이 서둘러 교회 안으로 들어가자 목사 부인이 수향을 문 앞에 세웠다. 항구로 수향을 마중 나오던 날 입었던 양복을 다시 차려입은 갑진이 거기 서 있었다. 그가 수향의 손을 잡았다. 수향의 손등을 감싼 갑진의 손바닥은 거칠고 딱딱했다. 순간 수향은 뭔가 잘못되었다고 생각했다. 수향은 갑진의 손아귀에서 제 손을 빼내고 싶은 충동에 사로잡혔다. 갑진이 단상에 선 주례 목사를 향해 발을 내디뎠다. 목사 부인이 수향의 명주 치마 끝으로 늘어진 베일을 가지런히 펴 주며 어서 따르라는 눈짓을 했다. 수향은 그제야 월례는 어디 간 것일까 궁금해하며 고개를 두리번거렸다. 아침 일찍 피로연 음식을 거든다며 오두막을 나갔던 월례가 보이질 않았다.

"뭘 하고 있어요. 어서 신랑과 함께 입장하세요."

목사 부인의 채근에 수향은 하는 수 없이 걸음을 뗐다. 오르간이 울리고 있었다. 바로 옆에서 갑진의 숨 냄새가 맡아졌다. 순간, 햇빛 아래 쓰러진 자신을 안아 올리던 송 약방집 아들의 숨 냄새가 코를 스쳤다. 수향은 나지막이 한숨을 머금었다. 한 발 한 발 걸음을 뗄수록 오르간 소리에 귀가 먹먹해 왔다. 그녀는 생각했다. 자신의 손을 잡은 건 갑진이 아닌, 커다란 운명의 손이라고.

교회 뒷마당에 차려 놓은 음식이 거의 바닥날 무렵 해가 기울었다. 하얀 종이가 덮인 긴 널빤지 탁자에 농장 뜰에 지천으로 핀 들꽃 뭉치가 커다란 꽃병에 꽂혀 있었다. 음식은 조선 음식이라고도 할 수 없는 것들이었지만, 밥과 고기, 푸성귀가 풍성했다. 남자들은 까맣게 그은 얼굴에 양복을 차려입고, 여자들도 더러 양장을 했지만 대부분 치마저고리 차림이었다. 수향의 손에 들린 백합 다발이 시들었다. 수향은 딱딱한 나무 의자에 앉아 있는 것에 지쳐 그만 그 자리를 떠나고 싶은 맘만 간절했다. 얼굴이 불콰해진 갑진이 술잔을 든 채 사람들과 껄껄거렸다. 수향의 하얀 명주 한복 위로 노을이 물들었다. 피로에 저절로 찡그려지는 수향의 얼굴도 발그레해졌다.

"아씨!"

월례의 목소리가 등 뒤에서 들렸다. 반가움에 얼른 돌아본 수향은 마치 물속에서 나온 듯 땀에 젖은 월례를 보자 일부러 미간에 주름을 모았다.

"너는 어찌 오늘 하루 종일 얼굴 한 번 볼 수가 없더냐? 이제 나를 떠난다고 그렇게 매정한 것이냐?"

수향이 자세를 꼿꼿이 고치며 눈을 내리깔았다. 검은 치마 위에 동여맨 월례의 행주치마에서 음식 냄새가 났다.

"목사 사모님께서 아씨 시중을 드신다고, 저는 음식을 맡으라고 해서요."

"벌써부터 나와 정 뗄 채비를 하는 것이냐?"

날을 세운 수향의 목소리가 떨려 나왔다. 금방이라도 울음이 터질 듯한 목소리였다. 월례의 손이 가늘게 떨고 있는 수향의 어깨 위에 얹혔다.

"이제 오두막으로 들어가실 시간이래요. 신랑이 곧 따라 들어올 거라고……. 오두막까지는 제가 모실게요."

"싫다! 나는 안 가련다."

수향은 어깨를 흔들며 월례의 손을 뿌리쳤다. 그러고는 탁자에 얼굴을 묻고 어깨를 들먹이기 시작했다.

사방이 어둑신해지고 나서야 수향은 월례와 함께 오두막을 향해 걸었다. 교회에서 노동자들의 오두막이 줄지어 선 곳까지 좁은 오솔길이 나 있었다. 길가 풀숲에서 벌레가 울었다. 저물어 가는 하늘 아래 검붉게만 보이는 꽃 무더기가 곧 떨어져 내릴 듯했다. 말없이 걷는 두 사람이 걸음을 뗄 때마다 발밑을 스치는 마른 흙이 부스러지며 바사삭 소리를 냈다.

오두막 앞에 이르자 월례가 먼저 나무 계단을 올랐다. 그녀는 오두막 안에 불을 켜고 돗자리 위에 이불을 폈다.

"좀 씻으시겠어요?"

월례가 초점을 잃은 듯한 수향의 눈길을 피하며 물었다.

"뭘 씻는단 말이냐? 아침에도 씻었는걸."

냉랭하게 말을 뱉은 수향이 이부자리 옆 돗자리에 털썩 주저앉았다. 월례가 머뭇머뭇 무슨 말인가를 더 할 듯 곁에 서 있다가 이내 오두막을 나가 버렸다. 수향이 고개를 돌려 문밖으로 사라지는 월례의 뒷모습을 흘깃 바라보았다. 자신을 버리고 가는 듯한 월례가 야속하기만 했다.

오두막 바깥에 어둠이 짙어져서야 갑진이 들어왔다. 그는 거나하게 취한 채였다. 수향은 일어서지 않았다. 비틀비틀 들어서는 갑진을 흘깃 바라보았을 뿐이다. 그는 새치름한 수향의 눈길을 잠시 내려다보고 섰다가 그녀 곁에 털썩 내려앉았다. 술내 섞인 그의 숨 냄새가 수향의 코앞에서 풍겼다. 수향은 자신도 모르게 앉은걸음으로 물러났다. 순간 갑진의 얼굴에 비웃음이 스치는 것 같았다. 그는 벌떡 일어나 양복 윗도리를 벗더니 천장에 매달린 백열등을 꺼 버렸다. 수향의 가슴이 덜커덕 내려앉았다. 깜깜함 속에 뒷마당 쪽의 조그만 창으로 밤빛이 어렸다. 수향은 그만 밖으로 뛰쳐나가고 싶은 충동을 느꼈다. 순간 갑진의 손이 수향의 허리를 감았다. 수향은 그의 손을 뿌리치며 또다시 뒤로 물러났다. 그가 수향의 허리를 다시 감아쥐었다.

"이러지 말아요!"

그녀는 몸부림쳤다.

"왜 이래? 당연한 걸 가지고!"

갑진의 목이 쉬어 있었다. 수향은 그가 더 낯설었다. 이 낯선 남자에게 결코 몸을 허락해서는 안 될 것 같은 생각에 사로잡혔다.

"비키세요! 난 아무래도 생각을 잘못한 것 같아요. 여기 오는 게 아닌데……."

수향의 음성이 불거져 나왔다. 갑진의 입술이 삐뚜름해졌다. 수향은 어둠 속에서도 비웃음이 가득한 그의 표정을 본 것 같았다. 불쑥 일어선 그가 빠르게 옷을 벗기 시작했다. 돌아앉은 수향의 귀로 그의 옷이 툭툭 바닥에 떨어지는 소리가 들렸다. 겁먹은 한숨을 내쉬기도 전에 수향은 갑진의 팔 안에 몸이 갇혀 들었다. 그녀는 어떻게든 그의 손아귀에서 벗어나려고 몸부림쳤다. 그러나 이미 벌거숭이가 된 그의 몸에서 낯선 무엇이 그녀의 치마폭을 스쳤다. 그가 수향의 명주 치마를 거세게 잡아당겼다. 치마끈이 힘없이 풀어져 내리고, 수향의 가슴이 갑진의 손아귀에 잡혔다. 저항할 수 없는 힘이 그녀를 짓눌렀다. 그의 억센 손에 벗겨져 나간 아랫도리로 말할 수 없는 고통이 밀려들었다. 수향의 입에서 비명 소리가 터져 나왔다.

이런 게 아니었는데……

그녀의 뺨으로 눈물이 주르륵 흘러내렸다. 밤이 이슥하도록 책을 읽고 수를 놓으며 꿈꾸던 건 이런 것이 아니었다고…….

동이 트기도 전 울리는 기상나팔 소리에 갑진은 여느 때처럼 눈을 뜨고 농장에 나갈 채비를 했다. 겨우 잠을 깬 수향은 알몸이 부끄러워 서걱거리는 이부자리를 끌어다 몸을 가렸다. 흐릿한 박명이 내려앉은 요 위에 선홍색 얼룩이 드러났다. 수향은 그것이 무엇인지 알아채고 얼굴을 붉혔지만, 갑진은 아무렇지도 않게 두 팔이 드러난 작업복을 챙겨 입었다.

"이제 임자도 여느 여자들처럼 내 아침밥을 챙겨 줘야지."

갑진이 무뚝뚝하게 내뱉었다. 수향은 지난밤의 부끄러운 충격이 채 가시기도 전에 밥 타령부터 하는 갑진이 야속했다. 그녀는 이불로 몸을 가리고 얼른 옷을 챙겨 입었다. 방 한쪽에 이불을 개켜 놓고 일어서니 밤새 시달린 아랫도리가 얼얼했다. 저절로 찡그려지는 수향의 얼굴을 갑진이 무표정하게 바라보았다. 갑진이 막 오두막을 나서려 할 때 밖에서 누군가 서성거리는 기척이 났다. 벌컥 문을 연 갑진 앞에 아침 이슬에 머리카락이 젖은 월례가 서 있었다. 오두막 밖은 아직 어둑신했다.

"안녕히 주무셨는지요? 아씨께서 아무래도 살림이 낯설 것 같아 제가 밥을 지어 왔어요."

보자기에 싼 찬합을 내려놓은 월례는 수향과 눈도 마주치기 전에 얼른 돌아서 가 버렸다. 수향이 월례를 부르려고 다가가다 갑진의 묵묵한 눈길에 발걸음을 붙잡힌 듯 멈추었다.

"임자도 이제 나와 힘을 합쳐 돈을 벌어야 해요. 남의 빨래를 하든가 아니면 농장에서 일을 하든가. 여자들은 일당을 좀 덜 쳐주지만 다른 남자들 빨래를 하는 것보다는 나을지도 몰라요."

무뚝뚝 흘리는 갑진의 말에 수향은 어둠이 눈앞을 가로막고 있는 듯 캄캄해 왔다.

월례가 가져온 밥을 급히 먹은 갑진은 동이 틀 무렵 오두막을 나갔다. 그는 내일부터 그의 점심 도시락 싸는 걸 잊지 말라고 말하곤 오두막 행렬 입구에 선 기동차를 향해 걸어갔다. 아낙들과 아이들이 더러는 오두막 밖에서 남편과 아비를 배웅하고 있었다. 기동차를 타러 가는 사람들 중엔 거슬거슬한 옷감으로 지은 두 팔이 드러난 옷을 입은 여인네들도 있었다. 수향은 오두막 문 앞에 서서 물끄러미 그 광경을 바라보았다. 어쩌면 자신도 저렇게 허름한 차림이 돼 일터로 가야 할지도 모른다고 생각했다. 빗질하지 않은 머리를 헝클어뜨린 채 아비를 배웅하는 아이들은 저희들끼리 수향이 알아듣지 못할 말을 사용했다. 수향은 자신이 지금 어딘가에 잘못 안착한 것이라 생각했다. 그녀가 살 곳은 결코 이런 곳이 아니라고…….

수향은 월례가 가져온 나무 찬합을 씻으러 공동 부엌으로 갔다. 아낙 서너 명이 설거지를 하다 수향을 돌아보았다.

"어제 혼인한 새색시네."

그릇을 씻던 여인이 눈가에 이상한 웃음을 머금고 바라보았다. 찬

장에 그릇을 챙겨 넣던 다른 여인도 비슷한 웃음을 짓고 있었다. 수향은 그들이 어젯밤 오두막의 일들을 다 본 건 아닐까, 얼굴이 붉어졌다. 그러나 곧 냉랭한 표정으로 목을 꼿꼿이 세웠다. 아무 대꾸 없이 찬합을 씻는 수향을 아낙들이 아니꼽다는 듯 바라보았다.

"여기선 반상이 없구먼. 조선 땅에서도 반상 구별이 없어지고 있다는데 남의 나라 땅에 무슨 반상이 있겠어? 하긴 양반집 규수라면 누가 하와이 땅까지 시집을 와?"

수향은 찬합 씻던 손을 멈추었다. 가슴 끝이 무엇에 찔린 듯 아파왔다. 함부로 말하는 아낙의 얼굴을 쏘아보고 싶었지만, 그녀는 설거지통에 눈을 박은 채 고개를 돌리지 않았다. 수도꼭지에서 흘러내리는 물이 그녀의 하얀 손등을 적셨다. 수향은 물끄러미 흐르는 물을 바라보았다. 물이란 늘 독에 가득해 그것을 퍼 쓰던 기억밖에 없었다. 월례가 동네 우물에서 길어다 놓은 물을 놋대야에 담아 세수를 했다. 수향은 이곳에선 더 이상 기다란 독에 물을 길어다 놓을 필요가 없다는 걸 생각했다. 어쩌면 월례가 없어도 자신은 이곳에서 잘 살 수 있을지도 모른다고……

뒤에서 두런대던 아낙들이 돌아가고 나서, 수향은 씻은 찬합의 물기를 말리려 햇빛에 내놓고 하늘을 올려다보았다. 파란 하늘에 햇살이 하얗게 번지고 있었다. 오두막 행렬 쪽에서 아이들이 재잘대며 어디론가 몰려갔다. 저마다 옆구리에 책을 끼고 있는 게 농장 안 학교에 가는 모양이었다. 수향은 눈을 가늘게 뜨고 아이들을 바라보았다. 훗날 자신이 낳을 아이도 저런 모습으로 자라야 할지 모른다며.

수향은 오두막으로 가서 갑진이 벗어 놓은 빨래를 챙겨 들고 나왔다. 이제 자신은 그의 아내였다. 순결을 간직했던 어제의 그녀가 아닌 갑진의 여자라는 걸 수향은 다시 생각했다. 수많은 사내를 받아들이고도 누구의 여자이지 못했던 어미를 떠올렸다. 수향은 결코 어미처럼 되지 않으리라 마음먹었다. 한 남자의 여자로 일생을 살리라고……. 그녀는 갑진의 흙투성이 옷을 물이 담긴 나무 물통 속에 넣었다. 맑은 물에 불그스름한 흙물이 번져 갔다. 점점 붉게 변하는 물 색깔을 바라보는 수향의 귓가로 바람 한 줄기가 스쳤다. 윙— 귓불을 스치는 바람 소리에 수향의 가슴에서 돌연 노래 한 자락이 솟아올랐다. 그것은 구성진 음성으로 곧잘 흥얼대던 어미의 노래였다.

　　알 수 없네 알 수 없어
　　내 사랑이 간 곳

　　알 수 없네 알 수 없어
　　나의 사랑 나의 임
　　그 마음을 알 수 없네

　　그러나 나는 알아
　　내 가슴속에 가득한 사랑
　　내가 살아 내야 할 사랑
　　내가 품어야 할 사랑

사랑 사랑
그 알 수 없는 것
하지만 나는 알아
그것을 품고 사는 법을

사탕수수밭에 엎드린 갑진은 잡초를 뽑아내며 긴 숨을 머금었다. 옆에서 일하던 김 씨가 갑진의 옆구리를 꾹 찔렀다.

"그래, 어젯밤 어땠어? 첫날밤 말여!"

충청도 땅에서 왔다는 김 씨는 농장 안에 유독 많은 경상도 사람들의 거친 사투리 속에서도 제 고향 말을 잘 고수하고 있었다. 경기 지역 표준말을 쓰는 갑진도 가끔은 농장 사람들의 남쪽 사투리에 제 말투가 따라가는 걸 경험했다.

"뭘요? 여자가 다 그렇지요."

갑진은 김 씨에게 그저 좀 어색한 웃음을 머금어 보였다.

"여자가 다 그렇다니? 갑진이가 산전수전 다 겪은 노총각인 건 알고 있었지만 그렇게 온갖 여자를 경험한 줄은 몰랐구먼."

"무슨 소리예요? 그냥 그렇다는 얘긴데요."

벌컥 화를 내는 갑진에게 김 씨가 실실 웃음을 흘렸다.

"하긴 농장에서 노총각 생활이 길어지면 돈을 더 못 모은다는 말이 있어. 호놀룰루 여자 집에 그 돈을 다 쏟아붓는다고……. 그러게 아예 나처럼 처자를 달고 와야 더 악착같이 사는 법이지."

김 씨가 갑진이 뽑아 놓은 잡초 무더기를 버리려고 허리를 들었다. 그 찰나 무엇인가가 그의 등을 후려쳤다. 얼굴이 거무스레한 포르투갈 감독이 말에 올라탄 채 회초리를 휘둘렀다. 그는 성난 음성으로 알아듣지 못할 말을 지껄였다. 김 씨가 비명을 지르기도 전에 갑진의 등으로도 한 줄기 따가움이 그어졌다. 갑진은 순간적 분노에 이를 앙다물고 고개를 들었다. 그러나 감독은 벌써 다른 고랑의 노동자들을 후려치고 있었다.

"나쁜 놈들! 남의 나라에 오긴 마찬가지이면서!"

갑진은 사탕수수 밑동에 자라난 잡초를 거칠게 잡아당겼다. 하루 이틀 맞아 온 매도 아니건만 회초리가 등줄기를 지나갈 때마다 분노가 치밀었다.

"이런 생활을 10년 넘게 해 오다니!"

갑진은 제 자신이 한심하다는 생각이 들었다. 겨우 3년 전에 가족과 함께 온 김 씨는 어느새 돈을 모아 곧 농장을 떠날 궁리를 하고 있었다. 생각하니 김 씨 말도 틀리진 않았다. 어미가 그렇게 죽고 말았다는 소식을 듣고 나서, 갑진은 돌아가기 위해 모아 두었던 돈을 적잖이 유흥비로 탕진했다. 호놀룰루 시내엔 농장 노동자들을 기다리는 원주민 여인들이 많았다. 갑진은 얼굴도 기억나지 않는 여자들을 안았다. 그에겐 열심히 부양해야 할 가족도 없었고, 생활을 바꿀 어떤 미래도 꿈꿔 본 적이 없었다. 김 씨가 채근하지 않았다면 사진신부를 맞을 생각 같은 건 아예 안 했을지도 몰랐다. 갑진은 제 안에 숨은 떠돌이 기질이 어미가 죽고 나서 제대로 발하고 있다고 생각했다. 어미는 어쩌자고 제물포를 떠나던 갑진에게 자신의 떠돌이 기질을 준다고 했던 걸까.

감독의 회초리 소리가 멀리서 들렸다. 그는 밭고랑에 몸을 엎드린 채 잠시 손을 멈췄다. 이제 잠깐 일을 놓아도 그 못된 포르투갈인의 회초리가 날아올 일은 없을 것이었다. 농장 일을 해 오면서 요령을 터득한 사람들은 감독의 위치를 살피며 그렇게 숨을 돌렸다. 갑진은 자신의 품 안에서 몸부림치던 수향을 떠올렸다. 어둠 속에서도 그녀의 몸빛이 원주민 여인들과는 다르다는 걸 느꼈다. 그토록 하얀 피부의 여인을 안아 본 기억이 없었다. 메마른 그녀의 몸은 살집이 풍성한 원주민 여인들의 느낌에 비하면 갑진의 남성을 자극하기엔 역부족이었다. 그나마 어두운 오두막에서 그녀의 싸늘한 눈길을 피할 수 있었던 게 다행이었다. 처음 수향의 사진을 보았을 땐, 매초롬한 눈매와 갸름한 턱이 그를 당겼다. 다른 여자들의 사진에서와는 좀 다른 품위가 있었다. 거기다 그녀는 전답을 팔아 얼마간의 돈을 마련해 올 수 있다고 하지 않았던가. 그는 어쩌면 그녀의 귀한 분위기보다 돈을 마련해 올 수 있다는 말에 선뜻 혼인 의사를 밝혔는지도 몰랐다.

갑진은 뽑아 든 잡초를 밭고랑에 내동댕이쳤다. 수향은 며칠 전 총독부에 전답 소유권을 빼앗긴 일을 털어놓았다. 사정이 그렇게 되었으니 도리가 없는 일이라고. 그녀의 차갑고 당당한 눈빛이 떠오르자 그는 자신도 모르게 고개를 도리질했다. 어젯밤 초야를 치렀지만 어쩐지 제 여자 같지가 않았다. 그것은 몸을 파는 원주민 여자와 잠을 자고 났을 때 느꼈던 것과는 또 다른 공허감이었다.

해가 기울기 전에 농장의 일과가 끝났다. 잡초 뽑기를 끝내고 나서, 베어 낸 사탕수수 다발을 창고로 다 나르자 어깨가 뻐근해 왔다. 하루 이틀 일이 아니건만 돌아갈 무렵이면 등 뒤에 돌짐을 진 것 같았다. 뻘건 흙먼지를 뒤집어쓴 김 씨가 담배를 피워 물며 다가왔다.

"아, 요거 한 대 피우고 싶어 혼났네그려. 야박스러운 감독 놈들이 담배 한 대도 못 피우게 하니 이게 어디 사람 살 덴가? 10년을 이렇게 살았다는 갑진이 자네를 이해할 수 없네. 나는 어서 돈을 모아 본토로 들어갈 거여. 우리 자식들 공부를 시켜야지. 내가 이래 봬도 충청도 양반 핏줄이구먼. 세상이 거꾸로 돌아가는 바람에 집안이 몰락했지만 자식들한테는 그 광영을 찾아 줘야지. 사실 조금 남은 아버님 전답이 장남인 형님에게만 가 버렸어. 차남인 내겐 한 푼도 오지 않은 거여. 억울하기도 하고 살길도 막막해 그만 배를 탔지."

김 씨의 푸념에 갑진은 그냥 허허로운 웃음을 머금었다. 자신은 별로 생각해 보지 않은 일들을 말하는 김 씨의 심각한 표정이 그다지 마음에 와 닿질 않았다.

자식들의 교육? 집안의 광영?

갑진은 제물포 부둣가를 헤매던 자신의 어린 시절을 떠올렸다. 삯바느질로 밤을 지새우며 늙어 가던 어미 곁에서 그는 집안의 광영이 무엇인지도 모르고 자랐다. 어미에게 떠밀려 온 하와이에서의 농장 노동에 그의 피부는 까맣게 타들어 갔다. 조선 노동자들이 개간한 그 땅에 사탕수수가 심겨 자라고 수확하는 동안, 일요일마다 교회에 모인 조선인들은 조선 땅에서 벌어진다는 분통 터지는 일에 주먹을 쥐었다. 그러나 갑진은 먼 거리에 선 채 그들을 멀뚱하게 바라보았다. 적당히 돈이 모이면 어서 어미에게 돌아가야 한다고만 생각했다. 그러나 어미는 죽었고, 조선은 일본의 지배에 들어갔다고 했다. 갑진이 돌아가길 포기한 건 그 땅에 어미가 부재한 때문이었다. 나라의 주권이 빼앗겼다는 게 그를 하와이 땅에 붙잡아 둘 이유는 아니었다.

아침에 농장으로 타고 왔던 기동차를 도로 타고 돌아온 갑진은 오두막으로 가기 전에 샤워실로 먼저 갔다. 농장 안 샤워 시설은 공짜가 아니었다. 한 달 일하고 받는 16달러의 월급에서 농장주는 한 달에 25센트씩 샤워비를 챙겨 갔다. 탈의실에서 옷을 벗고 알몸으로 들어선 갑진은 어느새 김 씨가 물을 맞고 있는 것을 보았다.

"일찍 오셨습니다."

무심코 건넨 인사에 김 씨가 머리를 감다 고개를 쳐들었다.

"나 자전거 산 것 잊었남. 그거 한 대 사고 나니 여러모로 쓸 데가 많아. 기동차를 타려고 줄 서지 않고 일 끝나자마자 횡 올 수 있으니 말여. 자네도 이제 식구도 생겼는데 자전거나 한 대 사지그려."

갑진은 바싹 마른 몸 가운데 힘없이 매달린 김 씨의 사타구니를 곁눈질하며 혼자 헛기침을 했다.

"자전거 같은 거 살 필요 있나요? 이담에 자동차를 사야지요."

"응? 자동차?"

김 씨가 흐르는 물속에서 샐쭉한 표정을 지었다. 샤워를 마친 김 씨가 수건으로 몸을 닦으며 갑진의 탄탄한 알몸을 바라보았다.

"일본인들은 남녀가 같이 목욕을 한다며? 요즘도 그런감?"

젖은 머리칼을 뒤로 넘겨 마치 생쥐 같아진 김 씨의 좁은 얼굴을 보며, 갑진은 이 사람이 정말 충청도 양반 출신일까 생각했다. 품위라곤 털끝만큼도 없어 보이는 김 씨였다. 하긴 이곳에서는 자신의 출신을 거짓말하기가 다반사였다. 뿌리를 가늠할 수 없는 사람들이 모인 곳이 바로 이 하와이 땅이기도 했다.

"제가 처음 이 섬에 왔을 땐 각 인종의 오두막이 섞여 있었어요. 지금처럼 조선인들만 모여 사는 오두막이 따로 있었던 건 아니지요. 그만큼 수가 적었으니까요. 일본 남자들이 기저귀 같은 훈도시 바람으로 샤워실로 가는 모습을 볼 때가 많았어요. 조선 여자들이 기겁했지요. 일본인들은 남녀가 벌거벗고 같이 샤워를 했어요. 참⋯⋯."

수건으로 몸을 닦는 갑진을 보며 김 씨의 눈이 음흉한 빛으로 허물어졌다.

"흐흐, 거 볼 만했겠구먼. 왜년들도 우리 조선 여자들 거시기하고 똑같겠지?"

"궁금하면 왜년 아랫도리 한번 벗겨 보시던가요?"

김 씨가 더 탁해진 눈빛으로 끌끌 웃으며 옷을 주워 입기 시작했다.

갑진은 김 씨와 나란히 탈의실을 나오며 해가 사위는 하늘을 바라보았다. 새삼 언제까지 이 지루한 일상을 반복할 것인지 한숨이 나왔다.

너를 위한 집이 없어

　나무 물통 속에서 빨래를 건져 올리던 수향은 눈앞에 멈춰 선 발길에 손을 주춤했다. 발목을 스치는 하얀 모슬린 치마 밑에 검은 단화를 신은 여자의 발이 보였다. 수향은 빨래를 짜내 무심코 눈을 들었다. 눈이 시린 햇살 아래 누군가가 하얗게 웃고 있었다.

　"아씨!"

　목선까지 내려오는 파마머리를 귀 뒤로 넘긴 여자가 미소를 머금은 채 수향을 내려다보았다. 수향은 자신도 모르게 더 힘주어 빨래를 짜며 여자를 멀뚱하게 올려다봤다. 누구의 것인지도 모르는 남자의 윗도리에서 후드득 물기가 떨어져 수향의 얼굴로 튀었다.

　"아씨! 저예요! 저 월례예요."

　자신의 젖은 손을 덥석 잡는 월례를 물끄러미 바라보던 수향은 그제야 손에 들고 있던 빨래를 물통 모서리에 걸쳐 놓았다.

"아, 월례야! 정말 오랜만이구나."

수향은 몰라보게 멀끔해진 월례의 모습에 순간 자신의 행색이 창피해 고개를 숙였다. 하얗던 뺨엔 기미가 내려앉고, 산달이 얼마 남지 않은 불룩한 배에는 더러운 행주치마가 둘러져 있었다.

"그동안 찾아뵙지 못해 죄송해요."

월례가 빨래 통 앞에 쪼그려 앉은 수향의 무거운 몸을 일으켜 세웠다. 수향은 묵묵히 금방 물기를 짠 빨래를 펼쳐 물기를 털었다. 빨랫줄 빈 곳에 옷을 널고 나서야 수향은 행주치마를 벗으며 월례에게 웃음 지었다.

"그래, 잘 있었니? 네 모습이 아주 좋아 보이는구나. 내 꼴이 이래서……."

수향은 엷은 분이 발린 월례의 얼굴을 바라보며 기미가 내려앉은 제 뺨을 손등으로 가렸다. 물에 퉁퉁 불은 손가락 끝이 주글주글했다. 월례가 가만히 수향의 손을 잡았다.

"그 곱던 아씨 손이……."

월례가 끝내 울음을 머금었다. 그러나 수향은 월례를 외면하며 고개를 돌렸다.

"이제 아씨라고 부를 것도 없다. 네가 뱃삯을 다 갚았다고 그이에게서 들었다. 그동안 애썼구나."

"매달 받는 월급을 목사님을 통해 보내 드렸어요. 이제야 제 짐에서 놓여난 것 같아요. 제가 빚진 뱃삯 때문에 아씨께서 혹 곤란하시지나 않을까 걱정했거든요."

월례는 수향의 손을 잡고 빨래터 근처 야자수 그늘 벤치로 갔다. 수향은 부른 배 때문에 바로 앉지 못하고 두 팔을 뒤로 짚어 비스듬히 몸을 기댔다.

"산달이 바로 이달인가요?"

"그래, 아주 아이를 못 낳을 줄 알았더니 그래도 다행이야."

수향이 슬그머니 미소를 머금었다. 구겨진 무명 치마 위로 불룩한 그녀의 배에 햇살이 머물렀다.

"그러게요. 아씨에게 아이가 들어서지 않는다고 걱정하시던 목사 사모님 푸념을 몇 번 들었거든요. 사모님이 다시 출산을 하셔서 목사관의 아이가 다섯이 됐어요. 아이들 뒤치다꺼리에만도 정신이 없어 오랫동안 아씨를 찾아뵙지 못했어요. 거리가 지척인데도……."

월례의 눈에 그렁그렁 눈물이 고였다. 부른 배를 내민 채 얼굴을 찡그리고 앉았던 수향은 그만 소리 내어 울고 싶은 충동에 사로잡혔다. 지난날 월례가 빨아 준 옷을 입고, 월례가 시어 순 밥을 먹고, 월례가 청소한 방에서 잠을 자던 수향은 혼자 남게 되자 자신이 아무것도 아님을 알게 되었다.

갑진은 매일 흙투성이 옷을 벗어 놓았고, 농장 공동 부엌에서 수향은 가장 손이 느린 아낙이었다. 머릿속을 맴도는 『논어』, 『맹자』의 글귀들은 이곳에서 아무 소용이 없었다. 곱게 가꾸어 왔던 몸은 밤마다 갑진의 억센 힘에 허물어지고, 수향은 코를 골며 잠이 든 갑진의 등 뒤에서 소리 나지 않게 흐느꼈다.

"이제는 신랑 맛을 알 때도 됐는데……."

부엌에서 마주친 아낙 하나가 농처럼 말했을 때 수향은 노여움에 눈을 부릅뜨고 그녀를 바라보았다. 키가 작고 살찐 아낙은 평소에도 지껄이기를 좋아하는 여자였다.

"에고! 무서워라! 저 눈 좀 봐! 지가 뭐 양반 여편네라고 아직도 저렇게 서슬이 퍼렇대? 나 참!"

아낙의 엄살에 일을 하던 다른 아낙들이 그 주변으로 모여들었다.

"이거 봐! 새댁! 여긴 양반 상놈 읎어! 나이 많으면 어른이지. 어디 나이 많은 형님을 그렇게 노려보남?"

그중 가장 나이가 든 김 씨 부인이 수향을 타일렀다.

"그럼! 일단 농장 아낙이 되면 전력은 다 사라지는 거야. 조선 땅에서는 열두 대문 안에 살았대도 말야. 나이를 더 먹은 사람에겐 고개를 숙이고 공대를 해야지. 그렇게 눈을 똑바로 뜨고 바라보다니! 뭐 못할 말을 한 것도 아닌데……."

옆에 섰던 다른 아낙이 거들고 나섰다. 수향은 하는 수 없이 눈길을 내리고 고개를 숙였다. 생각하면 자신이 양반집 규수였기나 했던가. 뒤숭숭한 세월 속에 쓸데없이 자신을 양반 치장해 키웠던 어미가 슬그머니 원망스러웠다.

"이제 혼인한 지 1년이 넘었으니 신랑 맛을 알 때도 됐다고 말한 게 뭐 잘못이라고?"

애초에 농을 치던 아낙이 다른 아낙들의 역성에 목청을 돋우었다. 수향은 다시 기분이 상했지만 고개를 숙인 채 가만히 입술을 깨물었다.

"저렇게 서슬이 퍼러니 아이가 들어서겠어? 사람은 제 처지에 순응을 해야 하는 거야. 그게 다 사는 이치지."

한마디를 더 부려 놓은 그 아낙이 휭 돌아서 부엌을 나가 버렸다.

"아직 태기가 없다문서? 신랑 나이가 있으니 어서 아기를 낳아야 할 텐디……."

김 씨 부인이 혀를 끌끌 차며 돌아서자 다른 아낙들도 다 제자리로 가 채소를 다듬거나 쌀을 씻었다. 수향은 그만 부엌을 나오고 싶었지만 곧 갑진이 돌아올 시간이었다. 수향은 오두막에서 퍼 온 쌀을 씻으며 막 터지려는 울음에 입술을 깨물었다.

그녀는 쌀을 씻는 제 손가락 마디가 알아보게 굵어진 걸 보았다. 지난 1년이 어떻게 지나갔는지 정신이 없었다. 한 번도 해 보지 않았던 가사 노동도 힘에 벅찬데, 전답을 팔아 오기로 한 약속을 지키지 못했으니 한 푼이라도 벌어야 하지 않겠냐는 갑진의 채근에 농장 빨래터에서 홀아비들의 빨래를 빨기 시작했다. 더러운 옷들은 하나같이 퀴퀴한 냄새를 풍겼다. 마른 나뭇잎을 넣은, 서걱대는 이부자리도 이제 좀 익숙해져 저절로 눈이 감기는 밤이면, 설핏 잠든 수향의 몸을 갑진이 더듬었다.

수향은 너무 변해 버린 자신의 일상 앞에 그저 묵묵해졌다. 그녀는 웃지도, 말도 하지 않았다. 때로 눈빛이 꼿꼿이 일어섰지만 그것을 바라보며 이죽댈 농장 아낙들이 싫어 그녀는 눈빛마저 가라앉혔다. 느린 손으로 그릇을 달그락거리며 밥을 짓는 수향을 김 씨 부인이 물끄러미 바라보았다.

"애기가 들어서는 건 삼신할미가 도와야 하는 거여. 삼신할미가 새 댁을 밉보고 있는 게 분명한 겨. 맘을 열어! 삼신할미한테도 신랑한 테도. 두 사람 사이에 늘 모래바람이 부는 것 같아 영 어색하더만."

수향은 나물을 무치며 가만히 고개를 숙였다. 일본인 채소 가게에서 사 온 시금치가 싱싱했다. 조선 사람들은 나라의 주권을 빼앗아 버린 일본을 미워하면서도 채소는 일본인들에게 사 먹었다. 함께 섞여 살면서도 호놀룰루에 있는 조선인 정치 단체에서는 일본을 견제했다. 일요일 주일 예배가 끝나고 나서, 떠들어 대던 남자들의 목소리는 구석에 앉은 수향에게까지 들려오곤 했다.

수향은 버무려진 시금치나물을 보시기에 담으며 김 씨 부인을 슬쩍 바라보았다. 늘 얼굴에 싸늘한 바람이 분다고 타박하던 그녀의 말이 생각나 일부러 입가에 웃음을 물었다.

"아주머니는 예수를 믿는 분 아니세요? 조선의 삼신할미가 여기 하와이 땅까지 바다 건너 따라왔을까요? 참……."

"그런가? 제사도 물 건너 모셔 오는 건 아니라고, 예수를 안 믿어도 여기 와선 제사를 안 지내는 사람들이 많지. 새댁 말을 듣고 보니 삼신할미도 물 건너는 못 오셨겠구먼. 그렇담 예수님한테라도 아기를 달라고 빌어 봐."

김 씨 부인이 웃으며 널빤지 식탁에 밥을 차려 놓고 남편을 부르러 나갔다. 농장의 조선인들은 고국에서와 똑같은 밥상을 차려 먹었다. 된장국과 나물무침, 달걀찜, 때로 통째로 굽는 스테이크 소고기를 사다 일일이 칼로 저며 불고기를 만들기도 했다. 일이 고되고 풍광이 선 남의 나라 땅이지만, 푸성귀투성이던 조선에 비하면 먹을거리가 풍부하긴 했다.

수향도 갑진을 부르러 부엌문을 나섰다. 농장의 식사는 가족별로 만들어도 늘 같은 식탁에서 이루어졌다. 그 때문에 부부 사이가 어떤지, 아이들에게 무슨 일이 있는지 서로 훤히 꿰뚫고 있었다. 수향이 부엌문을 나서자 저만치서 김 씨와 나란히 걸어오는 갑진이 보였다. 샤워장에서 몸을 씻고 옷을 갈아입은 두 남자의 머리칼이 물기에 젖은 채 머리통에 착 달라붙어 있었다. 그 뒤에서 행주치마를 펄럭이며 잰걸음으로 따라오는 김 씨 부인이 보였다. 갑진의 뒤통수에 대고 뭐라 말해 대는 그 소리를 수향은 그들이 가까이 왔을 때에야 들었다.

"그러게 내가 삼신할미가 여기 없다면 예수님한테라도 매달려 보라고 했네. 어쨌거나 부부 사이엔 그저 자식이 있어야 혀. 새댁하고 이 씨가 서로 바라보는 눈빛이 아직도 냉랭한 건 다 자식이 없기 때문이라니께."

갑진이 부엌문 앞에 선 수향을 흘깃 바라보았다. 김 씨 부인의 말에 웃는 듯했지만, 수향을 보는 눈빛엔 차가움이 튀었다.

말 한마디 없이 밥을 먹은 갑진이 먼저 오두막으로 가고 나서 수향은 설거지를 시작했다. 아낙들이 벌써 일을 끝내고 돌아간 빈 부엌에서 혼자 그릇을 달그락거리던 수향은, 커다란 부엌을 울리는 제 그릇 씻는 소리에 가슴이 섬뜩했다. 널빤지로 지어 양철 지붕을 얹은 부엌엔 공명이 컸다. 수돗물이 졸졸 흘러내리는 소리, 제 손놀림에 그릇 부딪히는 소리……. 열어 놓은 부엌문으로 발그레 물들어 가는 하늘이 보였다. 그녀는 가만히 한숨을 내쉬었다.

이렇게 또 하루가 갔구나.

먹먹한 머릿속을 맴도는 건 그 말 한마디뿐이었다. 혼인과 함께 밀어닥친 서툰 살림과 농장 빨래 일, 그리고 부부 생활……. 이따금 월례 생각이 간절했지만 이제 그녀는 수향과 더 이상 주종의 관계가 아니었다. 일요일이면 갑진과 함께 교회에 갔지만 목사관의 어린아이들을 돌보는 월례는 교회에 오지 못했다.

도대체 그 애를 만난 것이 언제던가.

부엌에서 오두막까지 아무도 없는 길을 혼자 걷던 수향은, 혼인식 날 피로연을 마치고 교회 마당에서 오두막까지 함께 걷던 월례를 생각했다. 이제 월례가 수향과 동행해 길을 걷는 일은 다시는 일어나지 않을 것 같았다.

붉은 흙길에 노을이 물들어 길은 마치 타는 듯했다. 수향은 허리끈으로 발목이 드러나도록 짧게 묶어 올린 치마를 너풀대며 휘적휘적 걸었다. 막 불이 켜지기 시작한 오두막에서 눈에 익은 듯한 남정네 하나가 획 나오더니 수향을 아래위로 훑어보았다. 수향은 괜히 소스라쳐 걸음을 빨리했다. 농장 안에는 아직도 늙은 홀아비들이 같은 오두막에 모여 살고 있었다. 갑진이 사탕수수밭으로 가고 나면 수향은 그들의 더러운 빨래를 빨아 햇빛에 널고 저녁이면 그것을 개켜 놓았다. 빠른 걸음으로 멀어져 가는 수향 뒤에서 남자가 칵 가래침을 뱉는 소리가 났다. 수향은 마치 그 소리가 제 쪽 찐 머리를 잡아당기는 것 같아 걸음을 더 빨리했다.

세상에! 내가 남모르는 남자의 빨래를 빨다니……

새삼스레 자신의 처지가 한탄스러워진 수향은 고생 앞에서 먹먹하기만 했던 마음에 비로소 서러움이 밀려드는 걸 느꼈다. 가슴에서 울컥거리던 것이 목으로 마구 밀려 올라왔다. 수향은 벌건 하늘로 고개를 들고 눈빛을 세웠다. 왠지 이것은 자신의 삶 같지 않았다. 어쩌다 임시로 꾸리게 된 생활일 뿐, 자신은 언젠가 이 고통을 벗어날 것만 같았다.

"그래, 이게 아닐 거야. 이게 나의 삶은 아닐 거야."

그녀는 노을이 검붉어지는 길 위에서 웅얼거렸다.

갑진이 오두막 앞 계단에 앉아 담배를 피우고 있었다. 어스름한 저녁 기운 속에 그의 입에 물린 담배 끝이 빨갛게 타들어 갔다. 그를 지나쳐 오두막으로 들어가려던 수향은 갑진의 무릎에 발이 걸려 휘청했다.

"에구머니나!"

저절로 터져 나오는 수향의 외마디에 층계참에 앉았던 갑진이 엉덩이를 털며 일어섰다. 그가 눈을 게슴츠레 떴다.

"도적이라도 만난 것 같구먼!"

나지막한 그 목소리를 비켜 수향은 얼른 오두막 안으로 들어섰다. 오두막의 간소한 살림이 어스레한 기운에 둥실 떠 있는 것 같았다. 이불 두 채와 수향이 오고 나서 농장 상점에서 사들인 반닫이 장 하나, 그 위엔 수향의 손거울이 놓여 있을 뿐이었다. 아직 초저녁이었지만 수향은 돗자리 위에 이불을 폈다. 달리 해야 할 일도 없는 까닭이다. 오늘의 마지막 일은 갑진의 몸을 받아들이는 것이었다.

맘을 열어! 삼신할미에게도, 신랑에게도. 그래야 애가 생기는 법이여!

이불을 펴던 수향은 김 씨 부인의 말을 떠올렸다. 그녀는 가만히 반닫이 위의 거울을 집어 들었다. 어두운 거울 속에 앞 머리칼이 이마로 흩어져 내린 자신의 얼굴 윤곽이 희끄무레 비쳤다. 그녀는 손으로 머리칼을 쓸어 올리며 길게 숨을 들이마셨다.

수향의 손을 잡은 월례의 눈에서 눈물이 뚝 떨어져 내렸다.

"사실은 저 오늘 호놀룰루 학교로 떠나게 됐어요."

빨랫줄에 널어 놓은 젖은 옷가지에서 물이 떨어져 내리는 걸 무심히 보고 있던 수향이 깜짝 놀라 고개를 돌렸다.

"뭐? 떠난다고?"

월례가 가만히 고개를 끄덕였다.

"학교로 간다면 네가 공부를 하게 되었단 말이냐?"

"그런 게 아니라요, 학교 기숙사의 아이들을 돌보기로 했어요. 목사님이 추천해 주셨어요."

"그래, 그거 참 잘되었구나. 목사님이 널 아주 잘 본 것이야."

짐짓 옛 상전다운 말투로 말해 보았지만 수향은 가슴속이 헛헛해 왔다.

"예! 그런 것 같아요. 거기 가면 아이들 돌보면서 어깨너머로 영어도 배우고 미국 문물을 익힐 기회가 많을 거라고요."

"그렇구나. 그런데 너는 혼인은 안 할 생각이냐?"

수향은 제 부른 배를 손으로 어루만지며 물었다. 도회지로 가게 됐다는 월례에게 자신이 자랑할 건 배 속에 든 아기뿐인 것 같았다. 월례가 입가에 쓴 미소를 짓다 고개를 떨궜다.

"혼인요? 아씨도 아시잖아요. 제가 혼인할 처지가 아니라는걸요."

월례는 벌써 오래전의 일이 되어 버린 그 봄밤을 떠올리는 듯 갑자기 얼굴이 어두워졌다. 수향은 초야를 보내고 난 아침 요 위에 물들었던 선홍색 얼룩을 생각했다. 그것을 무심히 바라보던 갑진의 냉랭함. 다 부질없는 것 같았다.

"월례야! 그곳에 가 좋은 사람을 만나면 혼인을 하렴. 지난 일이 무슨 상관이야. 어쩌면 몸을 더럽히고 안 더럽히고는 아무 상관이 없는지도 몰라. 나야말로……."

수향은 더 말을 하려다 그만 입을 다물고 묵묵해졌다. 월례가 안타까운 표정으로 수향을 바라보았다.

"곱게 자라신 아씨가 험한 일을 하시는 건 마음 아프지만 그래도 서방님이 곁에 계시잖아요."

빨래터에 내리쬐는 햇빛에 월례 눈에 고인 물기가 반짝였다. 수향은 눈을 가느스름 뜨고 햇살을 보았다. 물에 퉁퉁 불었던 손이 햇빛에 마르자 뻣뻣해져서 손가락을 오므렸다 폈다 했다. 수향은 월례의 말을 듣고 보니, 문득 몸이 고되어도 행복할 수 있는 그런 삶이 있을지도 모른다는 생각이 들었다.

"아씨! 이제 가 봐야 할 것 같아요. 저를 태우고 갈 자동차가 곧 올 시간이 됐어요. 혹 호놀룰루에 나오실 기회가 있으면 한번 오세요. 제가 머물 곳은 여학생들을 기숙시키는 '한인 여학교'란 곳이랍니다. 이승만 박사님이 운영하는 곳이죠."

월례가 일어섰다. 수향도 월례의 손을 잡고 벤치에서 몸을 일으켰다.

"한인 여학교? 아, 들은 것도 같아. 주일날 교회에서 사람들이 하는 소리를 들었어. 이승만 박사께서 어린 소녀들도 공부해야 한다며 그 학교를 주관하고 있다던데."

"참, 아씨는 농장에 계셔도 그런 걸 다 아시는군요. 전 그저 그 학교로 가 일하라고 해서 갈 뿐, 이승만 박사란 분이 누군지도 모르는 걸요."

월례가 얼굴을 붉히며 미소 지었다.

"그동안 목사관 살림과 아이들 뒤치다꺼리에 매여 네가 세상일에 더 어두워졌는지도 모르겠구나. 조선 땅에 살 땐 난 언제나 네가 날라다 주는 얘기로 세상을 알지 않았니. 참, 살다 보니 이럴 때도 있어. 이렇게 입장이 바뀔 줄이야."

수향이 햇빛 때문에 눈을 찡그리면서도 끌끌 웃었다.

"이만 가 볼게요. 아씨! 건강하세요. 그리고 꼭 순산하세요."

월례가 천천히 몸을 돌려 걸어갔다. 묵지근한 뒷허리에 손을 대고 멀어져 가는 월례의 뒷모습을 바라보던 수향은 다시 빨래터 널빤지 의자에 앉았다. 산달이 바로 코앞이었다. 그녀는 점점 불편해지는 몸에도 농장의 빨래터를 벗어날 수 없었다. 태어날 아기를 위해 한 푼이라도 더 벌어야 한다고 생각했지만, 갑진은 혹 수향이 일을 그만둘까 걱정하는 눈치였다. 그렇다고 갑진이 남들보다 부지런하 거나 열심히 돈을 모으려는 사람은 아니었다. 조선인의 사탕수수밭 노동이 시작된 지 14년이 지난 지금, 본토의 캘리포니아로 빠져나간 사람들도 많았고, 호놀룰루로 나가 장사를 하거나 카네이션 농장을 하는 사람들도 있었다. 아직도 사탕수수를 베는 조선인은 요령이 부 족한 사람들뿐이었다.

수향은 가만히 한숨을 내쉬었다. 자신이 꿈꾸었던 건 이런 오두 막의 초라한 생활이 아니었다. 이제 도회지로 떠나는 월례만 보아도 그들 삶의 정착지는 결코 이 농장이 아닌 것 같았다. 수향은 배 속에 서 발길질하는 아이의 기척에 옆구리가 결려 숨을 흡- 머금었다.

하와이에 온 지 2년이 지난 가을날, 수향은 산통을 시작했다. 그녀 는 오두막의 거친 돗자리 위에 홑이불만 덮고 누웠다. 농장 안에 미 국인 의사가 있었지만 조선인들은 그 의사를 신뢰하지 않았다. 어차 피 말도 잘 통하지 않는 데다, 조선인 통역이 서로의 말을 전해 주긴 했지만 그 뜻이 얼마큼 전달되는지 그것도 의심스러워했다. 조선인 들은 때로 중국인 한의사를 찾아가 침을 맞고 뜸도 떴다. 농장 안에 서 한약을 달여 먹고, 하와이를 거쳐 샌프란시스코로 가는 조선 상 인들에게 인삼을 사 먹었다. 미국의 의술을 믿으려 하지 않는 농장 안엔 자연스레 아이를 받는 산파가 생겨났다. 수향의 아랫도리를 벗겨 낸 늙은 아낙이 붉은 이슬이 내린 고쟁이를 문간에 내놓았다.

"여편네 엉덩이가 박속처럼 희디희구먼! 이리 험한 곳에서 애를 낳을 상은 아닌데……."

산파가 혀를 끌끌 차며 안간힘으로 고통을 참는 수향을 내려다보았다. 오두막은 침침했지만 밖은 해가 이글거렸다. 남자들이 일을 마치고 돌아오려면 아직 먼 시간이었다. 아이들이 학교에서 돌아오는지 재재대는 소리가 수향의 귀로 아득히 들려왔다. 수향은 허리가 끊어질 듯한 통증에 몸을 뒤틀며 이를 앙다물었다. 통증과 통증 사이엔 짧은 간극이 있었다. 고통이 물러가고 잠깐 숨을 돌릴 때면, 태어날 아이가 자라나 저렇게 공부를 마치고 돌아올 게 꿈꾸어졌다. 눈앞에 그려지는 꿈같은 장면에 수향은 진땀을 흘리면서도 미소 지었다. 그러나 아이가 돌아올 집은 이곳이 아니었다. 이렇게 남루하고 냄새나는 한 칸 오두막이 아니어야 했다. 수향의 머릿속에 어미와 함께 살던 경상도 땅 세 칸짜리 집이 떠올랐다. 작은 집이었지만 정갈했다. 해마다 초가를 새로 얹어 노래기가 내릴 틈이 없었고, 콩기름을 먹인 마루는 늘 반질반질했다. 그러나 아이가 돌아올 집이 그 집일 순 없었다. 다시 집 하나가 떠올랐다. 흐릿하게 떠오르는 장면은 한양 북촌 골목 기와집이었다. 기와는 낡았지만 빗장을 지른 나무 대문 안 동그란 마당 담장 밑엔 꽃이 피어 있었다. 상투 위에 망건을 쓴 젊은 아비가 아장아장 마당을 걸어 다니는 수향을 바라보며 웃었다. 어미는 비단 치마의 흰 무명 말기가 드러난 짧은 저고리에 노리개를 달고 대청마루에 앉아 햇살처럼 미소 지었다. 부엌에선 고소한 기름 냄새가 풍기고, 부쳐 낸 지짐이를 채반 가득 담아 뒤뜰로 돌아가는 부엌어멈의 치맛자락이 보였다. 수향은 신음을 하며 아비가 한집에 살던 그 시절에도 어미가 손님 술상을 차렸었다는 걸 어렴풋이 기억했다. 옥색 명주옷을 입은 아비의 뒷모습이 단아했다. 수향을 보며 웃는 소리엔 자애로움이 어려 있었다. 그러나 아비의 얼굴이 보이질 않았다. 아무리 기억을 헤치고 찾아내려 해도 턱 밑의 짧고 검은 수염 이외엔 보이는 것이 없었다.

"아, 아버지!"

수향은 용을 쓰며 외쳤다.

"옳지! 힘을 줘! 그렇게!"

산파가 수향의 엉덩이를 철썩 때렸다. 수향은 있는 힘을 다해 산도에 걸린 아기를 밀어냈다. 온몸의 힘이 다 빠져나가는 것 같았다. 그녀는 헉헉 숨을 내쉬며 고개를 흔들었다. 북촌 마을 기와집. 거긴 아니었다. 아기가 돌아올 곳이 아니었다. 아비의 얼굴이 기억나지 않는 집, 어미가 홀로 행복해했던 집……. 아, 우리 아기는 어떤 집으로 돌아와야 한단 말인가. 아기를 위한 집을 마련해 두지 못했다는 생각이 들었다. 이토록 초라한 오두막 이외엔……. 힘이 쭉 빠져나간 몸에 한기가 느껴졌다. 땀구멍에서 마구 쏟아져 나오는 흥건한 땀방울에도 온몸에 소름이 돋는 것 같았다. 눈물이 흘렀다. 까무룩 정신을 잃어 가는 수향의 귓가로 산파가 혀를 차는 소리가 들렸다.

"에구! 이를 어째! 아들인데……. 고추가 이렇게 실한 놈을……."

수수밭에 엎드려

산욕 기간이 다 지나기도 전에 수향은 몸을 추스르고 일어났다. 농장 안 빨래터 일을 그만둔 그녀는 사탕수수밭으로 갔다. 남자들에 비해 일당은 적었지만 빨래터보다는 많은 돈을 벌 수 있었다. 새벽에 갑진과 함께 집을 나서 기동차를 타고 일터에 도착하면 각자의 도시락을 들고 흩어졌다. 수향은 머리에 수건을 쓰고, 푸른 사탕수수 잎사귀 사이에 엎드렸다. 바람에 수수 잎사귀 부딪는 소리가 사각사각 들려왔다. 그 소리에 가만히 귀를 모으면 마음이 고적하게 가라앉았다. 모든 것을 비운 그녀의 내부가 공명하듯 들려오는 그 소리에 수향은 마음이 평온해졌다.

아이는 숨을 쉬지 않았다. 핏덩이였지만 이목구비가 또렷했다. 갑진을 닮은 것 같기도 했고, 수향의 넓은 이마와 오뚝한 콧날을 닮은 듯도 했다. 수향은 어린것의 주검을 안고 오열했다. 등을 돌리고 앉

은 갑진의 뒷모습에서 찬 바람이 몰려오는 듯했다. 수향은 그 찬 기
운이 아기의 식은 체온보다 더 싸늘하게 느껴졌다.

수향은 눈물을 훔치며 농장 젊은이들에게 선선히 아기를 내주었
다. 태어난 이튿날 아침, 아기는 농장 뒤 무덤에 묻혔다. 조선인들만
묻혔다는 그곳엔 벌써 수십 기의 무덤이 자리하고 있었다. 조선인이
농장에 들어온 지 십수 년, 그간 사람들은 병으로 죽기도 했고, 사고
를 당하기도 했다. 더러는 자살한 사람도 있고 사진 신부로 왔다가
출산 중에 죽은 여인도 있었다. 수향은 어제의 산통이 다시 떠올랐
다. 차라리 죽음으로 멈추고 싶던 그 고통……. 산통을 겪으면서 이
농장 안에서 아기를 기르고 싶지 않다고 기를 쓰던 자신을 떠올렸
다. 왜 그런 생각을 했던지. 수향은 혼자 어깨를 부르르 떨었다.

목사의 간단한 기도 뒤에, 파 놓은 구덩이로 무명천에 싸인 아기
의 주검이 내려졌다. 울컥 솟아오르는 울음에 손으로 입을 가린 수
향을 갑진이 보고 있었다. 이른 아침 햇살이 ㄱ이 꺼무스름한 뺨에
어룽거렸다. 그가 수향에게 눈을 부릅떴다.

네가 죽였지? 내 아들, 네가 죽였지?

수향은 갑진의 눈이 그렇게 말하고 있는 것 같아 흡 숨을 멈췄다.
그러나 그의 눈에서 눈물이 툭 떨어져 내렸다. 눈물에 굴절된 햇빛
이 그의 눈이 부릅뜬 듯 보이게 했던 것이다. 수향은 가만히 고개를
숙였다. 그가 그토록 기다리던 아들을 정말 수향 스스로 죽게 한 것
만 같았다.

아이를 묻고 돌아올 때는 아침 해가 쨍했다. 갑진과 젊은이 두 사

람이 서둘러 사탕수수밭으로 가자 오두막 입구에는 수향과 목사 부부만 남았다.

"아이는 또 생길 것이니 너무 상심 마세요."

목사 부인이 수향의 마른 어깨에 손을 얹었다. 수향의 결혼식 날 면사포를 펴 주던 그 손이었다.

"그럼요. 아기는 이제 주님 품에 안겨 편안할 겁니다. 이 험한 세상을 피해 영혼이 깨끗한 채 좋은 곳으로 간 것이지요."

목사가 큰 키의 허리를 구부정하게 굽힌 채 수향을 내려다보았다.

"그렇죠. 이 험한 세상……. 농장 안에서 자라 봤자 그 애도 고생이었을 거예요."

수향은 또렷하게 말했다. 그 말투엔 차라리 잘되었다는 느낌이 역력했다. 목사 부부가 서로 얼굴을 마주 보았다.

"그래요. 슬픔을 이기기 위해선 그렇게 생각하는 것도 좋아요."

목사 부인이 부드럽게 말했다.

"참, 월례는 잘 있나요?"

수향은 일부러 화제를 돌리려고 월례의 안부를 물었다.

"아, 예! 월례 양은 한인 여학교에서 기숙생들을 잘 돌보고 있답니다. 원래 심성이 곱고 부지런해서 무슨 일을 맡겨도 안심이 되는 사람이에요."

월례 이야기가 나오자 표정이 환해지는 목사 부인을 보며 수향은 가만히 고개를 숙였다.

"월례에게 일부러 제 사산 소식을 전해 주실 건 없어요. 말씀대로 심성 고운 그 애가 제 걱정을 얼마나 하겠어요."

"그러리다. 하지만 산달을 뻔히 아는데 어찌 묻지 않겠어요. 그렇잖아도 하와이에 와서 수향 씨와 헤어져 살게 된 게 무슨 죄를 지은 것처럼 생각하는 사람인데요."

"땅이 바뀌면 사람의 관계도 바뀌어야죠."

수향은 한숨을 머금었다.

"수향 씨네도 농장을 벗어날 궁리를 한번 해 보세요. 이갑진 씨는 워낙 융통성이 없어 그저 시키는 일만 할 뿐이죠. 수향 씨라도 좀 나서서 여길 떠날 궁리를 해 보세요. 여기선 특별히 영어를 잘해 혹 통역이 된다면 모를까 매일 그날이 그날이잖아요. 하긴 사탕수수밭에만 묻혀 있으니 이갑진 씨가 여기 온 지 오래됐어도 영어 배울 기회가 없었겠지만요."

"여길 벗어나면 무슨 일을 한단 말인가요?"

"손 맵시가 있다면 양복점을 해도 되고, 세탁소나 음식점도 괜찮지 않겠어요?"

수향이 심드렁하게 웃었다.

"무슨 일이든 자본이 있어야겠군요."

수향은 오두막 입구에 서 있는 것도 힘에 부쳤다. 출산하고 만 하루가 지나지 않은 몸이 땅으로 가라앉는 느낌이었다. 그녀는 목사 부부에게 목례를 하고 돌아섰다. 목사관으로 돌아가는 그들과 반대 방향으로 걸어 돌아온 수향은, 환한 아침 볕에도 침침하기만 한 오두막으로 들어서 돗자리 위에 털썩 앉았다. 작은 창으로 희미하게 스며든 햇빛 한 줄기에 돗자리 위 피얼룩이 드러났다. 자신이 어제 아기를 낳으며 쏟아 낸 피였다. 수향은 그때서야 묵묵히 깨물고만 있던 울음을 터뜨렸다.

'분명 배 안에서는 잘 놀았는데 어째서 아기가 산도에 그렇게 오래 걸려 있었는지 모르겠구먼.'

산파가 숨을 쉬지 않는 아이를 안고 중얼대던 말이 떠올랐다. 수향은 산통 속에 정신을 잃어 가면서 자신이 아이를 산도에 가두었던 건 아닌가 생각했다. 기억이 분명치 않았다. 다만 이런 지저분한 농장에서 아이를 기르고 싶지 않다는 생각을 강렬히 했을 뿐. 수향은 두 손에 얼굴을 묻고 오열했다.

"내가 죽인 거야. 내가……."

수향은 아기가 태어났던 돗자리, 그 피얼룩 위로 쓰러졌다. 들썩이는 어깨 밑 겨드랑이에서 찌르르 통증이 느껴졌다. 유선이 부풀고 있었다.

수향은 수수밭에 엎드려 잡초를 뽑아냈다. 붉은 흙은 습기로 축축했다. 잠시 손을 놓고 한눈을 팔면 감독의 회초리가 등짝을 내려친다는 건 수향도 이미 알고 있었다. 여자와 남자를 구별하지 않는 감독들은 그 인종이 누구이건 포악했다. 수향도 몇 차례 회초리 세례를 받고 나서야 그들을 피하는 요령을 익혔다. 처음 회초리에 맞았던 날, 수향의 등을 가로지른 붉은 사선을 바라보며 갑진은 한숨을 머금었다.

"다른 여자들이 농장 일을 하기에 임자도 해 보라고 한 내 잘못이
야. 이 일은 그만두고 다시 빨래터 일을 하는 게 어때?"

"하지만 빨래터 일보다는 농장 수입이 낫지 않아요. 언제 이 농장
을 벗어나겠어요. 나는 농장에서 더 이상 아이를 낳지 않겠어요."

수향은 차갑게 말을 내쏘며 자신의 몸을 더듬는 갑진의 손을 뿌리
쳤다. 순간 갑진의 두 눈에 분노 같은 것이 어렸다.

"그러면? 임자 가까이도 오지 말라고?"

수향이 가만히 고개를 끄덕였다. 갑진이 기가 막히다는 듯 헛웃음
을 웃으며 돌아앉았다.

수향은 사탕수수밭 축축한 흙 위에 엎드려 어젯밤도 갑진과 실랑
이를 벌이던 일을 떠올렸다. 그런 날이 거듭될수록 갑진은 더 냉랭
한 표정을 지었고, 수향은 무심히 그를 바라보았다.

어떻게든 이곳을 떠나야 해

수향은 수수밭에 몸을 구부린 채 입술을 깨물었다. 뭔가 잘못 꼬
여 버린 삶을 어떻게든 풀어내야 할 것 같았다. 만약 그때 월례가 그
런 일만 당하지 않았더라면, 그래서 동네에 월례인지 수향인지 구별
도 안 되는 처녀가 겁탈을 당했다는 소문만 나지 않았더라면, 기어
이 이 먼 곳까지 올 생각은 안 했을지도 몰랐다. 어쩌면 이 모든 것
이 월례로 인해 일어난 일인 것만 같았다.

그녀가 태어났을 때 업둥이로 들어왔던 월례로 인해 이리 멀리 떠
나올 게 예정돼 있던 것인가. 수향은 그토록 다정하게만 느껴졌던

월례가 갑자기 원망스러웠다. 그러나 어찌 그녀를 탓할 수 있으랴. 붙잡을 수 없는 남자의 아이를 가졌던 어미의 겁 없던 사랑에서부터 수향의 운명은 예정되어 있었는지도 모를 일이었다. 수향은 문득 어미가 품었던 그 사랑은 어떤 것이었을까 궁금했다. 귀를 스치는 바람 소리에 가슴 한 켠이 아련히 아파 왔다. 사탕수수 잎이 바람에 부딪는 소리 사이로 문득 들려오는 숨소리, 홀연히 날아와 코끝을 스치며 가슴을 내려앉게 하는 체취……. 수향은 벌써 몇 년이 지나 버린 한순간을 떠올렸다. 약방집 아들의 품에 안겼던 그 짧은 찰나를. 그녀는 한순간의 기억이 오랜 세월을 지배할 수도 있다는 걸 그때야 알았다. 어쩌면 어미는 그런 순간을 끈질기게 붙잡아 기어이 자신을 낳았는지도 모른다고…….

"그 집 딸이 여기 어디 살고 있을 텐데……."

그녀는 수수밭 속에서 중얼거렸다. 문득 약방집 마당가에 섰던 처녀가 떠올랐다. 수향과 월례보다 석 달 먼저 떠났다던 그녀도 아이를 하나쯤 낳고 농장 아낙이 되어 있으리라. 그녀도 지금쯤 자신처럼 한숨을 쉬고 있을지 모를 일이었다. 잠시 손을 멈췄던 수향은 말을 타고 건너편 밭고랑에서 이쪽으로 오고 있는 감독을 보았다. 차양이 넓은 모자를 쓰고 얼굴이 거무스름한 포르투갈인 감독은 알아듣지 못할 말을 지껄이며 험상궂은 표정을 지었다. 벌써 조선인 노동자 몇몇이 회초리를 맞았는지 낮은 비명 소리가 밭고랑 사이로 들려왔다. 수향은 얼른 손을 빨리했다. 그들에게 조선인 노동자들은 그저 일하는 노예에 불과했다. 감히 웃음을 흘린다거나 어설픈 영어로 말 몇 마디 붙여 보는 것도 금물이었다. 자신이 노예가 아니라 사람이라는 걸 보여 주려던 조선인들이 더 매를 맞는 걸 수향은 보았다. 대부분 전에 글깨나 읽었다는 사람들이었는데, 조선에서의 이력이 이곳에선 무용지물이라는 걸 깨치는 데 그들은 그렇게 많은 시간을 허비하진 않았다. 그들은 차라리 무지렁이가 돼 군말 없이 일을 하거나, 아니면 빠른 시간 내에 농장을 떠나갔다. 수향은 그들이 떠나간 곳을 정확히 알지 못했다. 더러 조선으로 돌아가기도 했고, 본토로도 갔고, 호놀룰루 시내로도 갔지만 영원히 돌아오지 못할 죽음으로 가는 사람들도 있었다.

수향이 이곳에 오고 나서도 두 명이나 오두막 대들보에 목을 맸다. 한 사람은 서당 훈장을 했다는 중늙은이였고, 다른 한 사람은 조선에서 나라 녹을 받던 하급 관리였다고 했다. 수향은 목을 맨 사람들이 여자가 아니라는 사실에 마음이 놓였다. 사진 신부들은 아무도 목을 매지 않았다. 조선에서 온 사진 신부들은 자신의 운명에 순응하는 적응력이 있었다. 고국에서 몸에 밴 삼종지도三從之道가 농장 노동자 아내의 삶을 받아들이게 했다.

감독이 탄 말이 밭고랑에 엎드린 수향 근처에 잠시 멈추어 서는 기척이 났다. 수향은 고개를 들지 않았다. 매를 맞은 조선인들은 등허리의 상처보다 자존심에 입은 상처를 더 아파했다. 감독이나 통역은 노동자들보다 훨씬 수월한 일을 하면서도 월급은 두 배 가까이 받았다. 그들이 사는 집은 노동자들과 같은 더러운 오두막이 아니고 농장주 근처의 깨끗한 집이었다. 조선인 통역 하나가 농장에 상주하고 있었지만, 그는 결코 조선인들 편이 아니었다. 그는 백인 농장 지배인이나 얼굴이 검은 감독들과 붙어 알지 못할 말로 지껄이며 동족인 노동자들을 싸늘하게 바라볼 때가 많았다.

한낮이 되자 땀이 온몸을 적셨다. 수향은 아직도 젖이 붇는 가슴께가 찌르르 아파 왔다. 아이는 땅속에서 썩어 가는데 어미의 몸에선 그 아이를 먹일 젖이 흘렀다. 수향은 흙에 엎드린 채 가만히 눈물을 머금었다.

그날 하루가 무사히 지나갔다. 용케 감독의 회초리를 피했고, 죽을힘을 다해 책임량을 마쳤다. 오후 4시 반이 되자 수향과 갑진은 오두막 앞까지 타고 갈 기동차 앞에서 만났다. 뻘건 흙먼지를 뒤집어쓴 갑진 역시 흙투성이가 된 수향을 무덤덤하게 바라보았다. 수향은 갑진 옆으로 가지 않고 여자 노동자들 틈에 섞여 기동차를 탔다. 햇빛에 그은 튼튼한 팔을 드러낸 아낙이 수향의 가녀린 몸을 무심히 바라보았다. 수향의 팔도 검게 그을어 있었다.

기동차에서 내려 공동 샤워실로 간 수향은 자신을 곁눈질하는 아낙들의 두런거림을 들었다.

"저리 몸이 가늘어서 무슨 일을 한다고……. 갓난애가 죽어 악에 바친 거야."

"속살이 저리 흰 걸 보니 귀한 집 아가씨였던 게 맞나 봐. 처음엔 몸종까지 거느리고 왔다잖아."

"쳇! 여기서 무슨 몸종? 오히려 그 계집이 도시로 가서 더 잘나간다던데!"

"그러니까. 여기야말로 음지가 양지 되고 양지가 음지 되는 남의 땅이지."

수향은 흘깃 아낙들을 돌아보았다. 그들이 멈칫 입을 다물며 고개를 돌렸다.

양지가 음지 되고 음지가 양지 되고…….

수향은 아낙들이 두런대던 말을 되뇌어 보았다. 생각하니 자신은 조선 땅에서도 양지였던 적이 없었다. 어미 덕에 먹고사는 걱정을 안 해 보았을 뿐, 장옷을 쓰고 동리에 나가면 사람들이 그녀를 돌아보며 수군거렸다. 수향은 조선 땅에서도 음지에서 살았다는 걸 기억했다. 음지의 인물이면서도 늙은 소작인 앞에서 공연히 거만한 표정을 짓고, 뒤로는 깔보임을 받던 참으로 이상한 처지의 사람이었다는 걸. 이제 이곳 농장 노동자들은 모두 같은 처지였다. 수향은 자신이 그들 속에 끼여 완전한 음지에 있다는 게 차츰 편안해졌다.

목욕을 마친 수향은 저녁을 지으러 공동 부엌으로 가기 전에 오두막 행렬 뒤에 있는 무덤으로 갔다. 붉은 흙이 말라 가는 아기의 무덤에 푸릇푸릇 잔디가 자라고 있었다. 나무판자를 깎아 겨우 '이 씨의 아기'라고 새겨 넣은 어설픈 비명이 가슴을 더 아릿하게 했다. 설핏 기운 해가 하늘 가장자리를 불그레하게 물들여 갔다. 수향은 아기 무덤 뒤로 들어선 조선인 무덤들을 보며 자신은 결코 여기 묻히지 않으리라 생각했다. 정도 들이지 못한 아기를 여기 두고 가는 건 가슴 아팠지만, 이곳에서 생을 마감해 묻히고 싶진 않았다.

수향은 검붉어지는 하늘을 보며 흙을 털고 일어섰다. 그녀의 입가에 쓴웃음이 맺혔다. 이렇게 살고야 말 자신의 운명을 애써 돌리려 했던 어미가 원망스럽다는 맘도 이제 없었다. 어미는 평생 사랑 타령에 매여 사랑보다 먼저 먹고 입어야 한다는 걸 알지 못했다. 수향은 흙길 위에 번진 노을 그림자를 밟으며 서둘러 저녁을 지으러 발길을 재촉했다.

저물녘의 공동 부엌 안엔 흐릿한 백열등이 흔들렸다. 더러 이른 저녁을 먹던 농장 가족들이 수향을 돌아보았다.

"쯧쯧, 꼴이 말이 아니네. 마치 백합꽃 같더니만⋯⋯."

저희들끼리 두런대는 말 끝자락이 수향의 귀에 꽂혀 왔다. 수향은 못 들은 척 그들을 외면하며 쌀을 씻어 안쳤다.

식사를 마친 가족의 남자가 빈 그릇들을 설거지통으로 나르기 시작했다. 아낙은 밥풀이 떨어진 널빤지 식탁을 행주로 훔치며 고단한 듯 하품을 머금었다.

"참 조선에서라면 어디 남정네가 할 짓이 아니지."

밥을 먹던 다른 가족의 남자가 설거지통에 손을 넣는 남자를 흘깃 바라보며 웃었다. 식탁을 닦던 아낙이 갑자기 행주질을 멈추며 고개를 들었다.

"남이사 남정네가 설거지를 하건 말건 무슨 상관이오? 하루 종일 둘 다 똑같이 뼈 빠지게 일하고 돌아와 여자만 밥을 짓고 설거지하란 법 있소?"

앙칼진 여자의 말에 수향은 나물을 데치던 손을 흠칫 멈추었다. 수향이 밥을 다 지어 차려 놓을 때까지 부엌엔 얼굴도 안 내미는 갑진은 지금쯤 오두막 문 앞 계단에 앉아 담배를 피워 물고 있을 것이다. 아침에도 수향은 갑진보다 일찍 일어나 도시락을 싼 후에야 부랴부랴 그와 함께 기동차를 탔다. 하루 종일 흙바닥에 주저앉아 있었지만 수향의 일당은 갑진보다 훨씬 적었다. 수향은 아낙을 돌아보며 슬그머니 공감의 눈빛을 보냈다.

"왜 이렇게 저녁이 늦어?"

그제야 부엌으로 들어선 갑진이 부루퉁하게 물었다. 수향은 아기무덤을 다녀왔다는 걸 말하지 않았다. 식탁에 앉은 갑진 앞에 묵묵히 상을 차리는 수향의 손은 상처투성이였다. 언제 어떻게 다쳤는지도 기억나지 않았다. 수향이 식탁에 마주 앉기도 전에 허겁지겁 입에 밥을 퍼 넣는 갑진을 수향은 물끄러미 바라보았다. 생각하니 그랬다. 왜 자신은 저 남자보다 일찍 일어나 밥을 지어 도시락을 싸고, 왜 그가 쉬고 있는 동안 저녁을 지어야 하는지. 그는 밥그릇을 다 비우면 얼른 오두막으로 돌아가 누울 것이었다. 수향이 설거지를 마치고 돌아가면 코를 골던 단잠에서 슬며시 깨어나 아직 땀도 닦지 못한 수향의 옷을 벗기려 들었다. 수향에게 그것은 또 하나의 노동에 불과했다. 갑진이 또 돌아누워 코를 골고 수향은 오두막 안에 어리는 달빛에 눈을 떴다. 궁색한 살림이 마치 물에 잠긴 듯 달빛에 어른거릴 때면 그녀는 가만히 울음을 삼켰다.

수향은 어느새 밥그릇을 비운 갑진이 일어서 가 버린 뒤에야 식탁에 앉았다. 부엌엔 그녀 혼자뿐이었다. 모두 돌아가 버린 텅 빈 부엌에 앉은 수향은 자신이 이 세상에 홀로 떨어진 것 같았다. 꾸역꾸역

밥을 퍼 넣는 그녀의 머릿속에 떠오르는 사람은 아무도 없었다. 수향은 자신에겐 의지할 사람도, 그리워할 사람도 없다는 걸 알았다.

설거지를 마치고 부엌 불을 끄고 나온 수향은 갑진이 기다리고 있는 오두막으로 가고 싶지 않았다. 길 위엔 어둠이 짙어지고, 오두막 곳곳에 불이 켜져 있었다. 터덜터덜 어두운 길을 걷는 수향의 귀에 오두막에서 새어 나오는 소리가 들렸다. 아이들이 웃었다. 여자의 노랫소리가 들렸다. 고함을 치는 남자, 우는 여자도 있었다. 벌써 불이 꺼진 오두막 앞을 지날 땐 얇은 판자 사이로 여자의 교성이 희미하게 들려왔다.

자꾸만 앞으로 걸어가던 수향은 자신의 오두막을 지나쳤다는 걸 알았다. 그녀는 아무도 없는 숲길에 서 있었다. 뒤로는 노동자들의 숙소가 줄지어 있고, 오른쪽 멀리 환히 불이 밝혀진 농장주의 저택이 있었다. 그 주변 작은 집 여러 채에도 불이 환했다. 통역과 감독들의 집이었다. 수향은 물끄러미 그 불빛을 바라보았다. 그녀에게 결코 다다를 수 없는 영역의 불빛들이었다. 수향은 자신이 왜 그 불빛을 선망하고 있는지 모르겠다고 생각했다. 마치 조선 땅에서 양반 사회로의 편입을 꿈꾸며 자라던 것과 같았다. 이곳에선 조선인들 사이에 그 출신이 어떠하든 평등이 이루어졌지만, 그것은 농장 노예와 같은 조선인들끼리 안에서였다. 수향은 언젠가 자동차를 타고 외출 나가는 백인 농장주 가족을 보았다. 그들은 수향이 봤던 서양인, 조선 땅에서 본 선교사들의 차림과는 비교도 안 될 만큼 화려했다.

수향은 어두운 숲길로 가늠되는 곳으로 눈을 돌렸다. 갑진이 조선인 통역에게 빌린 자동차를 타고 농장으로 들어왔던 길이었다. 월례와 함께 그 길을 들어설 때가 떠올랐다. 앞으로 펼쳐질 삶에 대한 두려움이 가득했으나 절망하지는 않던 순간이었다. 그녀는 한숨을 내쉬었다. 긴 날숨 끝에 갑자기 몸이 부르르 떨려 왔다. 온몸이 진저리를 치며 요의가 느껴졌다. 수향은 나무 덤불 속으로 들어가 치마를 걷어 올렸다. 땀기로 축축한 고쟁이를 내리고 오줌을 눴다. 어둠 속에 쪼그리고 앉은 수향의 벌어진 다리 사이로 풀잎이 스쳤다. 날카로운 풀잎 끝이 살갗을 따갑게 했다. 수향은 얼른 하의를 걷어 올리고 풀숲을 나왔다. 어둠 속에서 굼실굼실 흐르다 풀밭으로 스며드는 제 오줌 줄기가 보였다. 수향은 헛웃음을 웃었다.

"내가 다 된 것이야. 한데에 오줌을 눈 게 어디 한두 번인가."

혼자 중얼대는 그녀의 머릿속으로 푸른 사탕수숫대 사이에서 고쟁이를 끌어 내리던 아낙들이 떠올랐다. 이제 수향도 그들처럼 요의를 해결하는 게 아무렇지도 않은 일이 되었지만, 아무도 없는 이두운 풀숲에서 아랫도리를 내린 게 왠지 수치스러웠다. 환한 대낮이라면 이곳은 밖에서 농장으로 들어오는 길목이었다. 뒤로는 오두막, 오른쪽으론 농장주의 집, 왼쪽으론 교회와 목사 사택이 있었다. 수향은 왼쪽 멀리에 가물거리는 불빛을 바라보았다. 월례가 살던 목사관이었다. 그녀는 자신도 모르게 목사관을 향해 걸었다. 일을 쉬는 일요일이 아니면 결코 가 본 적이 없는 길이었다. 익숙한 길이라 생각했는데도 자꾸 발걸음이 헛디뎌졌다. 몇 번인가 넘어질 듯 비틀거리던 그녀는 자신이 왜 그 길을 걷고 있는지 알 수 없었다.

수향은 불 꺼진 교회당 앞에 이르렀다. 높이 솟은 종탑에 달빛이 어려 있었다. 둥근 달이 놋쇠로 만들어진 종 옆구리에 굴절된 채 길쭉하게 빛을 냈다. 우두커니 종탑을 올려다보던 그녀는 교회당 문 앞에 쪼그려 앉아 무릎에 얼굴을 묻고 흐느끼기 시작했다. 울음소리가 밤바람이 풀잎을 스치는 소리보다도 작았다.

상처 입은 짐승

교회 안 식당이 시끌벅적했다. 일요 예배를 마친 조선인들이 점심을 먹고 있었다. 남자들이 앉은 탁자엔 더러 양복을 차려입은 사람들이 보였다. 그들은 사진 신부를 맞을 때 마련한 단벌 양복을 고이 모셔 두었다가 교회에 올 때마다 입었다. 갑진도 수향을 맞으러 호놀룰루 항구로 나올 때 입었던 양복 차림이었다. 그는 외톨이처럼 탁자 끄트머리에 엉거주춤 앉아 있었다. 아낙들과 함께 음식을 나르던 수향의 시선이 갑진과 마주쳤다. 무심한 그녀의 눈빛을 그가 멀뚱히 바라보았다. 수향은 그를 외면하고 교회 주방으로 들어갔다. 주방에서 바삐 손을 놀리던 아낙들도 어느새 제 음식 접시를 들고 나가 여자들끼리 자리를 마련해 앉았다. 반쯤 열린 주방 문 사이로 더러 웃어 가며 음식을 먹는 아낙들이 보였다. 수향은 제 먹을 음식을 접시에 담았다. 쌀밥을 지었지만 고기와 채소는 조선식 음식이라

할 수 없었다. 이제는 그런 음식을 먹는 것에 수향도 점점 익숙해 갔다. 땡볕 아래서 사탕수숫대를 베는 일, 상스럽게 말하는 이웃들의 무례함도 서럽지 않았다.

"아직 여기 있었어요?"

접시를 들고 나가려던 수향은 막 주방을 들어서는 목사 부인과 맞닥뜨렸다.

"아, 사모님! 식사하셨는지요?"

수향이 고개를 숙이며 겸연쩍은 표정을 지었다. 그녀는 사흘 전 그 밤이 생각나 얼굴이 확 달아올랐다.

"이제 몸은 좀 괜찮아요?"

상냥한 목사 부인의 목소리에 가슴 밑바닥에 겨우 가라앉힌 것들이 꾸물꾸물 올라와 목에 걸리는 것 같았다.

그 밤 종탑에 어린 달빛을 바라보던 수향은 쪼그리고 앉아 잠이 든 것 같았다. 낯선 체취에 슬그머니 눈을 떴을 때 그녀는 누군가의 품에 안겨 있다는 걸 알았다. 정신이 희미했지만 그 비슷한 기억이 아물아물 떠올랐다. 혼절한 채 약방집 아들의 품에 안겼던 짧은 순간이었다. 그러나 결코 놓아지지 않는 그 기억 속 체취와는 확연히 다른 냄새였다. 수향은 혼미한 정신 속에서도 실망했다.

그가 아니구나.

그렇게 중얼댄 것 같았는데, 그만 검고 깊은 수렁으로 가라앉는 듯한 느낌이 들었다. 수향은 자신이 정신을 잃었다는 걸 나중에야 알았다.

"그날은 죄송했어요."

수향이 기어들어 가는 소리로 말했다. 주방 창문에 비쳐 든 햇살 속으로 목사 부인의 웃음이 하얗게 번졌다.

"누가 그 밤중에 교회당 앞에 쓰러져 있을 걸 생각이나 했겠어요. 목사님이 밤 산책을 나가지 않았다면 수향 씨가 거기 있는 걸 발견할 수도 없었을 거예요."

수향은 고개를 더 수그렸다. 목사관의 폭신한 침상이 떠올랐다. 하얀 무명천을 씌운 침대는 수향의 마른 등을 포근하게 감싸 주었다. 따뜻한 차와 보드라운 목사 부부의 손길, 잠들었던 아이들이 깨어나 걱정스러운 눈빛으로 그녀를 바라보던 일⋯⋯. 수향은 마치 다른 세계에 와 있는 것 같았다. 어쩌다 수향이 앓아누울 때면 그렇게 그녀를 보살피고 바라보던 어미와 월례가 생각났다. 어미가 목화솜을 두둑하게 넣어 꿰매 준 폭신한 이부자리까지⋯⋯. 수향의 눈에서 주르르 눈물이 흘렀다.

"너무 과로한 탓이에요. 오늘 밤은 여기서 쉬고, 내일 날이 밝으면 오두막으로 돌아가도록 해요."

목사의 묵직한 음성 뒤로 혀를 차는 소리가 들렸다. 그는 곧 잠옷 차림의 아이들을 몰고 방을 나갔다. 목사 부인이 수향의 이마에 흐트러진 머리를 쓸어 넘겼다.

"월례 양에게서 수향 씨 얘기는 많이 들었어요. 왜 이 생활이 고생스럽지 않겠어요. 거기다 아이를 사산한 후유증이 큰 것 같아요."

"죄송합니다."

수향의 입에서 가느다란 말이 새어 나왔다.

"얼마나 힘들었으면 이 밤중에 교회당을 찾아왔겠어요. 필경 그 밤에 주님이 부르신 거지요. 우리 목사님도 주님께서 나가 보라는 소리를 듣고 산책을 나간 것이 분명하고요."

희미하게 웃음을 띠던 수향은 스르르 눈을 감았다. 자신이 왜 오두막으로 돌아가지 않고 집을 지나쳐 그 어두운 길을 걸었는지 알 수 없었다. 그저 갑진에게 가고 싶지 않다고 생각했을 뿐이다. 서러움에 울다가 쪼그린 무릎에 얼굴을 묻었다. 누군가의 품에 안겨 있다는 걸 알았을 때 불현듯 떠오르던 약방집 아들의 품……. 수향은 잠에 빠져들면서도 얼굴이 달아올랐다.

아, 나는 지금 무엇을 원하고 있는 걸까?

가물가물한 기운 속에 애써 생각을 모으던 수향은 갑자기 눈을 번쩍 떴다. 침상에서 막 돌아서는 목사 부인의 치맛자락이 보였다. 그녀의 긴 치마에 그려진 잔잔한 꽃무늬가 어스름한 방 안에서 흔들렸다. 수향은 그 치맛자락을 움켜쥐었다.

"난 여길 떠나고 싶어요!"

수향의 외침에 목사 부인이 몸을 돌렸다.

"잠들지 않았어요?"

"월례가 있는 곳에 절 데려다주세요!"

목사 부인의 치맛자락을 움켜쥔 수향의 손에 힘이 들어갔다.

"수향 씨에겐 남편이 있어요. 어떻게 이갑진 씨를 떠난단 말입니까?"

"떠나겠어요. 월례 곁으로 데려다주세요."

목사 부인이 다시 침상 곁에 앉았다.

"수향 씨! 이제 월례 양은 당신의 시중을 들어 줄 수 없어요."

"알아요! 알고 있어요."

목사 부인이 딱하다는 표정을 지었다.

"어렵겠지만 우린 적응해야 해요. 이곳에선 지난날의 삶을 다 지워 버려야 해요. 이갑진 씨와 가정을 잘 이루고 살아 봐요. 아이도 다시 낳고, 돈도 모아 도회지로 나가 다른 삶을 살 수 있어요. 우린 다 그렇게 살고 있답니다."

동정심을 품고 시작한 목사 부인의 말투는 단호하게 맺어졌다. 마치 수향에게 정신을 차리라는 소리로 들렸다. 수향은 메마른 입술 끝에 삐뚜름하게 미소를 머금었다.

"외람된 말씀이지만, 사모님은 어떠신가요? 농장 노동자들과는 다른 삶을 살고 계시잖아요."

수향의 당찬 말에 목사 부인이 잠시 어이없다는 얼굴을 했지만, 그녀는 곧 자애로운 표정을 지었다.

"수향 씨! 이건 제 몫의 삶입니다. 목사님과 저도 이국에서 사실 고달프게 살고 있답니다. 농장 노동을 하지 않을 뿐이지요. 고생스럽겠지만 수향 씨는 수향 씨 몫의 삶을 살아야 합니다."

"이 삶은 제 몫이 아닌 것 같아요. 이건 제 삶이 아닌 것 같다고요."

붉어지는 수향의 음성에 목사 부인이 눈을 크게 떴다.

"그럼 무엇이 수향 씨 몫의 삶인가요? 이것이 현실이랍니다. 더러 조선에서 양반 축에 들던 사람들이 목사님을 찾아와 수향 씨와 비슷한 상담을 하지요. 이건 양반의 핏줄로 살아갈 삶이 아니라고요. 이런 삶이 될 줄 몰랐다고요. 하지만 그 양반네들도 알고 보면 이렇게 타국으로 오지 않으면 안 될 만큼 다급한 사정들이 있었더랍니다. 생각해 보세요. 이 멀고 먼 곳으로 오게 된 것이 사람의 뜻으로만 될 일인가를요. 수향 씨도 그런 주님의 부르심으로 이곳에 온 것이랍니다."

"전 주님을 몰라요."

수향의 맹랑한 말투에 목사 부인이 한숨을 머금었다.

"그래요. 주님은 모른다고 쳐요. 그렇담 운명이란 것이 있지요. 수향 씨가 여기 온 건 운명의 이끌림이랍니다."

"잘못된 운명이겠죠. 이건 아닙니다. 저는 이렇게 살 수는 없습니다. 사모님! 저를 월례에게 데려다주세요. 저도 월례가 있는 곳에서 일하게 해 주세요."

목사 부인이 물끄러미 수향을 바라보며 한숨을 쉬었다.

"이갑진 씨는 어떻게 하고요?"

"그를 사랑하지 않아요."

"사랑?"

식은땀이 흐르는 수향의 얼굴을 수건으로 닦아 주려던 목사 부인이 멈칫 손을 멈췄다.

"우리 조선 여인네들이 애모하는 사람을 낭군으로 맞는 일이 그리

흔한가요? 낭군으로 맞았기에 애모하며 사는 것이지요."

"그 사람도 절 사랑하지 않아요. 그런데도 우린 부부로 살아야 하
나요?"

목사 부인이 긴 숨을 머금었다.

"수향 씨가 힘든 게 그런 것인가요? 농장 노동이 아니라……. 그
래요, 더러 그런 일이 있긴 했지요. 사진 신부로 와 놓고 도망치거나
조선으로 돌아가 버리는 일이……. 하지만 이갑진 씨가 이혼을 수락
하겠어요?"

수향은 목사 부인이 제 마음을 이해한 것 같아 마음이 놓였지만,
정말 갑진이 자신을 보내 줄지 의문이 들었다.

"그 사람에겐 그저 한 사람의 여자가 필요할 뿐이죠."

"정말 그렇게 힘들어요? 그 사람하고 살아가는 것이……."

목소리를 낮춘 목사 부인이 속삭이듯 물었다.

"사모님! 월례가 말 안 하던가요? 제 어미 얘기를요. 평생 사랑 타
령만 하다 가신 분을요."

무슨 말인지 모르겠다는 목사 부인의 표정을 보며 수향은 허탈한
미소를 지었다.

"제 어미는 기생이었답니다. 사랑을 붙들려고 저를 낳았지만 양반
님 아비는 진즉 떠났대요. 제가 무슨 대갓집 아씨인 줄 아셨습니까.
단지 어미가 고집스레 저를 그렇게 키웠을 뿐입니다."

목사 부인이 잠시 놀란 얼굴을 했으나 이내 잔잔한 표정으로 수향
의 어깨를 토닥였다.

"그 말을 하고 싶었던 모양이군요. 자신의 신분에 대해……. 사람은 진실을 털어놓고 싶어 하죠. 그러나 그게 다 무슨 소용이랍니까. 양반 댁 아씨든 아니든. 우린 지금 여기서 살아가는 게 더 중요하답니다. 월례 양의 사정도 들었어요. 자그만 동네에서 있었던……. 그 일의 당사자가 수향 씨로 오해받는 것이 미안해 여기로 오자고 했다는데, 고생하는 수향 씨를 보며 몹시 괴로워했어요."

"월례가 자기 얘기는 다 털어놓으면서도 제가 기생 딸이란 건 말하지 않았군요."

수향이 씁쓸한 미소를 띠었다.

"이제 내가 수향 씨 맘을 알았으니 한번 방법을 연구해 보자고요. 그렇게 못 견디겠다면……."

목사 부인은 허탈한 듯한 표정을 지었지만, 수향은 갑자기 자신의 삶을 탈출할 희망이 보이는 것 같았다.

접시에 음식을 담는 목사 부인의 뒷모습을 보며 수향은 슬그머니 주방을 나왔다. 모두가 대갓집 아씨 출신으로만 알고 있는 자신의 신분을 공연히 목사 부인에게 털어놓았던 건 아닌지 조금 후회가 됐다. 그러나 무슨 소용이랴. 사실 이곳에 사는 사람들의 전력은 불분명했다. 수향은 가만히 아낙들이 앉은 탁자 끝에 가 앉았다. 반대편 탁자 끝엔 갑진이 앉아 있었다. 그가 흘긋 수향을 바라보았다. 며칠째 유독 말이 없는 수향에게 그도 말을 걸지 않았다. 남자들의 식탁에서 큰 목소리가 터져 나왔다.

"그게 말이나 되냐고? 우리 조선인 국민회가 미국 정부에 아부하는 사대사상을 지니고 있다니 말요!"

밥을 먹던 남자들이 더러 심각한 표정이 됐지만 갑진은 멀뚱멀뚱 앉아 있었다. 수향은 갑진의 시선을 비켜 열을 내는 남자를 바라보았다. 듣기에 충청도 땅에서 관리를 지냈다는 50대 남자였다. 그 옆에 갑진과 아우, 동생 하는 김 씨가 앉아 있었다. 그는 무슨 말인지 알아듣겠다는 듯 연신 고개를 끄덕였다. 이곳에서도 동향끼리 모여 앉는 예가 흔했다. 유독 경상도 땅에서 온 여자들이 많은 만큼 호놀룰루에는 영남부인회라는 게 결성되어 있었다. 수향은 문득 약방집 딸이 그 부인회에 가입해 있는 건 아닌지 궁금해졌다. 수향은 음식 접시 위로 고개를 숙였다. 남자들 탁자에서 떠들어 대는 소리가 윙윙대는 벌레 소리처럼 멀게 느껴졌다. 구국을 위해 뭉쳐야 한다고, 정치 자금을 걷어야 한다고, 박용만 장군이 이끄는 군사 훈련장에 자금이 필요하다고…….

수향은 문득 눈을 들어 갑진을 바라보았다. 초점이 흐려진 그의 눈은 어디론가 먼 곳을 향해 있었다. 구국 이념이 터져 나오는 탁자 끝에 앉은 갑진은 외톨이 같았다. 수향은 아낙들의 탁자 끝에 앉은 자신도 외톨이라는 생각을 했다. 그녀는 이곳을 떠날 수 있는 방법을 한번 생각해 보자던 목사 부인의 말만 자꾸 떠올렸다.

오두막으로 돌아오는 흙길 위로 한낮의 땡볕이 쏟아졌다. 아직 교회 식당에 많은 사람들이 남아 있었지만 수향은 먼저 밖으로 나왔다. 곧바로 뒤따라 나온 갑진이 그녀 뒤에서 걷고 있었다. 두 사람이 걷는 오솔길 양옆으로 웃자란 풀 끝이 햇볕에 누렇게 타들어 갔다. 기온이 높은 7월이었다. 수향은 모처럼 조선에서 가져온 모시 한복을 다림질해 입었다. 호릿한 몸을 감싼 풀 먹인 모시가 걸음을 뗄 때마다 낮은 바람 소리를 냈다. 그녀는 교회와 농장 입구, 농장주의 저택과 오두막으로 나뉜 네 갈래 길에 이르렀다. 쨍한 햇볕 아래 자신이 한밤중에 요의를 참지 못하고 소변을 보았던 풀숲이 훤히 드러나 있었다. 그녀는 자신도 모르게 걸음을 멈추고 풀숲을 바라보았다. 치마를 걷어 올리고 고쟁이를 내리는 제 모습이 보이는 것 같았다. 비식 웃음이 머금어졌다. 고개를 숙이고 혼자 웃음을 참던 그녀는 눈을 들어 농장 입구로 뻗은 길을 아득히 바라보았다. 갑자기 그 길을 마구 달려 나가고 싶은 충동이 솟구쳤다. 이 사거리 길에서 조선인 노동자들이 선택할 수 있는 길은 두 갈래뿐이었다. 오두막으로 돌아가거나, 농장을 나가거나……. 농장주의 저택이 있는 곳은 금단의 땅이었다. 교회는 이상과 위로를 주었지만 그들을 부자로 만들어 주진 못했다. 매주 농장 노동으로 번 돈을 떼어 헌금을 했다. 때론 멀리서 온 연사의 강연을 듣고 큰 뭉치의 정치 자금을 내는 일도 있었다. 정치 자금을 낸 남자는 술에 취한 듯 불콰해진 얼굴을 빛냈지만, 그 입술 끝이 떨고 있는 걸 수향은 보았다. 낡은 치마저고리를 입은 남자의 아낙은 고단함으로 흐려진 두 눈에 원망을 가득 담고 남편을 바라보았다.

수향은 그 남자가 옳다고도, 원망이 가득한 아낙의 눈이 당연하다고도 생각했다. 정치 자금을 낼 마음도 돈도 없는 갑진의 무표정한 얼굴이 떠오르자 그녀는 가슴속이 쓸쓸해 왔다. 자신도 남편의 큰 손 뒤에서 그 아낙처럼 원망스러운 눈빛을 해 보고 싶었다. 햇볕 아래 망연히 선 수향 뒤에서 갑진의 헛기침 소리가 들렸다. 무심코 돌아본 수향 앞에 부릅뜬 갑진의 눈이 햇빛을 담은 채 이글거렸다.

"왜 거기 멈춰 서지?"

그가 수향의 얼굴과 그녀의 눈길이 머문 풀숲을 번갈아 보며 따지 듯 물었다. 수향은 그를 잠시 바라보았을 뿐, 아무 대답도 하지 않았다. 그녀는 돌아서 다시 걷기 시작했다. 갑진의 발자국이 그녀를 따라왔다. 그의 걸음이 조금 빨라지는가 싶더니 급한 숨소리가 수향을 스쳐 갔다. 갑진이 수향을 가로막고 섰다.

"말해 봐! 왜 거기 섰던 거지? 사흘 전 그 밤, 밤새 들어오지 않은 걸 내가 모르는 줄 알아? 그 밤에 거기서 딴 놈하고 뒹굴기라도 했나?"

햇빛과 마주 선 갑진이 얼굴을 찡그린 채 두 눈에 분노를 가득 담고 있었다.

"그런 소리 하지 말아요!"

수향은 발끈 화를 내며 갑진을 지나쳐 갔다. 그녀의 잰걸음을 갑진이 당장에 따라잡았다.

"누구야? 그놈이……. 밤마다 나를 피하더니 이제는 외박까지……."

갑진의 성난 숨소리가 두 사람의 흐트러진 발자국 사이로 번졌다.

"엉뚱한 소리 하지 말아요. 나는 그냥 삶이 고단해서 밤길을 걸었을 뿐이에요."

"뭐? 밤새도록 걸어? 거짓말하지 마!"

갑진이 고함을 쳤다. 길옆 우거진 풀숲에서 그 소리에 놀란 새 몇 마리가 푸드덕 날아올랐다.

"조용히 하세요. 왜 길에서 소리를 지르고 그래요? 집으로 가요. 어서!"

냉정한 수향의 말에 갑진의 표정이 더 일그러졌다.

"잘난 척하지 마. 네가 조선 땅에선 어떻게 살았는지 몰라도 여기선 다 똑같아. 양반 좋아하네!"

수향은 걸음을 멈추고 갑진을 쏘아보았다. 비웃음을 머금은 그의 검은 얼굴이 땀으로 번들거렸다. 수향은 자신이 언제 양반이기나 했던가 생각하니 헛웃음이 나왔다. 공연히 꼿꼿한 태도가 늘 갑진을 더 화나게 한다는 걸 그녀도 알고 있었다. 그 순간이었다. 갑자기 갑진의 주먹이 수향의 턱으로 날아왔다.

"이년이 어디서 비웃고 있어? 네가 그렇게 잘났으면 왜 이곳에 왔어? 조선 땅에서 잘난 놈에게 시집갈 것이지."

털퍼덕 흙길 위로 쓰러진 수향의 하얀 모시 치마폭에 붉은 흙먼지가 내려앉았다. 얼얼해진 턱에서 뜨끈한 것이 흘렀다. 모시 적삼 위로 핏방울이 떨어졌다. 수향은 몸을 일으켰다. 그러나 다시 갑진의 주먹이 날아왔다. 얇은 배에 둔탁하게 꽂히는 그의 단단한 주먹에 수향은 그만 허리를 꼬부리고 쓰러졌다.

"왜, 왜 이러냐고요?"

앙다문 입술에서 날카롭게 터지는 수향의 음성에 갑진이 더 씩씩
대며 발길을 휘둘렀다.

"살림도 잘 못하는 것이 아이도 제대로 못 낳아 놓고, 거기다 서방
질까지……."

수향은 흙길 위에 몸을 오그리며 두 손으로 배를 감싸 쥐었다. 그
러나 고개를 들고 눈빛을 세워 갑진을 노려보았다. 왜 그날 밤 교회
앞에서 실신해 목사관에 누워 있었다는 말이 나오지 않는지. 농장
감독에게 몇 차례 회초리를 맞은 적은 있지만, 처음이나 다름없는
매질에 그녀는 분노가 끓어올랐다.

"이런 천하의 상놈 같으니라고!"

수향은 이를 앙다물며 소리쳤다. 갑진의 발길이 다시 수향의 옆구
리로 날아왔다. 퍽 소리를 내며 그의 낡은 구두 끝이 수향의 갈비뼈
에 박혔다. 수향은 더는 눈을 부릅뜨지 못하고 흙길 위에 널브러졌
다. 따가운 햇빛이 이마 위로 마구 내리쬐고, 해를 등지고 선 갑진의
모습이 커다란 짐승 그림자 같았다.

"아이구! 이게 웬일이래요?"

귀에 익은 것도 같은 아낙의 외침이 멀리서 들렸다. 여럿이 뛰어
오는 부산한 발소리가 났다. 곧 누군가가 수향을 안아 일으켰다.

수향은 농장 안 병원에서 눈을 떴다. 늙은 미국인 의사가 수향을
내려다보고 있었다. 무심코 몸을 일으키려던 수향은 뻐개질 듯 아픈
옆구리에 그만 비명을 질렀다.

"그냥 누워 있어요. 갈비뼈가 부러졌대요."

키 큰 미국인 의사 뒤에서 조선인 통역 안 씨가 고개를 내밀었다. 의사가 고개를 돌려 안 씨에게 뭐라 말하자 그가 불쑥 수향의 침상 앞으로 다가왔다.

"갈비뼈 말고 다른 곳은 며칠 지나면 나을 거라고요. 그런데 왜 그랬어요? 부부 싸움에 관여할 일은 아니지만 부인이 많이 다쳤기 땜에 경찰이 올 거라는데요."

"경찰이오?"

놀라 눈을 크게 뜨는 수향의 부어오른 입술로 겨우 말이 새어 나왔다. 안 씨가 골치 아프다는 표정으로 얼굴을 돌렸다. 수향은 그때서야 자신이 알몸에 홑이불만 덮고 있다는 걸 알았다. 어깨를 드러낸 채 가슴께에 걸쳐진 홑이불을 손으로 끌어 올리려 했지만 팔이 움직이지 않았다. 그녀는 수치감에 눈을 꼭 감아 버렸다. 더러 조선인 노동자들 사이에 부부 싸움으로 시끄러운 일이 있었다. 그때마다 농장 통역이 달려왔다. 그는 별것 아닌 일로 오두막의 집기를 부순 남자와 패악을 지르며 달려든 아낙을 나무라고 나선 늘 투덜대며 돌아섰다.

"젠장! 내가 뭐 만능 해결사라도 되남? 말만 통역하면 되지 뭐 남의 부부 싸움까지 간섭하고 다녀야 하다니."

그는 잠을 자다 달려온 듯 부스스한 머리칼을 쓸어 올리며 돌아가곤 했다. 남의 일처럼 바라보던 것에 수향 자신이 당사자가 될 수도 있다는 건 생각도 못한 일이었다.

"경찰이 오면 내 다시 오리다. 부인은 지금 몸을 움직일 수 없으니 당분간 여기 병원에 누워 있어야 할 거요. 그럼……."

안 씨는 의사에게 뭐라 말하더니 이내 병원을 나가 버렸다. 병원은 농장 노동자들이 일터로 가기 위해 기동차를 타는 곳과 샤워장 사이에 있었다. 밖에서 소란스러운 소리가 들렸다. 창밖 하늘이 어스름했다. 잿빛 하늘에 붉은빛이 투명하게 번지고 있었다. 수향은 언뜻 저녁 무렵이라고 짐작했다. 교회에서 돌아오던 한낮의 길에서 그런 일이 벌어졌으니 지금은 필경 일요일 저녁일 거라고. 그러나 모두 일을 쉬는 일요일 저녁이라면 이리 밖이 시끄러울 리 없었다. 그녀는 통역에게 시간을 묻지 않은 걸 후회했다. 늙수그레한 의사가 덤덤한 표정으로 수향의 옆구리에 손을 넣었다. 순간 소스라칠 듯한 통증이 느껴졌다. 그녀는 몸을 뒤틀며 비명을 질렀다. 의사가 뭐라고 말했지만 알아듣지 못할 소리였다. 수향은 그저 그를 바라보며 얼굴을 찡그렸다. 수향의 고통에 비하면 의사이 표정은 너무나 무덤덤했다. 그는 어쩌면 사람이 아닌 한 마리 농장 짐승을 치료하고 있는지도 몰랐다.

누군가 병원 출입문을 여는 소리가 났다. 의사가 고개를 돌린 곳엔, 다림질이 잘된 양복바지에 눈처럼 흰 셔츠를 입은 키가 큰 중년 남자가 서 있었다. 그는 챙이 넓은 모자를 벗으며 의사에게 웃어 보였다. 그의 갈빛 머리칼이 구불거렸다. 처음 농장에 왔을 때 신고를 겸해 인사를 했던 농장주였다. 그는 불그레한 얼굴에 흰 이를 드러내 웃으며 의사에게 악수를 청했다. 농장주보다 훨씬 나이 먹은 의

사는 고개를 숙이고 조심스레 농장주의 손을 잡았다. 그들은 수향의 침상 곁에 서서 그녀를 흘깃거리며 대화를 나누었다. 그들이 주고받는 말을 한마디도 알아들을 수 없는 수향은 그저 멀뚱멀뚱 눈을 뜨고 있었다. 그녀는 그들의 말을 쓰는, 그들의 나라에 어쩌다 불시착한 이방인인 자신의 처지를 다시 느꼈다. 쓸쓸한 마음에 눈을 감았다. 그 순간이었다. 누군가 수향이 덮고 있는 홑이불을 확 걷어 냈다. 순식간에 옆구리에 붕대를 감은 그녀의 알몸이 드러났다. 수향은 본능적으로 팔을 들어 가슴과 부끄러운 곳을 가리려 했지만 마음대로 움직이지 않았다. 두 미국인이 수향의 몸을 내려다보았다. 수향의 상처에 대해 말을 나누는 것 같았지만, 농장주의 눈이 수향의 거웃 근처로 내리꽂히는 걸 느꼈다. 그의 표정이 좀 비굴하게 일그러졌다. 붕대가 감긴 옆구리를 가리키는 의사의 손끝이 슬쩍 올라와 수향의 유두를 스쳤다. 순간, 부끄러운 마음과 달리 그녀의 유두 끝이 단단하게 뭉쳐졌다. 물끄러미 그 모습을 내려다보던 농장주의 손가락이, 눈처럼 흰 셔츠 소매 밑에서 혼자 까닥거리는 걸 수향은 보았다. 온몸으로 수치심이 끼쳐 왔다. 수향은 눈을 질끈 감고 고개를 돌렸다. 그것은 그녀가 할 수 있는 단 하나의 행위였다.

벌거벗은 수향을 그대로 둔 채 의사와 한참을 지껄이던 농장주는 무슨 뜻에선지 너털웃음을 웃으며 돌아갔다. 그를 배웅하고 난 의사가 그제야 수향의 몸에 홑이불을 덮어 주었다. 그녀의 감긴 눈에서 눈물이 주르륵 흘러내렸다. 뭐가 즐거운지 콧노래를 부르며 의료 기구를 달그락거리는 의사 뒤에서 그녀는 눈을 감고 중얼거렸다.

"이대로 죽어 버렸으면……."

수향의 작은 중얼거림을 들었는지 의사가 휙 몸을 돌렸다.

"왓?"

고개를 돌린 채 눈물을 흘리는 수향의 옆얼굴을 잠시 바라보던 의사는 이내 돌아서 하던 일을 계속했다.

아무도 바라보지 않는 사람

"왜 그날 밤 여기 있었단 말을 하지 않았어요?"

목사 부인이 파리한 수향의 얼굴을 보며 안타까운 표정을 했다. 수향은 금방이라도 울음이 터질 듯 입술을 실룩거렸다.

"모르겠어요. 왜 그 말이 나오지 않았는지……."

"그러게. 남편의 화를 자초한 것 아니에요?"

"떠나고 싶다고 했잖아요."

"설마 떠날 빌미를 만들려고 남편을 일부러 화나게 했던 건 아니겠지요?"

목사 부인이 수향의 표정을 살피며 물었다.

"무슨 말씀을요? 그냥 말이 나오지 않았어요."

당치도 않다는 듯 수향의 목소리가 커졌다. 생각에 잠긴 듯한 목사 부인의 눈이 창가에 머물렀다. 뜰에 선 키 큰 나무의 푸른 잎사귀 사이로 붉은 꽃들이 피어 있었다. 다섯이나 되는 목사의 자녀들이 뜰에서 뛰어노는 소리가 들렸다.

"월례가 떠난 뒤로 사람을 들이지 않으신 것 같아요. 혹 제가 여기서 일하면 안 될까요?"

수향의 조심스러운 말투에 목사 부인이 창가에 던졌던 시선을 거두며 잔잔한 미소를 머금었다.

"월례 양이 여기 있었던 것은 도회지로 보내기 위한 준비 과정이었어요. 타국의 생활 양식을 우리 집에서 좀 가르쳐 볼 요량이었지요. 그런데도 교회에 나오는 여자들이 말이 많았어요. 자신들은 땡볕 아래 일하며 아이들을 기르는데, 목회자 부인이 편안하게 식모를 부린다고요. 막내가 걷기 시작하자 얼른 월례 양을 학교 기숙사로 보냈지요. 그러니 수향 씨를 여기에 머물게 할 수는 없어요. 상처가 나을 때까지만 있도록 해요."

다정하지만 단호한 그녀의 목소리에 수향은 그저 고개를 숙였다.

수향이 병원에 누워 있는 동안 경찰이 통역 안 씨를 대동하고 왔다. 갑진과 수향은 단순한 부부 싸움이 아니라 폭행에 연루되었다며, 수향에게 갑진을 폭행죄로 고소하겠느냐고 물었다. 이미 오두막에 격리된 갑진은 며칠째 일도 하지 못한 상태였다. 수향은 고개를 저었다. 그를 떠나려는 맘은 갖고 있었지만 굳이 범죄자로 만들 필요는 없었다. 수향이 병원에서 나와 요양차 목사관으로 옮기자, 갑진도 다시 농장 일을 나가기 시작했다.

일을 마치고 돌아온 갑진은 농장 부엌으로 들어섰다. 김 씨 부인이 제 남편 옆에 갑진의 밥을 차려 놓고 기다리고 있었다. 털썩 앉아 숟가락을 드는 갑진을 부엌에 있던 아낙들이 바라보았다. 자기들끼리 조심스레 수군대는 소리가 묵묵히 밥을 먹는 갑진의 귀에 훤히 들려왔다.

"저만하면 잘생긴 남정네를! 오죽했으면 팼겠어? 여자가 참 오만하게도 보이더만. 나는 그 여편네 영 못마땅했어."

"그러게. 지가 뭐라고 여기 와서까지 거만한 표정이라니."

"처음엔 조선에서 데려온 종을 부렸었다며? 그 종이 오히려 지금은 도회지로 나가 양장을 하고 영어도 잘하더래."

"그 얘긴 누구한테 들었어?"

"우리 집 양반이 지난번에 딸을 만나러 기숙 학교에 갔다가 그 여자를 만났대. 깔끔하고 이쁜 여자가 일을 하고 있기에 자세히 보니 글쎄 그 종이더래."

"참말로 양지가 음지 되고 음지가 양지 되었네."

여자들은 뭐가 그리 즐거운지 끼득끼득 웃기 시작했다. 웃음소리에 김 씨 부인이 돌아서 눈을 부라리자 여자들은 얼른 입을 닫고 제 할 일로 돌아갔다.

"그래, 애 엄마는 몸이 좀 나았어유?"

당분간 갑진의 밥값으로 수입이 늘어난 게 즐거운지 김 씨 부인의 목소리가 날아갈 듯했다.

"무슨 애 엄마는요? 죽은 아이를 낳아 놓고……."

"아무튼······ 이제 몸이 나으면 데려다 잘 살아 봐유. 아이야 또 낳으면 되구유. 새댁 나이 이제 겨우 만 스물둘인데 뭐."

갑진은 그저 밥을 입에 꾹꾹 퍼 넣었다. 생각하니 그날 왜 그리 화를 냈던지 자신도 알 수 없었다. 주일 예배가 끝나면 좀 똑똑하다는 남자들이 늘 목소리를 높였다. 그들은 조선 땅을 걱정하고, 일본을 미워했다. 갑진은 왠지 그런 말들이 귓등으로 들렸다. 저마다 열을 내 한마디씩 할 때마다 멍멍하게 앉아 있는 갑진을 남자들은 언제부턴가 조금씩 돌려놓기 시작했다. 농장의 같은 구역에서 일을 하는 김 씨 외엔 아무도 갑진에게 말을 걸지 않았다. 군사 훈련 기금 마련을 위해 기부를 호소하러 온 신사가 교회에 들른 적이 있었다. 그는 국민회의 무슨 간부라 했다. 콧수염을 기르고 기름을 발라 머리를 넘긴 멋쟁이였다.

"여러분도 타국의 노동 현장에서 참으로 고생이 많으실 줄 압니다. 그러나 고국의 일은 고국 사람들의 손으로 이루어져야 합니다. 여기 하와이 땅에서도 우리 조선인들이 일본인들이나 중국인들처럼 단합이 잘되지 않는 이유가 뭡니까? 물론 그들은 우리 조선인보다 이민 역사도 앞섰고 수도 많습니다만, 제 나라에서의 그들 이력은 사실 보잘것없는 사람들입니다. 무식쟁이에 노동자들이 대부분이라고 들었습니다. 그들은 제 민족 사회에 편승하지 않고는 살아갈 수 없는 계층의 사람들인 것입니다. 그러나 우리 조선인들은 고국에서 나라의 녹을 먹은 분들이 많습니다. 대단치는 않아도 관리였던 사람들도 많고 군인 출신도 있다고 들었습니다. 농사보다는 책 읽는 것에 익숙한 분들도 많지요. 그 말은 우리 조선인들은 개인이 잘 살아갈 수 있는 능력을 지녔기에, 서로 단합하려는 마음이 다른 민족에 비해 떨어진다는 것입니다. 그러나 여러분! 여러분이 훗날 조선 땅으로 돌아가건 안 돌아가건 여러분은 조선의 아들딸들입니다. 누가 고국을 구하겠습니까. 다행히 네브래스카에서 군사 교육을 받은 박용만 장군이 이곳에 훈련장을 마련하고 지금 열심히 군사를 양성하고 있습니다. 그들을 위해 여러분의 헌사를 부탁드립니다. 우리 모두의 열의를 모아 하루빨리 조국 광복을 기대해야 하지 않겠습니까?"

쉿소리가 섞인 칼칼한 그의 음성이 교회 안에 울리자 고개를 끄덕이는 사람들이 많았다. 고개를 숙이고 슬며시 눈물을 훔치는 남자도 있었다. 갑진은 문득 제물포 부둣가를 배회하던 자신의 지난날이 떠올랐다. 일본 배가 들어오기만 기다려 하역 작업을 맡으려 할 때면 나이 먹고 약아빠진 자들에게 종종 일을 빼앗겨 빈손으로 돌아오기도 했다. 갑진은 힘보다는 머리가 앞선다는 생각을 이따금 했다. 하와이에 온 조선인 남자들 중에 글줄깨나 읽은 사람들이 많다는 말이 가슴에 가시처럼 박혔다. 언문을 겨우 읽는 제 처지가 슬그머니 부끄러웠다. 이곳에서도 그는 뒤로 밀리고만 있는 기분이 들었다.

교회 안이 잠시 웅성거리더니 저마다 주머니 속의 돈을 꺼내기 시작했다. 멋쟁이 남자가 든 대나무 바구니 속에 앞다투어 돈을 집어넣었다. 갑진도 바지 주머니에 손을 넣었다. 일주일 양식을 살 만한 돈이 거기 있었다. 하지만 그는 냉큼 돈을 꺼내지 못하고 망설였다.

곁에 앉아 있던 김 씨가 갑진의 귀에 대고 속삭였다.

"참 돈지랄들 하고 앉았네! 뼈 빠지게 벌어서 저렇게 잘 차려입은 신사들을 먹여 살리란 말인가? 내 식구들 고기 한 점 먹이기도 벌벌 떨리는 판에 말여!"

갑진은 주머니에 넣었던 손을 슬그머니 뺐다. 생각하니 김 씨 말이 맞는 것 같았다. 그는 혼자 생각했다.

잘난 너희들이나 돈을 내라! 나야 조선 땅에서도 노동자, 여기서도 노동자인데 뭐 그리 애면글면 조선 독립을 외치랴. 내 목숨 어디 살아도 같은걸.

좀 흥분한 얼굴로 돈을 내고 자리로 돌아오는 남자들을 공연히 쏘아보던 갑진은 김 씨가 옆에서 헛기침하는 소리를 들었다. 그냥 앉아 있기가 그도 마음 편치는 않은 듯했다. 갑진은 문득 자신은 김 씨와 처지가 다르다는 걸 생각했다. 김 씨는 하와이 온 지도 얼마 되지 않은 데다, 자식도 여럿이었다. 갑신은 다시 바지 주머니에 손을 집어넣었다. 구겨진 지폐가 만져졌다. 늦게라도 농장 동료들과 호흡을 맞춰야겠다며 얼른 돈을 꺼냈다. 그러나 돈이 담긴 바구니가 어느새 치워진 뒤였다. 갑진은 목덜미를 붉히며 고개를 숙였다. 손에 들고 있는 돈을 주머니에 도로 넣기도 민망해 구겨서 주먹 안에 쥐었다.

교회 주방에 차려 놓은 점심을 먹으러 자리를 옮겼다. 남자들은 서로 콧수염을 기른 국민회 간부 곁에 앉으려고 자리다툼을 했다. 여자들은 그에게 음식을 내놓았다. 갑진은 탁자 끄트머리에 겨우 엉덩이를 걸치고 앉아 수향을 찾느라 고개를 두리번거렸다. 늦게야 주방에서 나온 수향이 여자들이 담소하고 있는 탁자 끝에 어색하게 앉는 게 보였다. 갑진은 슬그머니 화가 치밀었다. 갑진은 읽지도 못하는 한문도 척척 읽고 쓰는 잘난 아내가 왜 아낙들 사이에 끼지 못하고 겉도는지……. 갑진 자신은 다른 남자들보다 못난 탓에 그렇다 치면, 수향은 뭔가 넘쳐 여자들 사이에 끼어들지 못하는 것 같았다.

교회에서 돌아올 때면 갑진은 농장 흙 위에 엎드려 땀을 흘릴 때보다 더 고독해졌다. 갑진과 나란히 걷던 수향은 이따금 풀벌레 소리를 듣거나, 길섶에 핀 꽃을 보느라 발길을 멈췄다. 그에겐 하등 걸음을 멈출 만한 이유가 되지 못하는 것들에 수향은 시간을 끌었다. 갑진이 하는 수 없이 앞서가던 걸음을 멈추고 돌아볼 때면 수향의 얼굴에도 쓸쓸한 기미가 내려앉아 있곤 했다.

그 일요일도 그랬다. 점심을 먹던 갑진은 자신이 또 남자들 탁자 끄트머리에 앉아 있음을 알았다. 그날도 늦게야 주방에서 나온 수향이 여자들이 앉은 탁자 끝에 어색하게 앉는 걸 보았다. 그날따라 하얀 모시옷을 정성껏 다려 입은 수향은 아름다웠다. 그동안 땡볕에 그을고, 기르지도 못할 아이를 배고 낳느라 많이 변해 있었지만, 그 자태는 여느 농장 아낙에 비할 바가 아니었다. 슬그머니 혼자 미소를 흘리던 갑진은 문득 사흘 전 밤새도록 그녀가 오두막에 돌아오지 않았다는 걸 기억했다. 피로에 지쳐 잠이 들었던 갑진은 새벽녘에 눈을 뜨고서야 그녀의 부재를 알았다. 하지만 곧 일터로 가야 할 시각이었다. 이부자리에 들었던 흔적도 없이 점심 도시락을 싸 들고 기동차를 타는 그녀를 만났다. 그녀가 건네준 도시락을 받아 들며 뭐라 말하려 했지만, 사람들이 떠드는 소리에 묻히고 말았다. 덜덜덜 기동차가 움직이기 시작했고, 수향은 아낙들이 모여 있는 자리로 밀려났다.

종일 수숫대를 자르고 나르는 동안 모든 걸 잊어버렸다. 밤이 되자 도대체 어디 갔었느냐고 물으려 했다. 그러나 졸음이 참을 수 없이 쏟아졌다. 그렇게 사흘이 지나 버린 것이다. 부산스레 옷을 차려입고 교회로 오던 아침에는 그만 그 일을 잊고 있었다. 비록 여자들 탁자 끄트머리에 앉긴 했지만, 수향의 여윈 얼굴은 그 자리의 주인공처럼 훤했다. 그녀가 혼자 슬며시 웃고 있었다. 갑진은 문득 이제껏 그토록 환한 수향의 얼굴을 본 적이 없다는 걸 알았다.

"무슨 생각을 하고 있는 걸까."

중얼대던 갑진은 수향이 자리에서 일어나 밖으로 나가는 걸 보았다. 다른 여자들은 아직 음식을 먹으며 입담이 한창이었다. 남자들의 탁자에서도 마찬가지였다. 그들 부부는 농장 사람들과는 다른 세계에 속한 듯 따로 움직이고 있었다. 그렇다고 갑진 자신이 수향과 같은 곳을 바라보고 있다는 생각은 들지 않았다. 혼자서 밖으로 나가는 수향의 뒷모습을 바라보던 갑진은 왜 그런지 마음이 막막해 왔다. 옆자리의 김 씨는 언제부턴가 갑진이 곁에 있는 것도 잊은 것 같았다. 돈을 걸 때는 내지 않으면서도, 사람들과 잘 어울리는 김 씨는 농장에서 길지 않게 살아온 이력에 비해 친하게 지내는 사람들이 많았다. 갑진은 옆에서 떠들어 대는 김 씨의 커다란 목소리에 마음이 더 고적해 왔다. 그는 먹던 음식 접시를 그대로 둔 채 일어섰다. 부리나케 수향이 나간 출입문으로 걸어갔다. 그러나 아무도 갑진을 보고 있지 않았다. 여자들도 수향이 나간 것을 모르고 있는 것 같았다.

문을 나선 갑진은 땡볕이 내리쬐는 흙길 위에 하얀 모시 치마저고리를 입은 수향이 홀로 걷고 있는 걸 보았다. 교회에 왔던 사람들이 삼삼오오 담소하며 오두막으로 돌아가기엔 조금 이른 시간이었다. 갑진은 그녀의 느린 걸음을 천천히 따라갔다. 수향은 몇 번인가 걸음을 멈췄다가 다시 걸었다. 평소 버릇대로 풀벌레 소리에 귀를 기울이기도 했고 꽃을 바라보기도 했다. 교회에서 나오는 길과 외부에서 농장으로 들어오는 길, 농장주의 저택, 노동자의 오두막을 향해 뚫린 네 갈래 길에 이르렀을 때 수향이 또 걸음을 멈췄다. 그녀는 거기서 귀를 세우고 풀벌레 소리를 듣거나 꽃을 바라보지 않았다. 망연히 그 자리에 서 있기만 했다. 그녀 뒤 네댓 걸음 못미처에 선 갑진은 그녀가 다시 움직이길 기다렸다. 그는 수향을 지나쳐 그냥 오두막으로 갈까 생각했지만, 갑자기 그녀가 왜 저렇게 서 있는지 궁금해졌다. 수향은 길이 갈린 곳에 웃자란 풀숲을 보고 있었다. 햇빛에 누렇게 타들어 가긴 했지만 사람이 들어앉으면 가려질 만큼 무성하게 자란 풀숲이었다. 얼굴을 옆으로 돌린 그녀가 얼핏 웃는 것 같았다. 갑진은 문득 여자들 탁자 끄트머리에 와 앉으면서도 유독 환하던 수향의 표정을 떠올렸다.

저 여편네에게 필경 무슨 일이 있는 거야.

갑진은 그녀가 돌아오지 않았던 사흘 전 밤과 그녀의 낯선 환함 사이에 무언가 있다고 생각했다. 쨍한 햇살에 눈이 흐려진 갑진의 머릿속으로 수향이 웬 남자와 그 풀숲에서 뒤엉키는 상상이 스쳤다. 숨이 씩씩 쉬어졌다. 성큼성큼 수향 앞으로 걸어간 갑진은 그녀를 노려보며 섰다. 꼿꼿이 그를 응시하는 그녀의 눈길에 더 화가 치밀었다.

갑진은 그녀의 턱을 날리던 자신의 주먹을 생각했다. 입술이 터져 흘러내린 피가 그녀의 하얀 모시 적삼을 적시던 광경……. 피를 머금으며 자신을 노려보던 그녀의 눈……. 갑진은 왠지 더 부아가 치밀었다. 그 눈을, 수향의 눈빛을 굴복시켜야 한다고 생각했다. 쓰러져 누운 그녀에게 마구 발길질을 했다. 그럴수록 마음속에선 걷잡을 수 없는 분노가 일어섰다.

갑진은 고개를 흔들었다. 밥숟가락을 입에 문 채 머리를 도리질하는 그를 김 씨가 바라보았다.

"왜 그려? 또 그 생각인감?"

김 씨 부인이 설거지통 앞에 섰다가 무슨 일인가 싶어 그들을 돌아봤다. 갑진이 탁 소리가 나게 숟가락을 내려놓았다.

"왜요? 더 드시지유?"

김 씨 부인이 행주치마에 물 묻은 손을 닦으며 쪼르르 다가왔다.

"여자 하나 잘못 얻어 별꼴을 다 당했습니다. 그 여자를 어찌 다시 데리고 살란 말입니까."

갑진은 담배를 물며 중얼대듯 말했다.

"그럼 이혼할 거여?"

무심히 흘리는 김 씨의 말에 갑진이 고개를 번쩍 들었다. 그는 수향이 영 편치 않은 건 사실이지만 이혼을 생각해 보진 않았다. 그때서야 그녀와 이혼할 수도 있다는 생각이 들었다. 그는 담배에 불을 붙여 물고는 부엌을 나왔다.

밖에 내려앉은 어둠이 투명했다. 푸른빛을 띤 밤하늘에 얇은 구름이 흘렀다. 그 사이로 가느다란 초승달이 떠 있었다. 갑진은 하늘로 담배 연기를 푸우 뿜어 올렸다. 연기는 검은 허공에 제 맘대로 헝클어지다가 어디론가 흩어졌다. 오두막을 향해 터덜터덜 걷던 갑진은 아무도 없는 길에서 혼자 울리는 제 발소리가 쓸쓸하기만 했다. 다 타 버린 담배를 길섶 풀 속에 던지고 다시 하늘을 올려다보았다. 검푸른 어둠에 고리를 걸친 듯 노오란 초승달이 갑진을 자꾸 따라왔다. 그는 오랜만에 어미를 생각했다.

내 떠돌이 기질을 너에게 준다.

어디선가 어미의 목소리가 들려오는 것 같았다. 갑진은 문득 조선 땅으로 돌아가고 싶다고 생각했다. 더 나은 삶을 살라고 등을 떠민 어미는 공연히 하나뿐인 자식을 멀리 보냈다. 갑진은 자신의 삶이 결코 조선에서보다 나아지지 않았다는 걸 알았다. 10년이 넘는 세월이 지났어도 그는 제 소유의 땅 한 뼘 마련하지 못한 채 백인 농장주의 광대한 밭 한 귀퉁이에서 손이 갈퀴가 되도록 일했다. 키가 크고 잘생긴 농장주의 얼굴은 보기도 힘들었다. 갑진이 수향을 폭행한 일로 농장이 시끄러워졌을 때에야 농장주는 이갑진이란 노동자가 자기 농장에서 일하고 있다는 걸 기억한 것 같았다. 갑진은 아무도 자신을 바라보지 않는다고 생각했다. 아내조차 자신을 인식하며 사는 것 같지가 않았다. 그는 서늘한 밤공기 사이로 긴 숨을 내뱉었다. 어쩌면 그날 그렇게 수향을 때린 것은 자신의 희미한 존재성에 스스로 화가 났기 때문인 것도 같았다. 꼭 수향에게 화를 내고 있는 것도 아닌…….

그녀에게 주먹을 휘두르며 그런 생각이 들었지만 손이 멈추어지질 않았다. 오두막에 격리된 후에야 목사가 찾아와, 그 사흘 전날 밤 수향이 목사관에 있었다는 걸 말해 주었다. 잠시나마 수향의 불륜을 의심했던 것이 부끄러웠지만, 왜 그녀가 그 밤에 목사관에 있었는지 그것도 화가 났다. 뭔가 들떠 있는 것 같던, 그날 수향의 표정이 떠올랐다.

목사관에서 무슨 얘기를 나눴던 걸까?

불 꺼진 오두막에 들어간 갑진은 옷도 벗지 않은 채 드러누웠다. 옆에서 잠이 든 수향의 숨소리가 색색 들리는 것 같았다. 만약 수향과 헤어지게 된다면 농장주는 갑진을 다시 홀아비들이 모여 사는 오두막으로 보낼 것이다. 농장의 다른 아낙들에게 빨래를 부탁하고, 밥을 얻어먹고……. 그는 수향이 오기 전까지 오랫동안 그렇게 살아온 세월로 돌아간다 생각하니 가슴이 답답해 왔다.

"젠장! 남들은 여자들이 애도 잘 낳고, 잘만 살더만……."

갑진은 이불을 말아 가랑이 사이에 꼈다. 수향의 보드라운 살갗이 생각났다. 그러나 그녀의 꼿꼿한 눈빛이 떠오르자 사타구니가 절로 오그라들었다. 그는 어두운 오두막에 누워 중얼거렸다.

"돌아갈 거야. 가서 어미 무덤이라도 건사하며 살아야지."

잠으로 가는 갑진의 귀에 오두막 뒤쪽 숲에서 바람 소리가 들려왔다. 사그락사그락 나뭇잎이 몸을 뒤채는 소리였다. 귀를 간질이는 그 소리에 뭉클한 서러움이 그의 가슴 밑바닥에서 치올랐다.

다시 돌아올 때는

목사 부인을 통해 수향이 갑진에게 폭행당한 일을 전해 들은 월례는 어떻게든 수향을 데려와야겠다고 생각했다. 어린 소녀들의 식사와 생활 통제까지 맡아 왔던 월례는 학교에 자신의 역할을 분담해 줄 것을 요청했다. 월례는 수향에게 소녀들의 생활 통제를 맡기고, 자신은 부엌일만 하려 했지만 수향을 면접한 교장 이승만 박사는 고개를 내저었다.

"월례 양의 경험을 김수향 씨가 어찌 따라가겠어요? 수향 씨는 학교에 대해 아무것도 모르는데 어찌 그 일을 맡기겠습니까?"

영어에 능숙한 그의 조선말은 혀가 꼬부라져 나왔지만 어조만은 단호했다. 수향은 가만히 고개를 숙였다. 쪽 찐 머리에 한복을 깨끗하게 손질해 입었지만 창백하고 야윈 얼굴이 풀 죽어 있었다.

수향이 학교 기숙사로 옮긴 지 한 달이 가까웠다. 부엌에서 나무

주걱으로 밥을 푸던 그녀는 솥에서 피어오르는 밥 냄새에 울컥 욕지기를 느꼈다. 부엌과 식당을 오가며 접시를 나르던 월례가 주걱을 손에 든 채 돌아선 수향을 보고 있었다. 두어 번 구역질을 삼키던 수향이 얼굴이 붉어진 채 고개를 돌렸다.

"아씨! 혹시?"

동그란 눈을 더 동그랗게 뜨는 월례를 보며 수향은 재빨리 말했다.

"그냥 모른 척해 줘."

"그래도 서방님한테는 알려야 하지 않겠어요?"

"아니야. 그럴 필요 없어. 그런데 교장 선생님이 여길 나가라고 하면 어쩌지?"

수향이 멈췄던 손을 재게 놀리며 다시 비위가 상하는지 얼굴을 찡그렸다.

"그건 차차 말씀드리죠, 뭐. 어떻게든 여기 머물 수 있도록 해 볼게요."

"난 농장으로 돌아가고 싶지 않아. 그 사람하고 다시 합치고 싶은 맘도 없어."

"하지만 아이가 태어날 텐데요."

"그것도 나중에 생각하자꾸나."

수향은 이제 자신의 운명에 담담해진 듯했다. 월례는 밥이 담긴 접시를 아이들이 기다리고 있는 식당으로 나르며 생각이 많아졌다. 교장은 임신한 수향이 계속 이곳에 머무는 걸 달가워하지 않을 게 분명했다. 하와이의 조선 교민에게 우상과 같은 이승만 박사는, 농장에서 태어난 소녀들에게도 전문 교육이 필요하다는 걸 노동자들에게 깨우치는 데 전심전력했다. 그런 자신의 이상에 하등 도움이 될 것도 없는 한 여성의 개인적 입장에 귀 기울여 줄지 월례는 걱정이 앞섰다.

그녀는 이제 어느 정도 영어를 구사했다. 아이들을 가르칠 만한 지식은 없었지만, 학교에 배달되는 우편물을 분류하고 이따금 사무실 서류들을 정리하는 데는 어려움이 없었다.

월례는 언젠가부터 하와이 교민 사회가 둘로 갈라져 있음을 알게 되었다. 한인 여학교는 이승만 박사가 수장으로 있는 동지회 소속이었다. 동부의 명문대에서 철학 박사 학위를 받았다는 이승만은 미남형의 온화한 외모에 많은 사람들의 존경을 받고 있었다. 그가 하와이에 도착하기 전까지는 농장 노동자들의 자식 교육열이 대단치 않았다고 했다. 더구나 조선에서 여자아이는 교육시킬 필요가 없다고 생각하던 것이 이곳에서도 그대로 이어졌다. 이승만 박사는 2세들의 교육을 통해 조선의 독립을 이룩해야 한다고 외쳤다. 그러나 박용만 장군이 수장으로 있는 국민회에선, 힘부터 길러 나라의 독립을 앞당겨야 한다며 인근 파인애플 농장에 군사 훈련 시설을 마련했다. 교민들은 때로 그 양쪽의 기부금 요구에 난감할 때가 많았다. 농장을 벗어나 도시에서 자영업을 하는 교민들도 많았지만, 아직은 농장 노동자가 대부분이었다. 자연 조선인들은 국민회파와 동지회파로 나뉘었다. 기숙 학교에서 일하는 동안 월례는 그 사실을 저절로 알게 됐다.

월례가 다시 부엌으로 왔을 때 수향은 싱크대 앞에 서서 밥을 먹고 있었다. 그녀가 밥을 입에 문 채 돌아보았다. 앞머리가 흘러내린 수향의 이마에 땀이 번들거렸다. 입덧으로 창백해진 낯빛은 푸르스름하기까지 했다. 야윈 얼굴에 곧은 콧날만이 마치 그녀가 살아 있다는 걸 알려 주듯 날이 서 있었다. 밥을 우물거리며 희끄무레 짓는 그 웃음이 처연하기만 했다.

　"월례야! 참 모진 목숨 아니니. 그렇게 매를 맞고도 내 몸에서 아이가 자라다니! 생명이 생기는 건 우리들 맘과는 아무 상관이 없는 모양이구나."

　"아씨! 그 몸으로 부엌일을 잘 견뎌 내실지 걱정이에요."

　월례는 그저 한숨만 내쉬었다.

　"걱정 말렴. 그간 모진 농장 일도 내 다 해내지 않았니. 내 손을 보렴. 이게 어디 네가 아씨라 부르던 사람의 손이냐?"

　수향이 싱크대 앞 창문에 환하게 비쳐 드는 햇살로 손 한 짝을 내밀었다. 마디가 굵어진 수향의 손은 물에 퉁퉁 불어 있었다. 깊이 들어온 햇살이 수향의 어깨에까지 스몄다. 수향의 목울대가 울퉁불퉁 움직였다. 그녀는 무언가를 애써 삼키고 있었다. 월례는 수향을 비켜 햇살 가득한 창을 바라보았다. 문득 햇살 아래서 물이 뚝뚝 떨어지는 빨래를 널던 일이 떠올랐다. 점점 낡아 가던 마님의 비단 치마를 빨랫줄에 펴 널던 일, 뜰로 향한 장지문을 열어 놓고 수틀을 잡은 채 빨래를 너는 월례를 바라보던 수향의 단아한 자태, 마루에 앉아 긴 곰방대를 놋재떨이에 두들기던 마님의 풍성한 몸매……. 월례는 자신도 모르게 곱게 치장을 하고 술상 앞에 앉았던 마님을 흠모했다. 이담에 자신은 마님처럼 향내를 풍기는 여자가 되고 싶다고……. 손님을 맞으며 세상 돌아가는 일에 능숙했던 마님은 아는 것도 많았다. 월례에게 마님은 아름답고 풍성하고 힘 있는 존재였다. 그녀가 마님의 삶을 익히는 동안, 수향은 어미처럼 살아선 절대 안 된다는 걸 배웠다. 월례는 마님을 통해 익힌 세상 살기가 그녀를 이 낯선 세상에서 버티게 해 주고 있다는 걸 알았다. 반대로 그것을 차단당한 채 살아온 수향은 지금 이 이국땅에서 참으로 하잘것없는 사람이 돼 있었다.

월례가 부엌을 나가려고 돌아섰다.

"걱정하지 마라. 너를 힘들게 하진 않으마. 아이가 태어나기 전에 이곳을 떠날 궁리를 해 봐야겠어."

힘없이 울리는 수향의 목소리에 월례는 고개를 돌렸다. 수향이 햇살 아래 머리를 숙인 채 입에 밥을 우겨넣고 있었다.

1919년 1월, 갑진은 카이무키(Kaimuki) 한인 학교 건물 뒤뜰에 서 있었다. 여학생과 남학생 기숙사를 따로 운영해 오던 이승만 박사의 학교는, 작년 가을 무렵 이 카이무키 지역에 남녀 공학의 새 학교를 세웠다. 사철의 경계선이 희미했지만 기온이 가장 낮은 철이었다. 그래도 둥치가 큰 나무에 풍성하게 뻗은 가지 끝에는 붉은 꽃이 탐스럽게 피어 있었다.

갑진은 우두커니 꽃을 올려다보았다. 하와이에 와서도 오랫동안

이 섬에 저렇게 꽃이 많다는 걸 알지 못했다. 시퍼런 사탕수수 잎 외에는 바라볼 틈이 없던 까닭이다. 수향을 아내로 맞고 나서, 그녀가 때로 그윽이 꽃을 바라보는 걸 보면서 갑진은 거기 꽃이 있다는 걸 알았다. 갑진은 가지 끝의 붉은 꽃에 코를 대고 눈을 감았다. 희미한 향기가 맡아졌다. 그는 수향이 몸을 뒤챌 때마다 피어오르던 냄새를 생각했다. 지난 여섯 달 동안 오두막에 홀로 누워 그녀의 체취가 그리울 때마다 몸을 뒤척였다. 그러나 목사가 전해 온 건 그녀의 이혼 의사였다.

농장주는 통역을 통해, 수향이 돌아올 의사가 없다면 갑진이 독신 남자들이 모여 사는 오두막으로 옮기는 게 마땅하다고 했다. 갑진은 모든 것이 되돌아가 버리는 걸 느꼈다. 지난 십수 년 땀 흘려 일한 것, 수향을 맞은 것, 수향 몸에서 죽어 나왔던 핏덩이…….

"조금만 기다리세요. 아씨가 곧 나오실 거예요."

뒤에서 들려온 다소곳한 목소리에 갑진은 돌아섰다. 푸른 잔디가 잘 다듬어진 학교 뒤뜰에 함초롬히 선 여자는 월례였다. 발목을 덮는 검은 치마가 잔바람에 살며시 흔들렸다. 몸에 잘 맞는 흰 블라우스 가슴께가 볼록 솟은 모습에 왜 그런지 갑진의 가슴이 내려앉았다. 목선을 덮는 짧은 머리카락이 적당히 구부러진 채 귀 뒤로 넘어가 있었다. 갑진은 월례가 목사관으로 떠나고 나서 한 번도 만난 적이 없었다. 호놀룰루 항구에서 처음 보았던 그녀의 모습이 떠올랐다. 겁먹은 눈과 어수룩한 태도는 예쁘장한 얼굴에도 수향이라는 상전에게 의지하는 영락없는 시녀의 모습이었다. 그러나 지금 그녀의 모습엔 그런 그림자도 없었다. 월례가 몇 걸음 다가왔다.

"곧 떠나신다고 들었습니다만……."

월례가 공손히 두 손을 모았다. 갑진은 이곳에선 교포들의 신상에 비밀이 없다는 걸 알고 있었다. 목사관에서 몸조리를 하다가 월례가 있는 기숙 학교로 옮겨 간 수향이 임신했다는 사실을 누군가를 통해 알게 된 것처럼, 갑진이 곧 떠난다는 것도 수향이 알고 있으리라 짐작했다.

"예, 그래서 그 사람 얼굴이라도 보려고 왔습니다. 몸도 무겁다 하니……."

"다시 돌아오실 건가요? 아씨가 몸을 푸실 날이 머지않은데……."

월례의 조심스러운 물음에 갑진이 비스듬히 고개를 숙였다.

"사실은 돌아오지 않을 생각이었는데, 그 사람 몸이 무겁다니 생각이 달라지네요. 어머니 무덤에나 가 보고……."

갑진이 말을 맺지도 않았는데, 고개를 숙인 그의 눈에 월례의 검은 치맛자락이 휙 방향을 바꾸는 게 보였다.

"아씨가 오시네요."

수향이 부른 배를 내밀고 어기적대며 걸어오고 있었다. 걷어붙인 옷소매와 불룩한 배에 두른 행주치마가 영락없는 부엌어멈의 모습이었다.

"오랜만이군요."

무뚝뚝 흘려 놓는 수향의 목소리엔 여전히 차가움이 묻어났다. 갑진과 수향이 두세 발짝 거리에 서자 월례가 살며시 돌아섰다. 갑진은 그때서야 수향과 눈을 마주했다. 농장에서 까맣게 그을렸던 얼굴이 도로 하얘졌지만, 그녀의 양쪽 뺨엔 거무스름한 기미가 내려앉아 있었다.

"아이를 가졌다는 얘긴 얼마 전에야 들었어. 왜 나에게 먼저 알려 주지 않았지?"

"헤어지기로 한 마당에 알려 줄 필요가 없을 것 같아서요."

갑진은 그 냉랭함에 그녀를 쏘아보았다. 초로한 몰골에도 아직 오만을 품은 그녀의 표정에 왠지 자존심이 상했다. 그는 입술 끝에 삐뚜름한 웃음을 머금었다.

"혹 내 자식이 아닌 건 아닌가?"

순간 수향의 두 눈에 독기가 어렸다.

"참 당신의 씨가 모질게도 내 몸에 살아남았군요. 갈비뼈가 부러지고도 죽지 않았으니……."

갑진이 허탈한 웃음을 웃었다.

"아이가 태어나면 소식이라도 주구려. 지난번처럼 죽어 나오지만 않는다면……. 그렇담 내 돌아오리다."

수향이 곧 울음이 터질 듯한 표정을 지었다.

"당신이 이 하와이 땅을 다시 못 밟게 하려면 이 아이가 죽어야 되겠구려!"

말을 흘려 놓고 몸을 홱 돌린 수향은 걸음을 뒤뚱대며 학교 건물로 향했다. 갑진은 행주치마 끈이 뒤로 질끈 묶인 수향의 굵은 허리를 바라보았다. 뒷모습에서도 임신부 티가 완연했다. 문득 농장 김 씨 부인의 말이 떠올랐다.

뒤태에도 몸 가진 티가 분명하면 꼭 아들이라는디…….

갑진은 멀어져 가는 수향의 뒷모습을 보며 신음을 삼켰다.

건물 뒷문이 닫히며 수향의 모습이 사라졌다. 갑진은 닫힌 문을 한참 동안 바라보고 섰다가 몸을 돌렸다. 나뭇가지 끝에 핀 붉은 꽃이 눈앞에 있었다. 그는 자신도 모르게 눈을 감고 꽃송이에 코를 댔다. 수향과의 삶에서 배운 게 있다면 이렇게 꽃을 음미하는 거라고 그는 생각했다. 다시 이 땅에 돌아온다면 그녀에게 그것을 고백해야겠다고 맘먹었다. 갑진은 짐을 맡겨 놓은 시내 여관으로 돌아가기 전, 일본 대사관에 들르기 위해 걸음을 재촉했다.

호놀룰루 한인 여관엔 왜 그런지 뒤숭숭한 분위기가 감돌았다. 항구에서 수향과 월례를 맞았던 봄, 하룻밤 머물고 거의 4년 반 만에 다시 찾은 곳이었다. 갑긴과 같은 배를 타고 조선으로 떠날 사람들이 식당에 모여 있었다.

"지금 조선은 엄동설한일 텐데 하필 왜 추울 때 가려는 거요?"

여관 주인이 콧수염을 기른 신사 앞에 찻잔을 내려놓으며 물었다.

"중차대한 일이 있소. 그리고 엄동설한이 문젠가요? 나라를 구하는 일에……."

신사가 찻잔을 들어 입으로 가져갔다. 찻잔에서 피어오르는 더운 김이 그의 콧수염을 적셨다.

"몸조심하세요! 일본 대사관에서는 항상 조선인들을 감시하고 있어요.”

여관 주인이 신사에게 나무라듯 말하고는 빈 쟁반을 들고 돌아섰다. 그는 그제야 식당 입구에 갑진이 서 있는 걸 보았다.

“아, 오셨군요! 우선 차나 한잔하시지요.”

그가 신사 맞은편 자리를 가리켰다. 빈자리가 그곳뿐이었다. 갑진이 슬그머니 그 앞에 가 앉자 신사가 흘깃 눈길을 들었다.

“댁도 중차대한 일로 조선에 가시오?”

여관 주인이 식당을 나가려다 갑진을 돌아보며 물었다. 갑진은 머뭇머뭇 주인과 신사를 번갈아 바라보기만 했다.

“쓸데없는 소리 하지 말고 이분한테도 차나 한잔 내주시오!”

신사가 갑진의 엉거주춤한 표정을 살피다 주인에게 소리쳤다.

“그러죠, 뭐. 보아하니 선생님과 동행은 아니신 것 같은데……. 왔거나 가거나 다 제 나름의 사연이 있는 거지요.”

여관 주인이 말끝에 공연히 혀를 차며 식당을 나갔다. 좁은 식당의 다섯 개 탁자에 조선인 남녀들이 모여 앉아 저마다 골똘한 표정으로 담소하고 있었다. 조선과 하와이를 자주 드나드는 사람들은 주로 상인이었다. 그중에는 사진 신부를 소개하는 중매쟁이들도 심심치 않았다. 점잖아 보이는 남자들은 대부분 목사나 선교사들이었다. 무심코 식당 안을 둘러보던 갑진은 맞은편 신사에게 눈이 멎었다. 어딘가 낯이 익은 얼굴이었다.

“선생은 무슨 일로 엄동설한의 고국엘 가시는 겁니까? 무릉도원 같은 이 하와이 섬에서 오래 산 사람이라면 조선의 겨울을 견디기 힘들 텐데……."

그가 빈 찻잔을 탁자에 내려놓으며 흘깃 갑진을 보았다.

"농장 일의 분기가 이제야 끝났습니다. 계약상의 분기까지 일을 마쳐야 임금을 다 받을 수가 있어서요."

"아, 농장에 계셨군요. 어느 농장인가요?"

"예, 처음엔 와이알루아 농장에서 일했습니다. 그러다 조선인 교회도 있고 학교도 있는 에와 농장으로 옮긴 지 7년입니다. 결혼도 하고 아이도 낳아 기르려면 그곳이 좋을 것 같아서요."

"에와 농장이라?"

신사가 뭔가 생각하는 표정을 지었다. 마침 여관 주인이 갑진의 차를 쟁반에 담아 왔다.

"거, 종탑이 세워진 에와 교회 말이오?"

갑진이 주인이 내려놓은 찻잔을 들며 고개를 끄덕였다.

"그래서 선생은 거기서 결혼두 하고 자시도 낳았겠고요. 부인과 아이들은 여기 두고 조선에 가십니까?"

신사가 왠지 쏘아보는 것만 같아 갑진은 얼른 찻잔으로 고개를 숙였다. 그가 꼭 자신과 수향의 일을 알고 있는 것만 같았다. 후루룩 소리를 내 차를 마시던 갑진은 그때서야 그가 에와 교회에 모금을 왔던 국민회 간부라는 걸 기억해 냈다. 그는 반가움에 얼른 고개를 들고 미소 지었다.

"아, 선생님! 에와 교회에 오셨었지요? 그때 저도 거기에 있었습니다."

말하고 보니 그날 모금을 할 때 망설이다 지폐 몇 장을 손에 그냥 구겨 쥐었던 일이 생각났다. 갑진의 귓불이 붉어졌다. 신사가 돌연 호탕한 웃음을 터뜨렸다.

"그러셨군요. 저야 뭐 농장마다 안 돌아다닌 곳이 없지요. 우리 박용만 장군을 아십니까?"

"물론입니다. 하와이 조선인들이 다 아는 그런 훌륭한 분을 모를 리가 있겠습니까."

"참, 그분이 지난 몇 년 곤욕이 심하셨지요. 이승만 박사가 나타나고부터……."

신사의 목소리가 침통하게 낮아졌다. 갑진은 이승만 박사가 세운 학교에서 수향을 만나고 오는 길이라 괜히 가슴이 뜨끔해졌다.

"선생님께선 조선에 중한 일이 있으신 모양입니다."

갑진이 신사의 표정을 살피며 물었다. 그가 내리깔았던 눈을 들고 반문했다.

"참 제가 먼저 묻지 않았습니까? 처자식을 여기 두고 가시냐고요? 조선 땅이 좀 멀어야지요. 그렇게 떠나 돌아오지 않는 사람들도 더러 있기에 여쭌 것입니다만……."

갑진이 슬그머니 고개를 돌려 신사의 눈길을 피했다.

"글쎄요, 두고 간다고 해야 하나요? 사실, 결혼은 실패한 것 같습니다. 아이 하나가 사산되었고, 지금 아내는 다시 임신 중이지만 저와 살 맘이 없는 것 같습니다. 그 여자가 이혼을 원하지만 아직 수속을 진행하진 않았습니다. 생각하니 사는 게 허무해 어머니 무덤이나 찾아볼까 하고 가는 것입니다."

"저런! 그런 사연이 있으시군요."

갑진을 빤히 바라보던 신사가 안됐다는 듯 고개를 끄덕였다.

"그런데 박용만 장군은 지금 어디 계십니까? 저는 잘 모르는 일이지만, 하와이의 교포 세력이 이승만 박사에게로 많이 돌아선 것 같습니다만……."

무심히 흘러나온 갑진의 말에 사내가 갑자기 비장한 표정을 지으며 주먹을 쥐었다.

"이 쥐일 놈의 동지회 놈들! 장군은 지금 중국에 가 계십니다. 이승만이 하와이에 오게 된 것도 사실 박용만 장군의 도움에 의한 것이었습니다. 참, 그 두 사람이 조선 말엽에 감옥에서 의형제를 맺은 사이란 걸 아십니까? 그런데도 자기 입지를 위해 의형제를 음해하려 들다니……."

사내가 허탈한 듯 껄껄 낮은 웃음을 머금었다. 갑진은 시사에 어두웠지만 그런 얘기를 어디선가 들은 것도 같았다. 언젠가부터 글줄깨나 읽었다는 농장 사내들 사이에서도 파가 나뉘어 있었다. 처음엔 박용만 장군의 군사 훈련을 지원하던 농장 사람들이 점차 아이들의 교육을 앞세우는 이승만 박사에게로 마음을 옮겨 갔다. 갑진은 무슨 말인지 알겠다는 뜻으로 사내에게 두어 번 고개를 끄덕여 보였다.

"나는 장군을 찾아 중국으로 갑니다. 거긴 우리 독립군 부대가 있지요. 나라를 찾으려면 군사를 길러야지 무슨 외교 정책입니까? 그런다고 국제적으로 조선의 억울함을 알릴 수나 있단 말입니까? 미국

도 조선인의 구국 단체에 협조적이지 않습니다. 일본 대사관의 견제와 조선 교민 사이에서 그저 방관하는 것이 그나마 다행이지요."

사내는 이야기 상대가 없었던 듯 갑진에게 맘속에 품었던 울분을 토해 냈다. 갑진은 내심 반가웠다. 농장 교회에서 외톨이 같던 자신의 모습이 떠올랐다. 아무도 갑진에게 그런 대화를 청하는 사람이 없었고, 갑진 자신도 별 관심이 없었다. 갑진은 스스로가 갑자기 중요한 사람이 된 듯했다. 수향을 만나고 돌아오면서 쓸쓸했던 기분이 가시는 것 같았다.

"제가 참 대단한 분을 만났군요. 영광입니다!"

웃음을 띠는 갑진의 얼굴을 빤히 바라보던 사내가 껄껄 웃었다.

"대단하긴요. 나는 국민회의 패잔병입니다. 그래도 나라를 구해야지요. 그런데 모친은 조선 땅 어디에 모셨나요?"

갑진은 다시 어미를 생각하니 마음이 우울해졌다. 그는 시무룩한 표정으로 말했다.

"제물포입니다. 사실 사촌들이 모셨다고 소식만 들었습니다. 진즉에 어머니를 만나러 조선으로 돌아가려 했었습니다. 저를 이곳으로 가라고 떠민 것도 어머니였습니다. 그런데 그만 저를 못 기다리고 떠나셨다는 소식을 듣고 그냥 여기에 뼈를 묻으려 했습니다만……."

"불현듯 조선 땅에 가려는 게 결혼 실패 때문인가요?"

사내가 갑진의 맘을 훤히 들여다보듯 물었다. 갑진은 가만히 고개를 숙였다.

"예! 사실 그렇습니다. 이번엔 거꾸로 조선에 가면 돌아오지 않을 생각이었는데, 오늘 아내를 만나 보니 얼마 안 있어 아이가 태어날 것 같아요. 가서 어머니 무덤만 돌아보고 다시 올 생각입니다. 이번엔 제발 건강한 아이가 태어나길 바라면서……."

사내가 잠시 갑진을 바라보았다. 야위고 검은 갑진의 얼굴에 고이는 아비의 꿈을 보고 있는 것 같았다.

"선생! 이렇게 만난 것도 인연인데, 우리 조선 땅에 가서 뜻을 같이해 보는 게 어때요?"

"뜻이라면?"

"조선 독립 외에 다른 뜻이 있겠소?"

"그럼 박용만 장군은 계속 중국에 계실 건가요?"

"아니요. 중국 땅엔 김좌진 장군이 계시지요. 사실 저마다의 인물들이 국외에서 자리를 잡았는데, 우리 장군은 이 하와이 땅에 이룬 입지를 그만 이승만 박사에게 빼앗긴 꼴이 되고 말았어요. 꼭 하와이가 아니라도 장군은 미국 내 다른 지역에서도 군사 훈련의 꿈을 이룰 수가 있어요. 독립은 딴 게 아닙니다. 힘! 힘을 기르는 것이지요."

힘주어 말하는 사내의 목소리에 갑진은 자신의 가슴으로 뜨거운 기운이 몰려오는 걸 느꼈다. 이제껏 사람 같지도 않았던 스스로가 비로소 사람이 되는 기분이었다. 이 사내를 따라간다면 수향 앞에서 기죽어 하지 않아도 될 것 같았다.

"저 같은 사람이 감히 선생과 뜻을 같이해도 되겠습니까? 저는 조선 땅 제물포에 살 때는 부두를 떠도는 노동자였습니다. 일본 상인의 배가 들어오길 기다려 하역 작업을 하던 잡부였지요. 그런 저를 떠밀듯 이곳으로 보낸 어머니는 저에게 넓은 곳에 가서 성공하라 하셨지만, 여기서도 노동자로만 살았습니다."

"거참, 선생도 요령부득이군요. 세계 대전이 시작되고 나서 하와이에 주둔하게 된 미군 옷을 짓거나 빨며 돈을 번 조선인들도 많은데요. 두 달 전에 그 전쟁도 끝나 버렸지만요. 우리 조선 젊은이들이 100명이 넘게 입대했던 걸 아십니까? 군에 자원하고서야 젊은이들이 미국 시민권을 얻었지요. 시민권을 얻는다는 건 이 땅에서 좀 더 안정된 직업을 가질 수 있는 길이기도 합니다."

갑진은 술술 말이 풀려 나오는 사내의 입술을 바라보며, 자신은 세계 대전이 끝났는지도 몰랐다는 걸 알았다. 농장에서도 남자들이 모인 자리에선 더러 그런 말들을 했지만 그는 모든 걸 귓등으로만 들어 왔다. 갑진이 쓸쓸한 표정을 지으며 사내를 바라보았다.

"그러게요. 요령이 없는 건 피 내림인 것도 같습니다. 어머니 말에 의하면, 제 아버지는 하급 군인이었더랍니다. 봉급도 제대로 못 받던 구식 군인이었는데, 임오군란이 일어났을 때 그냥 무서워 골목으로 기어들었더랍니다. 거기서 어머니를 만났다고 해요. 그러나 제가 태어나던 날 아버지는 돌아가셨습니다. 갑신정변이 일어나던 밤이었다지요. 아버지는 우정국을 지키다가 개화파의 칼에 쓰러지셨답니다."

"저런! 김옥균파의 칼에 아버지를 잃으셨군요. 그렇담 선생은 결코 평범한 내력을 지닌 분이 아닙니다. 그때도 개화파와 수구파로 갈려서 싸워들 댔다더니, 조선인들은 나라 잃고 해외에 나와서까지 서로 편을 갈라 싸웁니다그려."

왜 그런지 불그레해지는 사내의 얼굴을 바라보던 갑진은 공연히 아비 얘기를 한 것 같아 마음이 꺼림칙했다. 그는 그만 일어서고 싶었다. 결국 못난 아비의 자식이란 걸 털어놓은 것 같아 영 불편한 기분이 됐다. 그러나 사내가 다시 말을 이었다.

"선생! 역사의 틈새에서 죄 없이 돌아가신 아버님의 억울함을 풀어 주셔야 하지 않겠습니까?"

"예?"

막 일어서려던 갑진은 허리를 구부린 채 엉거주춤 섰다.

"선생께선 나라를 위해 확고한 뜻을 품으셔야 한단 말입니다."

사내의 힘 있는 목소리에 갑진은 도로 자리에 앉고 말았다. 조금 허전한 웃음이 비어져 나왔다.

"저 같은 사람이 나라를 위한 뜻을 품어도 되겠습니까? 배운 것도 없고, 그렇다고 젊지도 않고, 가정조차 제대로 이루지 못한 사람인데요."

사내가 또 껄껄 웃기 시작했다.

"애국심 하나면 됩니다!"

"애국심……."

갑진은 사내의 말을 되뇌었다. 웃음을 가득 머금은 사내의 눈이 왠지 갑진을 쏘아보는 것 같아 그는 창가로 눈길을 돌렸다. 여관 뜰에 선 야자수 잎사귀가 마침 붉게 번지는 석양의 하늘을 갈라내고 있었다. 갑진은 자신도 모르게 입술을 깨물었다. 그는 맘속으로 중얼거렸다.

내가 저 잎을 다시 보러 올 때는 다른 사람이 되어 있을 거야. 내 아이 앞에서…….

붉은 하늘이 충혈된 그의 눈을 더 붉게 했다.

흩어진 태극기

겨울의 끝자락이었다. 그래도 매서운 칼바람이 콧날을 에어 낼 듯했다. 갑진은 코트 깃을 여미며 비스듬히 사내를 바라보았다. 사내가 골목 끝에 붙어 선 채 눈짓을 했다. 종로 거리엔 일본 헌병들이 유난히 많았다. 갑진은 그들의 눈을 피해 재빠르게 골목 안으로 들어섰다. 사내를 따라 들어간 허름한 건물 안에는 한 남자가 난롯가에 서 있었다. 그는 난로 위에 얹어진 양은 주전자에서 둔탁해 보이는 잔에 뜨거운 물을 따르다가 흘깃 눈을 들었다. 그의 뒤쪽 판자 책상 위에는 종이와 물감이 어질러져 있었다.

"어서 오시오! 김 동지!"

남자가 찻잔을 내려놓고 사내를 포용했다.

"최 동지! 오랜만이오!"

최를 얼싸안는 사내의 눈이 순간 붉어졌다.

갑진은 조선 땅에 도착하기까지 한배를 탔던 이 '김 동지'란 사내를 따라 여기까지 오게 된 자신이 낯설기만 했다. 호놀룰루에서 탄 그들의 배가 일본 요코하마에 도착했을 때 고종 황제의 승하 소식을 들었다. 사내는 중국으로 가려던 계획을 바꿔 갑진과 함께 제물포에 도착했다. 김 동지가 동분서주하는 동안 갑진은 오랜만에 찾아온 그를 반기지도 않는 사촌에게 물어 어미의 무덤을 찾아갔다. 어미와 갑진이 살던 집 뒤 낮은 구릉에 어미는 묻혀 있었다. 핏덩이 갑진을 안고 아비의 본가가 있는 제물포로 온 어미였지만, 식구 대접을 제대로 받지 못했다는 걸 갑진은 다시 생각했다. 어미가 다니던 교회 사람들이 시신을 염하고 묻어 주었다고 했다.

황량한 겨울 속에 어미의 봉분이 햇살을 받고 있었다. 동네가 내려다보이는 구릉이 그나마 앞이 툭 트인 게 다행이었다. 만삭 임부의 배처럼 마른땅 위에 동그랗게 솟은 어미의 작은 무덤 앞에 갑진은 무릎을 꿇었다. 얼음기가 밴 땅에서 무섭도록 찬 기운이 그의 무릎을 뚫고 올라왔다. 자신이 하와이의 겨울 속 땡볕 아래 흙을 파는 동안 얼마나 많은 추위가 어미의 무덤을 찾아왔을까, 그는 생각했다. 흑흑 흐느끼는 입에서 허연 입김이 눈으로 솟았다. 눈물이 흘러내리기 전에 입김이 먼저 속눈썹에 얼어붙는 듯했다. 그는 어미의 무덤에 재배했다. 죽기 전까지 열심히 교회를 다녔다는 어미는 제사도 절도 필요 없다고 해 사촌들은 무덤을 찾는 일이 거의 없다고 했다. 갑진은 구부렸던 허리를 펴고 일어나 오래도록 어미의 무덤을 바라보았다. 기우는 햇볕에 등을 쬐며 그는 얼어붙은 손을 비볐다.

잃어버렸던 고국의 겨울을 기억하지 못하는 자신의 몸이 그를 더 서럽게 했다.

사촌의 집에서 겨우 사흘을 잔 그는 경성에 있다는 김 동지를 찾아갔다. 갑진이 제물포에 머물던 며칠 동안 김 동지는 얼굴이 수척해 있었다. 갑진보다 두어 살 많다고 했지만, 농장 생활을 오래 한 갑진에 비하면 혈색이 좋고 젊어 보이던 그였다. 핏발 선 그의 눈엔 푸른 기가 번득였다.

"이 동지! 마침 잘 왔어요. 사람이 필요했던 참인데……."

그는 대뜸 갑진에게 '동지'라는 말을 썼다. 갑진은 머쓱했지만 자신을 그렇게 불러 주는 게 기분 좋았다. 그가 이제껏 들어 온 호칭은 기껏해야 '이 씨'였다. 그나마도 충청도에서 온 김 씨네 부부가 아니면 잘 불러 주지도 않던 호칭이었다. 그는 자신의 삶이 그림자 같다고 생각했다. 누군가의 음영처럼 묵묵히 그 뒤를 따르는……. 스스로 움직여 본 일 없이 농장 감독의 명령에 의해 일을 시작하고 마쳤다. 단 한 번 그가 스스로 움직인 일이 있다면, 교회에서 집으로 돌아가던 길에 수향을 마구 두들겨 팬 일이었다. 가냘픈 그녀의 몸에 발길질할 때 맹렬히 뛰던 가슴에서, 피돌기가 온몸으로 시원하게 퍼지는 걸 느꼈다.

그때는 왜 그랬는지.

속으로 웅얼대던 그는 수향의 산달이 코앞에 왔음을 기억했다. 조선 땅에서 제비가 날아오는 날쯤이라고 하던 수향의 냉랭한 표정이 떠올랐다.

사내가 머무는 여관방의 온기가 훅 끼쳐 와 찬 바람에 얼어붙은 갑진의 얼굴이 근질거려 왔다. 갑진은 손으로 볼을 문지르며 사내를 바라보았다.

"제가 할 일이란 무엇입니까?"

사내가 숨을 삼키듯 끄윽 웃음을 삼켰다. 그의 눈이 번득 빛났다.

"목숨을 걸 일이라면 그렇고, 아니라면 아닌 일입니다."

순간, 크게 열린 갑진의 두 눈이 사내의 번득한 눈빛을 그대로 담아냈다. 두 남자의 눈빛이 마주쳤다. 갑진은 꼭 수향이 낳을 아기를 안고 싶었다. 그는 목숨을 걸고 싶지 않았다.

"저는 하와이로 돌아가야 합니다. 헤어진 아내지만 곧 아기를 낳을 텐데요."

무뚝뚝 내뱉는 갑진의 말에 사내가 다시 끄윽 웃음을 삼켰다.

"겁먹지 마시오, 이 동지! 어려운 일은 아닙니다."

사내가 그를 다시 '동지'라 부르자 왜 그런지 갑진은 태어날 아기보다 그 '동지'란 호칭이 더 중요한 것 같았다. 갑진은 결연한 표정으로 사내를 바라보았다.

"무슨 일이든 하겠습니다! 하와이에서 땅을 파는 것보다는 중요한 일 아니겠습니까."

사내가 갑진의 꼭 다문 입술을 바라보며 클클클 웃음을 길게 끌었다.

"임금의 승하는 일본의 독살입니다. 이제 우리는 참을 수가 없습니다. 지금 전국적인 만세 운동을 준비하고 있습니다. 이 동지가 해 줄 일은 거사일에 태극기를 나누어 주는 일입니다. 어쩌면 온 백성이 다 거리로 나오게 될지 모르니까요."

"그게 그토록 위험한 일인가요?"

갑진이 조금은 의아한 표정으로 물었다. 사내가 흘깃 갑진의 표정을 살피며 짧은 한숨을 내쉬었다.

"일본 헌병이 무력 대항을 해 올지 모릅니다."

갑진은 칼을 차고 경성 거리를 걷던 헌병들을 떠올렸다. 하와이 상점의 친절한 일본인들과 군복 차림의 헌병이 같은 민족이라는 생각이 들지 않았다.

"저는 합방 전에 이곳을 떠나서 그런지 일본인들이 그렇게 무섭다는 생각은 안 합니다."

"그렇담 됐습니다. 지금 조선인들 사이의 심상치 않은 분위기를 그들이 좀 눈치챈 듯도 합니다. 우리가 낯선 사람이란 걸 금방 알아챌지도 몰라요. 함께 다니면 더 위험하지요. 내가 먼저 나갈 테니 YMCA 건물 인근으로 오세요. 내가 거기 골목 어귀에서 기다리리다."

사내는 말을 부려 놓기 바쁘게 외투를 챙겨 입고 나갔다. 갑진은 그가 나가 버린 여관방에 잠시 홀로 앉아 있었다. 빈방의 적막이 왠지 가슴을 섬뜩하게 했다.

내가 잘하고 있는 걸까?

그는 조금 겁이 났다. 사람들이 모여든 거리에서 태극기를 나누어 주고 있는 제 모습을 그려 보았다. 거리에 선 사람들이 그에게서 태극기를 받아 들며 공손하게 목례를 했다. 상상만으로도 갑진은 기분이 우쭐해 왔다. 그는 기필코 자신이 그 일을 해야 한다고 생각했다. 그는 벌떡 일어섰다.

"이 동지는 어디서 온 분이오?"

엽차를 권하는 최 동지의 갈라진 손끝에 물감이 배어 있었다. 거칠게 끊기는 말끝이 이북 사투리였다.

"나와 함께 하와이에서 왔소. 우리 국민회 일원이오."

갑진이 대답하기도 전에 김 동지가 말했다. 갑진은 아무렇지도 않게 자신을 국민회 일원이라고 말하는 김을 바라보았다. 그는 갑진의 의아한 눈길을 무시한 채 그리다 만 책상 위의 태극기를 만지작거렸다. 최가 고개를 끄덕이며 안심한다는 표정을 지었다.

"이건 참으로 중차대한 일입니다. 거사일까지 얼마 남지 않았습니다. 일손이 달려요. 이 동지도 이곳에 나와서 태극기를 좀 그려 주었으면 좋겠습니다. 저녁이면 사람들이 모여들기는 하지만 역부족입니다."

최의 말에, 김이 갑진을 바라보았다. 그것이 어서 대답하라는 뜻인 줄 알아채고 갑진은 서둘러 말했다.

"예! 그렇게 하겠습니다. 하지만 그림이라곤 단 한 번도 그려 본 적이 없는데요."

"여기 그림 그리는 일만 있는 게 아닙니다. 태극기를 끼울 막대를 자르고, 물감을 풀고, 붓도 빨고 그런 일도 많습니다."

최가 왜 그런지 눈빛을 세웠다.

김이 일어섰다. 그러고는 엉거주춤 따라 일어서려는 갑진을 돌아보았다.

"이 동지는 여기서 최 동지를 좀 도와주시오. 밤이 되거든 조심해서 여관으로 돌아오세요. 나는 다른 볼일이 좀 있소."

김의 말에 갑진은 도로 자리에 앉았다. 출입문을 열고 나가는 김의 코트 자락 사이로 골목의 찬 바람이 밀려들었다. 바람구멍을 열어 놓은 석탄 난로의 불길이 화다닥 솟아오르다 가라앉았다. 최는 난로 옆의 의자를 끌어다 책상 앞에 앉았다.

"이 동지! 여기 물통에 새 물 좀 떠다 주시겠소? 저쪽 문을 열고 나가면 펌프가 있소."

그는 붓을 여러 번 빨아 검게 탁해진 책상 옆의 양동이를 턱으로 가리켰다. 갑진은 양동이를 들고 사내가 말한 쪽문을 열고 나갔다. 쓰레기가 뒹구는 건물 뒤쪽에 덩그러니 녹슨 펌프가 있었다. 갑진은 그 펌프에서 도저히 물이 나올 것 같지 않다는 생각을 했지만 일단 손잡이를 움직여 보았다. 펌프는 막 숨이 넘어가는 생명처럼 끄륵끄륵 물을 뱉어 냈다. 그는 양동이의 더러운 물을 버리고 펌프가 힘겹게 뿜어내는 물을 받았다. 새삼 하와이에선 펌프질해 물을 사용하는 일이 거의 없었던 걸 기억했다. 수도꼭지만 돌리면 졸졸 흐르던 물과 샤워장의 뜨거운 물. 그는 어느새 그런 생활에 젖어 버린 자신이 느껴졌다. 그러나 말도 통하지 않던 농장 감독들, 동족끼리 모여 앉아도 왠지 겉돌던 자신의 모습. 그는 그곳에선 자신이 사람이 아니라 농장의 부속품 중 하나였던 것 같았다.

갑진은 양동이 바닥에 고인 물을 펌프 속에 부었다. 재빨리 손잡이를 움직이자 마중물을 맞은 펌프가 콸콸 물을 쏟아 냈다. 갑진은 다시 양동이를 갖다 대고 물을 받기 시작했다. 굵어진 물줄기를 바라보는 그의 가슴이 왠지 시원했다. 수향을 폭행하던, 에와 교회에서 오두막으로 오던 길이 떠올랐다. 땡볕 아래 쓰러져 하얀 모시 적삼을 붉은 흙으로 물들이던 그녀, 그 순간 온몸으로 퍼지던 전율을 그는 기억했다. 펌프 손잡이를 잡은 그의 두 눈이 부릅떠졌다. 갑진은 제 안에 웅크린 뜨거운 덩어리가 움찔 움직이는 걸 느꼈다.

최는 해가 기울기까지 갑진과 함께 여러 장의 태극기를 그려 냈다. 갑진은 빨강과 파랑이 맞물린 태극의 사방에 검은 괘가 서로 다른 모양을 하고 있다는 걸 새삼 알았다. 최가 그린 태극기의 물감이 잘 마르도록 책상 위에 펴 놓은 갑진은 그 위로 성조기를 떠올렸다. 농장 사무실 문 앞에 펄럭이던 성조기의 수많은 별들. 하와이의 햇살 아래 걸렸던 성조기와 종로 골목 허름한 책상에 펼쳐진 태극기가 그의 시야에 겹쳐졌다.

어둠이 오자 사람들이 하나둘 건물로 모여들었다. 교복 차림의 학생도 있었고, 양복을 잘 차려입은 신사도 있었다. 또 장돌뱅이처럼 보이는 사람들도 여럿이었다. 최는 갑진에게 이제 돌아가도 좋다고 말했다. 건물 안에 들어선 사람들이 조금은 경계의 눈빛으로 갑진을 보았다.

"걱정 안 하셔도 됩니다. 믿을 만한 사람입니다."

흘깃 갑진을 돌아보던 최는 사람들에게 갑진을 소개시킬 맘이 없는 것 같았다. 갑진은 최에게 목례를 해 보이고 건물을 나왔다. 헌병의 눈에 띄지 않게 조심하라는 최의 당부에 조심조심 골목을 걸어 나왔다. 어둠이 깃든 종로 거리는 상점마다 불이 켜져 있었다. 멋쟁이 여성이 굽 높은 구두를 신고 중절모를 쓴 사내의 팔짱을 끼고 걸었다. 사각모를 쓴 학생의 검은 망토 깃이 바람에 펄럭였다. 담소하며 걷는 사람들은 아무 걱정이 없어 보였다. 조금 전 허름한 건물 안 어두운 분위기와는 전혀 달랐다. 갑진은 이 사람들도 황제의 독살을 알고 있는 걸까, 문득 의문이 들었다. 고급 봄 코트에 금테 안경을 끼고 지팡이를 짚은 신사가 갑진 곁을 스쳐 갔다. 그의 옆구리엔 두꺼운 책이 한 권 끼워져 있었다. 갑진은 거사일에 이런 사람들도 만세 운동에 가담할까 궁금해졌다. 그들에게도 태극기를 나눠 줘야 할까. 갑진은 코트 주머니에 양손을 꾹 찔러 넣고 김 동지가 묵고 있는 연희동 여관으로 가기 위해 전차를 기다렸다.

택시를 부른 월례는 진땀에 젖은 수향을 겨우 부축해 태웠다. 병원으로 달려가는 새벽길은 불그스름한 박명이 내려앉아 있을 뿐 한적하기만 했다. 시시각각 간격이 좁혀 오는 산통에 수향이 신음을 삼켰다. 수향이 출산을 앞두고도 학교 기숙사에 머물 수 있었던 건 참으로 다행이었다.

그동안 하와이 교민 사회의 두 파는 그 틈이 더 벌어졌다. 한인 여학교 기숙사가 이승만 박사 개인 명의로 등록되어 있다는 게 문제가 됐다. 기실 그 건물은 박용만 장군 중심의 국민회와 농장 노동자들로부터 기부금을 받아 지은 것이었다. 국민회 측에서 이승만 박사를 더 이상 지원하지 않자, 이승만 박사 쪽에선 국민회가 기금을 횡령하고 있다고 비난했다. 이런 틈새에 이승만 박사는 여학생 기숙사와 남학생 기숙사를 팔아 1918년 11월에 남녀 공학으로 합병했다. 자연히 일손이 달리게 된 학교에서는 수향이 계속 머물며 일할 것을 허락했다. 그러나 그로 인해 더 확연히 갈리게 된 박용만 장군 지지자들과 이승만 박사 지지자들 간에 적지 않은 분쟁이 일었다. 끝내 이승만 박사는 국민회의 기반과 같은 감리교회를 떠나 새 교회를 세웠다. 월례는 저절로 이승만 박사파에 속한 사람이 되어 그 교회에 출석하고 있었다.

몸이 무거운 수향이 기숙사 부엌에서만 지내는 동안, 월례는 교회에 나가 들은 이야기들을 수향에게 전해 주었다.

"꼭 우리가 조선에 살던 때 같구나. 나는 집에 앉아 네가 말해 주는 것만 듣지 않았니."

기미가 내려앉은 얼굴로 희끄무레 웃는 수향을 보며 월례는 살짝 얼굴을 붉혔다. 수향의 말이 월례가 자신의 몸종이었음을 상기시키는 것 같았다. 월례는 이제 자신은 독립적 존재라고 생각했다. 수향의 당부도 있었지만 언젠가부터 더는 수향을 아씨라 부르지 않았다. 그래도 그녀는 수향에게 늘 존대하며, 수향의 출생이 한 달쯤 빠르다는 사실에 그녀를 '형님'이라 불렀다.

"그랬죠. 거기서도 제가 형님에게 온갖 세상 이야기들을 물어다 주었죠. 참, 지금 조선은 온통 뒤숭숭하답니다. 고종 황제께서 승하하시자 중국 독립군 조직에서도 움직임이 있다고 해요. 이곳 하와이의 부인회에서도 적잖은 군자금을 중국에 보내고 있는 것 아세요?"

수향이 부른 배를 내밀며 눈을 동그랗게 떴다.

"그럼 월례 너도 그 부인회에 가입했니?"

"아니요. 저는 아직……."

"나도 그 부인회란 것에 대해 들은 적이 있다. 팔도에서 온 여자들이 각 지방별로 모인다는 말을. 유독 경상도 땅에서 온 여자들이 많아 영남부인회에 가입한 여자들이 많다고 들었어. 너 혹시 기억하니? 우리가 그 김해 약방집을 찾아갔을 때 얼핏 봤던 그 집 딸 말이야. 우리보다 먼저 여기 왔을 텐데 어디 살고 있는지 모르겠구나. 혹 영남부인회에 가입하면 그 여자를 만날 수 있을까?"

월례가 의아한 표정을 지었다.

"형님은 그 약방집 딸을 여태 기억하고 있었어요? 저는 까마득히 잊었는데, 지금 형님 말을 들으니 어렴풋이 생각납니다."

월례는 이런 뒤숭숭한 시점에 하필 조선에 간 갑진이 걱정된다는 말을 막 하려던 참이었다.

"저는 조선에 간 서방님이 걱정돼요."

"걱정은. 내가 아이를 낳으면 돌아온다 하지 않았니."

수향은 마치 남의 일처럼 말했다.

병원에 도착하자 땀에 젖은 수향의 한복을 벗겨 낸 간호사는 알몸에 가운만 걸친 수향을 분만대 위에 눕혔다. 다리를 벌리고 누운 수향의 아랫도리에 미국인 의사가 장갑 낀 손을 넣었다. 수향은 극심한 산통 중에도 수치심을 느꼈다. 농장 병원에서 벌거벗고 누운 자신의 몸을 내려다보던 의사와 농장주의 눈길이 떠올랐다. 젊은 미국인 의사는 아무렇지도 않게 벌건 이슬이 묻은 장갑을 벗고 수향의 배에 청진기를 댔다. 그의 냉정한 표정은 마치 새끼를 낳으려는 암송아지 한 마리를 보고 있는 것 같았다. 수향은 이번만큼은 병원에서 아이를 낳아야겠다고 월례에게 부탁했던 걸 후회했다. 내심 또 사산할까 봐 두려웠던 것이다. 하지만 그것이 미국인 의사 앞에 다리를 벌리고 누워, 산도로 그의 손이 들락거리는 일이 되리라는 생각은 하지 못했다.

산통에 비명을 지르던 수향은 이제 자신은 여러 남자를 받아들인 어미보다 더 더러운 몸이 된 것 같았다. 동족도 아닌 타 인종 남자의 손가락이 들락거린 제 몸이 수치스러워 그만 아이를 낳다 목숨이 끊어져 버렸으면 좋겠다고 생각했다. 그러나 아랫도리가 터질 듯한 고통과 함께 무엇이 몸을 쑥 빠져나가는 게 느껴졌다. 곧 아이의 울음소리가 들렸다.

탯줄을 자르던 간호사가 미소 지으며 수향에게 뭐라 말했다. 다 알아듣지 못했지만 '보이'라는 말이 귀에 들어왔다. 수향은 아들이라 말하는 걸 이해했다. 온몸이 푹 가라앉는 것처럼 나른해 왔다. 눈 가장자리로 뜨끈한 것이 흘러내렸다. 첫아이를 낳던 오두막이 떠올랐다. 아이의 사산에 그토록 실망하던 갑진의 표정. 수향은 아이를 보

고 기뻐할 갑진을 상상했다. 어서 이 소식을 알려 주고 싶었다. 그녀
는 감았던 눈을 번쩍 뜨고 월례를 찾았다.

갑진은 밤새 그려진 태극기 한쪽에 풀을 발라 미리 잘라 놓은 나
무 막대에 붙였다. 막대는 태극기가 붙은 아래쪽에 어른 손이 잡기
좋을 만한 길이였다. 갑진은 그동안 이 허름한 건물 안에서 벽 한쪽
에 쌓인 나뭇가지들을 알맞은 길이로 자르고, 최가 원할 때마다 건
물 뒷문을 열고 나가 펌프질을 해 물을 길어 왔다. 거칠게 일어선 나
무 표면에 손가락이 찔려 몇 번인가 피가 흘렀다. 피를 미처 닦아 내
기도 전에 물이 필요하다는 최의 고함에, 양동이를 들고 나가 펌프
질하던 갑진은 손가락에서 흘러내린 제 핏방울이 양동이로 떨어지
는 걸 보았다. 그는 양동이에 고이는 물속에 흔적도 없이 번지는 붉
은 피를 우두커니 바라보았다. 어쩌면 자신이 하고 있는 일이 이렇
게 흔적도 없이 사라지는 건 아닐까, 그는 문득 가슴속이 헛헛해 왔
다. 낮 동안 최의 심부름을 하던 갑진은 저녁이 되어 건물 안으로 사
람들이 하나둘 모여들 때면 김의 여관으로 돌아갔다. 밤이 이슥해서
야 돌아온 김은 갑진과 말을 나눌 새도 없이 곯아떨어졌다. 그는 잠
이 들기 전, 갑진에게 단 한 마디를 했다.
"이 동지! 내일도 그곳으로 가서 일을 도와주시오."
갑진은 왠지 그 말을 거역할 수 없었다. 수중에 얼마 남아 있지 않
은 돈을 아끼기 위해선, 김의 여관방에서 신세를 지는 것도, 낮에 종
로의 그 허름한 건물로 들어가 나무 막대를 자르며 최가 아침마다

집에서 싸 들고 오는 밥을 얻어먹는 것도 나쁜 일은 아닌 것 같았다. 그는 하루하루 날짜를 세며 이 일만 마치면 하와이로 돌아가리라 마음먹었다. 떠나올 땐 다시는 그 지긋지긋한 사탕수수 농장 일을 하지 않으리라 생각했지만, 고국의 싸늘한 날씨 속에 하와이의 땡볕이 슬슬 그리워지기도 했다.

어젯밤엔 김의 여관으로 돌아가려던 갑진을 최가 불러 세웠다.

"이 동지! 오늘 밤은 여기서 일을 좀 해 주시오. 바로 거사가 내일이오!"

벌써 서너 명의 남자들이 건물 안에 들어와 있었다. 막 문을 열고 밖으로 나가려던 갑진은 무심코 먼지가 뿌옇게 낀 창문을 바라봤다. 창밖은 어느새 어둑했다. 잿빛 창문 위로 낮은 천장에 매달린 백열등 그림자가 어른거렸다. 그 불빛 아래 최를 중심으로 그간 눈에 익은 남자들이 긴장된 표정으로 앉아 있었다. 한 남자가 품에서 꺼낸 종이를 펼쳐 놓고 최와 무슨 말인가를 나누려다 갑진을 돌아보았다.

"저 사람을 믿어도 될까요?"

딴엔 소리를 낮추어 속삭이는 것 같았는데도 갑진의 귀에 그 말이 훤히 들렸다. 최가 흘깃 갑진을 보았다.

"하와이 국민회 김 동지가 소개한 사람이오. 만일을 생각해 오늘은 여기서 머물라고 했습니다. 바로 거사일이 내일인데 혹 누가 압니까?"

갑진은 어두운 창에 어른대는 그들의 그림자를 바라보다 고개를 돌렸다. 그들이 자신을 불신할 수도 있다는 걸 그때서야 알았다. 그

동안 김의 여관과 이곳을 오가며 여러 날을 보냈던 걸 생각하니 갑자기 노여움이 치밀었다. 그는 잠시 눈을 부릅뜨고 그들을 노려보았지만, 자기들끼리 얘기에 열중하며 갑진을 바라보지도 않았다. 이 일을 그만두겠다고 할까, 생각했다. 그러나 거사일이 당장 내일이라던 말에 입을 꾹 다물었다. 나라를 되찾기 위한 일을 자신의 하찮은 노여움으로 그르치게 해서는 안 될 것 같았다. 사내들은 한참 서로 두런대더니 갑진이 막대기에 풀로 붙여 놓은 태극기들을 제각기 가져온 가방에 가득 채웠다.

"거사 장소 가까이선 여기 이 동지가 태극기를 나눠 줄 테니 동지들은 학교 근처와 주택가를 맡으시오."

최가 가방을 둘러메고 나가는 그들에게 힘주어 말했다. 결연한 표정으로 고개를 끄덕이던 그들이 나가자 건물 안은 더 침침한 기운이 감돌았다. 최가 우두커니 선 갑진을 바라보았다.

"이 동지! 그간 수고가 많았소. 오늘 밤은 여기서 나와 함께 나머지 태극기를 마무리합시다. 오늘 완성된 태극기는 이 동지가 직접 사람들에게 나누어 주시오. 내일 아침 나는 어쩌면 다른 곳으로 가야 할지 모르겠소."

"다른 곳이라뇨? 최 동지는 거사 장소에 안 가신단 말인가요?"

갑진은 최가 어디로 간다는 말인지 이해할 수가 없어 멀뚱하니 그를 바라보았다.

"우리는 거사 장소인 탑골 공원에 모여들 사람들이 혹 다칠 것을 염려하고 있소. 그래서 일본 헌병을 유인하려는 것인데……."

최는 더 말을 하려다 굳이 갑진에게 그런 말까지 할 필요가 없다는 듯 입을 닫았다. 갑진은 잠시 그의 말이 이어지길 기다렸다. 그러나 이내 그가 더 이상 말하고 싶어 하지 않는다는 걸 눈치챘다.

"그럼 김 동지도 거사 장소에 오시지 않습니까?"

갑진의 목소리가 조금 떨려 나왔다. 그는 왠지 홀로 떨어진 듯한 느낌이 들었다. 최가 빙긋 웃음을 머금었다. 갑진의 마음을 다 알고 있다는 표정이었다.

"김 동지나 다른 사람들은 그 시각 거사 장소인 탑골 공원에 있을 것이오."

갑진은 최의 말에 조금 안심이 됐다. 그는 태극기에 막대를 붙이기 위해 다시 책상에 앉았다. 이 태극기들이 바로 내일, 자신의 손을 거쳐 사람들에게 나누어진다 생각하니 감격이 치밀었다. 그의 손끝이 떨렸다. 그는 문득 자신은 이 일을 하려고 세상에 태어난 게 아닐까 생각했다. 정변의 와중에 목숨을 잃은 아비가 자신을 세상에 놓고 간 것은 그 때문인 것 같았다. 하와이로 간 것도, 수향과의 불화에 헛헛한 심정으로 갑자기 고국행을 감행한 것도, 항구 여관에서 김을 만난 것도 다 이 일을 위한 것인 듯싶었다. 갑진은 가슴이 뛰었다. 수향에게 돌아가면, 혹 그녀가 아기를 무사히 낳았다면, 아비가 얼마나 큰일을 했는지 꼭 말해 주리라 마음먹었다.

동이 터 올 때쯤, 태극기가 모두 깃대에 붙여졌다. 최는 핏발이 선 눈을 비비며 서둘러 건물을 나갔다. 갑진은 최가 가져다 놓은 커다란 무명천에 풀기가 마른 태극기부터 차곡차곡 쌓아 끈으로 그러맸

다. 수백 개의 태극기가 빼곡히 들어간 보퉁이를 어깨에 지고 일어
서려던 갑진은 그만 휘청 무릎이 꺾였다. 보퉁이는 그가 농장 창고
로 나르던 사탕수숫대 묶음보다 훨씬 무거웠다. 그는 혼자 쓴웃음을
웃었다. 당밀을 채취하고 나서 버려져야 할 사탕수숫대에 비하면,
이 태극기는 얼마나 소중한 것인가. 그는 다시 허리에 힘을 줘 끄응
소리를 내며, 태극기 보퉁이를 짊어지고 일어섰다.

창밖이 훤하게 밝아 있었다. 그는 등짐처럼 보퉁이를 지고 조심스
레 건물을 나왔다. 아침 햇빛이 절반쯤 스며든 골목엔 아무도 없었
다. 골목 입구로 한산한 거리를 스쳐 가는 사람들이 보였다. 그들의
표정은 무심했다. 잠시 후 이 거리에서 무슨 일이 벌어질지 아무도
모르고 있었다. 갑진은 거리로 나왔다. 기모노 차림의 중년 여인이
게다짝을 끌며 천천히 앞을 스쳐 갔다. 갑진은 순간 가슴이 섬뜩했
다. 그러나 여인은 고개를 숙인 채 제 게다짝만 내려다보며 종종걸
음으로 사라져 갔다. 그는 탑골 공원 쪽으로 천천히 걷기 시작했다.
검게 그은 얼굴에 허름한 옷차림, 이른 봄 차가운 아침 바람에도 땀
을 뻘뻘 흘리는 갑진은 영락없는 짐꾼의 모습이었다. 그가 걷는 동
안 아침 햇빛이 조금 짙어졌다. 거리에 사람들이 점점 늘고 있었다.
갑진은 그들 대부분이 공원을 향하고 있다는 걸 알았다. 그는 최가
일러 준 대로 공원 입구에 태극기가 든 짐 보퉁이를 내려놓고, 목 언
저리에 흐르는 땀을 옷소매로 닦았다. 그는 하릴없는 짐꾼처럼 공원
입구에 주저앉아 담벼락에 등을 기댔다. 검은 교복을 입은 학생들이
하나둘 공원으로 들어갔다. 양복을 입은 사람들, 두루마기를 입은

초로의 남자들도 있었다. 더러 양장을 한 여자들도 보였다.

순식간에 공원 안이 웅성거렸다. 갑진은 슬며시 엉덩이를 털고 일어나 공원을 들여다보았다. 빼곡히 들어선 사람들은 대부분 교복 차림의 학생들로, 군중은 검은색 일색이었다. 혹 그들 사이에 김 동지가 있을까 싶어 그는 목을 길게 빼 보았다. 하지만 그 많은 사람들 중에서 김을 찾아낸다는 건 무리였다. 혹 태극기를 그리던 건물 안에서 만났던 사내들이라도 보았으면 싶었다. 그러나 그들도 보이질 않았다. 갑진은 무리에서 홀로 떨어진 기러기처럼 갑자기 불안한 마음이 되었다. 공원 안 군중이 우르르 움직이는 기척이 났다. 일이 틀어진 건가? 갑진은 더 불안하기 이를 데 없었다. 길 건너편에 몇 명의 일본 헌병이 보이는 것 같았다. 그러나 갑진이 잠깐 공원 안을 들여다보는 사이 헌병들은 수십 명으로 늘어나 있었다. 갑진은 더럭 겁이 났다. 그들이 멘 장총 끝에 번쩍이는 칼날이 꽂혀 있었다. 순간, 이대로 도망가 버릴까 생각했다. 하지만 수향의 싸늘한 얼굴이 떠올랐다. 늘 자신을 무시하는 것 같던 그녀, 이번만큼은 위대한 일을 했노라고 돌아가 말하고 싶었다.

공원 안에서 무슨 소리가 들려왔다. 갑진은 다시 목을 빼고 공원을 들여다보았다. 학생처럼 보이는 청년이 멀리 석탑 옆 돌 위에 올라서 있었다. 청년이 종이를 펴 들고 목이 터져라 외치기 시작했다. 공원 안으로 들어가 보고 싶은 충동이 일었지만, 입구에 있으라던 최의 말이 떠올랐다. 게다가 공원 안은 발 디딜 틈도 없이 사람들이 들어차 있었다. 청년의 외침은 한참이나 계속되었다. 갑진은 잘 알아듣지 못할 소리였다. 군중은 이른 봄 차가운 바람에도 흔들림 없이 서 있었다. 갑진과 가까운 거리에 섰던 한 학생이 주먹을 불끈 쥐는 게 보였다. 석탑 위의 청년이 읽기를 다 마친 듯 뭐라 외치며 한 팔을 하늘로 추켜올렸다. 그러자 군중은 일제히 청년을 따라 팔을 추켜올리며 외쳤다.

"대한 독립 만세!"

갑진은 그제야 청년이 석탑 옆에서 마지막으로 외친 소리가 그 말이란 걸 알았다. 그는 공원 건너편에 모여든 일본 헌병들의 수가 더 늘어나 있는 걸 보았다. 군중은 그보다 몇백 배나 많았다. 공원 안에서 한꺼번에 울리는 만세 소리가 우렁차게 새어 나왔다. 갑진은 가슴이 뛰었다. 그들과 함께 대한 독립 만세를 크게 외치고 싶었다. 그러나 공원 밖에서 군중들에게 태극기를 나누어 주라던 최의 말을 다시 기억했다. 그는 공원 안 군중을 바라보며 저들에게 나누어 주기에는 준비한 태극기가 너무 적다고 생각했다. 최가 공원에 모여들 예상 인원을 분명 잘못 집계한 것이리라. 군중이 움직이고 있었다. 그들이 곧 거리로 몰려나올 듯했다. 갑진은 건너편에 선 헌병을 흘깃 바라보며 태극기 보퉁이 옆으로 슬그머니 내려앉았다. 그는 보퉁이 입구를 슬쩍 풀어 놓았다. 그가 나무 가시에 손가락을 찔리며 잘라 낸 막대 끝이 보였다. 갑진은 공원에서 사람들이 나오면 부리나케 손을 놀리리라 마음먹었다. 공원 안에서 우르르 뇌성을 치는 듯한 소리가 들렸다. 갑진은 얼른 몸을 일으켜 공원 안을 다시 들여다보았다. 말간 아침 볕에 하늘로 치켜든 군중들의 손에 태극기가 펄럭이고 있었다. 더러 뒤늦게 품에서 태극기를 꺼내는 학생들도 보였다. 그는 갑자기 낭패한 심정이 됐다.

"나더러 태극기를 나눠 주라더니……."

갑진은 공원의 함성 사이로 혼자 중얼거렸다. 공원 안에서 우르르 군중이 몰려나왔다. 저마다 태극기를 흔들고 있었다. 갑진은 빠르게 눈앞을 스쳐 가는 사람들 손에 들린 태극기 막대를 바라보았다. 자신이 자른 나무 막대인 것 같았다. 그는 갑자기 눈시울이 붉어졌다.

"그래, 저건 내가 잘라 낸 막대기야. 내가 풀로 붙인 태극기라고!"

갑진은 울컥 목이 메었다. 그는 보퉁이에서 태극기 하나를 꺼내 들었다. 오른팔을 치켜들고 목청껏 외쳤다.

"대한 독립 만세!"

공원 입구에 선 갑진 앞을 수많은 군중이 스쳐 갔다. 얼마를 그렇게 목이 터져라 외쳤을까. 축축한 눈물이 양 볼을 적시고 있었다. 달아오른 갑진의 얼굴은 눈물보다 더 뜨거웠다. 우르르 거리로 달려 나가는 사람들 중에서 누군가가 갑진의 어깨를 붙잡았다.

"이 동지! 여기 이렇게 서 있으면 어쩌오? 어서 태극기를 짊어지고 저 사람들을 따라가요. 가다가 거리에서 합류하는 사람들에게 이 태극기를 나누어 주란 말요!"

김이 거기 서 있었다. 깊이 눌러쓴 중절모 밑 그의 얼굴도 벌겋게 달아오른 채 땀이 번들거렸다.

"예! 알았습니다."

갑진은 얼른 보퉁이를 묶어 등에 졌다. 그는 허리가 꺾어질 듯 무거운 태극기 보퉁이를 짊어지고 한 손엔 태극기를 흔들며 대열에 합류했다. 순식간에 김은 어디론가 사라지고 없었다. 거리로 밀려 나오는 군중을 향해 헌병들이 총을 겨누는 시늉을 했지만, 그들은 만세를 외치는 수많은 군중에 겁먹은 듯 뒷걸음질 쳤다. 만세 물결은 중간에 합류한 시민들로 점점 더 거세어졌다. 김이 말했던 대로 길을 지나던 사람들이, 만세 소리에 집에서 뛰쳐나온 사람들이 대열에 합류했다. 갑진은 등짐 한 귀퉁이를 열고 부지런히 태극기를 나누어 줬다. 그들은 받아 쥔 태극기를 흔들며 쏜살처럼 갑진을 스쳐 갔다. 어느 누구도 갑진의 얼굴을 바라보지 않았다.

등짐이 훨씬 가벼워졌다. 그래도 태극기는 아직 남아 있었다. 태극기를 나눠 주느라 대열에서 뒤처졌던 갑진은 두 손을 치켜들고 만세를 외치며 걸음을 빨리했다. 만세 물결은 종로를 지나 대한문에 이르렀다. 경성 거리 전체가 만세 소리에 휩싸인 듯 여기저기 멀리서도 함성이 들려왔다. 갑자기 어디선가 총소리가 울렸다. 물처럼 흐르던 군중이 한순간 주춤했다. 그러나 다시 만세를 외치며 대열이 움직이려 할 때 또다시 총성이 울렸다. 군중이 움찔한 순간 총성은 연달아 울려왔다. 대열 앞쪽에서 크고 작은 비명 소리가 들려왔다. 순식간에 대열이 흩어졌다. 우르르 길 가장자리로 밀려나는 사람들 사이로 태극기가 땅에 떨어졌다. 누군가 그 태극기를 밟고 지나갔다. 나무 막대가 뚝 부러졌다. 태극기가 찢어졌다. 그 모습을 바라보던 갑진은 양팔에 들고 있던 태극기를 엉거주춤 내린 채 안타까운 표정을 지었다

"저거 내가 붙인 태극긴데……."

갑진이 웅얼거리는 사이, 사람들이 하나둘 거리에 쓰러지기 시작했다. 그들은 헌병의 칼에 찔려 피를 흘렸다. 어깨에 총알이 박힌 사람이 눈에 흰자위를 드러내며 주저앉았다. 대열 후미에 있던 갑진을 스치며 사람들이 도망치고 있었다. 갑진은 그들을 뒤돌아보았다. 손에 들고 있던 태극기를 땅바닥에 내동댕이치며 남자가 도망쳤다. 그 뒤를 따라가던 여자가 고무신이 벗겨진 채 버선발로 뛰고 있었다. 갑진은 땅바닥에 버려진 태극기를 주워 들었다. 밤새 풀로 붙인 그 것이 마치 그의 자식 같았다.

땅에 뒹구는 태극기 서너 개를 주워 든 갑진은 사람들을 따라 어서 도망가야 한다고 생각했다. 그러나 왠지 발걸음이 떼어지지 않았다. 등 뒤에 짊어진 태극기 보퉁이를 누가 잡아당기는 것만 같았다. 밤새 한잠도 자지 않은 피로가 그의 몸을 노곤하게 했다. 그는 그때서야 그날 아무것도 먹지 않았다는 걸 알았다. 해가 중천에 떠 있었다. 희푸른 하늘에 점점이 하얀 구름이 흘렀다. 이 난리 통의 땅에 비하면 하늘은 너무도 평화로웠다. 이마에 주름을 잡으며 하늘을 올려다보던 갑진은, 수숫대 사이로 바라보이던 하와이의 하늘이 거기 겹치는 걸 보았다. 푸르게 펄럭이던 사탕수수 잎사귀, 밭고랑을 오갈 때마다 푸석푸석 솟아오르던 붉은 흙먼지……. 멍하니 서 있는 갑진 옆으로 말을 탄 일본 헌병이 지나갔다. 그는 마치 생각 속의 흙먼지를 들이마신 듯 갑자기 기침을 하기 시작했다. 쿨럭쿨럭 터져 나오는 기침에 피가 튀었다. 그는 온몸이 부르르 떨리는 고통에 눈을 부릅떴다. 그의 몸을 스치고 간 헌병의 긴 칼날이 햇살에 번뜩였다. 갑진은 길바닥에 비스듬히 쓰러졌다. 헐렁하게 묶여 있던 봇짐이 그의 어깨에서 풀려 나갔다. 봇짐 속에 쌓여 있던 태극기가 길바닥에 흩어졌다. 그는 붉고 파란, 태극무늬가 아비규환의 거리에 꽃처럼 흩어지는 걸 보았다. 길에 펼쳐진 태극기를 누군가가 밟고 지나갔다. 종이 위에 그려진 태극이 찢어졌다. 쫓기고 쫓는 사람들이 일으키는 바람에 찢어진 태극기가 공중에 날렸다. 갑진의 눈에서 눈물이 흘러내렸다. 뿌옇던 시야가 점점 어두워져 왔다. 헌병의 고함 소리, 사람들의 비명 소리가 아득하게 멀어져 갔다. 그의 가슴에서 뭉클뭉클 피가 솟아올랐다. 그는 온 힘을 다해 입술을 달싹거렸다.

"어머니!"

컴컴한 그의 눈앞으로 한 여인이 희미하게 떠올랐다. 삯바느질감에 고개를 숙인 어머니였다. 그 모습은 곧 양팔이 드러난 허름한 옷차림을 한 스페인 소녀가 되었다. 소녀가 둥글고 큰 눈에 슬픈 기운을 가득 담은 채 갑진을 보고 있었다. 그는 온 힘을 다해 고개를 저었다. 깜깜한 시야에서 소녀의 얼굴이 지워지고 수향이 나타났다. 늘 싸늘하던 표정과 달리 수향이 슬며시 미소를 머금었다. 멀리서 아기 울음소리가 들렸다. 그 소리는 한순간 우레처럼 갑진의 귓속을 파고들었다.

3월 1일 그 이후

아이를 낳고 3주가 지나자 수향은 자리를 털고 일어났다. 그사이 창밖은 꽃이 만발했다.

"아기 이름을 지어야 하지 않아요?"

외출 채비를 하던 월례가 거울 속으로 아기를 안은 수향을 바라봤다. 젖을 양껏 빨고 만족한 표정으로 잠이 든 어린것을 안은 수향의 얼굴이 하얀 꽃처럼 피어 있었다. 아기가 막 입을 놓은 그녀의 유두에서 뽀얀 젖 방울이 똑똑 떨어졌다.

"제 아비가 돌아오면 지어 달라 하지 뭐."

수향이 아기를 내려다보며 미소 지었다.

"이제 서방님과 합칠 맘을 굳히셨나 봐요."

월례가 핸드백을 챙겨 들며 수향을 돌아봤다.

"그래, 아이에게는 아버지가 있어야 하지 않겠니. 어떻게든 농장

을 벗어나 호놀룰루 시내에서 장사거리를 찾아봐야겠어. 군인들 옷
을 빨거나 재봉하는 일이 그렇게 돈을 번다지 않니. 지금은 자본이
없지만……."

수향은 끝말을 얼버무리며 표정이 살짝 어두워졌다. 수향이 무슨
말인가 더 하려 했지만 월례가 바쁜 듯 문 앞에 섰다.

"다녀올게요. 형님이 궁금해하시는 그 약방집 딸이 부인회에 들었
는지 그것도 알아볼게요."

수향의 얼굴이 조금 붉어졌다. 언제 그녀의 소식을 궁금해했던가.
그건 아주 오래전 일인 것만 같았다.

월례가 나가자 방 안은 창문으로 쏟아져 들어오는 햇살 아래 곤히
잠든 아기 숨소리만 들렸다. 수향은 가만히 아기를 들여다보았다.
영락없이 갑진의 이목구비였다. 피부가 말간 것은 수향 자신을 닮은
것 같기도 했다. 그녀는 창으로 쏟아져 들어오는 봄빛 속에 얼굴을
쳐들고 혼자 미소 지었다. 자신처럼은 살지 말라던 어미의 목소리가
어디선가 들려오는 듯했다. 그녀는 이제 어미가 그렇게 바라던 삶을
잘 꾸릴 수 있을 거라 믿었다. 가슴에 한순간의 기억으로 아련히 남
은 약방집 아들의 체취도 그만 지워 버릴 수 있을 것 같았다.

"공연히 그 집 딸을 찾아보라 했나?"

수향은 혼자 중얼거렸다.

3·1 만세 운동으로 하와이 조선인 이민 사회에 분주한 움직임이
일기 시작한 것은 수향이 아기를 낳고 누워 있는 동안의 일이었다.
하루가 다르게 자라는 아기를 바라보던 수향은 월례가 상기된 얼굴

로 어딘가를 자주 다녀오는 걸 대수롭지 않게 여겼다. 월례는 수향에게도 산욕기가 지나면 모임에 같이 가자고 했다.

조선에서 만세 운동이 크게 일어났다는 말을 듣고, 혹 갑진이 거기 참여했던 건 아닐까 걱정이 들기는 했다. 그러나 수향은 이내 고개를 저었다. 구국이니 독립이니 농장 안에서 남자들이 떠들어 대도 늘 관심이 없던 그였다.

월례는 호놀룰루 시내에서 새로 열리는 부인회 모임에 갔다. 그녀는 아직 미혼이었지만, 모임은 학교 사무 경험이 있는 월례를 필요로 했다. 조선에서 3·1 만세 운동이 일어났던 걸 계기로, 3월 15일 하와이의 각 섬과 농장에 흩어져 있던 조선 지방 부인 모임 대표자 41명이 호놀룰루에 모였다. 그리고 오늘 4월 1일은 각 지방 부인회 모임을 합치는 대단위 모임이 있는 날이었다.

월례는 모여든 여자들을 둘러보았다. 대부분 한복을 깔끔하게 차려입었지만 더러 월례처럼 양장을 한 여인들도 보였다. 마우이와 빅아일랜드에서 배를 타고 이 오하우 섬 호놀룰루까지 온 여인들도 많았다. 혹 수향이 찾는 약방집 딸이 왔을까 싶어 월례는 여자들을 유심히 바라보았다. 얼핏 한 번 본 얼굴이지만 찾을 수 있을 듯도 싶었다. 처음엔 무심히 생각했으나 왜 수향이 그녀를 찾으려 하는지 차츰 궁금한 생각이 들었다. 월례는 어렴풋이나마 수향의 의중을 짐작했다. 전답이 몽땅 총독부 소유로 넘어간 것에 충격을 받은 수향이 약방집 사립문을 나서다 쓰러졌던 일⋯⋯. 장에 갔다 돌아오던 월례는 골목 어귀에서 그 모습을 보고 부리나케 달려왔다. 그러나 수향을 먼저 안아 올린 사람은 약방집 아들이었다. 큰 키에 기름한 얼굴이 귀골이었다. 소문에 경성의 전문학교에 다니고 있다더니, 정말 그에게선 지식인의 기품이 풍겼다. 그는 뒤쫓아 온 월례를 보는 둥 마는 둥 하며 급히 수향을 안아다 약방 안에 눕혔다. 한참 만에 눈을 뜬 수향이 툇마루 기둥에 기대선 그를 보고 확 부끄러운 낯빛을 하던 장면이 떠올랐다.

생각에 잠긴 월례 앞으로 등사물 하나가 넘어왔다. 단상에 선 여인이 모두를 돌아보며 온화한 미소를 지었다.

"모두 등사된 종이를 받으셨나요? 지난 3월 15일의 각 지방 대표자 모임에서 우리는 부인회 모임을 모두 합쳐 '대한부인구제회'라 명했습니다. 그리고 여러분이 받으신 종이엔 우리 부인회 결의안이 등사되어 있습니다."

월례는 이 부인회의 대표자로 뽑힌 단상 위의 여인을 알고 있었다. 황마리아란 이름의 중년 여인은 참으로 용감하게 조선의 축첩제도를 탈출한 여인이었다. 그녀는 돈 많은 남편이 여러 여자를 첩으로 거느리는 것을 보다 못해, 자식들을 데리고 이 먼 곳 하와이 땅으로 왔다. 그녀는 그렇게 자신의 인생을 바꿀 수 있었던 용기를 부인회에서도 어김없이 발휘했다. 여인이 서 있는 단상 뒷벽에는, 가운데 십자가를 두고 성조기와 태극기가 나란히 새겨진 깃발이 걸려 있었다. '대한부인구제회'라고 쓴 한자 명칭 밑에는 'The Korean Ladies Relief Society'라 영어로 쓴 글이 있었다.

조선에서 3·1 운동이 일어났다는 소식이 전해지자, 그동안 서로 불목하던 국민회파와 동지회파가 화합을 했다. 서로의 기관지를 통해 상대를 맹렬하게 비난하며 때론 테러도 서슴지 않던 사람들이 악수를 나누고 구국을 의논했다. 월례는 스스로 아무 이념도 없으면서 이승만 박사가 세운 학교에서 일한다는 이유로 자연스레 동지회파 사람이 되어 있었다. 그녀는 수향이 아기를 낳았다고 갑진에게 전보를 치러 우체국에 갔을 때만 해도 조선에서 만세 운동이 일어났다는 걸 알지 못했다.

"우선 우리 부인회는 등사물에 명기한 바와 같이 매년 2달러 50센트의 회비를 내기로 결정했습니다. 타국에서 고생하는 우리들의 넉넉지 못한 살림살이에 적잖은 돈인 줄 알지만, 우리가 첫 번째로 해야 할 것은 독립운동의 후원입니다. 그리고 두 번째는 군사 운동이 있을 경우, 출정 군인 구호 사업의 준비로 적십자 임무를 연습하는 일입니다."

등사물 위에 눈길을 떨어뜨린 채 생각에 빠졌던 월례는 단상에서 힘 있게 울려오는 소리에 얼른 고개를 들었다. 황마리아 회장의 결연한 목소리에 강당 안은 숨소리마저 멈춘 듯 조용해졌다. 여자들의 눈빛에 긴장감이 감돌았다.

"우리는 이제 농장에서건, 개인 사업장에서건 가사와 육아에만 매여 있는 여성들이 아닙니다. 우리 여자들도 조국 독립에 힘이 된다는 걸 보여 주어야 합니다. 먼저 이번 3·1 만세 운동으로 사상자가 많이 났다고 합니다. 나라의 독립을 위해 몸을 아끼지 않은 그 애국

지사들의 유가족을 돌보는 것이 우리들의 우선 업무입니다. 여기 계신 회원님들 가운데 혹 가족 중에서 이번 만세 사건에 연루된 분이 있다면 일어나 보십시오."

회장의 말에 잠시 강당 안이 수런거리더니 앞줄 가장자리에 앉았던 한 여인이 일어섰다.

"아이 아버지가 중한 일로 조선에 간다고 했는데 소식이 없습니다. 그 중한 일이란 것이 만세 운동은 아니었는지 모르겠습니다."

서른 중반쯤 되어 보이는 여인이 초라한 행색으로 고개를 숙였다. 그때 월례 바로 뒤쪽에서 누군가 일어서는 기척이 났다. 월례와 옆에 앉았던 여자들은 무심코 고개를 뒤로 돌렸다.

"지는 오라버니가 이번 만세 사건에 가담하실 거라는 편지를 얼마 전에야 받았심더. 편지는 아마도 만세 운동 직전에 쓰신 것 같심더. 그 뒤 어찌 되셨는지 알 길이 없어 급히 조선의 가족들에게 편지를 써 놓고 답장을 기다리고 있는 중입니더."

완연한 경상도 사투리의 여자는 어딘가 낯이 익었다. 월례는 희미하게 떠오르는 기억 속, 약방집 마당 모서리에서 흘깃 수향과 자신을 바라보던 처녀를 생각했다. 모습이 많이 변하긴 했으나 분명 그녀였다. 월례는 내심 반가웠지만, 혹 만세 운동에 가담했다는 그녀의 오라버니가 수향이 가슴에 품고 있는 사람은 아닐까 걱정이 됐다. 강당 여기저기서 여인들이 일어섰다. 대부분 동생이, 삼촌이 만세 운동에 참여한 것 같다고 했지만 모두 확실치 않았다. 단상의 회장이 다시 힘주어 말했다.

"우리 부인회에는 참으로 애국 가족이 많군요. 지금까지 각 지역에서 활동하던 부인회 모임은 거의 사교 모임에 불과했습니다. 그러나 이제부터 우리는 힘을 합쳐 여인들도 애국에 지대한 공헌을 할수 있다는 걸 보여 주어야 합니다."

회장이 한 손을 추켜올리며 결의를 다졌다.

"애국에 지대한 공헌을 할 수 있다는 걸 보여 주어야 합니다!"

강당 안의 여인들이 일제히 손을 치켜들며 회장을 따라 큰 목소리로 외쳤다. 회의 마지막에는 모두가 모금함에 돈을 넣었다. 월례도 지갑에 있던 돈을 다 털어 넣었다. 자신의 작은 힘이 조국 독립에 도움이 된다는 것에 감격한 여인들의 눈은 대부분 붉게 충혈돼 있었다. 회의가 끝난 뒤 다과를 앞에 놓고 자유롭게 담소하게 되었을 때, 월례는 약방집 딸이라 여겨지는 여인에게로 다가갔다.

"혹 김해 송 약방집 따님 아니신가요?"

월례의 공손한 목소리에 다과 탁자 앞에 섰던 여인이 몸을 돌렸다. 햇빛에 그은 그녀의 얼굴 위로 어리둥절한 표정이 어렸다.

"지를 아십니꺼?"

그녀는 양장을 한 월례의 멀끔한 매무새를 아래위로 훑어보았다.

"저는 그때 제 상전을 모시고 약방을 찾아간 적이 있었지요. 처음에는 하와이로 오는 길을 부탁하러 갔었고, 그다음엔 또 다른 일로도 갔습니다. 그때 오라버니란 분을 얼핏 뵌 것도 같은데, 혹 이번 만세 운동에 가담하셨다는 분이 그분이신지?"

조심스러운 월례의 물음에 여인이 눈을 가느스름 뜨고 뭔가 생각

하는 표정을 지었다. 마침내 기억을 찾아낸 듯 그녀가 월례의 손을
잡고 두 발을 폴짝 뛰었다.

"맞심더! 그때 두 처자가 함께 온 적이 있었지예. 마침 오라버니가
집에 있었던 때라……."

여인도 수향이 쓰러졌던 일을 기억하고 있는 것 같았다.

"그때 그 오라버니가 맞습니까?"

월례가 다시 묻자 여인이 슬며시 고개를 떨구었다.

"예, 그렇심더. 그분의 성정이 그런 일을 하지 않고는 못 배길 분
이지예."

"그래도 댁의 아버님 송 의원께서는 우리를 하와이에 보내 준 인
연이 있는 분인데, 오라버님의 일이 남의 일 같지 않군요. 혹 무슨
소식이 있으면 알려 주세요. 그때 신세를 졌던 우리 형님도 궁금해
하실 겁니다. 그런데 이 오하우 섬에 계시나요? 이런! 우린 서로 통
성명도 하지 않았군요. 저는 김월례라 합니다. 제 상전, 아니 형님은
김수향 씨고요. 우린 다 이 오하우 섬에 살고 있습니다. 처음에는 에
와 농장에 있다가, 지금은 우리 둘 다 이곳 한인 기독 학교 기숙사에
서 일하고 있습니다."

학교에서 일한다는 말 때문인지 여인은 잠시 월례의 멀끔한 옷차
림을 다시 바라보았다.

"아, 그렇습니꺼. 지는 송혜명이라고 합니더. 마우이 섬 농장에서
일하고 있심더. 그간 아이도 둘이나 낳고, 정말 쎄가 빠지게 일했심
더. 그곳에서 우리 영남 출신 여자들끼리 모여 서로 고향 얘기도 나

200

누고 친목계도 하고 그러다 오늘 여기까지 오게 되었지예. 그런데 그때 같이 오셨던 처자가 상전이었다면 지금도 그분을 모시고 있습니꺼? 이 하와이 땅에서 아직도 그런 주종 관계가 있단 말입니꺼?"

송혜명의 의아한 표정에 월례가 어색한 웃음을 머금었다.

"아닙니다. 다 같이 먹고살기 힘든 이곳에서 이제 조선인들 사이에 그런 관계는 더 이상 없지요. 다만 제가 그렇게 말씀드리는 겁니다. 사실 그분을 '아씨'라는 호칭에서 '형님'이라 부르게 된 것도 얼마 되지 않습니다. 우리 형님도 이곳에서 정말 험난한 삶을 살고 계시지요."

월례의 머릿속으로 그동안 수향에게 일어났던 일들이 스치고 지나갔다.

"여기서는 다 팔자가 바뀌지예. 지도 그렇심더. 남편 될 사람이 그렇게 늙은이일 줄이야. 그래도 어쩝니꺼. 살다 보니 정도 들고 자식도 낳았심더."

물기가 어리는 월례의 눈을 바라보는 송혜명의 눈도 붉어졌다.

"오라버니께서 무사하셔야 할 텐데요."

"그러게나 말입니더."

힘없이 고개를 떨구던 혜명은 다시 만나자는 말을 남기고 서둘러 자리를 떴다. 그녀는 마우이 섬으로 돌아가는 배를 다시 타야 했다.

수향은 아기가 태어난 지 두 달이 가깝도록 이름을 짓지 않았다. 보다 못한 월례가 3월 1일에 태어난 아기를 '삼일'이라 부르기 시작했다. 수향은 아기를 업고 기숙사 부엌에서 분주히 움직였다. 우편 배달부가 다녀갈 때마다 부리나케 편지함을 뒤져 보는 수향을 보며 월례는 자꾸만 마음이 불안해졌다. 아기가 방긋 미소 짓기 시작했다. 아기를 어르는 수향을 보며 월례는 이제껏 수향이 그처럼 행복해하는 얼굴을 본 적이 없다는 걸 알았다. 마님의 서슬에 함부로 웃는 것마저도 허락되지 않던 처녀 시절, 수향은 늘 근엄하고 냉정한 표정을 연습해 왔다. 그러나 이제 그녀는 그것이 아무 소용 없게 되었다는 걸 알고 있었다. 하루 종일 부엌일로 물에 불은 수향의 손가락 끝은 늘 주글주글했다. 뽀얗고 아름다웠던 가슴은 유선이 울퉁불퉁 부풀어 올랐고, 맹렬히 빨아 대는 아기의 입술에 유두는 검고 커다랗게 돌출되었다.

월례는 가끔 오래전의 봄밤이 떠올랐다. 사내의 거친 숨소리, 입에서 풍기던 역겨운 냄새와 고통스러운 이물감……. 자신도 모르게 그 순간을 떠올릴 때마다 월례는 소스라치며 어깨를 떨었다. 생각과 관계없이 제 몸이 뭔가를 갈구하고 있는 게 느껴졌다. 문득 자신이 단 한 번 겪었던 것을, 수향은 갑진과 수도 없이 경험했을 거란 생각이 들었다. 이제는 스스로가 순결하지 못하다는 자책감에서 벗어나고 싶었다.

"그건 단 한 번의 일이었을 뿐인데……."

혼자 중얼대는 월례의 눈앞에 희미하게 떠오르는 사람이 있었다.

부인회에서 서기 일을 보게 된 월례는 자연 국민회와 동지회 연합 모임에도 참가하게 됐다. 연합 모임엔 양복을 차려입은 조선 남자들이 많이 모여들었다. 월례는 새삼 조선 사람들 중에도 대학을 다니거나 졸업한 청년들이 있다는 걸 알게 되었다. 그들은 대부분 어릴 때 부모를 따라온 사람들이었다. 김명신은 하와이 대학을 중퇴하고 재봉사로 일하고 있는 28세의 청년이었다. 12세 때 부모를 따라 하와이에 온 그는 능숙한 영어를 구사했다. 대학에서 법학을 공부했지만, 미국 시민권이 없는 재류 외국인 신분으로 법관이 될 수 없다는 걸 알고 학업을 포기했다. 군부대 근처에는 군인들의 옷을 짓는 조선인 양복점이 많았다. 재봉사로 취직한 그는 낮엔 열심히 일하며 돈을 벌고, 밤이면 조선 독립을 위한 집회에 참가했다.

월례는 몸에 잘 맞는 양복을 차려입은 그의 말쑥한 모습에 자신도 모르게 가슴이 내려앉았다. 영문 서류를 한국말로 통역하는 그의 발음은 어눌하게 혀가 말려들었지만 영어는 유창했다. 3·1 독립운동을 계기로 손을 잡은 국민회와 동지회의 연합 기관은 구국에 관한 일과 함께 조선인들의 개인 사정에도 귀 기울여야 했다. 개인 사업을 벌인 조선인들은 때때로 송사에 휘말리기도 했고, 영문 해독이 완벽하지 않아 억울한 일을 많이 당했다. 그럴 때마다 그들은 영문 서류를 들고 연합 기관을 찾아왔다. 김명신은 서류를 통역하는 데 그치지 않고, 때로 법정까지 가서 영어가 부족한 동포들의 입과 귀가 되어 주었다.

김명신이 통역하는 서류를 한글로 꾸미는 일을 맡게 된 월례는 자연스레 그와 가까워졌다. 그다지 크지 않은 키였지만, 양복을 잘 차려입은 모습이 누구보다 세련돼 있었다. 그것이 그 자신이 재봉사이기 때문이란 걸 나중에야 알았다. 월례는 그가 완벽하게 미국 문화에 동화된 사람일 거라 생각했다. 그러나 서류를 작성하는 월례의 책상 위로 그가 몸을 구부렸을 때 마늘 냄새가 풍겨 왔다. 그 냄새는 먼 거리에 있는 것 같던 그를 단숨에 월례 앞으로 끌어당겼다.

월례는 이제 만 스물세 살이었다. 요즘 들어 자주 그 봄밤의 기억이 떠올랐다. 김명신을 떠올릴수록 자꾸만 그 봄밤이 생각났다. 그것은 마음의 기억이 아니라 몸의 기억이었다. 월례는 고개를 저었다. 하와이에도 조선인 처녀들은 많았다. 김명신처럼 어릴 적에 부모를 따라온 여자아이들이 성장해 간호사가 되기도 했고, 의사 공부를 하고 있기도 했다. 월례는 감히 자신은 김명신을 바라볼 수도 없다고 생각했다. 그런 생각으로 밤잠을 설치고 난 아침이면, 월례의 얼굴은 눈에 띄게 수척해졌다.

점심 설거지를 마친 수향이 방에 들어왔다. 등에서 잠이 든 아기를 내려놓던 그녀는 창가에 선 월례를 흘긋 바라보았다.

"월례야! 무슨 걱정거리라도 있니?"

월례가 창가의 햇살을 등지며 돌아섰다. 새근새근 잠든 아기를 내려다보는 월례의 얼굴에 빛 그림자가 어렸다.

"걱정거리가 있기는요."

"연합회다 부인회 일이다 하며 밤마다 외출을 하더니 네 표정이 달라졌구나. 혹 마음에 두고 있는 사람이라도 있는 게야?"

수향의 무심한 말에 아기 볼을 쓰다듬던 월례가 화들짝 놀라는 표정으로 고개를 들었다.

"무슨 말씀이세요, 그건?"

월례는 말을 얼버무리며 다시 창가로 돌아섰다. 제 마음을 다 들킨 것 같아 가슴이 뛰었다. 창밖은 5월의 햇살이 가득했다. 학교 뜰에 선 키 큰 야자수 잎이 푸른 하늘을 배경 삼아 검푸르게 흔들렸다. 잘 다듬어 놓은 잔디밭을 가로질러 걸어오는 우편배달부가 보였다. 월례는 무심코 수향을 돌아봤다. 그녀가 날마다 갑진의 편지를 기다리는 걸 알고 있기 때문이었다. 월례는 배달부가 편지함에 우편물을 다 넣을 때까지 기다렸다. 배달부가 돌아가는 게 보였다. 월례는 아기 옆에 비스듬히 누운 수향을 두고 가만히 방을 나왔다. 편지함에 수북이 든 우편물을 꺼내 하나씩 넘겼다. 학교 사무실로 온 공적 우편물이 대부분이었다. 더러는 개인 사정을 호소하기 위해 농장 노동자들이 쓴 서투른 영문 봉투도 보였다. 영어에 능숙하지 않은 노동자들은 혹 농장에서 억울한 일을 당하면 동지회에 속한 이 한인 기독 학교로 편지를 보내기도 했다. 몇 통인가 그런 봉투들을 넘기던 월례는 에와 농장에서 수향 앞으로 보낸 편지 한 통을 발견했다. 발신자는 그곳 지배인이었다. 에와 농장은 갑진과 수향이 살던 곳이었지만 월례는 고개를 갸웃했다.

다른 우편물들을 학교 사무실에 가져다 놓은 월례는 수향 앞으로 온 봉투를 들고 방으로 돌아왔다. 아기 옆에서 설핏 잠들었던 수향이 방문 열리는 소리에 부스스 눈을 떴다. 그녀는 월례의 손에 들린 봉투를 보더니 얼른 몸을 일으켰다.

"그이한테서 편지가 왔니?"

창문으로 스며든 햇살에 수향의 얼굴이 반짝 빛났다.

"아니요. 이건 에와 농장 지배인이 보낸 것인데요. 형님 앞으로……."

월례가 내미는 봉투를 막 잡으려던 수향은 손을 거두고 창으로 눈을 돌렸다. 그녀의 얼굴에 난감한 빛이 스쳤다.

"농장 지배인이 보낸 것이라면 영어로 쓰였을 것 아니냐. 무슨 일로 나에게 편지를 보냈는지 몰라도 네가 뜯어보렴."

수향은 냉랭하게 말했다. 영어를 잘하는 월례가 자랑스러우면서도 그녀에게 해석을 부탁해야 하는 게 좀 부끄러웠다. 월례가 봉투를 뜯는 동안 수향은 풀어진 저고리 앞섶을 여몄다. 봉투 안에는 타이핑된 편지 한 장과 또 다른 봉투가 들어 있었다. 예상대로 영문 편지를 들여다보던 월례의 표정이 굳어졌다. 그녀가 편지를 펴 든 채 창가로 가 창틀에 몸을 기대고 섰다. 월례의 어깨가 떨리고 있었다. 그 모습을 바라보던 수향이 의아한 표정을 지었다.

"무슨 일인데 그러니? 월례야!"

나직하게 물었지만 수향은 덜컥 가슴이 내려앉았다. 월례는 아무 대답 없이 봉투 안에 들었던 또 다른 봉투를 열었다. 그 안에도 타이핑된 종이가 한 장 들어 있었다. 그것을 읽어 내려가는 월례의 손이 심하게 떨렸다. 수향은 월례가 선 창가로 다가갔다.

"그이에게 무슨 일이 일어난 게야?"

수향의 날카로운 음성이 방 안의 공기를 갈랐다. 고른 숨소리를 내던 아기가 몸을 뒤척였다.

"아씨! 아씨……."

월례는 자신도 모르게 수향을 그렇게 부르며 편지를 움켜쥐었다.

"새삼스레 아씨는 무슨! 어서 편지 내용이나 말해 보아라."

수향은 애써 태연한 표정을 지으며 숨을 길게 들이마셨다. 마치 무슨 말이든 들을 준비가 되었다는 표정이었다. 월례가 창가에 놓인 의자에 털썩 주저앉아 떨리는 목소리로 편지를 읽어 나갔다.

수향 김 이 씨에게 알립니다.

우리는 며칠 전 일본 대사관으로부터 조선을 방문 중인 갑진 이 씨의 사망 소식을 들었습니다. 그는 지난 3월 1일 조선인들의 만세 운동에 참가했다가 변을 당했다고 합니다. 대사관이 보낸 사망 신고서를 동봉합니다.

지배인의 편지는 짧았다. 수향이 눈을 부릅뜨며 월례에게 어서 일본 대사관에서 보낸 사망 신고서를 읽으라는 눈짓을 했다. 월례가 젖은 눈을 들어 수향을 잠시 바라보다 다시 종이 위로 고개를 숙였다.

성명: 이갑진

생년월일: 1884년 12월 4일

주소: 미국 하와이 오하우 섬 에와 농장

사망 일시: 1919년 3월 1일~3월 3일 사이

발견: 만세 운동을 수습하던 3월 3일, 경성 대한문 근처 갓길에서 시

신 발견. 그의 옷 속에 든 여권으로 신분 확인.

처리: 시신은 주소지가 국외인 관계로, 연고자가 없는 시신들과 함께 화장됨.

비고: 시신 주변에 태극기가 무더기로 널려 있고, 그의 손에도 태극기가 쥐어져 있는 것으로 미루어, 이갑진은 이번 만세 운동에 깊이 가담한 불온한 자로 추정됨.

위와 같이 이갑진의 사망 사실을 통고함.

울음기 가득한 월례의 목소리를 가만히 듣고 있는 수향의 얼굴이 납빛처럼 창백해졌다. 그녀는 한일 병합이 되기 전, 하와이에 왔던 갑진이 대한 제국이 발행한 집조를 지니고 있었던 걸 기억했다. 그러나 고국을 방문하기 위해선 일본 대사관에서 새 집조, 이제는 여권이라 부르는 걸 발부받아야 했을 것이다. 대한 제국은 이제 지상에 더 이상 존재하지 않는 나라였다. 그럼에도 독립을 꿈꾸는 사람들 가슴속에는 서류상 소멸된 나라가 살아 있었다. 수향은 갑진의 맘에도 고국이 그렇게 살아 있었던가, 문득 의아한 마음이 들었다. 무엇에든 무심하던 그를 생각하니 그가 만세 운동을 하다 죽었다는 게 영 믿기지 않았다.

월례가 사망 신고서를 무릎에 내려놓고 기어이 울음을 터뜨렸다. 그 소리에 잠을 깬 아기가 울기 시작했다. 수향은 창가에 서서 월례와 아기의 울음을 낯선 듯 바라보았다. 그녀는 난리 통의 거리에 태극기를 손에 쥔 채 쓰러져 누운 갑진을 떠올렸다. 아무리 애를 써도 그 모습이 그려지지 않았다. 버둥대며 우는 아기를 안으려고 걸음을 떼던 수향은 갑자기 눈앞이 빙글 돌아 걸음을 헛디뎠다. 비틀 쓰러지려는 수향의 손을 월례가 얼른 붙잡았다.

"괜찮다, 나는……."

수향의 음성이 탄식처럼 흘러나왔다. 수향은 아기를 안아 올렸다. 칭얼대는 아기를 품에 안고 흔들며 그녀는 눈을 감았다. 자신은 정말 괜찮다고 생각했다. 그러나 아기에게 아버지가 사라졌다는 생각이 들자 가슴이 내려앉았다. 어린 시절 아장아장 마당을 걷는 수향을 보고 웃던 아버지가 생각났다. 희미한 장면이었지만, 그것은 수향이 아버지의 존재를 느끼는 단 하나의 기억이었다. 그런데 아기에겐 그런 단 한 순간의 장면조차 심어 주지 못한 게 안타까웠다. 수향은 아기에게 얼굴을 묻고 흐느끼기 시작했다. 창밖에는 호놀룰루의 5월이 땡볕 아래 펼쳐지고, 창가에 선 나무들은 꽃들이 만발했다.

국제 인삼 상인

교회 마당에서 아이를 쫓던 수향은 이마에 솟는 땀을 손등으로 훔쳤다. 9월이 되었지만 기온은 좀처럼 내려갈 기미가 없었다. 수향은 갑진과 결혼할 때 입었던 명주 한복을 꺼내 다림질해 입었다. 아이를 안았던 저고리 앞섶이 어느새 구겨져 있었다. 김명신의 양복점에서 맞춘 양복을 앙증맞게 차려입은 삼일이 교회 뜰 화단 가로 다가가자 꽃 주변에 모여들었던 새 떼가 하늘로 날아올랐다. 아이는 새를 잡으려고 하늘로 팔을 뻗치다 그만 엉덩방아를 찧고 말았다. 서너 발짝 거리에 서 있던 수향이 얼른 다가가 아이를 안아 올렸다.

"삼일아! 이제 그만 안으로 들어가야지. 월례 이모가 기다리고 있잖아."

수향은 아이의 이마에 흐트러진 머리칼을 쓸어 넘기며 그 훤한 이마가 정말 제 아비를 닮았다고 생각했다. 아들을 바라보는 그녀의 눈이 고즈넉이 젖어 들었다. 수향은 아이의 손을 잡고 교회 안으로 들어갔다. 입구에 서 있던 턱시도 차림의 김명신이 반색을 하며 다가왔다.

"아이고! 우리 삼일이 안 오면 어쩌나 얼마나 걱정했다고……."

무릎을 구부리며 아이의 턱을 손가락으로 추켜올리는 김명신의 얼굴이 불그스름 상기돼 있었다.

"걱정입니다, 이 아이가 화동 노릇을 잘할지……. 저리 장난기가 많아서."

수향은 공손히 고개를 숙였다. 오늘 월례의 신랑이 될 김명신은 이제 수향의 상전이기도 했다. 삼일이 첫돌을 맞을 무렵 새로 개업한 김명신의 양복점으로 얼마 전 거처를 옮긴 수향은, 낮이면 아이를 탁아소에 맡기고 재봉 일을 했다.

수향이 아이를 기르며 기숙사 부엌일을 계속하는 동안 월례의 얼굴이 조금씩 환해졌다. 언제부턴가 수향은 저녁 모임을 위해 화장을 하는 월례 뒤에서 그녀의 밥과 옷을 챙겨 주기 시작했다. 지난날을 생각하면 삶의 역할이 뒤바뀐 것 같아 수향은 때로 멍청히 멈춰 선채 창밖을 바라보기도 했다.

3·1 만세 운동 직후 중국 상하이에 설립된 대한민국 임시 정부에 미국 교포들의 후원금이 많이 지원되고 있었다. 박용만파와 이승만파로 양분되었던 하와이 교민 사회는 서로 화합하여 후원금 마련을 위한 행사를 자주 가졌다. 그때마다 월례는 일을 맡았고, 대한부인구제회도 매달 회합을 가졌다. 만세 운동의 현장에서 사망한 갑진

으로 인해 3·1 운동 유가족이 된 수향은 월례를 따라 부인회에도 갔고, 새로 생긴 유가족 모임에도 참석했다. 농장과 학교 부엌밖에 모르던 수향은 하와이에 잘 차려입은 조선인들이 그렇게 많다는 걸 처음 알았다. 양복에 중절모를 쓴 신사들이 파이프를 문 모습은 생소하고도 멋졌다. 양장을 한 여자들은 저마다 세련되고 아름다웠다. 수향은 그중에서도 월례의 미모가 유난히 돋보이는 걸 알았다. 홑저고리에 발목이 드러나는 치마를 허리띠로 질끈 묶고, 하루 종일 집안일을 하던 지난날의 월례가 아니었다. 그녀는 어느새 영어에 능숙했고, 교포 사회의 시사를 꿰뚫고 있는 능력 있는 여자였다. 월례 주변을 서성이는 한 신사가 눈에 띄었다. 그는 기름한 얼굴에 비스듬히 모자를 쓰고 바지 주름이 잘 잡힌 양복을 입고 있었다. 그다지 큰 키는 아니었지만, 알맞은 몸이 키와 조화를 이룬 모습이 말쑥한 느낌을 주는 멋쟁이였다. 그가 가까이 올 때면 눈을 내리깔고 모른 척하면서도 목덜미가 붉게 달아오르는 월례를 보며, 수향은 그녀의 얼굴이 환해지고 있는 이유를 알아차렸다.

그들이 결혼을 결정했다고 수향에게 고백하던 밤, 월례는 잠들지 못하고 뒤척였다.

"형님! 제가 정말 그 사람과 혼인해도 될까요?"

떨림이 가득한 그 소리에 수향은 막 감았던 눈을 떴다.

"그게 무슨 소리니? 그 사람을 그토록 좋아한다면서. 더구나 인근에 그만한 신랑감이 어디 있다고. 네가 분명 복을 받은 것이야."

수향이 다시 감기려는 눈을 반쯤 뜬 채 미소 지었지만 월례는 핵 일어나 앉았다.

"벌써 잊었어요? 제가…… 제가 순결하지 못하다는 것."

막 붉어지는 월례의 음성에 수향이 얼른 몸을 일으켜 손가락을 입술에 댔다.

"쉿! 누가 들을라! 그건 더 이상 말할 필요가 없어. 설마 김명신 씨에게 그런 고백을 한 건 아니겠지?"

월례가 가만히 고개를 저어 보였다. 안심했다는 듯 가슴을 쓸어내리는 수향을 월례가 심드렁하니 바라봤다.

"형님도 곧 좋은 분을 다시 만나야지요. 언제까지 이렇게 삼일이만 데리고 사실 거예요?"

"왜? 너만 좋은 사람 만나 시집가는 게 미안한 게냐?"

슬쩍 월례를 흘겨보는 수향의 눈에 장난기 어린 웃음이 맺혔다. 그러나 그 웃음은 이내 쓸쓸한 표정으로 굳어졌다.

"여긴 재혼이 부끄럽지 않은 미국이에요. 조선 여인들도 더러 이혼하고 재혼하는 판국에 형님은 사별을 하셨는데 부끄러울 일이 아니지요. 삼일이에게도 아버지가 있어야 하지 않겠어요?"

왜 그런지 힘이 들어간 월례의 말에 수향이 도로 자리에 누우며 끅끅 웃는 소리를 냈다.

"그럼 좋은 사람 좀 찾아보든가……."

"정말 그러고 싶어요. 참, 그 약방집 딸 지난 모임에서 혹 보셨어요?"

수향이 턱까지 끌어 올렸던 이불을 내리며 월례를 보았다.

"아니, 만나지 못했어. 한 번 본 기억도 가물가물한데 그간 세월이 흘러 알아볼 수나 있겠니. 내가 변한 것처럼 그 여자도 변했겠지. 이 담에 네가 보게 되면 나에게 소개해 주렴."

"그 여자 오라버니 말이에요. 형님이 쓰러졌을 때 부축을 했던."

"그 사람 3·1 운동 주모자였다면서. 옥에 갇혔다더니……."

수향은 이제 점점 흐릿해지는 기억 속에 하얀 햇살 아래 그림자처럼 아른거리던 남자를 생각했다. 사실 그녀가 기억하는 건 그의 모습이 아니라 자신을 안아 올렸던 그 품에서 풍겨 오던 체취였다. 남자가 없는 집에서 자란 자신이 생전 처음 느낀 이성의 냄새였다.

"그러게요. 그 약방집 딸을 만나면 그분의 소식을 좀 더 자세히 들을 수 있을지 몰라요."

말을 흘려 놓고 태연한 표정으로 자리에 눕는 월례를 수향이 물끄러미 바라보았다.

"왜 그 얘기를 나한테 하는 거니?"

"형님이 사모하는 분이잖아요."

"사모?"

수향이 다시 끅끅 웃었다.

"아니었어요? 형님 마음속에 늘 들어 있는 분……."

"그만두렴. 다 부질없는 일이다. 그 양반은 이미 처자도 있고, 또 나와는 만날 수도 없는 거리에 있지 않니. 만세 운동 주모자였다면서 다행히 목숨은 건진 모양이구나. 우리 삼일이 아비는 목숨을 잃고 말았는데, 혹 두 사람이 만났을까? 그 만세 운동 때 말이다."

쓸쓸히 울리는 수향의 목소리에 월례가 가만히 숨을 내쉬었다.

"모르지요. 두 양반이 서로 눈이라도 마주쳤을지. 그 양반은 탑골 공원 학생 대표자로 그날 아침 독립 선언서를 낭독했다던데요. 하지만 두 분이 마주쳤다 해도 서로 알기나 했겠어요. 한 분은 형님의 남편이고, 한 분은 형님 가슴속에 든 분이라도 둘은 서로 모르는 사이잖아요."

"그렇구나. 우리 삼일이 아비는 만세 운동에 얼마나 깊이 가담했던 걸까. 아무도 알려 주는 이가 없어. 얼마 전 조선에서 만세 운동을 목격했다는 사람 하나가 유족회에 나와 연설을 했지만 이갑진이란 사람은 모른다 하더라. 이렇게 아무것도 모른 채 영 못 만나게 되고 말았구나. 참……."

수향은 갑자기 가슴속에 허망함이 가득 차는 걸 느꼈다.

하얀 웨딩드레스를 입은 월례의 모습은 낯설고도 아름다웠다. 미국 여자들이 저렇게 하얀 드레스를 입고 혼인식을 한다고 들었지만, 수향은 웨딩드레스로 성장한 여자를 처음 보았다. 깊이 파인 앞섶에 월례의 가슴골이 드러나 있었다. 페티코트를 속에 입고 부풀린 치마 폭엔 진주 구슬이 수놓이고, 하얀 장미로 엮은 화관이 얹어진 머리 뒤로 투명한 면사포가 발밑까지 흘러내려와 있었다.

"월례야! 정말 예쁘구나."

월례는 하얀 망사 장갑을 끼고 장미 다발을 쥔 손을 살포시 떨며 미소를 머금었다. 월례 앞에는, 발목까지 내려오는 하얀 드레스를 입은 어린 소녀가 삼일과 함께 꽃바구니를 들고 서 있었다. 어느새 입장한 신랑이 단상 앞에 서자, 삼일과 소녀가 웨딩마치에 맞춰 하객들 사이로 천천히 행진을 시작했다. 월례가 두 화동을 따라 발을 뗐다. 그녀 뒤에서 바닥에 끌리는 베일을 가지런히 펴 주던 수향은 에와 교회에서 있었던 자신의 결혼식을 떠올렸다. 이제는 세상에 없는 갑진이 수향에게 남긴 것은 오직 삼일이었다. 조금 전까지만 해도 장난을 치던 모습과 달리 또박또박 걸음을 떼는 삼일의 의젓함에 수향은 눈시울을 붉혔다.

결혼 피로연은 밤늦도록 계속됐다. 교회 뒤뜰의 음식이 차려진 탁자에 장식됐던 꽃들도 해가 지자 고개를 숙였다. 삼일은 어느새 수향의 품에서 잠이 들고, 수향은 그만 월례에게 인사를 하고 일어나고 싶었다. 그러나 김명신의 양복점 위층 숙소로 돌아가기 위해선 누군가가 자동차를 태워 줘야 했다. 아침엔 김명신의 차에 동승해왔지만, 신랑 신부는 호놀룰루 시내 호텔에서 첫날밤을 보내기로 돼 있었다. 수향은 삼일을 품에 안은 채 빈 포도주 병과 음식 접시가 어질러진 탁자 앞에 앉아 주변을 둘러보았다. 월례는 화관 밑에 늘어졌던 베일을 떼어 낸 드레스 차림으로 아직도 사람들에 둘러싸여 있었다. 교포 사회에서 김명신의 대인 관계는 대단했다. 수향은 알지도 못하는 사람들이 모여들었다. 그들은 개인 사업으로 성공했거나 아니면 국민회나 동지회의 간부들이었다. 3·1 만세 운동 후 두 단체 간의 파벌 싸움이 그치고 화합의 분위기가 감돌았지만, 그렇다고 그 경계선이 아예 없어진 건 아니었다. 김명신은 두 단체 사이의 사람이었다. 그는 이쪽도 저쪽도 아닌 중간에 서서 두 단체를 다 옹호하거나 비난했다. 이승만 박사가 세운 학교에서 일한다는 이유로 교포들에게 동지회파 사람으로 인식되었던 월례는 이제 김명신과의 결혼으로 두 단체의 중간 입장에 서게 될지도 몰랐다.

사람들이 하나둘 돌아가고 있었다. 부쩍 한산해진 뜰에서 수향은 아이를 안고 앉아 하늘을 올려다보았다. 검은 하늘에 점점이 별이 박혀 있었다. 달은 멀리서 이지러진 채 연연히 빛을 쏘았다.

"삼일이 어머님 되십니까?"

어두운 뜰로 눈길을 놓고 멍하니 앉아 있는 수향의 귀에 남자의 굵은 음성이 들렸다. 그녀는 깜짝 놀라 고개를 들었다. 멋진 양복에 중절모를 쓴 신사가 미소를 띠고 수향을 내려다보고 있었다. 수향은 얼결에 아이를 안고 자리에서 일어섰다. 의자에 눌려 있던 그녀의 명주 치마가 사르르 소리를 내며 뜰로 퍼져 내렸다.

"예! 그렇습니다만……."

신사를 바라보는 수향의 가느스름한 눈에 별빛이 어렸다.

"신랑 김명신 씨가 제게 부탁했습니다. 삼일이 어머니를 댁까지 모셔다 드리라고……. 저는 그의 친구 한장수라고 합니다."

그의 공손한 말투에 수향은 얼른 고개를 숙였다.

"감사합니다. 그렇잖아도 차편이 없어 어찌 돌아가나 걱정하던 참이었습니다."

한장수는 가냘픈 몸에 아이를 안은 수향을 바라보며, 아이를 받아 안겠다는 표시인지 두 손을 내밀었다. 그러나 수향은 못 본 척 옆자리 빈 의자에 놓았던 가방을 챙겨 들었다. 그가 겸연쩍은 표정으로 손을 내리고 앞장서 걷기 시작했다. 천천히 걸음을 떼는 사내를 따라가며 수향은 그의 차림새가 하와이 교민 남자들 중 누구보다도 말쑥한 걸 알았다. 김명신의 친구라고 했지만 그보다는 나이가 좀 들어 보였다. 그는 길에 세워 놓은 자동차 앞에 이르자 얼른 뒷문을 열어 주었다. 수향은 그것이 아침에 타고 나왔던 김명신의 자동차라는 걸 알았다.

"신랑 신부는 다른 차편으로 호텔로 갈 겁니다."

그가 운전석에 앉으며 마치 수향의 마음을 알고 있다는 듯이 말했다.

김명신의 양복점은 와히아와 스코필드 미군 기지 근처였다. 한인 교회에서 그리 멀지 않은 곳이었다. 양복점 위층에 수향이 삼일과 기거하는 방이 있었다. 김명신은 월례와의 신혼집을 조선인들이 많이 거주하는 캐스트너 캠프에 마련해 놓았다. 그곳은 스코필드 바로 다음 동네였다.

자동차가 깜깜하게 불이 꺼진 양복점 앞에 이르렀다. 인근 상가의 불빛도 하나둘 꺼지기 시작하는 시각이었다. 수향이 아이를 안고 가방에서 힘겹게 열쇠를 꺼내는 걸 바라보던 한장수가 할 수 없다는 표정으로 빼앗듯 아이를 안았다. 그 바람에 삼일의 팔에 눌려 있던 수향의 저고리 고름이 풀려 나갔다.

"에구머니나!"

수향은 얼른 벌어진 앞섶을 손으로 막으며 한장수를 등지고 섰다.

풀어진 옷고름을 매는 수향의 손이 떨고 있었다. 급히 양복점 문을 따고 들어가 불을 켰다. 벽에 진열해 놓은 옷감 뭉치들이 환해진 빛에 드러났다. 군부대 근처의 양복점은 대부분 미군의 군복을 짓는 일이 많아 옷감은 다 카키색이었다. 양복점 가운데 재단 탁자에 놓인 기다란 알루미늄 자와 가위가 불빛에 반짝 빛을 냈다. 수향은 아이를 안고 양복점 안까지 따라 들어온 한장수를 돌아보았다. 위층으로 올라가는 계단은 뒤편 미싱실 안에 있었다. 그가 아이를 안고 계단 앞까지 왔다.

"고맙습니다. 이제 아이는 제가 안고 올라가겠습니다."

수향은 한장수에게 공손히 말하며 아이를 받아 안으려고 두 손을 내밀었다.

"아이 무게가 만만치 않은데 어찌 계단을 오르시려고요. 제가 2층까지 안아다 드리겠습니다."

그는 오히려 아이를 더 추슬러 안았다. 수향은 한장수를 빤히 바라보았다. 깊이 눌러쓴 중절모 밑 그의 눈 그늘이 깊었다. 우뚝 선 콧날 밑 얇게 다물린 입술과 네모진 턱이 조금은 고집스러운 인상을 풍겼다. 수향은 더 사양하지 못하고 먼저 계단을 올랐다.

2층에 올라선 수향은 한장수가 계단을 다 올라오기 전에 천장에 매달린 백열등을 켰다. 벽 한쪽엔 시침질을 기다리는 양복들이 걸려 있었다. 창가에 놓인 낮은 침대와 그 발치에 있는 작은 옷장이 겨우 그곳이 사람의 거처임을 알려 주었다. 한장수는 아이를 침대에 눕히며 천천히 방 안을 둘러보았다.

"이곳에 사시는군요."

무심코 흘리는 말 같았지만 그 목소리엔 동정심이 물씬 묻어났다.

"예! 그렇습니다. 이곳에서라도 머물 수 있게 된 게 다행한 일이지요."

수향이 낮은 목소리로 답했지만, 한장수는 계속 방 안을 두리번거리기만 했다. 수향의 음성이 날카롭게 흘러나왔다.

"김명신 씨 친구분이시라면서 이곳은 처음이신가요?"

한장수의 눈이 수향의 싸늘한 얼굴에 멎었다. 그녀의 가느스름한 눈을 마주 보고 섰던 그가 슬며시 웃음을 머금었다.

"아, 예! 아래층 양복점은 몇 번 들렀었지만 여긴 처음 올라와 봤습니다. 개업 초기엔 그 친구도 여기서 먹고 자고 했다던데요. 몇 년 사이에 성공한 셈이지요."

수향이 가만히 고개를 끄덕였다. 수향은 계속 서 있기도 어색해 침대로 다가가 잠든 삼일의 옷을 벗겼다. 어서 한장수가 돌아갔으면 싶었다. 하지만 그는 자꾸 방 안을 서성거리기만 했다. 수향은 문득 불안한 생각이 들었다. 밤이면 사내를 방으로 끌어들이던 어미가 떠올랐다. 아이에게 이불을 덮어 주고 난 수향이 참다못해 발딱 일어섰다.

"밤이 깊었는데 그만 돌아가시지요."

방 가운데 섰던 한장수가 엉거주춤 어색한 표정을 지었다.

"이런! 죄송합니다. 제가 너무 오래 있었군요. 사실은 제가 이 방에 머물게 되었을지도 몰랐다는 생각에 저도 모르게 시간을 끌었습니다.”

수향이 무슨 말인지 모르겠다는 표정을 지었다.

“저는 조선과 하와이, 미국 본토를 오가는 인삼 상인입니다. 때론 중국도 가지요. 그렇게 여러 번 오가다 보니 김명신 씨나 다른 교포들을 알게 됐지요. 제가 하와이에 올 때마다 머물 곳이 마땅치 않아 이 양복점 2층을 세내려 한 적이 있었습니다. 인삼 장사를 시작한 지 얼마 되지 않았을 때였답니다. 아, 그때는 좀 늙은 전 주인이 양복점을 경영하고 있었지요. 지금은 시내 호텔에 머물러도 될 만큼 돈을 벌었습니다. 또 시내에 머물러야 물건을 사려는 사람들을 만나기도 쉽고…….”

한장수가 곧 계단을 내려갔다. 수향도 양복점 문을 잠그기 위해 그를 따라 내려갔다. 문 앞에 이른 그가 수향을 돌아보았다.

“삼일이 아버님께선 지난 만세 운동 때 순국하셨다고 들었습니다만…….”

그가 그런 사정까지 알고 있다는 건 의외였다. 그러나 수향은 태연한 표정을 지었다.

“예! 그렇습니다. 자세한 사정은 저도 잘 알 수 없지만 그 만세 운동 현장에 계셨더랍니다.”

남의 일을 말하듯 하는 건조한 수향의 말투에 사내가 깊이 눌러썼던 중절모 챙을 조금 들어 보이고는 자동차로 걸어갔다. 수향은 자동차가 떠나는 걸 보고 나서야 양복점 안으로 들어왔다. 문을 잠그고 불을 끄자 갑자기 시야가 컴컴해졌다. 잠시 계단 입구를 찾지 못한 그녀는 망연히 양복점 가운데 서 있었다.

"처음 본 남자가 참 수다스럽기도 하네."

자신도 모르게 입술에서 툭 터지는 말에 수향은 혼자 쿡 웃음을 머금었다. 한장수가 갑진의 죽음에 대해 '순국'이라 말하던 게 떠올랐다. 그녀는 왠지 그 말이 갑진에게 어울리지 않는다고 생각했다. 두어 번 참석했던 호놀룰루 삼일유족회에서는 그녀를 독립 열사 미망인이라고 했다. 수향은 그렇게 불리는 게 편치 않았다.

처음에 월례가 애칭으로 불렀던 '삼일'이란 이름이 그만 아들의 이름이 되고 말았다. 갑진이 떠난 날이 만세 운동 그 당일이라면 참 기묘한 일이 아닐 수 없었다. 하필 그날 아들이 태어났으니 말이다. 수향은 삼일의 생일을 맞을 때마다 월례와 함께 앉아 간단히 갑진의 추모 기도를 올렸다. 더듬더듬 어둠 속 계단을 오르던 수향은 문득 지난날 갑진의 중얼거림을 기억해 냈다.

"내가 태어난 날이 내 아버지의 제삿날이었어. 갑신정변이 일어난 그 밤……."

바다 건너로 이주했으니 부모의 제사도 지낼 필요가 없다던 갑진이 어느 밤인가 잠결에 흘리던 말이었다. 혹 잠꼬대인가 싶어 무시했던 그 말이 왜 또렷이 떠오르는지. 수향은 갑자기 온몸이 오싹해졌다. 계단을 다 올라온 그녀는 얼른 침대 위의 삼일을 껴안았다. 곯아떨어진 아이는 세상모르고 잠들어 있었다. 수향은 아이의 뺨에 제 뺨을 비비며 중얼거렸다.

"너는 조금 전 그 남자처럼 인삼 상인이 돼 돈이나 많이 벌어 부자로 살아라."

　아이를 안은 채 눈을 감은 그녀의 시야에 꾹 다문 한장수의 얇은 입술이 떠올랐다. 조금은 완강해 보이는 네모진 턱과 어둠 속에서도 거뭇하던 수염 자국. 수향은 눈을 번쩍 뜨고 몸서리쳤다.

능청스러운 물고기처럼

1923년 봄, 한장수는 담배를 입에 물고 빅토롤라 전축의 태엽을 감았다. 그는 앞니로 지그시 담배 필터를 문 채 입술 양옆을 벌려 연기를 내뿜었다. 수향은 벽에 기대서서 방 안으로 흩어지는 하얀 연기를 바라보았다. 그의 입에서 뿜어져 나온 담배 연기가 잠시 방 안을 부옇게 흐려 놓다가는 어디론가 사라져 갔다. 태엽을 다 감은 한장수가 창가에 놓인 재떨이에 담배를 비벼 끄고, 회전 테이블에 음반을 올려놓았다. 스위치를 누르자 1분에 72회전하는 테이블이 음반을 얹고 돌기 시작했다. 구리 막대 끝의 바늘을 조심스레 음반에 올려놓느라 긴장한 그의 혀가 앞니 사이에 살풋 물렸다. 방 안에 음악이 울려 퍼졌다. 수향에겐 생소한 서양 음악이었다.

"왈츠야! 자! 이리 와 봐!"

그가 두 팔을 벌렸다. 수향은 엉거주춤 선 그 모습이 우스워 그만

깔깔 웃어 버렸다.

"춤을 추자고요?"

"그래, 당신도 이제 서양 춤을 좀 배워 둘 필요가 있어. 국제적 인삼 상인 한장수의 여자가 아니던가?"

그는 수향이 안기기를 기다리지 못하고 혼자서 방 안을 빙그르 돌았다. 수향의 표정이 샐쭉해졌다.

"왜요? 첩이라고 하시지요?"

토라진 표정을 지으면서도 수향은 그의 품에 달싹 안겼다. 한장수가 품에서 그녀를 살포시 떼어 냈다.

"어허! 이렇게 붙어서는 춤을 출 수가 없지. 몸이 닿지 않을 정도로 거리를 유지해야 해. 이 춤은 당신이 꼭 나하고만 추는 춤이 아니야. 사교장에 가면 다른 남자하고도 춰야 하거든."

"다른 남자하고요?"

수향이 그의 허리를 껴안은 채 의아한 눈빛을 했다. 붉은 립스틱을 칠한 그녀의 입술이 그를 향해 벙긋 열렸다.

"그야말로 사교춤이니까."

"설마 나를 다른 남자에게 팔아넘기려는 건 아니고요?"

수향이 다시 까르르 웃자 한장수가 갑자기 그녀를 덥석 안아 올렸다. 면도 자국이 파릇한 그의 턱이 수향의 붉은 입술을 스쳤다. 그의 숨소리가 거칠어졌다. 가지런히 정돈된 침대 위에 수향을 던지다시피 눕힌 그가 급히 옷을 벗기 시작했다. 수향은 그가 버려둔 대로 반듯이 누워 그의 바지 벨트가 바닥에 떨어지는 소리를 들었다.

금속 버클의 가죽 벨트가 바지허리에 끼워진 채 마룻바닥을 치는 소리……. 문득 수향은 그 소리를 이제껏 몇 번이나 들었을까 하고 생각했다. 방 안엔 왈츠가 가득 울리고 있었다. 알몸이 된 그가 수향을 덮쳐 왔다. 이제 서양 옷을 자주 입게 된 수향은 아랫도리에 코르셋을 입는 것, 브래지어로 가슴을 도드라지게 하는 게 불편하지 않았다. 그가 스커트를 올리고 수향의 코르셋을 벗겨 내렸다. 단단하게 아랫도리를 조인 코르셋이 그녀의 엉치에 걸려 잘 내려가지 않자 그가 투덜거렸다.

"참 내가 올 때는 이런 것 좀 안 입고 있을 수 없어?"

수향이 그가 하는 대로 몸을 맡기며 느물느물 웃음을 머금었다.

"언제 오실지 모르잖아요. 느닷없이 나타났다 갑자기 사라지는 당신을 어찌 준비하고 기다리란 말인가요?"

비꼬는 것 같았지만 수향의 말에 슬픈 기운이 묻어났다. 한장수가 대답 대신 그녀의 입술을 깨물었다. 그의 손이 수향의 몸을 더듬자 그녀의 숨소리가 조금씩 빨라졌다. 한장수가 격정이 솟아오르는 그녀의 가슴을 헤치고 얼굴을 묻었다. 수향은 그를 껴안은 채 천천히 그의 등을 쓸어내렸다. 근육질의 단단한 몸이 그녀의 팔 안에서 천천히 움직이기 시작했다. 한장수가 그녀의 뒷목을 들어 올렸다. 붉게 충혈된 수향의 눈에 눈물이 가득 고였다.

"보고 싶었어."

그의 뜨거운 입김이 그녀의 얼굴로 뿜어져 왔다. 수향은 자신도 모르게 고개를 돌렸다. 왠지 그녀가 들어야 할 말은 그 말이 아닌 것 같았다. 수향은 그의 짧은 뒷머리를 움켜쥐었다. 숨이 더 헉헉 머금어졌다. 하고 싶은 말들이 그녀의 입속에 가득 차올랐다. 하지만 그것은 한마디도 입 밖에 나오지 못하고 그녀 안을 맴돌았다.

떠나지 말아요.

내 곁에 오래 있겠다고 말해줘요.

수향은 입속에 고인 말들을 꿀꺽 삼켰다. 목젖이 따가웠다. 마치 가시를 삼킨 것 같았다. 그녀의 몸이 자꾸 달아올랐다. 숨이 더 급하게 쉬어졌다. 그가 수향의 엉덩이를 양손으로 꼭 잡고 힘을 가하는 순간, 말할 수 없는 희열이 그녀의 심장에서 온몸으로 퍼져 나갔다. 그 순간, 아스라이 먼 곳으로 달아나려는 정신을 붙잡는 기억이 있었다.

그녀는 봄 햇살이 비쳐 드는 대청마루에 서 있었다. 반쯤 문이 열린 방에서 어미가 쪽머리를 풀어 내리며 하르르 웃음을 머금었다. 낮잠이 들었던 수향이 잠을 깨서 칭얼댔지만, 어미는 그 소리를 듣지 못한 것 같았다. 이불 속에 누운 남자의 두 어깨는 맨살이었다. 앞섶을 풀어 헤친 어미의 가슴이 햇살 속에 하얗게 솟아 있었다. 허벅지까지 말려 올라간 흰 속치마 사이로 어미의 거웃이 어른거렸다. 자리에 누웠던 남자가 벌떡 몸을 일으켰다. 사내의 몸 가운데에 낯선 것이 보였다. 수향은 놀라움에 입을 막고 저도 모르게 숨을 죽였다. 어미의 속치마 속으로 남자의 몸이 파묻혔다. 둘이 부둥켜안은 채 움찔움찔 움직이기 시작하는 걸 바라보던 수향은 그만 돌아서 대청마루를 내려왔다.

햇빛은 따스했지만 맨발바닥에 닿는 마당의 흙이 차가웠다. 부엌 쪽에서 고소한 기름 냄새가 났다. 냄새를 따라 부엌으로 가려던 수향은 갑자기 발길을 돌려 뒤뜰로 걸어갔다. 봄볕에 뚜껑을 열어 놓은 장독에서 장이 익는 냄새가 났다. 수향의 턱이 겨우 걸쳐지는 커다란 독에 검은 간장이 가득 담긴 채 새까만 숯이 그 위를 둥둥 떠다녔다. 수향은 햇살에 달궈진 장독에 등을 기대고 앉았다. 엉덩이에 닿는 장독대 가장자리 판판한 돌도 따스했다. 수향은 마음이 편안해졌다. 거기선 어미의 숨소리도, 사내의 숨소리도 들리지 않았다.

한참을 그렇게 앉아 있던 수향은 흙투성이 제 발을 내려다봤다. 장독대 옆 우물 턱은 낮았다. 두레박을 내릴 필요도 없이 바가지로 퍼 쓰는 우물이었다. 수향은 발을 씻으려고 우물 턱 곁에 놓인 쪽박에 물을 가득 퍼 담았다. 힘껏 바가지를 들어 올렸지만, 물은 반도 넘게 우물로 흘러내렸다. 수향은 고개를 내밀고 우물 속을 들여다봤다. 동그란 우물 속에 가득 찬 하늘이 흔들리고 있었다. 흐르던 구름이 물살에 깨어졌다. 수향의 조그만 얼굴이 하늘을 등지고 우물 속에 함께 흔들렸다. 곧 잔잔해진 우물 속에, 귀밑머리를 땋아 댕기를 두른 수향의 모습이 또렷이 비쳤다. 우두커니 우물 속 제 모습을 내려다보던 수향은 문득 거기 빠져 버리고 싶다고 생각했다.

그때가 몇 살이었는지 수향은 기억하지 못했다. 어미의 방에 있던 남자가 아비였는지 아니었는지 그것도 확실치 않았다. 한장수와 절정에 오를 때면 수향의 머릿속에 늘 그 장면이 떠올랐다.

땀에 젖은 한장수의 몸이 그녀에게서 일어섰다. 그가 옆으로 털썩 떨어져 누우며 길게 숨을 내쉬었다. 수향을 끌어당겨 다시 품에 안은 그는 수향의 파마머리에 손가락을 넣고 몇 번인가 쓸어내렸다. 그가 코를 골기 시작했다. 수향이 제 머리칼 속에 든 그의 손을 가만히 빼냈다. 그녀는 벽시계를 올려다보았다. 어느새 오후 2시였다. 유치원에 간 삼일이 돌아올 시간이었다. 그녀는 서둘러 욕실로 들어갔다. 수도꼭지를 틀어 몸에 찬물을 끼얹었다. 한장수의 흔적들이 그녀의 몸 위에서 흘러내렸다.

수향이 욕실에서 나오자 어느새 옷을 챙겨 입은 한장수가 현관 앞에 서 있었다.

"밤에 가게로 가리다. 저녁 약속이 있소."

수향이 뭐라 말하기도 전에 그는 문을 열고 나갔다. 탁 닫히는 현관문 틈서리로 그의 잿빛 바짓단 밑 검은 구두 뒤축이 반짝였다. 집 밖은 햇살이 작열하고 있었다. 방에 들어온 수향은 내내 왈츠가 흘러나오던 전축이 꺼져 있는 걸 보았다. 이 빅토롤라 전축은 한장수가 갖고 온 몇 번째 물건일까, 수향은 기억을 더듬었다.

월례의 결혼식 날 김명신의 양복점까지 수향을 바래다준 그는 한동안 나타나지 않았다. 신혼을 즐기는 월례가 이따금 양복점에 나와 바느질감 앞에서 놀고 있는 삼일을 돌봐 주었다. 창가에 앉아 완성된 양복에 단추를 달던 수향은 눈이 피로해 고개를 들었다. 삼일과 그림책을 보고 있는 월례의 얼굴로 비스듬히 햇살이 비쳐 들었다. 월례의 얼굴이 전보다 더 밝고 예뻐진 듯했다. 수향은 슬그머니 미소 지었다.

"신랑이 잘해 주나 보구나. 네 얼굴이 아주 활짝 피었어!"

월례가 얼굴을 붉히며 웃었다.

"참, 형님도……."

"아직 아기 소식은 없는 거니?"

"이제 겨우 결혼 3개월인데요. 그렇잖아도 그이는 벌써부터 아기를 기다리고 있어요."

월례가 살짝 고개를 숙이며 눈길을 떨어뜨렸다.

"하긴 신랑 나이가 만 서른이 꽉 찼지 않니. 그래도 넌 사진 신부들보다는 나은 게야. 대부분의 조선 여자들이 다 열서너 살 가깝게 차이 지는 늙은 남자들과 혼인하지 않았니."

수향은 자신도 그랬었다는 걸 말하려다 그만 입을 다물었다. 생각하니 갑진과의 결혼 생활이 아주 먼 옛날의 일처럼 느껴졌다. 정말 그의 아내였던 적이 있기나 했던지 혼자 의아해하다가, 제 아비를 꼭 닮은 삼일을 마주할 때면 그때서야 갑진의 존재를 떠올렸다.

"벌써 3개월이 지났구나."

수향은 다 달린 단추 뒤에 실매듭을 지으며 중얼거렸다. 3개월……. 문득 한장수란 남자를 본 것이 3개월이 되었다는 걸 알았다. 하루 일을 마치고 양복점 위층에서 잠을 청할 때면 그녀는 그곳을 다녀간 한장수의 모습이 떠올랐다.

"그 남자, 네 결혼식 날 나를 이곳까지 데려다 준 남자는 네 신랑하고 친한 사이냐?"

수향은 묻지 않으려던 말이 저절로 입에서 나오자 깜짝 놀랐다.

"아, 한장수 씨요? 그이하고는 막역한 사이라 하더라고요. 인삼을 팔고 돌아다닌다지만 사실 그 내막을 잘 모르겠어요. 미국을 오가며 동포들에게 모금을 해서 중국 임시 정부로 군자금을 나르는 것 같아요. 그런 일을 하려면 인삼 상인으로 위장하는 게 안전하겠지요."

아무렇지 않게 말하는 월례를 보고 있던 수향의 입이 딱 벌어졌다.

"뭐라고? 그 사람이 그런 일을 하고 있단 말이냐?"

월례가 어리둥절한 눈빛을 했다.

"뭘 그리 놀라세요?"

수향이 당황한 빛을 감추려고 얼른 일어나 단추가 다 달린 양복을 옷걸이에 걸었다.

"한 번 보았지만, 꼭 한량처럼만 보이던 사람이 그런 위험한 일을 하고 있다니 놀라워서 그런다."

"하하, 그렇담 그 양반이 그런 일을 맡기에 딱 맞는 사람이군요. 형님 눈에도 한량으로만 보였다면 누가 그를 의심하겠어요. 이곳에서도 일본 대사관이 우리 동포들을 감시하고 있잖아요."

"그래, 그래서 내가 더 놀란 것 아니냐. 아무리 하와이 땅이지만 조선 동포들이 다 일본의 감시하에 있다고 해도 과언이 아닌데, 네가 그렇게 쉽게 말을 해서 말야."

"형님 앞이니까 말한 것이에요. 함부로 말할 일은 아니지요."

"그런데 그 남자 처자는 어찌 살꼬? 그리 동서남북으로 돌아다니기만 하니 말이다."

양복을 걸고 돌아서던 수향은 또 괜한 말을 한 것 같아 머쓱해졌다. 마치 제 안의 다른 사람이 말을 시키는 것 같았다.

"처자나 제대로 거느렸겠어요? 그리 돌아다니는데 어느 여자가 그런 사람과 혼인을 하려 하겠어요?"

"그럼 총각이란 말이냐?"

수향은 자꾸 튀어나오는 제 말을 막을 재간이 없었다. 새 양복을 가져다 단추를 달기 시작하는 수향을 바라보는 월례의 눈에 웃음이 맺혔다.

"확실히는 모르지만, 고향에서 한 번 혼인을 했다가 이혼을 했다고도 하고."

"그렇구나. 지금은 또 다른 곳에 있나 보지? 양복점에 한 번도 안 오는 걸 보면 말이다."

수향은 바늘구멍에 실을 꿰며 무심한 듯 말했다. 월례가 은근 수향의 표정을 살폈다.

월례는 김명신과 혼인하며 청상과부가 돼 버린 수향이 걱정됐다. 월례의 심중을 눈치챈 김명신은 그들의 결혼식 며칠 후 샌프란시스코로 떠나는 한장수의 의중을 슬쩍 떠보았다.

"바람처럼 떠도는 내게 어느 여자가 의지하려 들겠어?"

불쑥 그 한마디를 흘려 놓고 한장수는 가 버렸다. 월례는 눈을 내리깐 채 단추를 달고 있는 수향을 물끄러미 바라보았다. 파르란 서슬이 느껴지던 고고한 자태는 오래전에 사라졌지만, 창으로 비쳐 든 햇살이 내려앉은 이마가 맑았다. 가느스름 짙은 눈썹과 매초롬한 눈초리, 오뚝 선 콧날과 단정한 입술 선은 누가 봐도 어여쁜 여인이었다. 다만 표정이 차가워 사람들이 쉽게 말을 붙이지 못하는 분위기가 아직도 남아 있긴 했다. 그런 수향을 두고 넉살 좋은 한장수라면 능히 가까이 갈 수 있으리라 말하던 김명신의 예감이 적중한 것일까. 곧 연말이었다. 어느새 1921년이 저물어 가고 있었다. 월례는 한장수가 조선으로 돌아가기 전, 다시 하와이에 들르겠던 말을 기억했다.

수향이 바느질하던 손을 멈추고 창밖을 보고 있었다. 뭔가 생각에 잠긴 듯한 그녀의 표정 위로 햇살이 물처럼 흘렀다.

"형님! 무슨 생각을 그렇게 해요?"

크지도 않은 월례의 목소리에 수향이 깜짝 놀라며 고개를 돌렸다.

"그냥……."

수향은 짧게 얼버무리며 다시 양복 위로 고개를 숙였다.

"그 인삼 상인, 곧 여기 들렀다 조선으로 간다고 했어요."

일부러 무심하게 말하는 월례의 목소리에 단추를 달던 수향의 손이 멈칫 멈췄다.

그날 밤 수향은 잠들지 못했다. 월례 말대로라면 한장수가 돌아올 날이 며칠 남아 있지 않았다. 문득 그가 자신을 기억하고나 있을까 싶었다. 그녀는 새근거리며 잠자는 삼일의 얼굴을 바라보다가 몸을 뒤채며 돌아누웠다. 잠옷에 감긴 몸에 더위가 느껴졌다. 몇 번인가 손부채질을 하던 그녀는 급기야 화다닥 일어나 앉았다. 도대체 자신이 무슨 생각을 하고 있는지, 부끄러워 얼굴이 달아올랐다. 수향은 침대 위에 앉아 제 무릎에 얼굴을 묻었다.

"필경 내 어미의 딸이야, 나는. 화냥기가 다분한……."

혼자 중얼대는 소리가 컴컴한 방 안을 나지막이 울려왔다.

무릎에 얼굴을 묻고 있던 그녀의 온몸이 땀으로 축축해졌다. 수향은 긴 무명 잠옷을 끌며 맨발로 계단 앞으로 갔다. 계단 아래 놓인 미싱 머리가 멀리 출입문 유리로 비쳐 든 가로등 빛에 희미한 윤곽을 드러냈다. 수향은 어두운 계단을 느릿느릿 내려와 출입문 앞에 섰다. 유리문 밖 텅 빈 거리로 바람이 지나갔다. 검게 흔들리는 야자수 잎사귀 사이로 푸르스름한 밤하늘이 보였다. 수향은 하와이에 처음 도착하던 날, 낯설게 바라보던 밤하늘을 떠올렸다. 그때는 자신의 삶이 이렇게 되리라는 걸 알지 못했다. 그녀는 드문드문 돋아난 별을 바라보며 차가운 유리창에 얼굴을 기댔다. 자물쇠를 잘 채웠는데도 수향의 무게가 실린 여닫이 유리문이 금방이라도 열려 버릴 듯 덜컹댔다. 수향은 거부할 수 없는 것이 자신의 운명 앞에 도래했다는 걸 알았다.

양복을 다림질하던 수향은 출입문을 들어서는 남자의 구두에 무심코 눈이 갔다. 반짝거리게 잘 닦인 검은 구두가 성큼 양복점 안으로 걸어 들어왔다.

"어이! 이게 누군가? 한 형 아니신가?"

재단 탁자 앞에서 명쾌하게 울리는 김명신의 목소리에 수향은 다리미를 손에 든 채 고개를 들었다. 중절모를 삐딱하게 쓴 한장수가 김명신에게 악수를 청하며 수향을 흘긋 바라보았다. 수향은 가슴이 덜컥 내려앉았다. 모른 척 고개를 숙였지만 다리미를 잡은 그녀의 손이 살며시 떨렸다. 머뭇머뭇 몇 번 다리미를 움직이던 그녀는 다림질이 채 끝나지 않은 양복을 들어 팔에 걸쳤다. 2층으로 가려고 막 계단을 오르려는데 뒤에서 김명신이 소리쳤다.

"삼일이 어머니! 그 양복 다림질 다 된 겁니까. 제가 보기엔 아직 덜 끝난 것 같은데요!"

수향은 멈칫 발을 멈추고 돌아보았다. 김명신이 슬그머니 웃음을 머금고 있었다. 그녀의 얼굴이 혼자 불그스름 달아올랐다.

"이리 좀 와 보세요. 한 형을 모른다 하시지는 않겠지요? 저희 결혼식 날 삼일이 어머니를 여기까지 바래다준 사람 아닙니까."

"아, 예! 그분이시군요."

수향이 얼결에 고개를 숙이며 인사했다. 한장수가 삐딱하게 쓰고 있던 중절모를 벗어 들며 고개를 까딱 숙여 보였다.

"안녕하셨습니까?"

숱 많은 곱슬머리가 넓은 이마에 흩어진 채 빙글빙글 웃는 웃음이 영락없는 한량의 모습이었다.

"그 양복 내려놓고 이리 좀 오세요. 오늘 저녁 저희 집에서 같이 식사나 하시자고요. 집사람이 한 상 잘 차려 놓는다고 했습니다."

김명신도 덩달아 빙글거렸다. 그들은 모두 수향의 심중을 알고 있는 것 같은 표정이었다. 손에 양복을 든 채 주춤거리던 수향은 마음을 가다듬었다. 일부러 허리를 꼿꼿이 세우고 표정을 고쳤다.

"실은 제가 2층에 볼일이 좀 있어 올라가려던 참입니다. 양복은 좀 있다 다시 다리겠습니다."

김명신에게 말하고 급히 2층으로 올라온 수향은 침대 위에 털썩 앉았다. 가슴이 뛰고 있었다.

그날 저녁 양복점 문을 닫고, 김명신은 수향 모자와 한장수를 자동차에 태우고 캐스트너 캠프 신혼집으로 갔다. 삼일의 손을 잡고 들어서던 수향은 그들의 결혼 초기에 한 번 와 보았던 집이 더 짜임새 있게 꾸며져 있는 걸 보았다. 아담한 응접실에는 하늘색과 분홍색 꽃무늬가 섞인 헝겊 소파가 놓여 있고, 식탁엔 벌써 음식이 풍성했다. 수향은 문득 늘 때 묻은 행주치마를 입고 부엌과 빨래터를 드나들던 월례를 생각했다. 생각하니 단지 업둥이란 이유로 일만 부려먹던 어미가 잘못했던 것 같았다. 수향은 정말 오랜만에 월례가 만든 음식 앞에 앉았다. 조선식 부침과 갈비찜, 나물을 차려 놓은 게 영락없이 어미의 상차림이었다. 김명신의 짧은 기도 후에 식사가 시작됐다. 나물 한 점을 젓가락질해 입에 넣은 수향은 물과 산이 다른 타국 땅인데도, 월례가 어미의 음식을 모양뿐 아니라 맛까지 그대로 재현했다는 걸 알았다. 수향은 어미가 정말로 기른 것은 자신이 아니라 월례라고 생각했다. 다만 어미는 그걸 모르고 있었을 뿐이다.

세상 잘 사는 법을 저 애한테 다 가르쳐 놓고 나는 어찌 살라고.

수향은 속으로 중얼거렸다.

김명신과 한장수 사이에 위스키 잔이 오갔다. 둘 다 불콰해진 얼굴로 주고받는 말들이 수향의 귓바퀴를 흘러갔다. 월례는 몇 번인가 음식을 다시 담으러 주방을 오가고, 삼일은 어느새 소파에서 잠이 들었다. 위스키 병 바닥이 드러났을 때 한장수가 일어섰다.

"더 취하기 전에 돌아가야겠어요. 더 마셨다간 여기서 고꾸라질 것 같은데."

그가 혀 꼬부라진 소리를 냈다.

"더 취하면 여기서 자면 되지 무슨 걱정인가?"

김명신도 어지간히 취했는지 한장수보다 더 말이 어눌했다.

"이 사람, 내 주량을 어찌 보고? 자네나 어서 새색시 안고 주무시게. 나는 그만 가야겠네."

한장수가 비틀비틀 현관으로 걸어 나갔다.

"어떻게 가시려고, 그냥 여기서 주무시지요."

월례가 걱정스러운 눈빛으로 양복 윗도리를 입는 한장수를 보고 있었다. 붉어진 얼굴에 빙긋 미소를 띠며 그가 월례를 돌아봤다.

"무슨 말씀! 신혼집에 눈치 보일 일 있나요?"

수향도 돌아가야겠다며 잠이 든 삼일을 소파에서 일으켜 안았다. 그러나 차편도 없는 자신이 어떻게 양복점으로 돌아갈 수 있을지 난감했다. 아이를 안고 엉거주춤 소파에 걸터앉은 수향을 바라보던 김명신이 흔들흔들 선 한장수의 옷깃을 잡았다.

"자네 숙소로 가는 길에 삼일이 어머니를 양복점에 모셔다 드리게나. 내 자동차를 가져가. 나는 내일 택시를 타고 나갈 거니까."

아무렇지도 않게 말하는 김명신을 월례가 의아한 눈길로 보았다.

"형님은 여기서 주무시고 가세요. 잠든 아이와 함께 어찌 가시려고."

그러나 수향은 얼른 삼일을 안고 일어섰다.

"괜찮으시다면 저를 좀 데려다주세요. 내일 아침 일찍 가게 청소도 해야 하고……."

수향이 앞서 현관을 나서자 한장수는 하는 수 없다는 표정으로 그녀를 따라 나갔다.

한장수가 집 앞에 세워 놓은 자동차에 시동을 걸자, 김명신이 뒷좌석 문을 열어 수향과 삼일을 태웠다.

"자네 그 정도 취한 것으로 운전은 괜찮겠지?"

그렇게 물었지만 김명신은 걱정하는 표정이 아니었다.

"이 사람! 나를 뭘로 보고? 가는 곳마다 술고래 아닌가. 상하이, 경성, 샌프란시스코, 호놀룰루, 이제 보스턴, 뉴욕까지 가야지."

"하긴 거기까지 공부하러 간 우리 교포 젊은이들이 많아졌지. 하지만 그들이 인삼을 사 먹겠나? 후원금을 내겠나? 이젠 그만 돌아다니고 한곳에 정착하는 게 어때? 여기 호놀룰루에서 살겠다면 내 참한 가게 자리 하나 추천하지."

김명신은 진심인 듯했지만 한장수는 듣는 둥 마는 둥 했다. 자동차가 출발하자 김명신이 뒤로 물러섰다. 그 곁에 선 월례가 걱정스레 보고 있었다.

한산한 밤거리를 자동차는 비틀비틀 달려갔다. 아이를 안고 앉은 수향의 몸이 덜컹덜컹 흔들렸다. 금방이라도 앞좌석으로 고꾸라질 듯한 몸을 애써 균형 잡던 수향이 참다못해 소리쳤다.

"뒤에 아이가 있어요. 좀 천천히 가시죠."

한장수가 흘깃 수향을 돌아보았다.

"그렇게 걱정되시면 왜 나를 따라나섰습니까. 그래도 내가 믿을 만하던가요?"

푸하하 웃는 그의 뒤통수를 그저 쏘아볼 뿐, 수향은 아무 말도 하지 않았다. 술 취한 이 남자를 어찌 믿고 따라나선 것인지 스스로도 알 수 없었다. 그녀는 품에 안긴 삼일의 볼에 제 볼을 대며 눈을 감았다.

양복점 앞에 도착하자 한장수가 아이를 받아 안았다. 수향은 열쇠로 문을 따고 들어서며 그가 아이를 안고 양복점 안으로 들어오도록 내버려 두었다. 그를 처음 만나던 날의 장면이 똑같이 반복되고 있었다. 계단을 오르는 그녀의 뒤를 한장수가 삼일을 안고 따라 올라왔다. 그곳을 두 번째 방문한 그는 이제 방 안을 둘러보지 않았다. 수향이 급히 켠 백열등이 낮은 천장 아래 흔들렸다. 불빛 아래 선 수향의 호릿한 몸에 백열등 그림자가 어른거렸다. 두 사람은 잠시 아무 말이 없었다. 수향은 어서 그를 보내야 한다고 생각했다. 그런데 왜 그 말이 입에서 나오지 않는지. 수향을 물끄러미 보고만 있던 한장수의 얼굴에 슬그머니 미소가 떠올랐다.

"삼일이 어머니는 이 양복점 주인 부부의 계략을 알고 계십니까?"

수향이 눈길을 들었다.

"저도 며칠 전에야 들었습니다."

가만히 고개를 숙이는 수향의 목덜미가 뜨거워졌다. 어슴푸레한 불빛 때문에 자신의 마음을 들키지 않은 게 다행이라 생각한 그녀는 계단 앞으로 갔다. 제발 한장수에게 어서 돌아가라는 뜻이 되길 바랐다. 수향은 재빨리 계단을 내려갔다. 한장수가 느릿느릿 그녀를 따라왔다. 급히 들어오느라 불을 켜지 않은 양복점 안에 푸른 밤빛이 스며 있었다. 수향이 유리 출입문 가까이 갔을 때였다. 한장수가 뒤에서 그녀의 허리를 껴안았다.

"에구머니나!"

놀라 소리를 냈지만 수향은 그다음 말이 나오질 않았다. 어느새 한장수가 그녀를 돌려세워 입술을 막고 있었다. 그의 입에서 술 냄새가 풍겼다. 수향은 위스키가 그렇게 향기로운 냄새를 풍긴다는 걸 처음 알았다. 단단한 그의 품에 안긴 몸에 이제껏 한 번도 느껴 보지 못한 전율이 스쳤다. 그녀의 허리를 껴안은 그의 팔에 힘이 더 들어갔다. 그는 수향을 덥석 안아 올려 김명신의 재단 탁자 위에 눕혔다. 김명신이 퇴근하며 말끔히 치운 탁자 한쪽엔 가위와 알루미늄 자, 옷감에 선을 긋는 납작한 초크가 놓여 있었다. 수향의 몸이 털썩 탁자에 내려지자 가위와 자가 서로 부딪치며 금속성 소리를 냈다. 한장수가 양복 윗도리를 벗고 수향의 치마를 걷어 올렸다. 들썩거리는 가슴을 어쩌지 못해 수향은 숨만 몰아쉬었다. 그의 손길이 몸 구석구석을 스치자 걷잡을 수 없는 욕망이 그녀 안에서 일어섰다. 수향은 그의 목덜미를 끌어당겼다. 그의 얼굴에서 열기가 몰려왔다. 서서히 한장수의 몸이 밀려들었다. 뜨겁고 단단한 것이 오래 다물렸던 그녀의 수액 속을 천천히 헤엄치기 시작했다. 그는 능청스러운 물고기처럼 서두르지 않았다. 그녀의 호수가 얼마나 깊은지 다 알고 있다는 듯 느릿느릿 지느러미를 움직였다. 수향의 머릿속에 어미의 반나체가 떠오른 건 그 순간이었다. 환한 대낮에 알몸으로 이불 속에 누웠던 사내와 어미의 웃음소리, 맨발로 들어선 뒤뜰 우물에 제 얼굴을 비추며 그만 거기 빠져 죽고 싶었던 순간……. 수향은 죽고 싶었다. 그건 정말 죽고 싶을 만큼의 쾌락이었다. 거리엔 새벽바람이 불고 있었다. 유리문 밖에서 쏴아 바람 소리가 들렸다. 바람에 야자수 잎이 몸을 비비는 소리였다.

와히아와 '고려정'

1921년 연말은 교포 사회가 뒤숭숭하던 시점이었다. 상하이 임시
정부로 갔던 이승만이 하와이로 돌아와 대통령의 직함으로 '교민회'
를 만들었다. 교민회는 반목하던 국민회와 동지회를 해체하고 서로
통합하자는 것이었는데, 곧바로 다시 국민회와 동지회가 또 생겨났
다. 김명신은 어느 단체에도 기울어지는 법 없이 자신의 위치를 잘
고수하고 있었다. 월례는 교민들에게 저절로 동지회파 사람으로 인
식되었지만, 김명신과 결혼한 후 그녀도 어느 정치 단체에도 기울어
지지 않았다. 수향은 삼일유족회 일원이었고, 월례를 따라 대한부인
구제회에 참석하기도 했다.

한장수는 하와이에 머무는 동안, 깊은 밤이면 불쑥 수향을 찾아왔
다. 수향은 그를 통해 제 몸에 얼마나 깊은 열정이 가두어져 있는지
를 알게 됐다. 그러나 열정의 밤은 보름 이상 계속되지 못했다. 한장

수가 떠날 날이 다가와 있었다. 수향은 어쩌면 그를 다시 보지 못할지도 모른다는 불안에 휩싸였다. 그와 나란히 누워 바람이 지나가는 텅 빈 거리를 내다보는 그녀의 가슴으로도 바람이 지나갔다.

"당신은 그냥 나를 스쳐 가는 거겠죠?"

수향이 그의 맨가슴을 손으로 더듬으며 물었다. 그녀는 자신도 그런 바람에 의해 어미의 몸속에서 생겨났다는 말을 하고 싶었다. 입속을 맴도는 그 말을 하고 싶어 입술을 벙긋거리던 수향은, 한장수가 입술을 덮쳐 오는 바람에 말을 삼키고 말았다. 급히 삼킨 말은 목에 걸려 가슴을 메게 했다. 그녀의 어깨가 들먹였다. 한장수가 얼굴을 들고 제 팔을 베고 누운 수향을 내려다보았다.

"왜 우는 거요? 내가 다시 돌아오지 않을까 봐?"

수향은 대답하지 않았다. 돌아오지 않아도 어쩔 수 없다는 생각이 들었다.

"내 비록 떠도는 몸이지만 당신을 버리진 않으리다."

그가 수향의 귓불에 대고 속삭였다.

"고국에 가면 어디에 머무시나요?"

수향은 처자가 있는 집에 가느냐는 걸 그렇게 물었다. 한장수가 긴 한숨을 내쉬었다.

"나는 집도 절도 없소. 그냥 발길 닿는 곳이 집이지. 내 다음에 이곳에 오면 당신에게 가게라도 하나 차려 주리다. 나도 당신과 함께 이곳에 정착하고 싶소. 하지만 나는 할 일이 많소. 이승만 박사가 손수 정치 자금을 걷으러 미국 전역을 다니는 것도 한계가 있소. 이제까지 나도 그 일을 도왔지만 앞으론 더 적극적으로 나서야 할 것 같소. 한곳에 머물러 살 수는 없지만 당신이 있는 이곳을 내 집으로 여기리다."

수향은 그의 나직한 목소리를 들으며 가슴을 혼곤히 채우는 슬픔과 졸음으로 스르르 눈을 감았다. 2층 침대에 홀로 잠든 삼일이 깨지 않았을까. 커튼도 드리워져 있지 않은 양복점 유리문을 누군가가 들여다보지 않을까. 그녀의 잔잔한 걱정들이 그의 다정한 목소리 위를 스치다 희미해졌다. 지난 보름 동안 하루도 빠짐없이, 한장수와 수향이 자신의 재단 탁자 위에 알몸으로 누워 있었다는 걸 김명신은 알기나 할까. 잠으로 가는 그녀의 얼굴에 싱긋 미소가 떠올랐다. 수향은 한장수의 팔 안에서 깊은 잠에 빠져들었다.

한장수가 떠나기 전날, 수향은 하얗게 단장을 했다. 월례가 입었던 웨딩드레스를 입은 수향은 머리에 하얀 화관을 쓰고 베일을 늘어뜨렸다. 그녀는 월례가 결혼식을 올렸던 교회 단상 앞에 서 있었다. 늘 입고 다니는 잿빛 양복 차림의 한장수가 급히 산 금반지를 주머니에서 꺼내 수향의 손가락에 끼웠다. 목사가 단상에 서서 묵묵히 두 사람을 내려다봤다. 결혼식을 보고 있는 건 김명신과 월례 그리고 삼일뿐이었다. 오르간 연주자도, 합창단도 없었다. 급히 결혼식을 올리자고 한 건 한장수였다. 그는 정말 수향과의 긴 미래를 꿈꾸는 것처럼 보였다.

마주 선 채 한장수를 올려다보는 수향의 눈에 꿈이 어렸다. 상견례를 마친 신랑 신부가 팔짱을 끼고 행진을 시작했다. 음악 한 점 없이 고요한 교회 안에 그들의 발소리만 쓸쓸하게 울렸다. 월례가 눈물을 머금은 채 일어나 박수를 치기 시작했다. 김명신도 슬그머니 일어나 박수를 쳤다. 곁에 앉았던 삼일이 어리둥절한 표정으로 그들을 따라 손을 마주쳤다.

"한 형! 다음에 돌아올 때는 이곳에서 우리 함께 사는 거야? 알았지?"

김명신이 소리쳤다. 한장수가 교회 중간쯤에서 행진을 멈추고 김명신을 돌아보았다. 해 질 녘의 교회 창문으로 붉은빛이 스며들었다. 수향의 드레스 자락이 불그레 노을빛을 머금었다.

"마미! 마미!"

어느새 삼일이 쪼르르 뛰어와 수향의 드레스 자락을 잡아당겼다. 인근 타 인종 아이들과 어울려 놀기 시작한 삼일은 점점 영어를 더 편해하며 수향을 그렇게 불렀다. 월례가 삼일의 손을 끌며 달랬다.

"오늘 밤은 이모하고 자는 거야. 알았지?"

삼일이 마지못해 수향의 드레스 자락을 놓았다. 수향과 한장수는 그 밤만큼은 양복점 재단 탁자가 아닌 호놀룰루 시내 호텔에서 보내기로 했다. 수향은 이제까지 제 삶의 이력이 다 지워지고 모든 것이 새로 시작되리라 믿었다.

결혼식 다음 날 하와이를 떠났던 한장수는 그 후 6개월 만에 돌아왔다. 그는 돌아오자마자 한인들이 많이 사는 와히아와 거리에 식당을 열었다. 수향은 양복점 2층을 벗어나 월례가 사는 동네 캐스트너 캠프의 작은 집으로 이사했다. 그렇게 수향을 안정시켜 놓은 한장수는 또다시 떠날 채비를 했다. 식당을 열고 집을 세 얻어 이사한 지 두 달 만이었다. 수향은 한장수의 가방을 챙기다가 담배를 피워 물고 선 그를 돌아보았다.

"이번엔 어디로 가시나요? 또 본톤가요? 아니면 상하이?"

아무렇지도 않게 묻는 것 같았지만 수향의 목소리엔 비아냥이 가득했다. 수향은 자신이 원한 것은, 새 가구로 꾸민 이런 집이 아니라고 생각했다. 양복점의 딱딱한 재단 탁자 위에라도 늘 그와 함께 있고 싶었다.

"미안하구려! 이번엔 내 빨리 돌아오도록 노력해 보리다. 당신이 식당을 잘 운영할지 걱정도 되고 말이야."

수향은 한장수의 옷이 가득한 가죽 트렁크를 닫으며 물끄러미 그를 바라봤다. 지난 두 달 동안 그는 하와이에 머물면서도 동분서주했다. 밤에만 수향에게로 와서 몸을 내려놓았다. 수향은 그가 식당을 차린 이유가 혹 이곳에 정치적 거점을 마련하기 위한 건 아닐까 생각했다. 꼭 수향과 함께 정착하기 위해서만은 아닌 것 같았다. 왠지 그에게 이용당하고 있다는 생각이 들기 시작했다. 이제 교민들 사이에서 한장수와 수향은 부부로 소문나 있었다. 하지만 본처와 서류이혼이 되어 있지 않은 한장수는 일본 대사관에 수향과의 혼인 신고를 할 수 없었다. 그 사정은 김명신도 월례도 모르고 있었다. 수향은 자신이 영락없이 어미와 같은 생을 반복하고 있다는 걸 알았다.

한장수가 차린 식당 '고려정'은 조선 음식과 술을 팔았다. 수향은 저녁이면 곱게 한복을 차려입고 카운터에 앉았다. 어미가 하던 것을 떠올리니 어렵지 않게 주방에 음식 만들기를 지시할 수 있었다. 밤이 깊으면 고려정은 양복을 입은 조선인 남자들로 넘쳐 났다. 거나하게 취한 그들은 대부분 김명신과 한장수의 지인들이었다. 저마다의 정치 토론에 목소리를 높이며 그들은 수향을 흘긋거렸다.

"인삼 장수 한장수의 여자야."

"눈매가 매섭군."

"한장수가 이제 속을 차리고 여기 눌러앉을 셈인가?"

"무슨 소리! 여기다 거점을 마련해 놓고 왔다 갔다 하겠다는 거지."

"정식 혼인을 했다던데 맞나?"

"그러게. 하지만 그 속이야 모르지. 그놈이 가는 곳마다 저런 여자를 하나씩 두는지 누가 알겠어?"

수향은 그들이 낮은 목소리로 주고받는 말을 가만히 듣고 있었다. 그녀는 꿈을 꾸고 있는 건 자기 혼자뿐이란 걸 알았다. 주변 사람들이 다 짐작할 수 있는 사실을 혼자만 무시하고 꿈에 부풀어 있었다는 걸. 그녀는 식당 홀에서 부산히 움직이는 한장수를 바라보았다. 그는 눈에 익은 손님들에게 술병을 나르며 벌써부터 얼굴이 불콰해 있었다.

혹 저 사내는 나를 이용해 제 놀이판을 여기다 마련한 것인가?

문득 그런 생각이 든 수향의 눈이 더 매초롬해졌다. 어쩌자고 김명신은 저런 사내를 소개한 것일까. 그러나 그를 탓할 일만도 아니었다. 그를 안고 깊은 꿈을 꾼 건 수향 자신이었지 김명신이나 월례의 권유 때문이 아니었다. 고운 화장에 한복을 차려입고 카운터에 멍하니 앉은 수향은 제 위로 어미의 농염한 모습이 겹쳐 오는 걸 느꼈다. 아무리 발버둥 쳐도 자신은 결국 어미의 삶을 재현하고 있을 뿐이었다. 운명을 떨치기 위해 이렇게 먼 바다로 건너왔어도 그랬다.

한장수의 트렁크를 거실 한쪽에 밀어 놓은 수향은 방에 들어가 화장을 하기 시작했다. 두 번의 혼인식 날 외엔 화장이라곤 해 본 적이 없던 그녀는 이제 매일 분을 발랐다.

"주인이 곱게 차리고 있어야 손님이 더 잘 모이는 법이야. 당신 미모쯤이면 문제없지."

한장수가 처음 그렇게 말했을 땐 그저 서투르게 분을 발랐지만, 수향은 날이 갈수록 화장술이 늘고 있었다. 거울 속에 어른어른 어미의 얼굴이 비쳤다. 수향은 제 안에도 어미 못지않은 농염함이 흐르고 있다는 걸 알았다.

붉은 치마에 연둣빛 저고리를 입은 거울 속 수향은 바로 어미였다. 다만 머리칼을 짧게 잘라 파마를 한 것이 다를 뿐이었다. 화장대에 앉은 수향 뒤로 한장수가 와 섰다.

"당신 오늘 유난히 곱구먼!"

그가 뒤에서 몸을 굽혀 수향의 허리를 껴안았다. 그의 입김이 뜨겁게 수향의 귓불에 닿자, 꼿꼿하던 수향의 눈빛이 급히 허물어졌다.

"당신 없이 경영할 일이 걱정이에요."

수향의 목소리가 나긋이 떨려 나왔다. 그녀는 벌써 제 몸에 욕망이 일어서고 있는 걸 느꼈다. 문득 그가 부재할 시간들이 두려웠다.

"걱정하지 마! 내가 단골들을 잔뜩 확보해 놓았으니 지금처럼만 하면 돼."

한장수가 조금씩 거칠어지는 수향의 숨소리에 빙긋 웃음을 머금었다.

가을 무렵이면 하와이엔 열대성 폭풍이 불었다. 한장수가 하와이에 머무는 동안 운전을 배운 수향은 잔뜩 긴장한 채 호놀룰루로 가고 있었다. 오랜만에 대한부인구제회 모임에 가는 길이었다. 그동안 서툰 식당 경영으로 눈코 뜰 새 없던 시간들이 지나갔다. 한장수가 없는 시간들은 고독할 새도 없이 그렇게 흘렀다. 이제 익숙해진 손님들이 더러 수향에게 농을 걸었다. 때로 그들의 원색적인 농담을 능숙하게 받아넘기는 수향은 그것도 어미에게서 물려받은 재능이란 걸 알았다. 이제 자신은 식당 '고려정'의 어엿한 주인이었다. 교외의 전원주택은 비록 셋집이라도 깨끗하고 아늑했다. 한장수가 산 새 가구들이 잘 정돈된 집은, 수향이 살던 조선 경상도 땅 세 칸짜리 초가와는 비교도 되지 않았다. 푹신하고 넓은 침대는 언제라도 한장수를 맞을 수 있게 정돈되어 있고, 삼일의 방도 아담하게 꾸며져 있었다. 수향은 이제 지난날의 자신이 아니라고 생각했다. 사탕수수 농장의 초라한 오두막, 딱딱한 돗자리 위에서 몸을 오그리고 잠들던 그 시절이 있었던가 싶었다. 한인 학교 식당 뒤 쪽방에서 월례와 함께 잠을 자던, 미군 기지 안 김명신의 양복점 위층 다락방에 살던 김수향이 아니었다.

비록 중고였지만 한장수가 사 주고 간 자동차는 잘 달렸다. 앞 유리창으로 거센 바람이 몰려왔다. 더운 기운을 몰고 온 바람이 수향의 목덜미를 뜨끈하게 스쳐 갔다. 모처럼 양장을 차려입은 수향의 블라우스 소매로 햇볕이 따갑게 내려앉았다.

모임이 있는 건물 앞에 도착했을 때는 해가 뉘엿거렸다. 회의장으로 들어서는 수향의 검은 하이힐이 또각또각 소리를 냈다. 회의는 아직 시작되기 전이었다. 홀을 서성이며 담소하던 여자들의 시선이 수향에게 모였다. 더러 조촐하게 양장을 차려입은 여자들과 한복 차림의 여자들이 수향의 모습을 낯선 듯 흘긋거렸다. 그저 검은 주름치마에 흰 블라우스를 입었을 뿐인데도, 이제 그녀에게선 여느 여인네에게 없는 화려함이 묻어났다. 고개를 두리번거리며 월례를 찾던 수향은 단상 근처에 홀로 선 여자를 보았다. 자그마한 키에 얼굴이 가무스름 그은 그녀는 바로 김해 약방집 딸이었다. 수향은 그녀를 만나려고 단상 가까이로 걸어갔다. 또각대는 구두 소리 사이로 여인들이 주고받는 말소리가 들렸다.

"인삼 장수 애첩이 되었다던데!"

"무슨 소리! 정식으로 결혼했대."

"그래도 전남편이 3·1 운동 독립지사였다는데……."

"하여간 저 여자 참 많이 변했어. 원래 좀 도도해 보이긴 했지만 지금은 영 딴사람 같네."

수군대는 여자들 쪽으로 수향이 눈길을 돌렸다. 그녀의 날이 선 눈초리에 여인들이 입을 다물고 모른 척 돌아섰다. 수향은 가슴에 차오르는 분노 같은 것에 숨소리가 급해졌다. 생각하니 여인들의 수군거림이 틀린 말도 아니었다. 이 좁은 교민 사회에서 삶의 행적을 감춘다는 건 불가능했다. 수향은 갑진의 미망인으로 살 때보다 지금 한장수의 여자로 사는 게 훨씬 행복할 거라고 믿었다. 그러나 생활은 윤택해졌지만 가슴속에 찬 바람이 부는 건 그때나 지금이나 마찬가지였다.

단상 밑에 섰던 송혜명이 수향의 구두 소리에 뒤를 돌아보았다. 그녀는 잠시 수향이 생각나지 않는 듯 머뭇거렸다.

"접니다. 아버님의 약방에서 기절을 했던……."

혜명이 금세 기억해 내고 반가운 표정을 지었다.

"모습이 많이 변하셔서 몰라봤심더."

혜명은 좀 놀란 듯한 눈으로 수향을 바라보았다. 그녀는 아직 수향에 관한 소문을 모르고 있는 것 같았다. 하긴 그녀가 사는 마우이 섬은 이 오하우 섬 호놀룰루에서 가까운 거리가 아니었다. 하지만 오늘 모임이 끝나면 혜명 또한 수향에 대해 모르는 게 없게 될 것이었다. 그리고 그것은 그녀가 사는 마우이 섬 교민들 사이에 빠르게 퍼져 나갈 게 분명했다. 수향은 송혜명의 손을 가만히 잡았다.

"오늘도 마우이 섬에서 배를 타고 오셨군요. 저도 오랜만에 참석했습니다."

송혜명의 손바닥은 거칠기만 했다. 수향은 문득 그녀의 오라버니

안부가 궁금했다. 때로 아련히 되새겨지던 그의 체취가 한장수를 만나면서 수향의 가슴에서 사라져 버렸다. 수향은 송혜명의 손을 잡고 애써 그 체취를 기억해 내려 했다. 가슴으로 뻐근한 통증이 스쳐 지나갔다.

"지 오라버니는 지금도 감옥에서 고초가 심하다고 합니다. 폐병까지 얻었다는데 출소할 날은 아직 멀고예."

혜명은 수향이 묻기도 전에 제 오라버니 소식을 전하며 곧 울 듯한 얼굴을 했다.

"저런! 고생이 심하시군요. 여기서 우리가 도울 일이 없을까요?"

수향은 기어이 눈물을 떨어뜨리는 혜명을 보며, 갑진의 시신이 발견되었다는 거리를 떠올렸다.

태극기가 사방에 흩어져 있었다고 했지? 그는 정말 만세 운동을 한 것일까?

"만세 운동을 주도하고도 벌써 풀려난 사람들이 많은데, 우리 오라버니는 참 재수도 없심더."

송혜명이 분하다는 표정을 지었다.

"제 아이 아버지는 목숨까지 잃었는데요. 그래도 오라버니는 살아 계시니 다행입니다."

수향은 정말 33인의 주도자들은 거의 살아 있는데, 평소 구국에 관해 전혀 관심도 없던 갑진이 왜 태극기가 흩어진 거리에서 죽어야 했는지 다시 궁금해졌다. 잠시 침묵이 흐르는 두 사람 사이를 갑자기 낯선 여인이 끼어들었다.

"김수향 씨는 이제 3·1 유족 미망인이 아닙니다. 작년 연말에 재혼했다고 합니다. 지금은 조선 식당 고려정을 경영하고 있지요."

여인은 외치듯 큰 목소리로 말했다. 수향은 여인을 바라보았다. 아무리 봐도 기억이 잘 나지 않는 얼굴이었다. 둥그스름한 얼굴에 쪽을 찌고, 후줄그레한 한복을 입고 있었다.

"저를 아십니까?"

얼결에 물은 수향은 여인이 제 앞에 마주 서며 쏘아보는 것에 놀라, 자신도 모르게 뒤로 한 발 물러섰다.

"그럼요! 우리 집 양반이 거기 단골이라는데 제가 술집 어미를 모를 리 있나요?"

수향은 그만 손으로 입을 막았다. 술집 어미라니! 다음 순간 수향의 가슴을 점령한 건 곧바로 끓어넘칠 듯한 분노였다. 수향은 눈을 부릅뜨고 여인을 노려보았다.

"이것 보세요! 술집 어미라니오. 말을 그렇게 함부로 해도 되는 겁니까?"

앙칼지게 쏟아진 수향의 목소리가 일순 시끄러운 회의장을 적막으로 갈라냈다. 여인이 곧 멱살이라도 잡을 듯 두 손을 부들부들 떨며 수향에게 한 발 다가섰다. 그 순간 어디선가 월례가 나타났다.

"형님! 어서 저리로 가요!"

월례가 여인과 수향 사이를 막아섰다. 수향은 월례의 손에 끌리다시피 하며 회의장을 나오고 말았다. 그 모습을 송혜명이 물끄러미 보고 있었다.

"월례야! 내가 어쩌다 이렇게 되었니? 날 보고 술집 어미라는구나. 세상에!"

수향은 그만 두 손에 얼굴을 묻고 말았다.

"교민 사회가 워낙 좁은 곳이라 자기들끼리 막 말을 만들어 내기도 해요. 신경 쓰지 마세요. 형님 가게에 자기 남편의 출입이 잦으니 샘이 나서 그러는 거죠."

"나는 그 사람이 누군지 모른다. 단골이라면 알 법도 한데."

"얼굴을 보면 기억하실 거예요. 이곳 여자들이 생활력이 강하다보니 다 억세다는 것 아시잖아요. 그냥 잊어버리세요."

월례가 수향의 어깨를 토닥였다. 수향은 핸드백 안에서 손수건을 꺼내 분 화장이 얼룩진 얼굴을 닦았다.

"나는 이제 여기에도 못 오겠구나."

수향은 혼자 외돌아져 버린 것 같은 외로움에 어깨를 움츠렸다.

"여기 회원들이 모두 다 그런 건 아니에요. 조금 쉬었다 다시 나오시면 되죠."

월례는 뭔가 뒷말을 삼키는 것 같은 표정이었다.

"오늘은 그냥 돌아가마. 교민 여자들이 대부분 참석하는 이런 부인 모임에서 제외된다면 내 이 타국에서 어찌 살겠니. 내가 가게에서 술을 파는 이상, 여자들이 제 남편을 단속하려고 다 나를 미워할까?"

수향이 월례의 대답을 들으려고 기다렸지만, 월례는 눈만 내리깔았다. 수향은 변명하듯 말했다.

"매상의 절반이 술을 파는 것인데, 만약 술을 팔지 않는다면 가게는 적자가 날 거야."

수향은 돌아서 건물을 나왔다. 해가 진 거리에 더운 바람이 몰아쳤다. 거센 바람결에 그녀의 스커트 자락이 휘몰렸다. 그녀는 어두운 거리에서 휘청 흔들렸다. 앞으로 쏟아지는 머리칼을 쓸어 올리다 무심코 돌아본 건물 입구에 월례가 오도카니 서 있었다. 그들 사이를 쓸고 지나는 바람에 월례의 얼굴이 파문을 일으키는 물속에 잠긴 듯 흐릿해졌다.

식당을 시작한 지 두 달이 지나 떠났던 한장수는 그해 연말에 다시 돌아왔다. 하지만 그가 수향 곁에 머문 것은 고작 보름간이었다. 겨우 결혼 1주년을 기념하고 그는 또 떠나갔다. 수향은 마치 또 한 번의 폭풍이 제 몸을 훑고 간 것처럼 멍멍해졌다. 그가 훑고 간 비릿한 몸을 추스르고 일어났을 땐, 천만 개의 구멍이 가슴에 뚫린 듯 허전하기만 했다. 그래도 삼일은 자라고, 가게도 잘 굴러갔다. 한장수의 지인들은 그가 없을 때도 찾아와 밥을 먹고 술을 마셨다. 한쪽에선 이승만 박사에게 갈채를 보내고, 다른 쪽에선 그를 비난했다. 서로 다른 생각의 사람들이 모여 때때로 시끄럽게 설전을 벌이기도 했지만, 수향은 그들이 모두 같은 마음을 갖고 있다는 걸 알았다. 그것은 다름 아닌 외로움이었다. 몇 마디 영어를 쓰며, 노동을 하고, 물건을 팔며 살아가는 이민자들의 내부엔 텅 빈 외로움이 있다는 게 똑같았다. 수향은 결국 그녀의 내부에도 그런 외로움이 있는 걸 느졌다. 한장수의 품에 그처럼 쉽게 안긴 건 어쩌면 그런 외로움을 견디지 못하던 때문이었다.

한복 맵시가 고운 수향을 보러 식당에 오는 사람들이 더러 있었다. 공연히 누이가 보고 싶다고도 하고, 어머니가 그립다며 찾아오는 그들은 거짓말을 하고 있는 것 같지 않았다. 어쩌면 그들은 곱게 한복을 입고 앉은 수향의 모습에서 잃어버린 고향을 찾고 싶어 하는 것 같았다. 수향은 가게에 나오기 전에 점점 더 정성 들여 화장을 했다. 한복도 더 곱게 차려입었다. 그녀는 제 안에서 어미의 모습이 깊어지고 있는 걸 느꼈다.

한장수가 빅토롤라 전축을 갖고 다시 돌아온 건 삼일의 네 번째 생일이 지나고 나서였다. 그는 낮이면 삼일을 유치원이나 놀이터에 보내 놓고 수향과 왈츠를 추며 놀았다. 그러곤 커튼을 드리워 놓은 창문으로 햇빛이 스미는 방 안에서 수향을 안았다. 삼일이 곧 돌아올 것 같아 그녀가 서둘러 몸을 씻고 나올 때쯤이면, 그는 늘 외출 준비를 마친 채였다. 그렇게 석 달이 흘러갔다. 이제껏 한장수가 수향 곁에 가장 오래 머문 시간이었다. 그의 가방을 꾸리던 수향은 또다시 가슴이 먹먹해졌다.

"이번엔 얼마 만에 돌아오실 건가요?"

그의 옷을 개켜 가방에 넣으며 수향은 고개도 들지 않고 물었다. 한장수는 잠시 아무 말이 없었다. 마치 수향의 말을 못 들은 척 그는 창밖만 내다보았다. 그가 길게 숨을 내쉬었다.

"어쩌면 좀 길어질지도 모르겠소. 이번에는 길이 멀어요. 경성에 갔다가 중국에 들러야 하오. 상하이에선 좀 더 오래 머물러야 할 것 같소."

"또 그 잘난 임시 정부 일 때문인가요?"

수향의 음성에 비아냥이 가득했다. 한장수가 이마에 주름을 잡으며 살짝 눈을 치떴다.

"당신은 내가 중요한 일을 하고 있다는 걸 모르는 모양이구려."

"남들이 그러던데요. 당신이 중국이나 아니면 미국 본토쯤에 나 같은 여자를 여러 명 두고 있는지도 모른다고요."

수향이 씁쓸한 표정을 지었다.

"심심한 사람들이 참 쓸데없는 소리들을 하는군. 이번에 돌아올 때는 내 본처와 확실히 이혼을 하고 오리다. 사실 그 여자를 본 지 오래되었소. 열여덟 살 때 부모님의 떠밀림에 얼결에 혼인을 했지만 같이 산 적이 없소. 나는 곧바로 인삼을 짊어지고 떠돌기 시작했으니까."

한장수가 거실 바닥에 앉아 가방을 챙기는 수향 곁으로 가만히 앉았다. 그러고는 살며시 수향의 허리를 껴안았다.

"떠나시기 전에 말씀드려야 할 것이 있어요. 또 언제 오실지 모르니……."

수향이 그의 팔을 밀쳐 내며 마주 보고 앉았다.

"무슨 말이오? 내 다음에 오면 꼭 혼인 신고를 한다고 하지 않았소."

"그건 그렇고요. 그보다, 아기가 생긴 것 같아요."

한장수가 놀란 표정으로 눈을 크게 떴다.

"아기가 태어나기 전에 당신이 오셨으면 좋겠어요. 당신 앞에서 아이를 낳고 싶어요. 그리고 정식으로 출생 신고도 하고요. 올해 (1923년)는 미국 정부에서 특별히 출생 신고 지시가 내려졌잖아요. 그간 제때 신고도 못한 삼일이도 올봄에야 나이를 좀 늦춰 신고했어요. 아기도 올해가 가기 전에 태어날 텐데……."

"그래, 그럽시다."

한장수가 크게 고개를 끄덕였다.

"아기는 아마 우리 결혼 2주년 기념일쯤에 태어날 거예요. 그때까진 꼭 돌아오세요."

수향은 그의 품에 파고들며 꿈을 꾸었다. 그의 여자가 되어 영원히 사는 꿈을…….

삼일과 크리스틴 그리고 다이스케

수향은 뒤뜰에 서 있었다. 하늘이 맑은 날이었다. 크리스틴이 만 두 살이 됐을 때 구입한 이 와히아와 집은 뒷마당이 넓었다. 아이들이 뛰어놀기 좋은 집을 찾아 이곳으로 이사한 지도 벌써 15년이 넘었다. 유실수가 많은 뒷마당은 늘 과일이 가득 열려 있었다. 바나나와 파파야, 키 큰 망고 나무엔 열매가 탐스럽게 익어 갔다. 마당을 둘러싼 구아바 나무를 바라보던 수향은, 처음 이 집에 왔을 때 크리스틴이 조그만 손으로 나무 밑에 떨어진 열매를 줍던 모습을 떠올렸다.

그녀는 크리스틴의 방 2층 창문을 올려다보았다. 커튼이 반쯤 젖혀진 틈으로 부산하게 방안을 오가는 아이의 모습이 스쳤다. 이제 만 열일곱 살 반이 된 크리스틴은 적당한 키에 통통한 몸매가 잘 균형 잡힌 아름다운 처녀였다. 피부가 흰 것은 수향을 닮았고, 턱 선이 각진 얼굴형은 한장수와 비슷했다. 조금 완강해 보이던 아비의 턱선이 크리스틴에겐 지적 분위기를 풍겼다.

수향은 딸의 방 창에서 시선을 거두어 집 앞길을 내다보았다. 벌써 한 시간 전부터 다이스케의 자동차가 거기 서 있었다. 턱시도를 입고 한껏 멋을 부린 그가 자동차에 기대선 채 하품을 했다. 수향은 참다못해 집 안으로 들어갔다.

"크리스틴! 다이스케를 너무 기다리게 하는 것 아니니?"

2층 계단에 대고 수향이 소리치자 크리스틴의 가물거리는 대답이 들려왔다.

"쏘리! 마미. 곧 내려가요!"

수향은 크리스틴의 목소리에서 아직 외출 준비가 덜 끝났다는 걸 알았다. 길에서 기다리고 있을 다이스케를 생각하니 맘이 편치 않았지만, 한편 대견한 마음이 들었다. 어느새 저렇게 자라 졸업 파티를 하다니! 거실 창문으로 다시 거리를 내다보았다. 포마드를 발라 넘긴 다이스케의 검은 머리칼 위로 사위어 가는 저녁 햇살이 내려앉아 있었다. 자동차에 기대어 팔짱을 낀 채 또다시 하품을 머금던 다이스케의 눈이 창가의 수향과 마주쳤다. 그는 얼른 하품하던 입을 다물고 차렷 자세로 고개를 숙였다. 수향이 고개를 끄덕이며 미소 지어 보였다.

삼일과 크리스틴은 주로 동족 친구나 소수 민족 아이들과 잘 어울렸다. 이웃에서 함께 자란 일본 청년 다이스케는 크리스틴과 오랜 친구였다. 채소 가게를 운영하는 그의 부모도 예의 바른 사람들이었다. 대부분의 교민들은 일본 사람들을 미워하면서도 그들과 상권을 교류했다. 수향은 일본인 개인에게는 아무런 적대감을 느끼지 못했다. 오히려 그들이 미국인이나 타 민족보다 더 편안하게 느껴졌다. 크리스틴이 졸업 파티 파트너로 다이스케를 지목했을 때 수향은 반대하지 않았다. 다만 하와이 대학 3학년인 삼일이 못마땅한 듯 중얼거렸을 뿐이다.

"차라리 미국 아이를 데려가지. 나라의 원수와 파트너를 한단 말이냐?"

저희끼리 영어로 주고받는 말을 알아들은 수향은 그냥 모른 척했다. 아이들은 학교에 다니기 시작하면서 영어를 더 편해하며 조선말을 쓰지 않았다. 일요일이면 교회에서 운영하는 조선어 학당에 보내 말하기와 쓰기를 익히게 했지만, 대부분의 2세들이 주로 영어를 사용했다. 수향은 아이들이 자라면서 점점 말이 통하지 않게 되는 걸 느꼈다. 그래도 조선말을 알아듣기는 하는 그들에게 수향은 늘 고국어로 말했고, 아이들은 영어로 대답했다. 그런 식의 대화는 겉돌기 일쑤였다. 아이들과 자기 사이에 괴리감이 쌓이는 걸 느꼈지만, 그녀는 고독해하지 않았다. 건강하게 잘 자란 삼일과 크리스틴을 보는 것만으로도 남부러울 게 없다고 생각했다.

한장수는 크리스틴을 낳을 때 돌아오겠다던 약속을 지키지 못했다. 그는 1923년 6월에 수향 곁을 떠난 후 하와이로 돌아오지 않았다. 아무도 그의 소식을 알지 못했다. 하와이에서 경성과 상하이를 오가는 다른 인삼 상인들에게 물었지만 그를 봤다는 사람은 아무도 없었다. 김명신은 여러 가지 추측을 했다. 경성에서 군자금을 나르던 행적이 발각되어 일본 경찰에 체포되었을 수도 있고, 어쩌면 중국에서 마적 떼의 습격을 받았을지도 모른다고 했다. 그도 아니면 사회주의 사상에 관심이 많던 그가 러시아로 스며들었을 거란 말도 했다. 수향의 가게를 드나드는 많은 사람들이 한장수의 지인인 것 같았지만, 그들은 그가 여러 곳을 떠도는 인삼 상인이란 것 외에는 아는 게 없었다.

다시 아비 없는 자식을 낳아 기르게 된 수향을 보며, 월례와 김명신은 한장수를 수향에게 소개했던 걸 미안해했다. 기실 김명신은 한장수를 잘 알고 있다고 믿었던 것이다. 하지만 수향이 그런대로 가게를 꾸리며 아이들을 키워 내는 모습을 보며 그들은 차츰 수향에게서 멀어져 갔다. 교민회 일에 깊숙이 관계한 그들 부부는 이따금 수향의 가게에 들를 뿐이었다. 아이 갖기를 기다리다 벌써 40대 중반에 이른 월례는 아직도 애티가 흐르는 미모로, 교민 사회의 명사였다. 꾸준히 양복점을 운영하며 교민회 일에도 관여하는 김명신에 비해 오히려 이제는 월례가 더 정치적인 사람이 되어 있었다.

한장수의 딸은 아비의 성을 따르지 못하고, 수향이 갑진과 결혼하며 갖게 된 성을 따라 '이크리스틴'이 되었다. 수향은 이제 한장수를 기다리지 않았다. 버림받았다는 분노에 울음을 삼킨 것은 이 와히아와 집으로 이사 오기 전까지였다. 크리스틴이 한두 마디 말을 시작하자 수향은 착실히 모아 두었던 수입으로 가게에서 가까운 이곳에 집을 샀다. 한장수의 흔적들을 다 지워 버리고 싶었다. 그가 얻어 준 캐스트너 캠프의 셋집을 나오면서 그가 사들였던 가구들도 다 없애 버렸다. 그녀는 이제 누구의 여자도 아닌 김수향 자신이란 걸 느꼈다. 죽는 날까지 아비를 기다렸던 어미를 생각했다. 하지만 자신은 결코 누군가를 기다리는 삶을 살지 않으리라 결심했다.

밤이면 식당 '고려정' 카운터에 앉은 그녀에게 농지거리를 해 오는 남자들이 적잖았다.

"떠돌이 인삼 장수가 버린 여자인데 뭐 어때 한번 도전해 볼까."

거나하게 취한 사내들이 저희끼리 주고받는 말을 가만히 듣고 있노라면 수향의 가슴에 수치심과 분노가 함께 일어섰다. 그러나 그녀는 그 모든 것을 꿀꺽 삼키며, 사내들의 게슴츠레한 눈길 앞에 미소 지었다. 머릿속에는 자라는 삼일과 크리스틴의 모습이 가득했다. 어떻게든 그 아이들을 잘 길러 내려면 모든 굴욕을 참고 돈을 벌어야 했다.

"마미! 나 어때?"

짙은 코발트빛 실크 드레스로 성장한 크리스틴이 계단을 내려오며 소리쳤다. 수향은 생각에 빠졌던 눈을 급히 들었다. 검은 머리를 반쯤 정수리로 올리고 뒷머리를 어깨까지 늘어뜨린 크리스틴의 귀에 푸른 크리스털 귀고리가 흔들렸다. 긴 목선이 드러난 드레스는 앞섶이 깊이 파여 가슴골이 보였다. 희고 긴 두 팔과 가느다란 허리선 밑에 굴곡진 둔부가 드러나도록 드레스는 하체에 꼭 달라붙어 있었다. 수향은 딸이 관능적으로 보이는 게 맘에 걸렸다.

"크리스틴! 옷이 너무 몸에 달라붙지 않아? 조금만 움직여도 찢어지겠다."

그녀는 아름다운 딸을 보며 일부러 걱정스러운 표정을 지었다.

"돈 워리! 마미!"

크리스틴은 재빨리 계단을 내려와 수향을 껴안았다. 딸에게서 진한 향수 냄새가 났다. 수향은 크리스틴의 맨어깨를 손으로 쓸어내리다 그 살결이 매끈하고 부드러운 것에 깜짝 놀랐다. 아무리 착한 다이스케라도 오늘 밤 크리스틴을 그냥 두지 않을 것만 같았다.

"파티가 끝나면 바로 집에 오는 거야. 알았지? 엄마가 가게에서 일찍 돌아와 기다리고 있을 테니까."

크리스틴이 그 말을 알아들었다는 듯 빙긋 웃음 지었다. 창문으로 집 안을 들여다보던 다이스케가 더는 못 기다리겠다는 뜻인지 갑자기 자동차 경적을 울렸다. 크리스틴이 흘긋 창문을 보더니 수향의 손을 놓고 쏜살같이 현관을 나갔다. 탁 문이 닫히는 소리에 수향은 왜 그런지 가슴이 덜컥 내려앉았다. 딸을 치장시켜 거리로 내놓는 기분이었다.

크리스틴이 나가자 집 안은 더 고요해졌다. 학교 수업이 끝나면 도서관에서 공부를 하다 오는 삼일은 밤이 깊어서나 돌아올 것이다. 묵묵하던 갑진을 닮았는지 삼일은 감정 표현이 없는 조용한 청년으로 성장했다. 어쩌면 주변에서 삼일을 더 그렇게 만들었는지도 몰랐다. 너는 독립투사 이갑진의 아들이라고, 수없이 그런 말을 듣고 자란 삼일은 제 이름의 기원에서부터 생의 무거움을 느끼고 있는 것 같았다. 자신이 하와이에서 태어난 미국 사람이라고 느끼는 크리스틴과 달리 삼일은 스스로 조선 사람이라는 의식이 강했다.

수향은 방으로 들어가 거울 앞에 앉았다. 한장수가 식당을 차려주고 나서부터 20년째 하는 저녁 화장이었다. 저녁 빛으로 어스름해진 방에 불을 켜고 얼굴에 분을 바르기 시작했다. 불빛 아래 먼지처럼 날리는 분가루가 내려앉는 눈가에 희미한 잔주름이 보였다. 입가에도 슬그머니 고랑이 파이기 시작했다. 거울 속 제 얼굴을 이리저리 살피던 그녀는 분첩을 내려놓고 화장대 위에 놓인 담뱃갑을 열었다. 체스터필드 한 개비가 그녀의 입술에 익숙하게 물렸다. 라이터 불이 붙은 담배가 빨간 불꽃을 피우며 타들어 갔다. 훅 연기를 내뿜던 그녀는 기다란 곰방대를 입에 물고 뻐끔뻐끔 빨던 어미를 떠올렸다. 수향은 연기로 흐릿해진 눈에 실소를 머금었다.

어쩔 수 없는 일이야. 나는 영락없이 어머니처럼 살고 있는 거야.

그녀는 문득 어미가 세상을 떠났던 게 지금의 제 나이쯤이었다는 걸 기억했다.

수향의 입술에서 흘러나온 연기가 방 안을 떠돌다 흩어져 갔다. 그녀는 한장수가 피운 담배 연기가 방 안을 가득 채우다 어디론가 사라지던 오래전의 한순간을 떠올렸다. 그는 그렇게 수향의 몸과 마음에 잠시 내려앉았다 연기처럼 사라져 버렸다. 그녀는 다 타들어 간 담배를 재떨이에 비벼 껐다. 화장을 마무리한 수향은 한복을 차려입고 집을 나왔다. 낮의 기운이 다 물러가지 못한 이른 저녁 하늘에 허여스름한 초승달이 떠 있었다.

고려정에 도착한 수향은 카운터에 놓인 외상 장부부터 점검했다. 지난 1930년대 미국 전역의 경제 공황은 하와이에도 그 영향을 미쳤다. 그때 파산한 조선인 가게가 많았다. 수향은 그즈음의 외상 장부가 휴지 조각이 되어 버렸던 걸 기억하며, 웬만해선 외상을 허락하지 않았다. 수향이 없는 낮 시간의 외상은 거의 없는 일이었지만, 그래도 미심쩍어 늘 그것부터 살펴보았다.

'지독한 여자.'

그것이 수향의 뒤에서 종업원들이 부르는 그녀의 이름이었다. 저희들끼리 수군거리는 걸 수향은 때때로 알아들었다. 대부분 대학에 다니는 동포 청년이나 처녀들이 시간제로 일하는 고려정엔 대학 입학을 앞둔 크리스틴의 친구들이 더러 있었다. 하지만 삼일의 친구는 한 명도 없었다. 이따금 들러 일을 돕기도 하는 크리스틴과 달리 삼일은 거의 가게에 오지 않았다. 삼일은 어렴풋이 한장수를 기억했다. 그는 이 가게를 한장수가 차려 주었다는 걸 알고 있었다. 말수적은 청년으로 성장한 아들의 무표정한 얼굴을 바라볼 때면, 수향은 어쩔 수 없이 갑진과 마주하던 외로움을 떠올렸다.

삼일은 때로 교포 모임에서 제 어미를 술집 어미라 칭하는 소리를 들었다. 또 그들은 수향을 인삼 장수가 버린 여자라고도 했다. 삼일의 내부에 늘 무언가가 들끓고 있는 걸 수향은 알고 있었다. 3·1 만세 운동 유복자라는 자랑스러운 의식 위엔 술집 어미의 자식이라는 수치감이 늘 자리하고 있음을.

가게에서 저녁 장사를 준비하며 젊은 종업원들을 바라보던 수향은 갑자기 삼일 생각에 가슴이 허전해졌다. 그나마 공부에만 열중인 게 고마웠다. 하지만 특별한 취미도, 친구도 없는 삼일이 할 수 있는 건 공부밖에 없었다. 아이들을 키우기 위해 고독한 생활을 감내해 온 수향은 졸업 파티에 가는 딸의 성장한 모습에 긴장감이 살짝 풀렸다. 크리스틴이 대학을 졸업하면 고려정을 처분해야겠다고 맘먹었다. 그러나 무엇을 할 것인가. 그 대책은 서지 않았다. 마음 한쪽에선 고국으로 돌아가고 싶은 마음이 늘 일어섰다. 경상도 김해 땅 어미와 함께 살던 초가집이 그리웠다. 돌보는 이 없는 어미의 무덤 근처엔 잡초가 무성하리라. 그때는 어서 그 땅을 떠날 생각뿐, 홀로 묻힌 어미가 외로워하리라는 생각을 하지 못했다.

거리에 어둠이 짙어지자 고려정에 하나둘 손님이 들었다. 처음 개업을 할 때 한장수와 김명신의 지인들이 드나들었던 때문인지, 세월이 많이 지났어도 그곳엔 교민 정치 단체 사람들이 모였다. 가족 회식은 거의 없이 술을 마시려는 남자들만 드나들다 보니 수향은 술집 어미란 소리를 들어야 했다. 군납품 봉제를 하며 돈을 벌었다는 송씨, 식료품 가게를 하는 김 씨와 파인애플 공장에서 일하는 젊은이 몇이 술판을 벌였다. 전라도에서 온 송 씨는 전라도 사투리를 쓰고, 함경도에서 온 김 씨는 이북 사투리를 썼다. 그들과 무슨 연관이 있는지 모를 젊은이들은 영어로 떠들었다. 그래도 서로 말이 통하는지 가끔 박장대소도 하고, 심각한 표정을 짓기도 했다. 수향은 그것이 제 집 풍경과 비슷한 것 같아 쓸쓸한 미소를 머금었다. 삼일과 크리스틴과 앉으면 늘 그랬다. 어린 시절 경성 땅을 떠났어도 꼬박꼬박 표준어를 가르치던 어미 땜에 수향은 경상도 사투리를 쓰지 않았다. 아이들은 수향의 조선말에 영어로 대답했고, 수향도 그들의 말을 알아들었다.

거나하게 취한 손님들은 그날도 밤이 깊어서야 돌아갔다. 수향이 고려정 문을 닫고 집에 돌아왔을 땐 자정이 넘어 있었다. 집 안은 캄캄했다. 열쇠로 문을 따고 들어선 수향은 2층에서 희미하게 울려오는 음악 소리를 들었다. 삼일이 라디오를 켜 놓은 채 잠이 든 것 같았다. 그녀는 가만가만 계단을 밟고 2층으로 올라갔다. 문이 반쯤 열린 방에 삼일이 잠들어 있었다. 옷도 벗지 않은 채 침대에 누운 모습을 보고 양말이라도 벗겨 주려던 수향은 코를 스치는 아들의 체취에 흠칫 멈추어 섰다. 그것은 분명 남성의 체취였다. 그녀는 문간에 서서 어둠 속에 잠이 든 삼일을 바라보았다. 아들의 모습엔 알 수 없는 고뇌가 어려 있었다. 수향은 길게 숨을 내쉬었다. 슬그머니 돌아서 크리스틴의 방으로 갔다. 침대 위에 흩어진 옷들과 어질러진 화장품. 생애 한 번뿐인 고등학교 졸업 파티이니 허둥댈 만도 했다. 크리스틴 방에 흐르는 공기에서 풀 냄새가 풍겼다. 그 냄새가 아른아른 그녀의 살갗을 파고드는 듯했다. 딸이 돌아올 시간이 지나 있었다. 수향은 창가로 갔다. 거리 쪽으로 난 창의 커튼을 젖히고 밖을 내다보았다. 어둠만 가득한 주택가 거리는 고요하기만 했다. 무심히 거리를 내려다보던 수향은 집 앞에 다이스케의 자동차가 서 있는 걸 보았다.

언제 돌아온 걸까?

그녀는 집에 들어설 때 그 자동차를 보지 못했던 것 같았다. 크리스틴과 다이스케가 자동차에서 내리는 게 보였다. 크리스틴의 실크 드레스가 어둠 속에서 빛을 냈다. 잠시 마주 보고 섰던 그들은 서로 허리를 감으며 키스했다. 수향은 자신도 모르게 커튼 자락을 움켜쥐었다. 두 사람의 입맞춤은 길었다. 수향의 가슴속에 파도가 일렁였다. 그녀는 그 파도가 딸에 대한 걱정인지, 자신의 열정인지 알지 못했다. 다이스케가 크리스틴의 몸에 자신의 아랫도리를 밀착시키는 게 보였다. 수향은 커튼을 더 세게 움켜쥐었다.

안 돼!

가슴속에서 외마디 소리가 나왔지만, 입술은 꾹 닫힌 채 신음 소리만 흘러나왔다. 수향은 커튼 자락을 놓고 크리스틴의 침대에 털썩 주저앉았다. 어서 현관문이 열리기만 기다렸다. 그리고 크리스틴이 총총히 계단 올라오는 소리가 들려오기를……

얼마나 시간이 흘렀을까. 딸의 침대에 꼿꼿이 앉은 수향의 온몸이 땀으로 축축이 젖어 들었다. 갑자기 방이 환해졌다. 크리스틴이 방의 불을 켜며 들어서고 있었다.

"마미! 왜 내 방에 있어?"

크리스틴이 어눌한 모국어로 물으며 의아한 눈길을 했다. 발그레 상기된 크리스틴의 얼굴은 낮에 공들여 했던 화장이 거의 지워져 있었다. 수향은 딸을 올려다보았다.

"널 기다리고 있었지. 그래, 파티는 즐거웠니?"

"그럼, 원더풀이었지."

딸의 목소리가 잠겨 있었다. 크리스틴이 옷을 갈아입으려는 듯 돌아섰다. 몸에 꼭 달라붙는 드레스 지퍼가 잘 내려가지 않는지 뒤로 돌린 크리스틴의 손이 어깨뼈 부분에서 멈췄다. 지퍼를 마저 내려 주려고 침대에서 일어서던 수향의 눈길이 무심코 크리스틴의 치맛자락에 머물렀다. 푸른 드레스 허벅지 근처에 동그란 얼룩이 묻어 있었다. 그게 무엇이냐고 막 딸에게 물으려던 수향은 멈칫 입을 다물었다.

"마미! 나 피곤해. 어서 당신 방으로 가요."

크리스틴은 몹시 귀찮다는 표정을 지었다. 수향은 재빨리 딸의 방을 나왔다. 땀에 젖은 한복 속치마가 허벅지에 감겨 걸음이 헛디뎌졌다.

제 방으로 돌아온 수향은 옷을 벗고 욕실로 들어갔다. 땀기로 끈끈한 몸에 찬물을 끼얹는 그녀의 목울대가 꿈틀거렸다. 참을 수 없는 것이 가슴에서부터 자꾸 목으로 치밀어 올라왔다. 그녀는 그만 알몸을 쪼그리고 앉아 울음을 터뜨렸다. 혹 아이들이 들을까 봐 숨을 죽이고 울음을 삼키는 그녀의 여윈 몸이, 집이 부서진 달팽이 속살처럼 동그랗게 말렸다. 필경 크리스틴이 순결을 잃은 것이라 여겼다. 수향은 딸의 달거리 날짜를 기억하고 있었다. 그것이 열흘 전이었는데 크리스틴의 치맛자락에 피얼룩이 묻을 이유가 없었다.

내가 너무 방심했던 걸까.

수향은 다이스케가 단지 착한 청년이란 생각에 그가 일본인이라는 걸 염두에 두지 않았다. 교민들은 타 민족과의 결혼을 탐탁하게 생각지 않았지만 특히 일본인과의 결혼은 더 그랬다. 함께 섞여 살면서도, 일본에 대한 적대감은 결코 무시할 수 없는 것이었다. 늘 미소를 머금고 공손히 인사하던 다이스케의 부모가 떠올랐다. 곱게 생긴 얼굴에 예의 바른 청년 다이스케, 그들만 생각하면 크리스틴과 혼사를 이뤄도 걱정 될 게 없었다. 하지만 그렇잖아도 술집 어미로 불리는 자신이 일본인 사위를 본다면 사람들이 뭐라 할 것인가. 교민 사회 사람들은 소문을 먹고 살았다. 그들의 입에 오르내린다는 건 수향의 삶이 또 한 번 곤욕을 치러야 한다는 걸 의미했다.

찬물에 젖은 몸이 떨려 올 때에야 수향은 일어나 수건으로 몸을 닦았다. 어두운 거리에서 자동차에 기댄 채 서로의 몸을 밀착하던 크리스틴과 다이스케의 모습이 떠올랐다. 두 젊은이의 열정이 고스란히 수향의 몸으로 전해지는 것 같았다. 그녀는 부르르 몸을 떨었다. 잠옷을 입고 침대에 앉아 담배를 피워 물었다. 갑진과 첫 밤을 보낸 아침, 연연한 아침 볕에 드러나던 선홍색 얼룩을 생각했다. 그것을 보고도 무심하던 갑진의 눈길과 허전하고 슬프기만 하던 그때의 기분……. 문득 크리스틴은 그때의 자신처럼 슬퍼하지는 않으리라 생각했다. 연기를 내뿜는 수향의 얼굴에 헛헛한 미소가 떠올랐다.

1941년 9월, 크리스틴과 다이스케는 하와이 대학에 나란히 입학했다. 나이로 치면 이미 졸업했어야 할 삼일은 이제야 졸업반이 돼 법학을 전공하고 있었고, 크리스틴은 심리학을, 다이스케는 의사가 되기 위해 의예과 공부를 시작했다. 수향은 아이들이 고려정에 들러 일을 돕는 날이면 힘이 솟았다. 다이스케와 키득대며 음식을 나르고 테이블을 치우는 크리스틴은 더없이 행복해 보였다. 모처럼 가게에 나온 삼일이 카운터에 앉은 수향 곁에서 그 모습을 보고 있었다.

"하필이면 왜 원수의 나라 놈이야?"

그가 영어로 조그맣게 중얼거리는 소리를 들었지만 수향은 개의치 않았다. 수향의 눈에는 그들이 청춘에 이른 젊은이들일 뿐이었다. 오랜 세월 하와이에 사는 동안 토지를 앗아 갔던 총독부에 대한 미움도 잊었다. 갑진을 죽게 했던 3·1 만세 사건도, 일본에 대한 분노도 세월 속에 점점 옅어져 갔다. 아들이 '삼일'이란 이름으로 불리고 있음에도 수향은 그랬다. 그것은 수향뿐 아니라 하와이 교민들의 세태였다. 3·1 만세 사건으로 고조되었던 일본에 대한 적대감은 시간이 갈수록 흐릿해졌다. 교민들은 모두 생업에 바빴다. 일본인은 미워해야 할 대상이 아니라 이 하와이 땅에서 어우러져 함께 살아야 할 이웃일 뿐이었다. 수향은 크리스틴과 다이스케가 졸업을 하면 결혼하기를 바랐다.

그해 12월 7일은 일요일이었다. 일찍 일어난 수향은 그날따라 청명한 하늘을 창으로 내다보았다. 아이들 방이 있는 2층은 조용했다. 아침잠이 많은 크리스틴이 일어나려면 먼 시간이었지만, 일요일에도 일찍 일어나 학교 도서관에 가는 삼일 역시 아직 잠을 깨지 않은 것 같았다. 아들을 깨우려고 막 계단을 오르려던 수향은 뒤뜰로 난 유리문 밖에 삼일이 서 있는 걸 보았다. 헐렁한 잠옷 차림으로 키 큰 아보카도 나무 곁에 선 아들의 뒷모습은 왠지 세파를 다 겪은 늙은 남자처럼 보였다. 수향은 나지막이 한숨을 내쉬었다. 그녀는 뒤뜰로 통하는 미닫이 유리문을 가만히 열었다. 조심스레 열었어도 낡은 문틀이 끼기긱 소리를 내자 삼일이 얼른 돌아보았다. 늘 찡그린 듯 주름 잡혀 있는 아들의 양미간으로 아침 빛이 여릿하게 비쳐 들었다.

"왜 여기 나와 있어?"

삼일이 아보카도 나무에 비스듬히 기대어서며 제 가슴에 팔짱을 꼈다.

"마미! 나는 크리스틴이 일본 놈과 연애하는 것 마땅치 않아요."

불쑥 내뱉는 그 소리에 수향의 표정이 굳어졌다.

"아침부터 여기 서서 그런 생각을 하고 있었니? 나도 될 수 있으면 동족 젊은이와 어울렸으면 했지만, 어쩔 수 없는 일이잖니. 그 아이들은 어려서부터 함께 자랐고."

"어머니는 국가 개념이 없는 분 같아요. 내 아버지는 만세 운동을 하다 돌아가셨고, 크리스틴 아버지도 임시 정부 자금을 모으는 일을 했던 분이라면서요. 그런 사람들을 남편으로 두셨던 어머니가 어떻게 어릴 때부터 크리스틴과 다이스케를 함께 놀게 내버려 뒀는지 저는 이해가 안 가요."

수향은 분노가 어리는 삼일의 표정을 바라보며 갑자기 수치스러운 기분이 됐다. 두 남자를 남편으로 두었다는 걸 아무렇지도 않게 말하는 아들 앞에 수향의 얼굴이 어둡게 일그러졌다.

"삼일아! 여기는 하와이 땅이다. 너는 여기서 태어났고, 크리스틴도 다이스케도 그렇다. 너희들은 젊고, 미래를 살아갈 사람들이야. 나는 어느 종족이냐를 가르고 싶지 않구나. 주변에 타 민족과 결혼하는 동족들이 어디 한둘이냐. 그래도 중국인이나 필리핀인보다는 낫지 않니. 또 미국인보다도······."

"차라리 미국인이라면 내가 아무 말도 안 하겠어요."

"뭐?"

재빠르게 말을 뱉는 삼일의 날 선 목소리에 수향은 아연해졌다.

"미국인이라면 더 낫겠단 말이냐?"

말을 잇지 못하는 수향에게 삼일이 무슨 말인가를 더 할 듯 입을 떼려던 찰나였다. 갑자기 비행기 몇 대가 굉음을 내며 그들의 머리 위를 낮게 스쳐 갔다. 귀청이 떨어져 나갈 듯한 소리에 깜짝 놀란 수향을 삼일이 반사적으로 껴안았다. 멀어져 가는 굉음에 슬며시 고개를 든 두 사람은 비행기가 스쳐 간 하늘을 올려다보았다. 맑기만 하던 하늘에 잿빛의 사선이 여러 줄 그어져 있었다. 순간, 어디선가 쿵쿵 포성이 울리는 듯한 소리가 들렸다. 수향과 삼일은 소리가 나는 방향을 찾으려고 두리번거렸다. 소리는 군부대 쪽에서 들려왔다. 와히아와 가까이엔 스코필드 군부대와 휠러 공군 기지가 있었다. 군인들을 상대로 세탁이나 봉제업을 하는 조선인들이 이곳에 많이 사는 건 그 때문이었다.

삼일이 재빨리 수향을 부축해 집 안으로 들어왔다. 막 잠을 깬 듯한 크리스틴이 잠옷 바람으로 계단을 뛰어 내려왔다.

"마미! 무슨 일이야?"

크리스틴이 대뜸 수향의 품으로 뛰어들었다. 뒤뜰로 난 문을 닫으려던 삼일은 멀리서 검은 연기가 솟구치고 있는 걸 보았다. 휠러 공군 기지 쪽 같았다. 그들은 좀 더 자세히 보려고 2층으로 올라가 창가에 섰다. 검은 연기는 분명 공군 기지 쪽에서 피어오르고 있었다. 오하우 섬 한가운데 위치한 와히아와는 고원 지대로, 수향의 집 2층에선 섬 전체가 내려다보였다.

"어서 라디오를 켜 보렴. 분명 무슨 일이 있는 모양이구나."

삼일이 얼른 제 방의 라디오를 켰다. 그러나 평소의 방송이 흘러나올 뿐, 아무런 보도도 없었다. 멀리서 포성 소리가 다시 들려왔다. 조금씩 솟던 공군 기지 쪽 검은 연기가 점점 더 크게 피어오르고 있었다. 수향은 뜰을 낮게 스쳐 가던 비행기 날개에 그려진 표지를 언뜻 본 것 같았다. 분명 빨간 일장기, 일본 국기였다. 그녀는 미국과 일본 간에 전쟁이 일어났다는 걸 직감했다. 식당에 들르던 교민 정치 인사들이 2년 전 독일이 소련과 폴란드를 침공했다며, 이것이 세계 대전으로 번질 거라던 말을 떠올렸다. 수향은 입술을 꾹 깨물며 아이들을 향해 돌아섰다.

"삼일아! 오늘은 도서관에 가지 말고 집에 있으렴. 무슨 일인지 사태를 알아야지. 크리스틴도 오늘은 안 나갈 거지?"

크리스틴이 금세 울상을 지었다.

"마미! 나 오늘 다이스케네 가족과 피크닉을 가기로 했는데……."

수향은 온통 다이스케 생각에만 사로잡혀 있는 딸을 보며 가만히 한숨을 머금었다.

"아마 다이스케네도 오늘 피크닉은 못 갈 것 같구나. 그러니 집에 있어."

수향은 얼굴이 일그러지는 크리스틴을 보며 다시 라디오에 귀를 기울였다. 그러나 평소처럼 음악이 흘러나올 뿐, 전쟁에 대한 보도는 없었다.

그날 오후가 되어서야 긴급 보도된 내용은, 일본 전투기가 오하우섬을 공격했다는 것이었다. 하와이의 미군 사령관 쇼트 중장에 의해 당장 계엄령이 선포되고, 그날 밤부터 등화관제와 통행금지가 실시됐다. 또 방위군 활동을 위해 보이 스카우트를 포함한 모든 남자들은 경찰서에 출두하라고 했다. 삼일은 보도를 듣자마자 자리에서 일어섰다. 옷을 갈아입고 집을 나서는 아들의 뒷모습을 바라보던 수향은 가슴이 덜컥 내려앉았다.

"조심해라. 나도 오늘은 가게 문을 열지 않고 집에 있을 거다."

아들의 등에 대고 나지막이 외쳤지만, 삼일은 마치 그 말을 못 들은 것처럼 뒤도 돌아보지 않았다. 현관 앞에 선 채, 부릉 시동을 걸고 쏜살같이 달려 나가는 삼일의 자동차를 바라보던 수향의 귀로 크리스틴의 울음소리가 들렸다.

"마미! 어떻게 해? 다이스케는?"

"걱정하지 마라. 다이스케는 일본인이 아니라 미국에서 태어난 미국인이야."

수향은 딸의 어깨를 다독이며 제발 모두에게 아무 일이 없기만을 바랐다.

삼일은 밤이 이슥해서야 돌아왔다. 등화관제를 위해 이미 검은 천으로 창문을 가린 수향은 희미하게 켜 놓은 불빛 아래 앉아 아들을 올려다보았다. 피곤한 기색이 역력한 삼일의 목이 잠겨 있었다.

"나는 봤어요. 파인애플 농장에 추락한 일본 전투기. 비행기도 사람도 다 시커멓게 타 있었어요. 비행기에서 꺼낸 시체를 소방서 바닥에 뉘어 두었는데, 그 냄새가 말도 못했어요. 사람의 몸이 그렇게 더러운 것인 줄 몰랐어요. 혹 나도 죽으면 내 몸도 그런 냄새가 날까 생각했어요. 어머니가 그랬잖아요. 어느 나라 사람이든 사람은 다 같은 것이라고……."

삼일의 볼에 눈물이 흐르고 있었다. 수향은 자신도 모르게 벌떡 일어나 아들을 껴안았다. 왠지 온몸으로 두려움이 몰려왔다.

"아니다. 삼일아! 아침엔 엄마가 말을 잘못했다. 사람이 다 같은 건 아니야. 너도 그렇게 더러울 것이라니, 그런 생각은 하지도 마라."

나지막한 수향의 목소리가 떨고 있었다. 뒤에서 그 모습을 바라보던 크리스틴의 얼굴이 겁을 먹은 채 창백해졌다.

"오빠! 다이스케가 연락이 되지 않아. 그 가족들도……."

"어디론가 피신했겠지. 제 나라 사람들이 전투기를 몰고 왔는데 무슨 염치가 있겠니. 일본 정부가 중국이나 우리 고국에 얼마나 잔인한 짓을 했는지 세계가 다 알고 있어. 만약 그들이 이 하와이 땅을 점령한다면 똑같은 일이 벌어질 거다. 그때는 네 남자 친구 다이스케가 번쩍 나타나겠지? 크리스틴, 너는 그놈 편에 붙으면 살아남겠구나. 나는 일본 놈들이 원수처럼 여기는 3·1 만세 운동 가담자의 자식이니 당장에 죽임을 당할 거야. 그렇지?"

비아냥이 가득한 삼일의 말에 크리스틴이 울음을 터뜨렸다.

"오빠! 그런 말 하지 마!"

"하지만 일본이 패전하면 내가 이 하와이 땅의 모든 일본 놈들을 가만두지 않을 거야. 네 친구 다이스케도 마찬가지야."

잠긴 목소리에 힘을 줘 내뱉는 삼일을 보며 크리스틴이 두 귀를 막고 고개를 도리질했다. 수향은 침침한 거실에서 두 아이 사이에 벌어지는 일을 그저 바라볼 수밖에 없었다. 아침에 공군 기지에서 피어오르던 검은 연기처럼, 수향의 가슴을 시커먼 연기가 덮어 버리는 것 같았다.

삼일의 깃발

　　일본 전투기에 의해 하와이의 진주만이 폭격되고 애리조나호가 침몰했다. 휴일의 한가함을 즐기던 선상의 수많은 젊은이들이 목숨을 잃었다. 진주만의 배들은 이틀 동안 불길을 뿜으며 타올랐다. 하와이 섬 전체 분위기가 뒤숭숭해진 가운데 고려정도 눈에 띄게 한산해졌다. 가게 수입이 평소의 반도 안 되는 데다, 그나마 은행에 저금해 놓았던 돈도 마음대로 인출할 수가 없어 수향은 불안해졌다. 일본인과 조선인들은 한 달에 200달러 이상의 돈은 은행에서 인출할 수 없었다.

　　수향은 만일의 사태에 대비해 생필품을 사 모아야 했다. 수중의 돈을 다 쓰고 나니 생활비가 빠듯했다. 수향은 갑자기 생계에 대한 두려움에 휩싸였다. 해가 저물었지만 가게 안은 한쪽 테이블에 손님 서넛이 앉아 있을 뿐이었다. 카운터에 턱을 괴고 앉은 수향은 나지막이 한숨을 내쉬었다. 종업원들도 하나둘 빠져나가기 시작했다. 젊은 남자들은 방위군에 징집되었다. 조선인 2세 청년들은 자신들이 일본인으로 오해받는 것이 두려워 오히려 자원하는 사태가 일어났다. 삼일이 그렇게 집을 떠난 지도 벌써 한 달이 넘었다. 하지만 그녀는 아들이 있는 곳을 알지 못했다.

수향은 한산한 거리를 내다보았다. 평소 이맘때쯤이면 거나하게 취한 조선인 남자들이 오가던 거리였다. 지금은 모두 몸을 사릴 뿐 아니라 자동차 휘발유까지 배급제여서 마음대로 돌아다닐 수도 없었다. 어둠이 짙어 가는 거리를 하염없이 내다보던 수향은 검은 자동차 한 대가 고려정 앞에 서는 것을 보았다. 엔진 소리가 멎고 전조등이 꺼지자 자동차에서 내린 사람은 월례와 김명신이었다. 이제는 더러 희끗거리는 머리칼을 포마드를 발라 뒤로 넘긴 김명신이 가게 안으로 성큼 들어섰다. 마치 쪽을 찐 듯 단정하게 머리를 틀어 올린 월례가 검은 투피스 차림으로 그를 따라 들어왔다.

"형님! 오랜만이에요."

수향을 바라보는 월례의 눈이 붉어졌다.

"삼일이 어머님! 오랜만에 뵙습니다."

불빛 아래 웃음 짓는 김명신의 입가로 주름이 잡혔다. 수향은 정말 그들을 만난 게 언제였는지 잘 기억나지 않았다.

"아이고! 반가워라. 두 사람 정말 오랜만이군요."

와락 월례의 손을 잡는 수향의 가슴으로 온갖 감정이 교차했다. 그렇잖아도 불안하고 두렵던 마음에 자꾸 울음이 터지려 했다.

"죄송해요, 형님! 자주 찾아뵈어야 하는데……."

"무슨 소리! 서로 사는 게 다르니 그렇지. 나도 자네를 찾아가지 못했는데 뭐."

수향은 말은 그렇게 했지만 내심 섭섭했다. 하와이의 조선인 거리나 다름없는 이 와히아와를 그들이 가끔 올 만도 한데, 여간해서는 고려정에 들르지 않았기 때문이다. 그들이 테이블 하나를 차지하고 앉자 주방에 있던 크리스틴이 뛰어나왔다.

"오 마이 갓! 이모! 정말 오랜만에 오셨어요!"

크리스틴이 영어로 호들갑을 떨며 월례의 품에 안겼다.

"우리 크리스틴 정말 예쁜 처녀가 되었네. 이모가 졸업식 때도 못 가서 미안해. 그 대신 대학 졸업식 땐 꼭 갈게."

그들이 영어로 주고받는 말을 들으며 수향은 쟁반에 소다수를 담아 내왔다.

"가게가 한산하군요."

월례가 걱정스러운 얼굴로 가게를 둘러보았다.

"그래, 손님들뿐이 아니야. 종업원들도 다 빠져나갔어. 주방과 카운터를 크리스틴과 내가 교대로 드나들면서 겨우 꾸리고 있어. 군에 간 젊은이들도 많지만, 폭격 당한 진주만 근처에 많이 생겨난 일거리를 찾아 떠난 사람들도 많아. 나도 상황을 봐서 당분간 가게를 닫아야겠어."

김명신과 월례가 동시에 고개를 끄덕이며 심각한 표정을 지었다.

"삼일이가 군에 지원한 건 교민회 서류를 통해 알고 있어요."

월례가 들고 온 가방을 그러쥐며 말했다.

"그래, 일본인으로 오해받을까 봐 군에 지원하는 동족 젊은이들이 어디 한둘이어야지. 그저 몸이나 성하게 돌아오길 기다릴밖에 다른 도리가 없구나."

"그러게요. 우리가 오랜 세월 동안 얼마나 일본인들을 미워하며 살아왔는데, 그들과 같이 취급된다는 건 말도 안 되는 얘기죠. 하와이에서 위험성 있는 일본인으로 분류된 사람들이 강제로 수용되었다는데, 거기 조선인들도 좀 섞여 있는 것 같아요. 이 기회에 우리가 미국을 위해 싸우고 있다는 걸 확실히 보여 줘야 해요."

결연한 표정을 짓던 월례가 무릎에 놓인 가방을 열고 무언가를 꺼냈다. 그녀의 손에 딸려 나온 것은 동그란 배지였다.

"형님! 이건 우리가 미국에 애국하는 조선인이란 걸 알리는 표시랍니다."

수향은 월례가 내미는 배지를 들어 불빛에 비춰 보았다. 거기엔 '조선은 미국의 승리를 위해 싸운다'는 글이 영어로 새겨져 있었다. 수향은 배지를 손에 든 채 흘긋 크리스틴을 보았다. 풀 죽은 딸의 표정에 가슴이 써르르 아파 왔다. 진주만이 공격받던 날 이후 다이스케의 행적이 묘연했다. 그의 부모도 채소 가게를 비워 둔 채 어디론가 잠적해 버렸다. 더러 그대로 남은 일본인 이웃들은 정부에서 지시한 대로 조선 교민들과 함께 동네 산기슭에 방공호를 파고, 몇 번인가의 공습에 같이 피신해 있기도 했다. 그런데 다이스케의 가족은 어디로 간 것일까. 혹 그들은 요주의 인물로 분류돼 어딘가에 수용

되어 있는지도 몰랐다. 다이스케의 부모가 일본 교민회 정치 단체에 개입해 있던 건 아닐까. 오랜 세월을 이웃해 살았지만 다이스케의 부모나 수향이나 서로 영어로 말을 주고받는 데는 한계가 있었다.

"그래, 이 배지를 가슴에 달고 다니란 말이지? 그래야 일본인으로 오해받지 않는다고?"

수향이 배지를 가슴에 대며 일부러 크리스틴을 외면했다.

"예! 형님! 우린 이걸 판매하고 있어요. 제작하는 데 돈도 들었고, 또 교민회 자금도 필요해서요."

조금 미안한 듯 고개를 숙이는 월례를 보며 수향은 어색한 웃음을 머금었다.

"그래, 아무리 불경기지만 나도 보탬이 돼야지."

수향이 테이블에 놓인 배지 세 개를 집어 들자 크리스틴이 벌떡 일어섰다.

"노! 나는 필요 없어. 나는 이 배지 필요 없다고! 나는 미국인이란 말이야!"

크리스틴이 휙 돌아서 주방 안으로 총총히 들어가 버렸다.

"크리스틴의 남자 친구가 일본 아이야. 지금 행방이 묘연해. 그 가족들까지."

수향이 고개를 숙인 채 힘없이 말했다.

"그렇군요. 하지만 이곳에서 태어난 2세 아이들이 다 그렇지요. 자신들이 조선인이란 의식이 없는 게 당연해요. 저 애는 삼일이와는 참 다르군요."

월례가 크리스틴이 들어간 주방 문을 바라보며 말했다.

"그래, 삼일이는 또 너무 조선인이란 걸 의식해서 탈이지. 그래서 전쟁이 터지자마자 부리나케 집을 나가 버리지 않았겠니."

수향은 카운터로 돈을 가지러 가기 위해 일어섰다. 생각해 보면 삼일이라 이름 지은 것도 그렇고, 독립투사의 아들이란 의식을 갖게 한 것도 월례였다. 그 애가 태어났던 즈음 그렇게 성하던 교민 사회의 구국 운동도 이제 시들해진 마당에 아이 혼자서만 제 정체성을 고수해 온 건 아닌지 수향은 기분이 씁쓸했다.

얼마간의 배지 값을 챙겨 든 김명신과 월례는 들를 곳이 많다며 급히 일어섰다. 크리스틴이 그때서야 주방에서 나와 시동이 걸린 그들의 자동차 앞에서 손을 흔들었다. 막 떠나려는 자동차 창문을 내린 월례가 수향을 올려다보며 목소리를 높여 말했다.

"우리는 이 배지뿐만 아니라 조선인임을 나타내는 신분 카드와 자동차에 붙일 스티커 제작도 계획하고 있어요. 우리가 이렇게라도 조선인의 정체성을 지키지 않는다면 모두 일본인 수용소로 끌려가는 사태가 일어날지도 몰라요."

일부러 크리스틴이 들으라고 영어를 섞어 말하는 월례의 맘을 아는 듯 크리스틴이 눈을 내리깔았다.

그들의 자동차가 떠나가자 수향은 어둡고 한산한 거리에 선 채 딸의 어깨를 한 팔로 껴안았다.

"크리스틴! 우리도 그만 가게 문 닫고 집에 가자. 내일부터 당분간 가게를 닫아야 할 것 같아. 그리고 우린 집에서 기도나 하자꾸나. 삼일이와 다이스케가 무사히 돌아오도록 말야."

나직한 수향의 말에 크리스틴이 두 손에 얼굴을 묻고 흐느끼기 시작했다.

1942년 봄, 포인덱스터 하와이 주지사는 조선인들을 일본인과 구별해 은행에 동결된 교포들의 재산을 풀어 주었다. 와히아와 거리엔 조금씩 돈이 돌기 시작했다. 수향은 가게 앞에 별이 하나 그려진 깃발을 내걸었다. 그것은 아들을 국가에 바쳤다는 표시였다. 삼일은 본토에서 훈련을 받고 유럽 전선으로 배치되었다는 소식을 전해 왔다. 미국 정부는 외모가 일본인과 거의 구별되지 않는 조선인은 유럽으로 보냈다. 태평양 전선에 배치하면 적군과 아군을 혼동할 수 있었기 때문이었다. 더구나 일본 정부에 의해 징집돼 전쟁에 끌려온 조선 젊은이들은 일본군이 되어 미군과 싸우고 있었다.

수향은 급히 쓴 듯한 삼일의 영문 편지 위에 눈물을 뚝 떨어뜨렸다. 하와이의 많은 젊은이들이 영장을 받고 징집돼 갔다. 그것은 백인, 일본인, 중국인, 필리핀인, 포르투갈인이 모두 마찬가지였다. 삼일의 편지 내용엔 단지 미국 시민 자격으로 군에 입대한 일본인 젊은이들도 많다고 했다. 수향의 손에서 편지를 받아 읽던 크리스틴의 얼굴이 어두워졌다.

"마미! 혹 다이스케가 오빠처럼 유럽 전선에 있는 건 아닐까?"

수향은 한숨을 머금었다.

"그렇담 삼일이처럼 다이스케가 네게 편지라도 전해 오지 않았겠니. 내 생각엔 급히 일본으로 건너간 게 아닌가 싶다. 다이스케의 어머니가 일본에 친척이 아주 많다고 하던 말을 들은 적이 있거든."

수향은 다이스케가 안전한 곳에 있다는 걸 강조하기 위해 목청을 돋우어 말했다.

그즈음 하와이 거리는 젊은이들의 움직임으로 술렁거렸다. 많은 청년들이 군에 입대하기 전에 연인과 결혼식을 올리는 것이 성행했다. 교회는 예식 예약이 꽉 차 있었고, 드레스 가게가 성업을 이루었다. 하와이의 청년들이 빠져나가는 반면, 그보다 많은 군인들이 본토에서 밀려들어 왔다. 군인들은 하와이의 백인들보다 피부가 더 희고 늠름했다. 이웃 젊은이들이 사라진 거리에서 처녀들이 군인들과 데이트를 하기 시작했다. 수향은 조선인 처녀가 백인 군인과 식당에 오는 걸 자주 보았다. 조선인 처녀들은 군인에게 젓가락질하는 법을 가르치며 킥킥댔다. 수향은 음식을 나르던 크리스틴이 그 모습을 바라보다 살며시 입술을 깨물며 돌아서는 걸 보았다. 때로 백인 군인들은 앞에 앉은 제 여자 친구보다 주방 쪽으로 걸어가는 크리스틴의 뒷모습을 더 유심히 보기도 했다.

전쟁이 일자 갑자기 활발해진 교민 사회 정치 단체들이 고려정을 채웠다. 그 바람에 가게 문을 닫아걸려던 수향은 오히려 더 바빠졌다. 반면 군대에 가거나 진주만의 일거리를 찾아 떠난 젊은이들 때문에 가게 일을 거들 사람이 늘 부족했다. 다이스케의 행방불명으로 낙담한 크리스틴이 학교를 휴학한 게 다행이었다. 수향은 가게에 올 때면 늘 입었던 한복을 그즈음 벗어젖혔다. 그녀는 꽃무늬가 프린

트된 하와이안 복장을 하고 카운터에 앉았다. 딸의 사랑을 위해서도 조선인의 정체성을 벗어나야겠다는 생각에서였다.

오랫동안 수향의 가게에 뜸하던 월례가 와히아와 쪽 단체 모임에 참석하느라 자주 나타났다.

"형님! 이건 하와이 옷 '무무(Mumu)'잖아요. 이젠 하와이안이 다 된 건가요?"

낯설다는 듯 호호 웃는 월례의 얼굴이 아직도 곱기만 했다. 긴 치마 위에 블라우스를 단정하게 입은 모습이 누가 보아도 지성미 흐르는 동포 여성이었다.

"아들을 미국 군인으로 전쟁에 보냈어. 나는 더 이상 조선 여인이란 걸 주장하면 안 될 것 같아."

몸에 헐렁한 무무를 입은 수향의 몸피가 더 가늘어 보였다.

"하지만 요즘 들어 조선인 단체 모임이 많은데, 하와이안이 되겠다는 게 좀 그렇네요. 한복을 안 입던 사람들도 자신들이 일본인 아닌 조선인이란 걸 나타내기 위해 일부러 입는 때인데요."

월례의 표정이 좀 샐쭉해졌다.

"나는 민족적 정체성을 지키기 전에 내 자식들을 지켜야 해. 이런 복장으로 있는 게 미군이 된 삼일이를 응원하고, 다이스케를 잃은 크리스틴을 위로하는 길이야. 나는 깨달았어, 젊은 딸의 눈물에서. 정말 우리 조선인이 미워해야 할 것은 일본의 군국주의이지 일본인 개인이 아니라는 걸……."

수향의 말이 좀 길어지자 월례가 바쁘다는 몸짓으로 얼른 모임이 있는 테이블로 가 버렸다. 수향은 월례가 스쳐 간 카운터 근처에서 고급 향수 냄새가 머무르는 걸 느꼈다. 재봉업에 성공한 김명신은 스코필드 군부대 근처에 부동산을 사들이고 세를 놓았다. 아이가 없는 그들 부부는 누구보다 윤택한 생활을 하고 있었다. 생업에 쫓기지 않는 월례의 머릿속엔 늘 정치관이 뚜렷했다. 하와이의 조선인 정치 단체는 하나로 규합해도 이내 또 분리됐다. 여전히 국민회와 동지회가 공존했고, 김명신을 따라 한때 중립에 섰던 월례는 도로 동지회 쪽으로 돌아섰다. 그녀는 아무래도 이승만 박사의 학교에서 생활했던 초기 인연을 소중히 하는 것 같았다. 진주만 폭격으로 다시 뜻을 모은 조선인 정치 단체들은 '재미한족연합위원회'를 구성하고 그 안에 국민회와 동지회, 대한부인구제회 등의 단체를 포함했다. 월례는 표면상으론 대한부인구제회 간부였지만, 속으로는 이승만 박사의 후원자였다.

수향은 테이블에 모여 앉아 열을 올리는 사람들을 물끄러미 바라보았다. 언뜻 오래전 에와 교회의 점심 테이블에서 떠들어 대던 남자들이 떠올랐다. 그 테이블 끄트머리에 외돌아 앉았던 갑진……. 그 모습이 떠오르자 수향은 갑자기 쓸쓸해졌다. 그때의 갑진을 조금은 이해할 수 있을 것 같았다. 결국 그것은 수향 자신의 모습이었다. 그녀는 지금 식당 카운터에 앉아 조선인의 정치 토론을 남의 일처럼 바라보고 있을 뿐이었다. 생업이 목전인 자신의 입장에서 동포들의 정치 토론이 허망하게만 느껴졌다.

월례가 앉은 테이블에서 남자의 호탕한 웃음소리가 들려왔다. 지난날 국민회 간부로 짐작되는 중년 신사가 김명신 옆에 앉아 어깨를 젖히며 웃고 있었다. 그는 얼마 전까지도 이승만 박사의 정치 행적을 비웃던 자였다. 그가 월례를 바라보며 뭔가 의견이 일치한 듯 고개를 끄덕였다.

"전쟁이 적을 동지로 만들었네."

수향은 혼자 실소하며 중얼거렸다. 긴 숨을 내쉬는 그녀의 가슴께에서 무무 위에 프린트된 하와이 꽃 노란 '일리마'가 부풀었다 가라앉았다.

저녁 장사를 준비하던 수향은 크리스틴이 앞치마를 벗는 걸 보고 한마디 했다.

"또 외출하려는 거니? 엄마 좀 더 도와주면 안 돼?"

수향은 딸이 못마땅했지만, 감정을 드러내지 않으려고 한껏 목소리를 낮췄다. 그러나 크리스틴의 표정이 금세 표독스러워졌다.

"마미! 나도 내 생활이 있어요. 언제까지 엄마 가게에서 음식이나 나르란 말이에요?"

"그럼 학교에 다시 복학을 하든가. 그렇게 밤마다 나가 놀기만 할 거니?"

"상관 말아요! 이건 엄마가 참견할 일이 아니에요."

"뭐라고? 이 못된 계집애 같으니라고!"

더 이상 감정을 억제하지 못한 수향의 목소리가 날이 선 채 갈라져 나왔다. 식당 바닥을 걸레질하던 원주민 종업원이, 영어로 대꾸

하는 크리스틴과 모국어로 화내는 수향을 번갈아 보며 슬금슬금 주방으로 들어갔다.

"이젠 일할 사람이 모자라는 것도 아니잖아요. 하와이안을 여러 명 고용해 놓고 왜 나를 가게에 붙잡아 두려는 거예요?"

크리스틴이 손에 들고 있던 앞치마를 식당 바닥에 내동댕이쳤다.

"내가 널 붙잡아 두려 한다고? 너는 내가 모를 줄 아니? 네가 밤마다 미군들과 극장이나 술집을 싸돌아다닌다는 걸! 넌 다이스케를 사랑하는 것 아니었어?"

수향은 될 수 있으면 다이스케의 이름을 입에 올리지 말아야 한다고 생각하면서도 그렇게 말하고 말았다. 아닌 게 아니라 크리스틴의 표정이 일그러졌다.

"마미! 그거야말로 당신이 상관할 바 아니야! 내가 누굴 사랑하든 무슨 상관이야? 살았는지 죽었는지도 모르는 그 녀석을 기다리며 늙어 가라고? 나도 외로워! 내가 누구랑 놀든 무슨 상관이야? 오빠는 날 보고 차라리 미국 놈과 연애하라고 했잖아. 일본 놈은 원수라고! 내가 미군과 데이트하는 것 오빠가 알면 좋아할 거 아냐. 그렇지?"

두 눈에 눈물을 그렁그렁 담은 크리스틴이 갑자기 킬킬 웃기 시작했다. 그러나 그 웃음이 흐느낌이란 걸 수향은 모르지 않았다. 수향은 가만히 돌아서 카운터에 가 앉았다.

"그래, 이제는 상관하지 않으마. 하지만 데이트를 하려면 네가 정말 좋아하는 사람하고 해야지. 가게에 오는 미군들이 데이트 신청만 하면 다 받아들이는 네가 걱정이다. 그러다 네가 아무하고나 사귀는

아가씨란 소문이 나면 어쩌니?"

나지막한 수향의 말에 갑자기 크리스틴이 큰 소리로 웃음을 터뜨렸다.

"마미! 난 그런 것 두렵지 않아. 당신은 모르지? 내가 조선인 학생들 사이에선 좋은 남자를 만날 수 없었다는 걸. 그 애들은 다 알아. 삼일이와 내 아버지가 서로 다르다는 것, 내 아버지가 사라져 버렸다는 것도. 그들은 제 부모로부터 들은 소리 때문인지 나를 경계했어. 내게 관심은 있으면서도. 난 당신을 닮아 예쁘니까. 아니, 사람들은 당신보다 내가 훨씬 더 예쁘다고도 하지. 난 다이스케와 친할 수밖에 없었어. 그 애는 그런 것 개의치 않았으니까. 그런데 지금 그 애가 사라졌잖아. 전쟁 땜에 더 자주 모이는 조선 사람들은 이제 내가 일본 청년과 연애했다는 걸 다 알아. 아무도 내게 데이트 신청을 안 해. 날 매력적이라고 칭찬하는 미군들이 아니면……."

"그렇다고 아무나 만나니? 아무나!"

수향은 아무리 참으려 해도 목소리가 붉어져 나왔다. 갑자기 목이 메어 울음이 터질 것만 같았다.

"마미! 나는 데이트는 하지만 아무도 사랑하지 않아. 알아?"

크리스틴이 카운터에 앉은 수향의 얼굴에 제 얼굴을 들이대며 이마에 주름을 잡았다.

"그렇담 아무하고도 데이트하지 마라!"

수향은 침묵해야겠다고 생각하면서도 또다시 말하고 말았다. 크리스틴이 손바닥으로 카운터 바닥을 내리치며 이를 앙다물었다.

"이건 내 인생이야! 엄마나 잘 살라고! 자꾸 간섭하면 집을 나가 버릴 거야!"

크리스틴이 수향의 귀에 대고 소리치자, 그녀는 그만 의자에 앉은 채 뒤로 고꾸라지고 말았다. 벌러덩 바닥으로 나뒹구는 수향의 하와이안 치맛자락이 무릎 위까지 너풀 올라갔다. 요즘 들어 유난히 앙상해진 그녀의 종아리가 볼품없이 드러났다. 막 식당을 나가려던 크리스틴이 주춤 돌아섰지만, 그녀는 내처 거리로 나가 버렸다. 주방에 있던 원주민 종업원이 달려와 수향을 일으켜 주었다. 마룻바닥에 부딪혀 얼얼해진 엉치뼈를 손으로 문지르며 겨우 일어난 수향은 얼른 거리로 나가 크리스틴을 찾았다. 잠깐 사이였는데도 어디로 갔는지 딸이 보이질 않았다. 하나둘 불이 켜지기 시작하는 와히아와 거리에 조금씩 사람들이 붐비고 있었다. 수향은 가게 문 옆에 꽂아 놓은 삼일의 깃발을 올려다보았다. 바람결에 나부끼는 깃발에선 아들의 숨결이 느껴졌다.

"그래, 살아서만 돌아오렴. 아들아! 그리고 오늘 밤엔 꼭 일찍 들어오렴. 크리스틴!"

수향은 힘없이 중얼대며 가게로 들어섰다. 헐렁한 하와이안 옷이 바람결에 그녀의 여윈 몸에 감겼다.

크리스틴이 밤이면 나돌아 다니기 시작한 게 벌써 여러 달이었다. 하와이엔 전쟁으로 증가한 미군들로 인해, 처녀들이 미군과 데이트하는 게 당연한 일이 되고 말았다. 동포들의 집에선 미군 사위를 보지 않으려고 기를 썼지만, 정식 결혼을 시키는 경우도 많았다. 부모의 반대를 이기지 못해 미군과 동반 자살한 처녀의 사건이 보도되자, 과년한 딸을 둔 사람들은 혹 그런 일이 반복될까 두려워했다. 그것은 수향도 마찬가지였다. 행여 순간적인 충동으로 무슨 일이라도 저지르면 어쩌나 걱정이었다. 수향은 아직 손님이 들지 않은 식당의 텅 빈 홀을 바라보며 카운터에 얼굴을 묻었다. 지난해부터 그녀의 정수리에 하나둘 돋기 시작한 흰 머리칼이 부쩍 늘어난 채 불빛에 반짝였다.

설풋 잠이 들었던 수향은 집 앞에 자동차가 멎는 소리에 눈을 떴다. 뒤뜰로 난 창에 아보카도 나무 그림자가 흔들렸다. 그녀는 혹 크리스틴이 돌아왔나 싶어 거실로 나갔다. 거실 창에도 나무 그림자가 어른대고 있었다. 바람이 심하게 부는 모양이라 생각하던 수향은 주춤 거실 가운데에 멈춰 섰다. 망사 커튼을 드리워 놓은 거실 창에 어른대는 건 나무 그림자가 아니었다. 부둥켜안은 남녀가 거리에 서서 몸을 비비는 실루엣이었다. 길고 구불거리는 머리칼, 허리선이 뚜렷한 몸매는 분명 크리스틴이었다. 군인 모자의 남자가 그녀의 허리를 껴안고 입을 맞추고 있었다. 잠옷 아래 축 처진 수향의 두 손이 부들부들 떨고 있었다. 크리스틴이 자꾸 몸을 빼내려 했다. 그러나 군인은 완강하게 그녀의 허리를 잡고 키스를 퍼부어 댔다. 우뚝 솟은 군인의 코가 크리스틴의 얼굴에 몇 번인가 묻혔다 나오기를 거듭했다. 수향은 그들의 지루한 포옹에 싫증이 난 것처럼 그만 돌아섰다. 뒤뜰에 부는 바람에 나뭇가지들이 휘어졌다 펴졌다가를 반복했다.

그 모습이 마치 군인의 커다란 코가 크리스틴의 얼굴 그림자에 묻혔다 나오기를 반복하는 것과 같았다. 수향은 문득 오래전 제 몸을 달구던 한장수의 몸짓을 떠올렸다. 갑자기 아랫도리에 요의 비슷한 게 느껴졌다. 그녀는 조금씩 달아오르는 뺨을 두 손으로 감싸며 뒤뜰로 통하는 미닫이 유리문을 열었다. 하와이 특유의 가을 열풍이 얼굴에 뜨겁게 끼쳐 왔다. 오하우 섬에서도 지대가 높은 와히아와는 유독 바람이 거셌다. 새벽의 어둠 속에 멀리 불빛들이 내려다보였다. 수향은 두 팔로 제 가슴을 감싼 채 뜰 가운데 섰다. 온몸으로 바람이 불어왔다.

아, 당신은 어디 있는 겁니까? 당신의 딸이 저렇게 위험에 처해 있는데 당신은 어디 있는 겁니까?

수향은 오랫동안 잊고 있던 한장수를 불러 보았다. 양 볼로 눈물이 주르륵 흘러내렸다. 집 앞 어둠 속에서 다이스케의 품에 안겼던 크리스틴은, 이제 미군의 품에 안겨 있었다.

"오오, 크리스틴!"

어두운 뜰에 선 수향의 잠옷 자락을 바람이 마구 휘몰아 갔다. 그녀의 가느다란 몸은 또 다른 나무가 된 듯 바람에 휘어졌다.

바람 소리 가득한 수향의 귀에 현관문 여닫히는 소리가 희미하게 들려왔다.

"마미! 왜 여기 있어?"

살짝 잠긴 듯한 크리스틴의 목소리에 수향은 돌아섰다. 열어 놓은 미닫이 유리문 틀에 비스듬히 몸을 기대고 선 크리스틴이 피곤한 듯 눈을 내리깔고 있었다. 불을 켜지 않았지만 뜰에 번진 푸르스름한 새벽빛이 크리스틴의 아름다움을 비추었다. 수향은 딸을 바라본 순간, 그 애의 몸이 축축하게 젖어 있는 듯한 착각을 일으켰다. 몸에 착 달라붙은 원피스가 잔뜩 구겨진 채, 땀에 젖은 머리칼이 그녀의 목덜미와 이마에 달라붙어 있었다. 성큼 다가선 수향은 눈에 노기를 띠고 딸을 노려보았다.

"너 술 취했니?"

수향은 맘과 달리 나지막이 물었다.

"오브 코스 마미! 이렇게 새벽이 되도록 할 일이 뭐 있겠어? 술 마시는 일 아니라면."

크리스틴이 큭큭 웃기 시작했다. 들썩거리는 그녀의 몸에서 풀썩 무슨 냄새가 풍겨 왔다. 수향은 그것이 크리스틴의 향수 냄새가 아니라는 걸 금방 알았다. 한동안 망연히 서 있던 수향은 말없이 제 방으로 들어왔다. 그대로 침대에 엎어진 수향은 크리스틴의 몸에 서렸던 그 냄새가 그대로 자신을 따라온 걸 알았다. 그녀는 몸을 뒤틀며 울기 시작했다. 방문 밖에서 크리스틴이 계단을 올라 제 방으로 가는 소리가 났다.

1944년 5월, 크리스틴은 임신 8개월이 되었다. 수향은 출산을 앞둔 딸을 위해 아기용품을 사들였다. 크리스틴이 미군의 아이를 가졌다는 소문이 곧바로 교민 사회에 퍼졌지만 수향은 개의치 않았다. 고려정에 오는 단골손님들이 걱정스레 수향을 바라봤다. 월례가 안타까운 표정으로 무슨 말인가 하려 했을 때 수향은 냉정하게 그녀의 입을 막았다.

"아무 말도 하지 마. 아이는 내가 기를 거야. 그 군인이 크리스틴에게 청혼했지만 크리스틴은 받아들이지 않았다. 나도 억지로 결혼시킬 맘은 없어."

월례는 두 눈을 붉히며 가만히 돌아섰다.

월례와 함께 온 손님들이 수향을 흘긋거리는 게 보였다. 스르르 가슴으로 번지는 모멸감에 그녀는 금방이라도 눈물이 터질 것만 같았다. 수향은 가게 입구에 걸린 삼일의 깃발을 내다보았다. 잔잔한 바람에 깃발이 흔들리고 있었다. 그녀의 물기 가득한 두 눈에 미소가 담겼다. 오늘도 아들이 그렇게 숨을 쉬고 있으리라 믿었다. 삼일은 이탈리아에서 곧 프랑스 쪽으로 이동한다는 편지를 보내왔다. 전사 통보를 받는 동포 가족들이 점점 늘어 가는 상황에, 삼일이 살아 있다는 것만으로 수향은 행복했다. 차라리 크리스틴이 미군의 청혼을 받아들였더라면 삼일이 돌아와도 할 말이 있을 것 같았다. 네가 그토록 싫어하던 일본인 사위가 아닌 미국인 사위를 보게 됐다고. 하지만 크리스틴은 제 몸에서 아기가 자라고 있어도 완강했다.

스물두 살의 미국 청년 제이미는 순진한 두 눈에 잔뜩 겁을 먹고 있었다. 모자를 벗어 들고 수향 앞에 앉은 그는 더듬더듬 말했다.

"저는 본토로 발령을 받았습니다. 곧 프랑스 작전에 많은 병사들이 투입될 거라고 합니다. 본토에서 한 달간 훈련을 받고 바로 프랑스로 가야 한답니다. 저는 크리스틴을 사랑합니다. 결혼식을 올리고 떠나게 해 주십시오. 텍사스의 제 부모님께는 편지로 저희의 결혼 사실을 알리겠습니다."

혹 수향이 영어를 잘 알아듣지 못할까 봐 천천히 말을 마친 제이미는 싸늘한 수향의 눈빛에 고개를 떨어뜨렸다. 수향은 불러 오는 배를 껴안고 울부짖던 크리스틴의 말을 떠올렸다.

"마미! 난 제이미를 사랑하지 않아. 난 그 녀석과 결혼하기 싫어. 난 아직도 다이스케를 사랑한단 말야."

크리스틴은 침대에 얼굴을 처박으며 소리쳤다.

"그럼 왜 제이미의 아이를 가진 거야? 왜?"

수향은 탄식하듯 물었다.

"마미! 미안해! 그건 실수였어. 그냥 나도 모르게 그런 거야."

이제 겨우 만 스무 살이 넘은 크리스틴의 앳된 얼굴이 온통 눈물에 젖어 있었다.

"그럼 왜 진즉에 낙태라도 하지 않았니. 너는 아비 없는 자식을 낳을 거야? 엄마도 아비 없는 자식을 둘이나 낳았는데 너도 그럴 거란 말이니?"

"뭐라고? 엄마! 낙태라니?"

갑자기 크리스틴이 벌떡 일어서며 소리쳤다. 깜짝 놀란 수향은 자신도 모르게 한 걸음 물러났다.

"그게 낫지 않았겠어? 결혼하지 않을 맘이었다면!"

"노, 엄마! 이건 내 아기야. 내가 제이미와 결혼을 하든 안 하든 상관없다고!"

"어떻게 상관이 없어? 아기에겐 아빠가 필요해!"

수향이 소리쳤다. 크리스틴이 묘한 웃음을 띠었다.

"엄마! 정말 우스워. 엄마도 오빠와 나를 아빠 없이 낳아 잘 키웠잖아. 나도 그럴 수 있어."

"그럼 다이스케를 기다리는 맘은 어쩌지? 네가 미군의 아이를 갖고 있는데……."

수향이 슬쩍 비웃음을 머금자 크리스틴이 슬픈 표정을 지었다.

"엄마! 미군의 아이를 낳고 다이스케를 기다리면 안 되는 거야? 내 마음속에 다이스케에 대한 사랑이 이렇게 고스란히 남아 있는데도?"

수향은 기가 막혀 입이 딱 벌어졌다.

"엄마의 나라에선 아기를 갖게 되면 그 사람과 결혼하는 것이 당연하단다. 딴 사람의 아이를 갖고 마음에 사랑하는 사람을 담아 둔다는 건 있을 수 없어."

"마미! 여긴 엄마의 나라가 아니야. 그리고 나는 미국 사람이야. 나한테 엄마의 방식을 강요하지 마. 나는 제이미 그 바보 같은 놈과 평생을 살 수는 없어. 나한테 잘해 주는 게 고마워서 데이트를 좀 했을 뿐이야. 그따위 녀석 프랑스 전선에 나가 죽건 말건 난 상관 안해. 아기는 내가 키울 거야. 내가!"

수향은 더 이상 아무 말도 할 수 없었다.

커다란 눈을 껌벅이며 수향의 대답을 기다리는 제이미를 그녀는 넌지시 건너다보았다.

"제이미! 미안해! 크리스틴은 결혼을 원하지 않아. 그냥 프랑스 전선으로 가! 아기가 태어나면 편지해 줄게. 혹 전쟁이 끝나고 돌아오면 크리스틴의 맘이 바뀌어 있을지도 몰라. 우리 그때 다시 결혼 문제를 의논해 보자."

더듬더듬 흘러나온 수향의 영어를 알아들은 듯 제이미가 고개를 끄덕였다. 그는 손에 들었던 모자를 머리에 눌러쓰며 일어섰다. 그를 따라 일어선 수향의 머리가 겨우 그의 가슴께에 가 닿았다. 금방 울음이 터질 듯 눈을 내리깐 제이미를 올려다보던 수향이 먼저 손을 내밀어 악수를 청했다.

"제이미! 행운을 빌어!"

수향의 어눌한 영어 발음에 갑자기 제이미가 울먹이며 수향의 손을 잡고 흔들었다.

"마담! 나는 무서워요! 전투가 치열한 유럽 전선으로 가는 것 말이에요. 하와이에선 꿈같은 시간이 흘러갔어요. 크리스틴을 만났기 땜에 더 아름다운 시간이었어요. 그런데 프랑스에서 내가 죽어 버리면 어쩌죠?"

수향은 눈물을 흘리는 제이미의 얼굴 위로 삼일이 겹쳐지는 걸 느꼈다. 도대체 왜 이런 젊은이들이 목숨의 위협을 받아야 하는지 가슴속에 분노가 치밀었다. 결국 원흉이 일본이란 걸 생각하자 일본에 대한 적개심이 구름처럼 일어섰다.

"제이미! 내 아들이 유럽 전선에 나간 게 벌써 2년이 넘었어. 치열

한 이탈리아 전투에서도 살아남았지. 걱정하지 마! 너도 꼭 살아 돌아올 거야. 그리고 크리스틴은 분명 너를 기다리고 있을 거야. 예쁜 네 아기를 낳고서 말야."

눈물을 훔치며 고려정을 나가는 제이미를 따라 거리에 선 수향은, 제이미를 돌려세우고 가게 앞에 걸린 깃발을 가리켰다.

"제이미! 이건 내 아들의 깃발이야! 이렇게 바람에 늘 나부끼고 있잖아. 이건 내 아들이 숨 쉬며 살아 있다는 의미야. 이 하와이에 바람이 멎는다면, 바다에 파도가 멎고 세상이 끝났다는 의미 아니겠어? 세상이 끝나지 않는 한, 이 깃발은 계속 나부끼고 있을 거야. 여기에 너의 별을 그려 넣을게. 깃발이 바람에 나부끼고 있는 한, 너는 분명 살아 돌아올 거야."

제이미가 구부정하게 서서 고개를 끄덕였다. 그는 다시 모자를 벗어 보이고는 뚜벅뚜벅 거리를 걸어 멀어져 갔다.

바람산

하와이에 다시 가을이 오고 열풍이 불었다. 뒤뜰에서 빨래를 걷는 수향의 목덜미로 거세고 더운 바람이 휘몰아쳤다. 집게로 고정시켜 널어 놓은 아기 옷과 기저귀가 바람에 금방 날아가 버릴 듯했다. 빨래를 걷어 품에 안고 거실로 들어서는 수향의 앞머리가 우수수 흩어지며 얼굴을 덮었다. 정수리에서 번진 흰 머리칼이 더러 귀밑까지 나 있었다. 아기를 안고 소파에 앉았던 크리스틴이 수향을 바라보며 씨익 웃음을 머금었다.

"오! 그랜드 마! 엄마는 영락없는 할머니야. 저 흰머리 좀 봐. 우리 베티가 태어나고 엄마 진짜 할머니 된 것 알아?"

빨래를 소파에 쏟아 놓은 수향은 흐트러진 머리칼을 이마 위로 쓸어 올리며 크리스틴을 살짝 흘겨보았다.

"이게 다 네가 속을 썩인 덕분이다. 그래, 베티는 그렇게 칭얼대더니 이제 잠들었구나."

수향은 크리스틴의 품에서 잠이 든 아기를 내려다보았다. 눈처럼 흰 피부에 검고 긴 속눈썹, 오뚝한 콧날이 영락없는 백인 아이였다. 그러나 눈을 뜨면 아이의 눈동자는 흑단처럼 검었다. 아이는 벌써 생후 3개월이 되었다. 유럽 전선으로 떠난 제이미는 도착하자마자 편지를 보내왔다. 아기가 태어난 걸 제이미에게 알려 주라고 수향이 재촉했지만 크리스틴은 편지를 쓰지 않았다. 크리스틴은 제이미의 아기를 안고 다이스케를 기다리고 있었다.

"엄마! 다이스케는 일본 닛세이(2세)들로만 편성된 군대에 들어갔는지도 몰라요. 그런 얘기를 들었어요. 442연대란 그런 부대가 있다고요."

또 다이스케 얘기를 꺼내는 크리스틴이 못마땅한 수향은 빨래를 개키며 등을 보이고 돌아앉았다.

"그렇담 왜 너한테 소식을 전하지 않는 거냐? 편지라도 할 수 있지 않겠니?"

수향이 툭 내뱉었지만, 크리스틴은 잠시 아무 말이 없었다. 수향은 슬그머니 고개를 돌렸다. 잠든 아이를 안고 풀이 죽은 크리스틴의 표정이 딱하기만 했다.

"어쩌면 그 가족이 서둘러 본국으로 돌아갔는지도 몰라요."

"그렇담 다이스케는 일본군이 되었을지도 모르겠구나. 어쩌면 삼일이와 제이미에게 총을 겨누고 있을지도 몰라."

"마미! 자꾸 그렇게 말할 거예요? 오빠와 제이미는 프랑스 전선으로 갔다는데 거긴 독일군과 싸우는 지역이에요. 혹 다이스케가 일본군이 되었다면 이곳 남태평양 어디에 있겠죠."

수향은 아기 옷을 개키던 손을 잠시 놓고 긴 숨을 내쉬었다.

"크리스틴! 내년 봄에는 본토의 대학에 가거라. 베티는 내가 키워 주마. 다음 봄 학기에 편입할 수 있도록 서둘러 보렴. 공부는 계속해야 하지 않겠니."

크리스틴이 갑자기 아기를 안고 소파에서 벌떡 일어섰다.

"엄마! 내 일은 내가 알아서 해요!"

"너는 늘 네가 알아서 한다면서 엄마 흰 머리칼을 이렇게 늘게 만들어?"

2층으로 올라가려던 크리스틴이 홱 수향을 돌아보았다.

"그건 엄마가 늙어서 그런 거지. 왜 나 땜에 흰 머리칼이 돋아? 안 그래?"

이해가 안 된다는 표정으로 한쪽 어깨를 추켜올리는 딸을 수향은 그냥 멍하니 바라보았다. 크리스틴이 계단을 오르자 수향은 소파에 흩어진 마른 옷들 위로 고개를 떨궜다.

"그래, 네 말이 맞다. 내가 이제 늙은 것이지."

그녀는 조선식으로 계산하면 벌써 나이가 마흔아홉이란 걸 생각했다. 돌아보니 하와이에 온 지 30년이 가까웠다. 정신없이 살아온 세월들이 한순간에 물처럼 눈앞을 흘러갔다. 그녀는 이제 자신의 생에 남은 일이 무엇일까 생각해 보았다. 늘 제 일은 제가 알아서 하겠다고 말하는 딸에게는 이제 어미가 필요 없는 것도 같았다. 삼일도 전장에서 돌아오면 한 학기 남은 학업을 마치고 취업을 하게 될 것이었다. 수향은 제이미가 무사히 돌아와 크리스틴과 가정을 이룬다면, 자신은 고국으로 돌아가고 싶었다. 전쟁은 분명 일본이 패할 거라는 소문이 돌고, 그에 따라 조선도 곧 해방될 것이라 했다. 해방 조국, 수향은 그 말만 들어도 가슴이 벅찼다. 어쩌면 오래전 총독부가 앗아 간 어미의 김해 땅을 도로 찾을 수 있을지도 몰랐다.

수향은 다 개킨 빨래를 바구니에 담아 놓고 일어섰다. 고려정에 나가야 할 시간이었다. 방으로 들어가 거울 앞에 앉은 수향은 손으로 얼굴을 어루만졌다. 갸름하던 얼굴이 늘어진 볼살 때문에 둥글어 보였다. 경대 위에 조선을 떠나올 때 여권을 만들기 위해 찍었던 사진이 있었다. 얇은 입술을 다물고 매초롬히 눈을 뜬 모습은 앳되기만 했다.

"그때는 겨우 열아홉 살이었는데……."

그녀는 사진이 끼워진 액자를 들고 제 볼을 만지듯 어루만졌다. 그러다 문득 아무도 찾아 주는 이 없을 어미의 무덤을 생각했다.

"어머니!"

그만 흑 울음을 머금었다. 수향은 요즘 들어 자꾸만 어미 생각이 났다. 나이 들어 가는 탓일까. 조국 해방만 된다면 만사 제치고 달려가 어미 무덤 앞에 앉아 실컷 울어 보고 싶었다. 그녀는 어서 삼일과 제이미가 무사히 돌아오기만을 빌었다. 3년이 다 되도록 아무 소식이 없는 다이스케는 분명 어디선가 죽었을 거라 생각됐다. 일본 젊은이들로 구성되었다는 그 442부대는 미국 정부에서 유럽 전선의 총알받이로 보냈다는 소문이 있었다. 수향은 차라리 다이스케가 돌아오지 않기를 바랐다. 어린 베티를 위해서는 제이미가 꼭 살아 돌아와야 했으므로.

그녀는 고려정 앞에 걸린 깃발을 생각했다. 제이미가 눈물을 글썽이며 떠난 직후, 수향은 삼일의 별 옆에 제이미의 별을 그려 넣었다. 멀리서 불어오는 바닷바람에 나부끼는 깃발을 바라보며, 그녀는 늘 눈물이 그렁그렁한 눈으로 미소 지었다.

얼굴에 분을 바르던 수향은 담배 생각이 간절했다. 베티가 태어난 후 힘겹게 끊었지만, 서랍 속엔 아직 담뱃갑이 들어 있었다. 그녀는 경대 서랍을 열고 담뱃갑을 잠시 만지작거리다가 도로 놓았다. 수향은 그 옆에 놓인 삼일의 편지를 꺼냈다. 벌써 한 달 전에 온 편지였다. 그녀는 가게에 나가기 전 매일 아들의 편지를 읽었다. 펜으로 급히 갈겨 쓴 영문 편지는 여러 번 흘린 수향의 눈물로 얼룩져 있었다.

엄마! 나는 지금 프랑스 파리에 있어요. 미군과 연합군이 펼친 상륙 작전은 프랑스 해안을 봉쇄해 독일군을 꼼짝없이 가두었어요. 전사자가 많이 났지만 우리는 승리했고, 그 유명한 파리는 5일 전에 아군의 손에 들어왔답니다. 프랑스 국민들은 우리를 대대적으로 환영했어요. 하지만 우리가 상륙해 파리를 탈환하기까지 폐허가 된 북프랑스를 보았답니다. 엄마! 전쟁은 정말 무서운 것이에요. 나는 수많은 시체를 보았어요. 썩어 가는 그 모습은 모두 똑같았답니다. 진주만 폭격이 있던 날, 하와이의 휠러 비행장 근처에서 보았던 일본군의 시체나, 프랑스 땅에서 전사

한 아군이나 독일 병사가 모두 똑같았답니다.

아! 어머니! 저는 때로 무섭습니다. 혹 나도 어머니에게 돌아가지 못하고 그렇게 썩어 갈까 봐서요. 그러나 어머니! 걱정 마세요. 나는 꼭 돌아가겠습니다. 내가 누굽니까? 내 아버지는 3·1 독립운동 투사였습니다. 저는 조선 애국자 아들답게 이곳에서 미국의 애국자로 열심히 싸우다 어머니에게 돌아가겠습니다. 하지만 어머니! 여기서 참을 수 없는 경우가 있었답니다. 프랑스인들이 저를 일본인으로 오해하는 것이었어요. 나는 미국 시민이라고 열심히 설명했지만, 통역관이 오기까진 그들과 말이 통하지 않았습니다. 저는 불어를 배우지 않은 데다 프랑스인들은 영어를 전혀 하지 못했습니다. 내가 원수의 나라 사람으로 오해받다니, 참으로 분통 터질 일이었습니다. 일본인과 우리는 왜 그렇게 외모가 똑같은지요. 프랑스 사람들은 비슷해 보이는 외모 속에 엄청나게 다른 생각들이 있다는 걸 알 수 없겠지요. 일본의 군국주의 야욕과 저희 조선인의 독립 의지를요.

그리고 또 하나, 다른 일이 있었어요. 저희가 주둔한 부대에 독일 병사 포로들이 있었는데, 제 또래로 보이는 한 남자가 일본인이나 조선인처럼 보였어요. 독일 병사 속에 그가 왜 섞여 있었는지 궁금하게 여긴 상관은 저보고 그와 얘기를 해 보라 했습니다. 그는 영어를 전혀 하지 못했고, 독일어 단어 몇 개로 겨우 의사 표시를 하다가 저를 보자 당장 조선말을 하기 시작했어요. 저는 조선말을 하지 못하지만, 어머니 덕택에 알아들을 수는 있어 가만히 그의 말을 들어 보았습니다. 어머니가 쓰시는 말과 억양이 조금 다르고 이해할 수 없는 단어들을 썼지만, 대충 알아들은 내용은 참 어이없었습니다. 그 남자는 조선에서 일본군에 징집돼 만주에서 싸우게 되었더랍니다. 그러다 소련 포로가 돼 소련군이 되었다가, 다시 독일의 포로가 돼 독일군이 되었습니다. 이제 미군 포로가 된 그는 동족인 나를 바라보며 무덤덤한 표정을 지었습니다. 그는 조선말로 이야기했지만, 내가 쓰는 영어를 알아듣지 못해서 나는 그가 말하는 걸 상관에게 전해 주기만 했습니다. 어머니! 저는 새삼 조선인이라면 조선말을 할 줄 알아야 한다는 생각이 들었습니다. 전쟁이 끝나고 돌아가면 열심히 조선말을 배울 생각입니다. 그래야 정말 독립투사의 아들이라 하지 않겠습니까.

크리스틴이 미군의 아이를 낳았다니 사실 마음이 좋지 않습니다. 아무리 하와이의 처녀들이 미군과 연애하는 것이 성행한다 해도, 그것은 또 교민 사회의 웃음거리가 되어 어머니의 입장이 곤란해지지 않을까 걱정입니다. 하지만 크리스틴이 적국의 자식인 다이스케를 아주 잊을 기회가 됐으면 좋겠습니다.

어머니! 말로만 듣던 파리는 더러 파괴되기는 했지만, 과연 잿빛 도시에서 풍기는 은은함이 아름답습니다. 마치 어머니의 모습을 보는 듯합니다. 어머니는 여리고 작은 모습이지만 늘 아름다우셨지요. 어서 돌아가 어머니를 뵙고 싶습니다. 파리의 여름은 덥습니다. 하와이의 시원한 바닷바람이 그립군요. 돌아가면 어머니와 크리스틴과 윌레 이모와 함께 어울려 해변에 가고 싶습니다. 참, 크리스틴의 아기도 데려가야겠군요. 그때 그 제이미란 녀석도 함께였으면 좋겠습니다. 그 녀석을 보면 우선 한 방 갈겨 주기부터 해야겠습니다. 제이미란 놈도 여기 어디에서 싸우고 있는지 모르겠습니다. 이곳엔 공수 부대를 비롯한 영국, 캐나다 연합군 등 엄청난 병력이 프랑스 전역에 흩어져 싸우고 있어 그 녀석을 찾아보긴 어려울 것 같아요. 어떤 녀석인지 한번 보고 싶긴 하지만요. 전쟁은 아직도 계속 중입니다. 파리를 탈환했지만, 건물 곳곳에 적이 숨어 있어요. 우리는 프랑스 전역에서 독일군을 몰아낼 때까지 더 싸워야 합니다.

어머니! 보고 싶어요. 우리 모두 하와이의 아름다운 해변에서 만날 날만을 기다립니다.

사랑하는 아들 삼일로부터

1944년 8월 30일

수향은 편지 위로 또다시 눈물을 뚝 떨어뜨렸다. 전장을 옮겨 다니느라 어느 땐 소재가 불분명해 수향을 불안하게 했던 아들이, 아름다운 도시 파리에 앉아 긴 편지를 쓰고 있는 장면을 그려 보았다. 철모를 벗어 놓고 군복 차림으로 펜을 휘갈기는 삼일의 모습이 떠올랐다. 갑진을 빼다 박은 기름한 얼굴, 수향을 닮은 흰 피부는 전장을 헤매느라 어지간히 그을어 있으리라.

크리스마스 무렵이 되자 베티의 재롱이 부쩍 늘었다. 여름에 태어난 아이는 겨울이 되면서 수향의 머리칼을 잡아당기며 킬킬 웃기도 했고, 크리스틴의 품을 떠나지 않으려고 울기도 했다. 크리스틴이 아기를 데리고 고려정에 들를 때면, 동포 손님들은 베티와 크리스틴을 흘깃거렸다. 삼일의 편지 속 걱정이 현실로 나타나는 걸 보며 수향은 가만히 입술을 깨물었다. 동포 처녀가 백인 아이를 낳은 게 하와이 땅에선 그다지 이상한 일이 아닌 시점이었지만, 유독 동족끼리의 결혼을 고집하는 사람들이 많았다. 로스앤젤레스 대학에 원서를 넣은 크리스틴이 학교로 떠나면, 베티를 어떻게 키워야 할지 수향은 걱정이 앞섰다. 아이가 동포들의 저런 눈길을 받으면서도 잘 자라날지 눈앞이 캄캄했다.

거리의 상가마다 번쩍거리는 크리스마스 장식이 걸리고 캐럴이 울렸다. 고려정에도 카운터 옆에 조그만 크리스마스트리를 만들어 아기 예수와 천사 인형을 걸어 놓았다. 계절은 겨울이었지만 하와이의 날씨는 화창했다. 그래도 한여름보다는 좀 더 서늘한, 기분 좋은 날씨였다. 가게 안에 울리는 캐럴을 흥얼흥얼 따라 부르던 수향은 문득 오래전 꼭 이맘때 한장수와 맺어졌다는 걸 떠올렸다. 스코필드 기지 안 김명신의 양복점, 바람이 쓸고 지나는 텅 빈 밤거리를 바라보며 그와 함께 벌거벗고 누웠던 김명신의 재단 탁자……. 벌써 23년 전의 일이었다.

그는 어디 있는 걸까? 나를 잊은 걸까?

그녀가 가슴 가운데서 솟아오르던 그 서러운 물음을 꿀꺽 삼킨 지도 오래였다. 그래도 이따금 그런 말들이 목을 치올라 왔다. 수향의 어린 시절, 햇빛 가득한 마당에 눈길을 떨어뜨리고 하염없이 생각에 잠겼던 어미를 떠올렸다. 고운 분 화장에 붉은 치마, 쪽빛 저고리를 입고 곰방대를 빨며 앉았던 어미……. 그때 어미의 가슴속에도 자신과 비슷한 물음과 기다림이 가득했을까…….

저녁 장사가 시작되기 전, 한가한 가게에서 크리스틴이 베티를 어르고 있었다. 까르륵대는 베티의 웃음소리가 가게 안에 가득 찼다. 수향은 그 모습을 물끄러미 바라보며 지금 크리스틴은 자신의 마음을 알지 못하리라 생각했다. 오래전 수향이 결코 어미의 가슴에 가득 찬 것을 몰랐던 것처럼…….

곧 크리스틴의 스물한 번째 생일이 다가오고 있었다. 그 하루 뒤는 수향과 한장수의 결혼기념일이었다. 그가 돌아오겠다며 떠난 지 벌써 21년이 넘었다. 체념의 세월 속에 오롯이 늙어 버린 수향의 머리칼이 희끗거렸다.

그녀는 카운터에서 일어나 새로 채소를 들여놓고 있는 뒷문으로 갔다. 원주민 종업원이 미니 트럭에서 채소를 내리는 일본인 상인 앞에 팔짱을 끼고 거만하게 서 있었다. 일본인들을 더러 강제 수용했지만, 하와이의 선량한 일본인은 그대로 남아 생업에 종사했다. 수향을 보자 공손히 고개를 숙이는 채소 장수는 햇볕에 탄 검은 얼굴에 웃음을 머금었다. 늘 공손하고 친절한 일본인 특유의 태도였다. 이민 역사가 조선인보다 앞선 그들은 영어에도 능숙했다. 아니, 채소 장수는 영어밖에 할 줄 모르는 일본인이었다. 수향은 그에게 몇 번이나 채소 도매업을 하던 다이스케 가족에 대해 물으려다 참곤 했다. 트럭에서 채소를 내리는 걸 뻔히 보면서도, 팔짱만 낀 채 도울 생각을 않는 원주민 종업원이 언제부터 저렇게 거만했던가 싶었다.

진주만 폭격 후 하와이에 남은 일본인들은 그림자처럼 움직이며 생업을 계속하고, 평소 낮은 자리에 있던 원주민들까지 일본인들을 깔보았다. 수향은 종업원에게 채소 나르는 걸 거들라고 말하고는 돌아섰다.

"우린 다 똑같이 살아가고 있을 뿐인데……."

그녀는 혼자 중얼거렸다. 활짝 열린 주방 뒷문으로 해가 기우는 하늘이 보였다. 희끄무레 푸른빛을 잃어 가는 하늘 한쪽에 붉은 노을이 띠처럼 걸려 있었다. 누군가 가게를 들어서는 발소리가 입구 쪽에서 들려왔다. 수향은 벌써 저녁 손님이 드나 싶어, 주방을 휘둘러보고는 식당 홀로 나왔다. 아기를 안고 카운터에 앉아 있던 크리스틴이 수향을 물끄러미 바라보았다. 하와이 꽃 일리마가 그려진 울긋불긋한 옷을 발목까지 치렁치렁 입고, 희끗거리는 머리를 짧게 파마한 수향은 이제 원주민 여인과 잘 구별되지 않았다. 날카롭던 콧날도 조금 내려앉은 듯했고, 하얗던 피부도 노리끼해졌다. 수향은 크리스틴이 자신을 보는 눈길이 좀 이상하게 느껴져 제 매무새를 훑어보았다.

"왜? 내가 오늘 별나게 보이니? 이제는 영락없이 하와이안 할머니지?"

수향은 딸을 향해 겸연쩍게 웃었다. 그러나 크리스틴은 웃지 않았다. 대신 그녀는 베티를 안은 채 벌떡 일어섰다.

"마미!"

크리스틴은 수향을 불러 놓고, 눈을 내리깐 채 아무 말 없이 서 있었다. 품에 안긴 베티가 슬금슬금 몸부림치기 시작했다. 크리스틴이 칭얼대는 아이를 추스르며, 왠지 수향을 노려보는 것 같았다. 수향은 딸의 눈에서 전해져 오는 기운이 제 가슴을 서늘하게 적시는 걸 느꼈다. 그녀의 가슴이 덜컥 내려앉았다.

"왜? 무슨 일이야? 크리스틴!"

수향의 목에서 쇳소리가 났다.

"오빠가……."

크리스틴이 카운터 위에 있던 편지 봉투를 들며 고개를 떨궜다. 수향은 화다닥 다가가 크리스틴의 손에 들린 봉투를 낚아챘다. 봉투를 여는 그녀의 손이 떨렸다. 수향은 접힌 종이를 펼쳐 들었다. 그러나 글씨가 잘 보이지 않았다. 마치 눈앞에 안개가 낀 듯 흐리기만 했다. 수향은 한 손으로 눈을 비볐다. 영문으로 쓴 '삼일 이'란 글씨가 보였다. 순간, 수향의 머릿속으로 삼일이 전역을 하고 집으로 뛰어오는 장면이 펼쳐졌다. 늘 신경이 날카롭고 몸이 약하던 삼일이 튼튼한 군인의 모습으로 환하게 웃으며 그녀의 품으로 뛰어들었다. 아들을 품에 안은 수향은, 어깨와 팔이 단단해진 그의 근육을 쓸어내리며 대견한 마음에 고개를 끄덕였다. 수향은 편지를 손에 든 채 미소 지었다.

"오빠가…… 파리 인근에서 건물에 숨어 있던 독일군 패잔병에게 살해되었대요."

크리스틴의 목소리가 수향의 미소 위로 무겁게 떨어져 내렸다. 수향은 번쩍 꿈을 깼다. 편지를 든 수향의 손이 사시나무처럼 떨렸다.

"뭐? 뭐라고 했어? 삼일이가 돌아온다고?"

수향은 누군가 날카로운 칼로 가슴께를 찌르는 듯한 통증에 한순간 호흡을 멈췄다. 급기야 크리스틴이 울음을 터뜨리며 주저앉았다. 제 어미 품에서 칭얼대던 베티가 갑자기 큰 소리로 따라 울기 시작했다. 주방에서 일하던 종업원들이 놀라 달려 나왔다.

"오빠가 죽었다고요!"

크리스틴이 소리쳤다. 그 소리를 알아들은 종업원들이 머리에 쓰고 있던 모자를 벗으며 눈을 내리깔았지만, 수향은 아무것도 모르겠다는 표정으로 몸만 떨고 서 있었다.

"아엠 쏘리 마담!"

종업원 중 가장 나이 든 원주민이 수향 앞으로 나서며 조그맣게 영어로 조의를 표했다. 그러나 수향은 마치 남의 일인 것처럼 그를 돌아보았다. 휘둥그레 뜨인 수향의 충혈된 눈에 갑자기 노기가 타올랐다.

"지금 무슨 소리를 하는 거야? 내 아들은 크리스마스 휴가를 얻어 돌아오고 있는 중이라고!"

"마미! 진정해! 오빠가 죽었단 말이야! 독일군 패잔병의 짓이기 쉽지만, 혹 오빠를 일본인으로 오해한 프랑스 레지스탕스 짓일 수도 있다고, 지금 사건을 조사 중이래. 오빠는 사복 차림이었대. 바보 같은 오빠가 전쟁이 끝난 줄 알고 사복을 입고 파리 시내를 싸돌아다녔겠지. 바보! 바보 같으니!"

크리스틴이 울부짖었다. 수향은 갑자기 가게 밖으로 달려 나갔다.

한층 붉어진 노을빛 속에, 별이 두 개 그려진 깃발이 가게 문 옆에 걸린 채 바람에 나부꼈다. 깃발을 올려다보던 수향은 갑자기 가게 안에 대고 소리쳤다.

"크리스틴! 너 거짓말하지 마! 이렇게 삼일이의 깃발이 나부끼고 있는데 그 애가 죽었다니! 말도 안 돼!"

그 소리에 가게를 뛰쳐나온 크리스틴이 수향의 옷을 잡아당기며 울부짖었다.

"마미! 깃발이 나부끼는 것과 오빠 목숨이 무슨 상관 있다고 억지 소리를 하는 거야? 하와이에 바닷바람이 그치지 않아도 사람들은 죽어! 알아? 그동안 수많은 사람들이 죽었고 앞으로도 그럴 거야."

크리스틴의 손에 끌려 가게로 들어온 수향은 바닥에 털썩 주저앉았다. 그저 휑하니 열린 그녀의 눈은 눈물이 고이는 게 아니라 점점 메말라 갔다. 건조한 눈을 손으로 비비던 수향은 갑자기 벌떡 일어섰다. 그녀는 카운터 서랍에서 자동차 열쇠를 챙겨 들었다. 눈을 휘둥그레 뜬 크리스틴이 말리기도 전에 쏜살같이 가게를 나온 수향은 거리에 세워 놓은 자동차에 올라 시동을 걸었다. 그녀는 어둠이 내려앉기 시작하는 와히아와 거리를 빠르게 달려 단숨에 호놀룰루 시내로 들어섰다. 크리스마스 절기에 들어선 거리는 아무리 전쟁 중이어도 흥청거렸다. 아가씨들이 군인의 팔짱을 낀 채 거리를 걸으며 값싼 웃음을 흘렸다. 어떻게 달렸는지도 모르는 수향은, 어둑신한 기운 속에 금빛으로 반짝이는 이올라니 궁전 앞에 도착해 있었다. 호루라기를 입에 문 교통경찰이 길 가운데 서서 팔을 내저었다. 수향은 신호에 따라 건널목에 멈추어 섰다. 차창 밖 거리 풍경을 둘러보던 수향의 두 눈에서 그제야 눈물이 쏟아졌다.

"삼일아! 삼일아!"

핸들을 잡은 채 아들의 이름을 불렀다. 그럴 리 없다고 고개를 흔들었다. 눈물 때문에 흐려진 시야에서 사람들이 길을 건너고 있었다. 이올라니 궁전 맞은편엔 카메하메하 대왕 동상이 우뚝 서서 거리를 내려다보았다. 그 뒤로 마치 건물처럼 자란 거대한 바니안나무가 덩굴진 채 뻗은 것이 희끄무레 보였다. 그곳은 호놀룰루의 중심 거리인 킹 스트리트였다. 수향은 이 거리를 몇 번인가 다녀갔다는 걸 기억했다. 월례와 함께 왔었는지, 아니면 한장수와 왔었는지 확실치 않았다. 그녀는 문득 자신이 30년 가까이 이 오하우 섬을 벗어나 본 적이 없다는 걸 깨달았다. 오하우 섬뿐 아니라 그녀는 와히아와에 들어가 살게 된 후 여간해선 호놀룰루 시내에 나온 적이 없었다. 생각해 보니 오래전 대한부인구제회에서 인삼 장수의 첩이란 모욕을 당한 후부터였다.

길을 건너는 사람들이 다 지나가자 교통경찰이 지나가도 좋다는 손짓을 했다. 다시 달리기 시작한 수향은 저녁 빛에 점점 검은색을 띠는 나무들이 우거진 길을 가고 있었다. 길은 구불구불하고 오르막이 심했다. 자동차는 몇 번인가 금방 엔진이 멈춰 버릴 듯 힘겨운 소리를 냈다. 수향은 지금 제 심장이 멈춰 버릴 듯한 소리를 내고 있다고 생각했다. 더 이상 올라갈 곳이 없는 지점에 멈춰 선 수향은 자동차 문을 열고 나왔다. 바람이 그녀의 얼굴을 무섭게 때려 왔다. 그녀의 여윈 몸에 자루처럼 입혀져 있던 하와이 옷 무무가 바람에 날리며 그녀를 휘청거리게 했다.

수향은 바람을 헤치고, 뾰족하게 솟은 산봉우리 옆 산 아래를 내려다볼 수 있는 곳까지 올라갔다. 엷은 어둠 속에서 멀리 산 아래 마을에 점점이 불이 켜져 있었다. 마치 별들이 땅에 떨어져 모여 있는 것 같았다. 바람 속에 머리칼을 날리며 선 수향은 자신이 왜 이곳으로 달려왔는지 알 수 없었다. 오래전 갑진과 결혼하고 나서 나들이 왔던 곳이었다. 사시사철 바람이 몰아친다고 해서 조선인들은 이곳을 '바람산'이라 불렀다. 하와이 말로 된 지명이 따로 있었지만 수향은 기억하지 못했다. 그녀가 하염없이 바람을 맞고 있는 동안 어둠이 점점 짙어졌다. 수향은 귓가에 윙윙대는 차가운 바람 소리 사이로 중얼거렸다.

"바람이 이렇게 휘몰아치는데…… 삼일이의 깃발을 여기에 걸어두어야 했어."

하와이의 바람과 오빠의 목숨이 무슨 상관 있냐고 소리치던 크리스틴의 목소리가 떠올랐다. 수향은 혼자 실소를 머금었다. 왜 이 바람 속에 삼일의 목숨이 지켜질 거라 믿었던 걸까. 그녀는 정말 자신이 바보 같은 생각을 했는지도 모른다고 생각했다. 아들이 얼마나 고통스럽게 죽어 갔을지 생각하면 가슴이 터질 것만 같았다. 파리에서 보낸 편지에, 자신이 죽어 그렇게 썩어 갈까 봐 두렵다던 아들……. 그러나 삼일의 몸은 이미 썩고 있는지도 몰랐다. 수향은 그만 차가운 땅 위에 주저앉고 말았다.

"삼일아! 삼일아!"

그녀는 다리를 버둥대며 울부짖기 시작했다.

수향은 이곳이, 킹 스트리트에 세워진 동상 카메하메하 대왕이 하와이 제도의 통일을 이룬 전투지로 유명한 곳이란 게 생각났다. 하와이안에겐 승리의 상징과도 같은 이곳에 왜 이제야 찾아왔는지 후회가 됐다. 삼일의 깃발을 들고 여기 왔어야 했다고…….

어둠이 깊어 갈수록 바람은 더 차가워졌다. 삼일을 임신하던 무렵이 떠올랐다. 갑진을 피하려 하다가 어떻게 수향의 몸에 아이가 들어섰다. 그에게 발길질을 당해 갈비뼈가 부러졌는데도 배 속에서 살아남았던 아들이 이렇듯 허망하게 죽다니……. 그녀는 그만 흙바닥에 쓰러져 누웠다.

"내가 너를 낳아 이렇게 잃으려고 이 낯선 땅에 왔단 말이냐? 내가 너를 낳아 이렇게 잃으려고……."

어둠에 누워 몸을 버르적대며 소리치던 수향은, 문득 3·1 만세 현장에서 죽은 갑진과 갑신정변의 밤에 칼을 맞았다던 그 아비의 죽음을 떠올렸다. 바다 건너 이렇게 멀리 왔어도 질긋질긋 끊어지지 않는 피의 내력이 있었던지……. 그녀는 고개를 도리질했다.

"아니야! 아니야! 그저 이름 없는 죽음일 뿐이야!"

수향은 흙 위에서 벌떡 일어섰다. 흙투성이가 된 옷이 어둠 속 거센 바람에 먼지를 날렸다. 그녀는 오래전 이 바람산의 전투에서도 얼마나 많은 원주민들이 죽었는지를 생각했다. 카메하메하 왕을 위해 이름 없이 죽어 간 혼령들이 갑자기 그녀를 따라 우수수 일어서는 것 같았다. 수향은 다시 아들의 이름을 목이 터져라 불렀다.

"삼일아! 삼일아! 삼일아!"

그 소리는 이내 바람에 감기고, 수향은 허리가 끊어질 듯 울고 또 울었다.

희고 부드러운 빛이 눈앞에 보였다. 나비 날갯짓처럼 나풀나풀 움 직이던 빛이 눈앞에서 동그랗게 모였다. 삼일의 얼굴이 그 빛 한가 운데에 있었다. 수향은 너무 반가워 소리쳤다.

"삼일아! 삼일아! 너 거기 있었구나."

삼일이 미소 지었다. 그러나 눈엔 슬픈 기색이 역력했다.

"엄마! 울지 마세요. 내가 태어나고 자라고 어른이 된 것 다 엄마 덕이에요. 사람들은 나를 기억할 거예요. 그러니 울지 마세요."

삼일이 수향에게 울지 말라고 말하면서 정작 자신은 훌쩍훌쩍 울 기 시작했다.

"삼일아! 이리 온! 엄마가 안아 줄게."

수향이 두 팔을 뻗었다. 그러나 삼일은 들은 척도 않고 울고만 있 었다.

"엄마! 무서웠어요. 총알이 내 몸을 관통하던 그 순간 말이에요. 나는 아직 그 무서움을 기억하고 있기 때문에 우는 거예요. 지금은 하나도 무섭지 않은데도 말이에요. 엄마도 기억 때문에 울지는 마 세요. 곧 다 잊혀질 거예요. 내가 여기에서 태어나 살다 죽었다는 건 잊겠지만, 사람들은 수많은 군인들이 죽었다는 건 기억할 거예요. 엄마가 여기 바람산에서 수많은 사람들이 죽었다는 걸 기억하듯이……. 엄마! 그거면 됐어요. 나는 더 바라지 않아요. 내가 혹 이렇게 죽기 위해 태어나 엄마의 아들로 살았다 해도 괜찮아요. 너무 많은 사람들이 옛날에도 지금에도 그렇게 죽었는걸요. 엄마! 울지 마세요.”

삼일은 거듭 울지 말라고 하면서 또 울고 있었다. 조금씩 빛 속으로 사그라지는 삼일의 모습이 안타까워 수향은 두 팔을 내저었다.

“삼일아! 삼일아!”

목청을 다해 부르는데 소리는 나오지 않고 입만 벙긋거려졌다. 허공을 휘젓는 팔조차 마음대로 움직이질 않았다. 눈꺼풀이 너무 무거웠다. 그녀는 있는 힘을 다해 눈을 번쩍 떴다. 눈앞이 하얗기만 했다. 하얀 천장이었다. 그리고 하얀 옷들……. 하얀 가운을 입은 의사가 그녀를 내려다보고 있었다. 그의 얼굴이 흐릿했다. 그 옆에 선 크리스틴의 윤곽이 아슴푸레 보였다.

“마미! 바보! 바보야! 죽으면 어쩌려고 그랬어?”

크리스틴이 울고 있었다. 딸의 손을 잡으려 했지만, 링거가 꽂힌 팔이 철제 침대 난간에 묶여 있었다.

“엄마가 너무 몸부림을 쳐서……. 새벽에 산림 경비원이 순찰을 돌지 않았다면 엄마는 차가운 산속에서 죽었을 거야. 거기, 누아누 팔리(Nuuanu Pali)엔 왜 혼자 간 거야? 응?”

크리스틴이 수향의 품에 얼굴을 묻으며 어깨를 들먹였다. 자신이 바람산이라 부르는 곳을, 딸은 하와이 지명으로 말하고 있었다. 크리스틴의 머리칼에서 싱그러운 냄새가 났다. 멀뚱멀뚱 뜬 눈에 눈물을 담던 수향은 마른 입술을 겨우 움직여 물었다.

"베티는 어디다 두고 왔니?"

수향의 품에서 얼굴을 든 크리스틴이 원망스러운 눈빛을 했다.

"베티 걱정은 되는 거야? 우리 베티 키워 준다고 했잖아. 내가 대학에 가 있는 동안……."

크리스틴이 그만 휙 돌아서더니 제 손에 얼굴을 묻고 흐느꼈다. 수향은 딸의 뒷모습에 무한한 미래가 실려 있는 걸 보았다. 그녀는 일어나 앉으려고 침상에서 어깨를 들었다. 하지만 묶인 손 때문에 몸이 들리지 않았다.

"나 좀 일으켜 주렴! 크리스틴! 우리 베티가 보고 싶구나!"

수향은 크리스틴의 등에 대고 갈라진 음성으로 소리쳤다.

바람의 노래

햇빛이 맑은 날이었지만 바닷바람은 싸늘했다.

"형님! 추우세요?"

월례가 무릎에 덮고 있던 담요를 목까지 끌어 올리는 수향을 바라봤다.

"자네도 춥지 않아?"

"글쎄요, 바람이 좀 차갑네요. 아무리 늘 그날이 그날이라도 하와이도 가을이 되긴 되었나 봐요."

"그러게. 우리나라는 지금쯤 단풍이 들었을까?"

수향이 수평선으로 아득한 눈길을 던지며 물었다.

"아마 지금 막 단풍이 물들지 않았겠어요. 참 그런 단풍 구경한 지도 오래되었군요."

월례도 눈을 가늘게 뜨고 수평선을 바라봤다.

호놀룰루 와이키키 해변은 평일인데도 해수욕을 즐기는 사람들로 붐볐다. 모래사장에 모여 앉은 사람들을 비켜, 한적한 곳에 자리 잡은 수향과 월례의 머리카락이 해풍에 날렸다.

"이번에 떠나면 아주 고국에 눌러앉을 생각이야?"

수향이 담요 밖으로 겨우 내민 턱을 달싹거렸다.

"가 봐야죠. 이승만 박사님이 자리 잡는 걸 봐서요."

수평선을 바라보며 낮은 웃음소리를 내는 월례를 수향이 물끄러미 바라봤다. 이제 만 마흔아홉에 이른 수향과 동갑내기였지만 그녀는 아직도 젊었다. 벌써 할머니처럼 머리가 세기 시작한 수향에 비해, 검은 머리를 단정하게 올린 모습이 고상한 분위기를 냈다. 교포 사회의 지도자로, 이제 본국에 가 대통령을 꿈꾸는 이승만 박사의 측근으로 손색이 없는 외모였다.

"전쟁이 끝나자마자 해방 조국에 우리 재미한족연합위원회 대표단이 먼저 갔다면서? 왜 그때 자네는 가지 않은 거야?"

수향이 조금 부루퉁한 목소리를 냈다. 월례가 무릎을 덮은 담요가 답답한 듯 젖히며 수향을 마주 봤다.

"그때 간 열다섯 명은 미국 내 교포 단체의 대표들이었어요. 미국 정부에서 후원해 준 거죠. 저야 뭐 대한부인구제회 소속이지만 대표도 아닌 데다가, 또 하와이에서 간 아홉 명은 모두 국민회 회원들이에요."

수향은 담요 속에 입을 넣고 슬그머니 웃음 지었다. 그저 물어본 말에 월례가 발끈하는 것 같아 우스웠다.

"참, 자네는 동지회 사람이지? 이 좁은 하와이에서도 국민회니 동지회니 하는데 지금 해방 조국은 어떨는지……."

수향은 무심히 내뱉었지만 월례의 표정이 심각해졌다.

"너무 늦은 게 아닌가 싶어요. 이 박사님이 정착하시기에……. 사회주의 쪽 사람들이 벌써 세력을 잡았다는 소문이 있어요."

수향은 가만히 한숨을 쉬었다.

"그러고 보니 이곳 하와이엔 아직도 박용만 장군을 그리워하는 사람들이 많은데 그분은 해방 조국도 못 보고 돌아가셨구나."

"참, 형님도……. 그 양반 돌아가신 게 언젠데요. 벌써 17년 전이에요. 형님은 국민회 편이었어요?"

월례가 수향의 얼굴을 빤히 바라보았다. 수향이 갑자기 몸을 덮고 있던 담요를 젖히고 벌떡 일어섰다.

"무슨 소리야? 나는 국민회고 동지회고 그런 것 없어. 덕을 보았다면 오히려 동지회 일을 하던 자네에게서 보았는데! 또 크리스틴 아버지는 동지회 소속으로 정치 자금을 모으고 다니지 않았니. 그 양반, 어디서 죽지 않았다면 이런 정국에 서울 바닥에 나타날지도 모르겠구나. 누군가 그랬어. 좌익 사상에 심취한 것 같았다고……. 살아 있다면 정말 괘씸한 사람이야. 그 긴 세월 동안 소식 한 번 없고 말이야."

수향은 갑자기 분노가 치미는 듯 아랫입술을 깨물었다. 물새 한 마리가 수향의 머리 위를 스치고 지나며 가느다란 울음소리를 냈다. 수향은 순식간에 가슴속에 들끓는 한장수에 대한 분노로 숨을 급히 쉬기 시작했다. 심장 근처가 또 뻐근해 왔다.

바람산에서 쓰러져 병원에 실려 갔을 때, 의사는 수향의 심장이 정상이 아니라고 말했다. 병원에서 나와 일상으로 돌아온 수향이 처음 한 일은, 가게 앞에 걸린 깃발을 거두어 버린 것이었다. 그리고 서둘러 고려정을 내놓았다. 그녀는 더 거기 있고 싶지 않았다. 그 가게를 처음 열었을 때 교포들이 수향을 '인삼 장수의 첩'이라 불렀다. 그리고 크리스틴을 낳았을 땐 '사생아를 낳은 여자'라 했다. 가게가 번성하는 동안은 '술집 어미'라 부르더니, 베티가 태어나자 사람들은 거침없이 수향을 '혼혈아 할머니'라 불렀다 이제 삼일의 전사 소식에 그들은 또 수향을 뭐라 부를 것인가. 수향은 더는 아무 말도 듣고 싶지 않았다. 전사 군인의 어머니란 말을 듣는 것은 그녀가 이제껏 들어 온 어떤 모멸적인 호칭보다 더 견딜 수 없는 일이었다.

가게가 매물로 나와 있는 동안 전쟁이 끝났다. 고국은 더불어 해방이 되었다며, 동포들은 성조기와 태극기를 양손에 들고 와히아와 거리로 쏟아져 나왔다. 첫돌이 지나 아장아장 걷기 시작한 베티가 사람들이 가게 앞에 떨어뜨린 태극기를 주워 들었다. 그 앞을 지나던 동포 노인이 양손에 성조기와 태극기를 흔들며 웃다가 태극기를 든 베티를 내려다보았다.

"허허! 혼혈아가 태극기를 들었네. 너는 이거 들어라! 이거!"

노인은 베티의 손에서 태극기를 빼앗으며 제가 들고 있던 성조기를 아이에게 주고 갔다. 아이 뒤에 서서 그 모습을 바라보던 수향은 그 노인이 이따금 가게에 오던 사람이란 걸 기억했다. 성조기를 받아 든 베티가 수향의 치맛자락에 매달렸다. 수향은 아이를 올려 안고 동포들의 행렬을 바라보았다. 더러 함께 기뻐하는 백인들이 보였다. 수향은 베티의 뺨에 제 얼굴을 비비며 혼자 중얼거렸다.

"그래, 너는 미국 사람으로 커야 한다. 이 거리에선 너를 키울 수 없을 것 같구나."

전장에 나갔던 군인들이 돌아오자 활발해진 경제 속에 고려정은 파인애플 공장에서 일하던 동포 부부에게 팔렸다. 부부가 사탕수수 농장에서부터 열심히 일하다, 보수가 좀 더 나은 파인애플 공장으로 옮긴 게 20년이라 했다. 가게를 인수하며 기뻐하던 그들의 얼굴은 어지간히 늙어 있었다. 여자는 수향 또래라 했는데도 대여섯 살은 더 먹어 보였다. 수향처럼 사진 신부로 하와이에 온 것이 뻔한 여자는 그래도 그중 행운인 편이었다. 대부분의 사진 신부들이 일찍 남편을 잃었다. 나이 차가 많게 결혼했기 때문이었다.

새 주인 부부가 한평생 일해 모은 돈으로 가게를 인수하는 걸 보고, 수향은 새삼 한장수의 도움으로 가게 주인이 될 수 있었던 걸 기억했다. 거기서 버는 돈으로 삼일을 공부시키고, 크리스틴을 키웠다. 무일푼으로 김명신의 양복점 2층에 머물던 그녀에게 번듯한 식당을 차려 준 돈이 혹 그가 모아들인 정치 자금의 일부는 아니었을까 의문이 들던 순간도 있었다. 하지만 그것을 물어볼 겨를도 없이 그는 수향 앞에서 사라져 버렸다.

가게가 팔리자 수향은 집도 매물로 내놓았다. 전장에서 돌아온 군인 가족이 연금을 보태 그 집을 샀다. 미련 없이 그곳을 떠나온 수향은 호놀룰루 시에 작은 아파트를 얻었다. 이웃들은 모두 백인이거나 타 민족이었고, 수향을 아는 사람은 아무도 없었다. 수향은 이만하면 베티를 키우기에 부족함이 없다고 생각했다. 가게와 집 판 돈 일부를 로스앤젤레스 대학에 가 있는 크리스틴의 학자금으로 보내 놓고, 그래도 생업을 물색해야 한다고 생각하던 즈음, 정부에서 삼일의 연금이 나오기 시작했다. 삼일의 연금 수표를 받아 들던 날, 수향은 하염없이 허공만 바라보았다.

이게 내 아들의 목숨 값이구나!

그녀는 아파트 거실 바닥에 주저앉았다. 삼일의 시신은 파리에서 옮겨 호놀룰루 국립묘지에 묻혔다. 다시는 만날 수 없는 아들의 목숨 값은 베티와 수향의 생활비를 빠듯하게나마 충당할 수 있는 금액이었다.

제이미와 다이스케는 전쟁이 끝났어도 소식이 없었다. 크리스틴이 로스앤젤레스로 떠날 무렵은 승전을 선포하기 전이었다. 짐을 싸는 크리스틴의 표정은 묵묵했다.

"크리스틴! 혹 제이미나 다이스케가 돌아오면 네게 알려 줄게."

수향의 나직한 목소리에 크리스틴이 트렁크를 챙기던 손을 멈추고 돌아봤다.

"마미! 나는 아무도 기다리지 않아. 제이미가 살아 돌아온다 해도 그 바보 같은 미국 촌놈과 인생을 같이할 맘 없어. 혹시라도 다이스케가 내게로 온다면…… 다이스케가 돌아온다면……. 하지만 가망

326

이 없어. 그 애는 죽었거나 아니면 나를 떠난 것 같아."

풀 죽은 표정으로 돌아서 다시 짐을 챙기는 크리스틴의 뒷모습이 더없이 쓸쓸해 보였다. 수향은 한장수를 기다리며 그렇게 눈물짓던 자신의 젊은 날을 떠올렸다. 아무리 벗어나려 해도 거부할 수 없는 운명의 굴레가 있는 것인가. 오래전 어미는 아비를 기다리고, 수향은 한장수를 기다리고……. 다이스케를 기다리던 크리스틴은 이제 제 길로 떠나고 있었다.

베티를 안은 김명신이 걸어오는 게 보였다.

"휴! 베티가 자꾸 갈매기를 쫓아다녀서 힘들었습니다. 아이 걸음인데도 따라가려니 숨이 차더군요."

이제는 늙수그레해진 김명신이 희끗거리는 머리칼을 날리며 수향에게 깍듯이 말했다. 베티를 월례 품에 내려놓고, 모래 위에 털썩 앉는 그를 수향이 물끄러미 바라보았다.

"미스터 김은 꼭 이승만 박사 편도 아니지요? 그래서 이번에 월례만 고국에 보내는 거지요?"

뜬금없는 수향의 물음에 김명신이 햇빛에 붉게 달아오른 얼굴을 쳐들었다. 그는 잠깐 눈을 휘둥그레 뜨다가 갑자기 푸하하 웃음을 터뜨렸다.

"아니! 삼일이 어머님도 정치색이 있으셨습니까? 저야 물론 언제나 중도파지요. 하지만 국민회는 이미 세상을 떠난 박용만 장군을 잊지 못하는 것에 불과해요. 실제로 일할 사람이 고국의 대권을 잡아야 해요. 거기엔 이승만 박사가 적격이지요. 미국 생활을 하며 미국 정부와도 인연을 만들어 놓았고, 공부도 그만큼 한 사람이 없지 않습니까."

자신 있게 말을 부리는 김명신을 수향이 멀뚱한 눈으로 보았다.

"그래요? 그래도 사람들은 딴소리를 해요. 이 박사가 교포들의 정치 자금을 상하이 임시 정부에 보내지 않았다고요. 뭐 워싱턴에 있는 자기 사무실 비용으로 썼다나……. 또 임시 정부에서도 떨려 났다면서요. 그런 사람이 해방 조국의 대통령이 되어도 될까요?"

태연히 말하는 수향을 바라보던 김명신과 월례의 눈에 당혹한 빛이 스쳤다.

"형님은 역시 국민회 편이셨군요!"

월례의 목소리가 갑자기 날카로워졌다. 수향은 그만 입을 닫아야 한다고 생각했지만 자꾸만 말이 튀어나왔다.

"난 그런 것 몰라. 하지만 조국이 해방되었다니 은근히 박용만 장군이 그리워진다. 나는 그분을 먼빛으로 한 번 본 것뿐인데……. 그분이 중국에서 암살됐다는 소식을 들었을 땐 아이들과 살기에 바빠 제대로 슬퍼하지도 못했단다. 문득 그분이 살아 계셨으면 해서……."

서로 마주 보는 김명신과 월례의 표정이 어두워졌다. 월례가 안고 있던 베티를 수향에게 내려놓았다.

"오늘은 그만 가 볼게요. 떠날 날이 한 일주일 남았으니 한 번 더 들를 수 있을 거예요."

싸늘한 표정으로 일어선 월례가 눈을 내리깐 채 뭔가 더 할 말이 남은 듯 서 있었다. 그녀는 꾹 다문 입술을 잠깐 우물거리더니 내처 입을 열었다.

"하지만, 하지만 말예요. 크리스틴 아버지 한장수 씨도 동지회 일을 했었는데 형님이 국민회 편을 드는 것 같아 섭섭해요."

한장수 얘기가 나오자 심기가 불편해진 수향이 베티를 안고 일어섰다.

"그 사람이 온전히 자네와 뜻을 같이했다면 나를 이렇게 버려두었을 리 없어. 벌써 22년이다. 크리스틴이 태어나기 전이었으니. 그는 변절한 것이야. 동지회를! 그리고 나를!"

"그분은 이 세상에 없을 거예요. 아마……."

월례의 대답이 급히 나왔다. 수향은 아이를 안고 앞장서 걷기 시작했다. 뒤에서 김명신이 급히 따라오는 발소리가 났다.

"아파트까지 태워다 드리겠습니다."

그가 수향 앞을 막아서며 바닷바람에 일어서는 머리칼을 쓸어 넘겼다. 굵게 주름 잡힌 이마 위로 머리칼이 듬성듬성했다.

"한 동지를 제가 삼일이 어머님께 소개했던 건 평생 죄의식으로 남아 있습니다."

수향이 잠시 걸음을 멈추고 서서 그를 빤히 올려다보았다.

"앞으론 저를 삼일이 어머니라 부르지 마세요! 죽은 아이 이름을 부르지 말라고요!"

수향이 갑자기 화가 난 듯 소리치자 김명신이 당황한 표정을 지었다. 뒤에서 따라오던 월례가 얼른 김명신 곁에 가 섰다. 서로 바라보는 그들의 눈에 똑같은 빛이 어리는 걸 수향은 보았다.

옛 상전이면 지금도 상전인 줄 알아?

수향은 돌아서서 쓴웃음을 머금었다. 이제는 하와이 교포 사회 상류층 부부가 된 그들에 비해, 온갖 풍상을 겪은 자신의 운명이 문득 서러워졌다. 오랜 세월 그래도 잊지 않고 수향을 찾아 주었던 월례 부부가 정치적인 말 한마디에 이렇게 섭섭해할 줄이야. 수향은 기실 제 입에서 나온 말이 정치적인 것도 아니란 걸 알고 있었다. 단순히 오래전 하와이 교민들의 지도자였던 박용만 장군 생각이 난다고 말했을 뿐이었다. 수향은 스스로가 지나치게 화를 내고 있다는 것도 알았다. 해방 조국에 금의환향하는 월례에 비하면 자신의 운명은 얼마나 상처투성이인가. 수향은 눈에 고이는 눈물을 참으며 겨우 김명신을 돌아보았다.

"앞으론 나를 베티 할머니라 불러 줘요. 죽은 아들 이름을 부르는 게 영 불편합니다."

총총히 앞서 걷는 수향을 따라오는 월례 부부의 발소리가 수향의 가슴을 낯설게 흔들었다.

월례가 떠나기 전날, 호놀룰루엔 또다시 10월의 더운 강풍이 몰아쳤다. 수향의 아파트를 찾아온 월례는 제 품에서 잠이 든 베티를 안고 가만가만 몸을 흔들었다.

"형님! 나는 여자로 태어나 이런 아기 한 번 낳아 보지 못하고 이

330

렇게 늙어 가네요."

탁자 위 빈 찻잔을 치우던 수향은 서글픈 기운이 어리는 월례의 얼굴을 바라보았다.

"나를 보렴. 첫아이는 죽어 낳았고, 둘째 아이는 남의 나라 전장에서 죽었고, 셋째 아이는 사랑을 잃고 떠났어. 자식을 두는 것, 그게 꼭 행복한 일은 아닌 것 같아."

"형님! 우리 이담엔 고국에 가서 살지 않을래요? 제가 이번에 가면 상황을 보고 형님을 모시러 올게요."

차 쟁반을 들고 부엌으로 가려던 수향이 멈칫 돌아섰다. 잠시 월례를 보고 있던 그녀가 살며시 고개를 흔들었다.

"아니, 아니야! 우리 베티는 어떻게 하라고……. 크리스틴이 새 인생을 시작하도록 나는 이 애를 책임져야 해. 고국에 돌아가면 혼혈아인 베티를 잘 키울 수 있다고 생각하니?"

"생각하니 그렇네요. 하지만 그리우면 언제든지 우리 같이 가요. 형님도 가고 싶지 않아요? 거기 우리가 살던 김해 초가집, 아직도 있을까요? 선명하진 않지만 경성 북촌 기와집도 가물가물 기억나요. 어쩌면 총독부에 압수된 마님의 땅도 다시 찾을 수 있을지 몰라요."

수향은 월례의 말을 등 뒤로 들으며 차 쟁반을 싱크대에 내려놓았다. 눈앞에 김해의 초가집이 훤히 그려졌다. 햇빛이 비치는 툇마루에 앉아, 곰방대를 물고 하얀 볼을 볼록이며 연기를 빨아들이던 어미의 모습이 바로 어제 일만 같았다. 수향은 다시 가슴 언저리가 뻐근히 아파 왔다. 싱크대에 손을 짚으며 큰 숨을 머금는 수향에게 월례가 급히 다가왔다.

"형님! 괜찮으세요? 그런 몸으로 어찌 혼자 베티를 키우려고 하세요? 차라리 크리스틴이 있는 로스앤젤레스로 합류해요."

수향이 얼굴을 찡그리며 손으로 가슴을 문질렀다.

"아니야! 이제 낯선 곳은 싫어. 고국도, 미국 본토도 나에겐 낯선 곳일 뿐이야. 그리고 크리스틴은 모든 걸 새 출발 해야 해. 그 애 인생에 베티가 장애가 되게 해선 안 돼."

거실에서 잠든 베티를 방에 데려다 눕힌 월례는 수향의 방 안을 둘러보았다. 낡은 침대와 화장대가 가구의 전부였다. 수향이 월례의 얼굴에 어리는 표정을 놓치지 않고 쓴웃음을 머금었다.

"괜찮아. 이만하면 나는 족하단다. 우리가 김해 살 때 생각해 보렴. 월례 자네는 겨울에도 빨래를 하러 개천에 나갔잖아. 얼음을 깨고 빨래를 하느라 얼어 터지던 자네 손이 생각나. 나는 군불이 잘 지펴진 방 안에 앉아 책이나 읽고 있었지. 지금 생각하니 자네에게 미안하기 그지없어. 우린 동무였는데……."

"참 형님도……."

월례가 퉁명스레 대구하면서도 눈시울을 붉혔다.

"글쎄! 그때를 생각해 보렴. 이 아파트가 얼마나 편리하고 아늑한지. 간혹 고국에 다녀온 사람들이 하는 얘기를 들었어. 친인척을 만나는 일은 반가웠지만 불편해서 못 살겠더라고. 특히 화장실이 그렇다고. 거긴 아직도 그런 똥간에 용변을 보고 살까? 벌써 30년 세월이 흘렸는데도 말야."

수향의 눈에도 붉은 기가 모여들었다.

"하지만 그곳이 우리들의 고향인걸요. 불편하지만 그리운 곳 말이
에요."

수향이 가만히 고개를 끄덕였다.

"그래, 불편하지만 그리운 곳이 바로 우리들의 고향이지. 여긴 사
철 꽃이 피고 추운 날도 없지만, 마음속엔 늘 찬 바람을 일으키는 곳
이지. 나만 그런 건 아닐 거야. 오래 살아온 사람일수록 모두 우리
와 비슷한 마음일 거야. 하지만 여기서 태어난 아이들이야 그렇겠
니. 여긴 그 애들의 고향이지. 우리 크리스틴과 베티의 고향인 거야.
나는 아이들의 고향을 지켜야 해. 에와 농장 후미진 곳에 묻힌 내 아
기, 호놀룰루 국립묘지에 묻힌 삼일이! 내가 지켜야지."

밤이 깊어 가는 어두운 창밖에서 바람 소리가 윙윙거렸다. 멍하니
그 소리를 듣고 있던 월례가 가만히 일어섰다.

"그만 가 봐야겠어요."

수향의 두 손을 잡은 월례는 새삼 거친 그 촉감에 흠칫 놀란 표정
을 지었다. 월례의 눈에서 눈물이 흘렀다.

"왜 우는 거야? 다시 오지 않을 것도 아니면서! 자네는 남편도 여
기 두고 떠나잖아. 돌아와서 고국 이야기를 해 주렴. 얼마나 변했는
지. 경상도 김해도 가 보고, 어머니 무덤에 가 나 대신, 찾아뵙지 못
해 죄송하다는 말씀도 드리고…… 그리고……."

수향이 월례의 손에서 슬그머니 제 손을 빼며 고개를 돌렸다. 월

례가 수향이 하려는 말이 뭔지 안다는 표정을 지었다.

"예! 한장수 씨도 찾아볼게요."

수향이 가만히 눈을 내리깔았다.

"삼일이 아버지 산골한 곳이 어딘지 그것도 한번 알아보렴. 불쌍한 사람!"

월례가 또 고개를 끄덕였다.

"그리고 또……."

수향은 무슨 말인가 더 하려다 그만 입을 다물었다. 그녀는 아주 오래전의 봄날이 눈앞에 펼쳐지는 걸 보았다.

햇볕이 내리쬐는 흙길을 월례가 급히 걸어오고 있었다. 김해 약방집 싸리문에 기대선 채 그 모습을 바라보던 수향은 그만 풀썩 쓰러졌다. 그때 어디서 나타났는지 키가 큰 남자가 그녀를 부축해 안았다. 겨우 눈이 뜨인 희미한 시야에 그림자처럼 어른대던 수염 자국…….

"그래, 그 약방집 아들이 살아 있는지 그것도 한번 알아보렴. 마우이의 그 여동생은 이젠 부인회에도 안 나오는 모양이지?"

수향의 얼굴에 어리는 홍조를 보며 월례가 슬그머니 미소 지었다.

월례를 배웅하고 돌아온 수향은 베티 곁에 누웠다. 새근대는 아이의 숨결이 수향의 뺨을 간지럽혔다. 바람이 유리창을 심하게 흔들고 있었다. 거리의 야자수가 바람에 허리가 휘는지 어디선가 휘파람 부는 듯한 소리가 났다. 눈을 감고 누워 바람 소리를 듣던 수향은 마치 그 소리에 홀린 듯 흥얼대기 시작했다.

알 수 없네 알 수 없어
내 아들 목숨이 간 곳
내 딸 사랑이 간 곳

알 수 없네 알 수 없어
내 사랑이 간 곳
내 어미 사랑이 간 곳

그러나 나는 알아
내 가슴속에 가득한 것들
내가 살아 내야 할 것들
내가 아직 가야 할 길을

오래전 어미가 곧잘 읊던 타령조에 수향의 말들이 붙어 나왔다. 흥얼흥얼 노래를 읊조리던 수향은 소르르 잠이 들었다. 창밖엔 하와이의 바람이 거세게 불고, 방 안엔 수향이 흘려 놓은 노랫소리가 가득했다.

바람의 노래

초판 1쇄 인쇄일 • 2015년 5월 11일
초판 1쇄 발행일 • 2015년 5월 15일

지은이 • 박경숙
펴낸이 • 임성규
펴낸곳 • 문이당

등록 • 1988. 11. 5. 제 1-832호
주소 • 서울시 성북구 동소문로 65-2 삼송빌딩 5층
전화 • 928-8741~3(영) 927-4990~2(편)
팩스 • 925-5406
ⓒ 박경숙, 2015

전자우편 munidang88@naver.com

ISBN 978-89-7456-484-1 03810